Era uma vez no outono

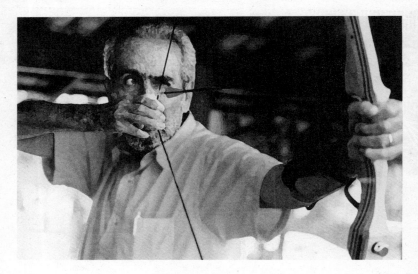

O ARQUEIRO

GERALDO JORDÃO PEREIRA (1938-2008) começou sua carreira aos 17 anos, quando foi trabalhar com seu pai, o célebre editor José Olympio, publicando obras marcantes como *O menino do dedo verde*, de Maurice Druon, e *Minha vida*, de Charles Chaplin.

Em 1976, fundou a Editora Salamandra com o propósito de formar uma nova geração de leitores e acabou criando um dos catálogos infantis mais premiados do Brasil. Em 1992, fugindo de sua linha editorial, lançou *Muitas vidas, muitos mestres*, de Brian Weiss, livro que deu origem à Editora Sextante.

Fã de histórias de suspense, Geraldo descobriu *O Código Da Vinci* antes mesmo de ele ser lançado nos Estados Unidos. A aposta em ficção, que não era o foco da Sextante, foi certeira: o título se transformou em um dos maiores fenômenos editoriais de todos os tempos.

Mas não foi só aos livros que se dedicou. Com seu desejo de ajudar o próximo, Geraldo desenvolveu diversos projetos sociais que se tornaram sua grande paixão.

Com a missão de publicar histórias empolgantes, tornar os livros cada vez mais acessíveis e despertar o amor pela leitura, a Editora Arqueiro é uma homenagem a esta figura extraordinária, capaz de enxergar mais além, mirar nas coisas verdadeiramente importantes e não perder o idealismo e a esperança diante dos desafios e contratempos da vida.

LISA KLEYPAS

AS QUATRO ESTAÇÕES DO AMOR 2

Era uma vez no outono

ARQUEIRO

Título original: *It Happened One Autumn*

Copyright © 2005 por Lisa Kleypas
Copyright da tradução © 2016 por Editora Arqueiro Ltda.

Todos os direitos reservados. Nenhuma parte deste livro pode ser utilizada ou reproduzida sob quaisquer meios existentes sem autorização por escrito dos editores.

tradução: Maria Clara de Biase
preparo de originais: Rachel Agavino
revisão: Ana Grillo e Tereza da Rocha
projeto gráfico: Ana Paula Daudt Brandão
diagramação: Abreu's System
capa: Tita Nigrí
imagem de capa: Rekha Garton / Trevillion Images
impressão e acabamento: Lis Gráfica e Editora Ltda.

CIP-BRASIL. CATALOGAÇÃO NA PUBLICAÇÃO
SINDICATO NACIONAL DOS EDITORES DE LIVROS, RJ

K72e

Kleypas, Lisa, 1964-
Era uma vez no outono / Lisa Kleypas; [tradução Maria Clara de Biase].
– [2. ed.] – São Paulo: Arqueiro, 2021.
384 p. ; 20 cm. (As quatro estações do amor; 2)

Tradução de: It happened one autumn
Sequência de: Segredos de uma noite de verão
ISBN 978-65-5565-068-6

1. Ficção americana. I. Biase, Maria Clara de. II. Título. III. Série.

20-67261

CDD: 813
CDU: 82-3(73)

Camila Donis Hartmann – Bibliotecária – CRB-7/6472

Todos os direitos reservados, no Brasil, por
Editora Arqueiro Ltda.
Rua Funchal, 538 – conjuntos 52 e 54
Vila Olímpia – 04551-060 – São Paulo – SP
Tel.: (11) 3868-4492 – Fax: (11) 3862-5818
E-mail: atendimento@editoraarqueiro.com.br
www.editoraarqueiro.com.br

Para Christina Dodd,
minha irmã, amiga e inspiração.
Com amor, L.K.

PRÓLOGO

Londres, 1843

Duas jovens estavam à porta da perfumaria, uma puxando impacientemente o braço da outra.

– Nós *temos* que entrar aí? – disse a mais baixa com um sotaque americano monótono, resistindo enquanto a outra a puxava com força para dentro da loja mal iluminada. – Eu sempre morro de tédio nesses lugares, Lillian. Você passa horas experimentando fragrâncias...

– Então espere na carruagem com a criada.

– O que seria ainda *mais* entediante! Além disso, não devo deixá-la ir a lugar nenhum sozinha. Você sempre se mete em encrencas sem mim.

Enquanto elas entravam na loja, a garota mais alta riu com vontade, de um modo que não condizia a uma dama.

– Você não quer impedir que eu me meta em encrencas, Daisy. Só não quer ser deixada de fora.

– Infelizmente, não há nenhuma aventura em uma perfumaria – respondeu a outra, mal-humorada.

Uma risadinha amável se seguiu a essa afirmação e as duas garotas se viraram e viram o velho de óculos atrás do balcão de carvalho bastante arranhado que se estendia por todo um lado da loja.

– Tem certeza disso, senhorita? – perguntou ele enquanto as duas se aproximavam. – Algumas pessoas acreditam que os perfumes são mágicos. O cheiro de qualquer coisa é sua essência mais pura. E certas fragrâncias podem despertar fantasmas de amores passados, as mais doces lembranças.

– Fantasmas? – repetiu Daisy, intrigada.

– Ele não quer dizer literalmente, querida – interpôs a outra garota com impaciência. – Perfumes não podem evocar fantasmas. E não são mágicos de verdade. São apenas uma mistura de partículas de fragrâncias que viajam para os receptores olfativos em seu nariz.

O velho, Sr. Phineas Nettle, olhou para as garotas com mais interesse. Nenhuma das duas tinha uma beleza convencional, embora ambas fossem surpreendentes, com pele clara, cabelos muito escuros e um encanto natural que parecia inerente às garotas americanas.

– Por favor – convidou ele, apontando para uma parede com prateleiras –, fiquem à vontade para ver meus produtos, senhoritas...

– Bowman – disse a mais velha em tom amigável. – Lillian e Daisy Bowman. – Ela olhou de relance para a loura com roupas caras que Nettle estava atendendo e compreendeu que ele ainda não estava livre para ajudá-las.

Enquanto a indecisa cliente examinava os perfumes que Nettle lhe trouxera, as garotas americanas olharam sem compromisso as prateleiras de perfumes, colônias, pomadas, ceras, cremes, sabonetes e outros produtos de beleza. Havia óleos de banho em frascos de cristal com tampa, latas de unguentos de ervas e pequenas caixas de pastilhas violeta para refrescar o hálito. As prateleiras mais baixas continham um tesouro de velas perfumadas, tinturas e sachês de sais com aroma de cravo-da-índia, tigelas de pot--pourri e potes de pomadas e bálsamos. Contudo, Nettle notou que enquanto a mais nova, Daisy, olhava para a coleção com apenas um leve interesse, a mais velha, Lillian, parara diante de uma fileira de óleos e extratos que continham essências puras: rosa, frangipana, jasmim, bergamota e algumas outras. Erguendo os frascos de vidro âmbar, ela os abria cuidadosamente e cheirava com visível prazer.

A loura enfim fez sua escolha, comprou um pequeno frasco de perfume e saiu da loja; uma sineta tocou alegremente quando a porta se fechou.

Lillian, que tinha se virado para a mulher que saía, murmurou, pensativa:

– Eu gostaria de saber por que tantas louras cheiram a âmbar.

– Você quer dizer perfume de âmbar? – perguntou Daisy.

– Não. A pele mesmo. Âmbar e, às vezes, mel...

– O que diabos você quer dizer? – perguntou a mais nova rindo, confusa. – As pessoas não cheiram a nada, exceto quando precisam tomar banho.

Elas se olharam com o que pareceu surpresa mútua.

– Cheiram, sim – disse Lillian. – Todos têm um cheiro... Não diga que nunca notou. Como a pele de algumas pessoas cheira a amêndoa ou violeta, enquanto a de outras...

– A de outras cheira a ameixa, seiva de palmeira ou feno fresco – comentou Nettle.

Lillian olhou para ele com um sorriso de satisfação.

– Isso! Exatamente!

Nettle tirou os óculos e os poliu com cuidado enquanto sua mente se enchia de perguntas. Seria possível? Aquela garota podia mesmo detectar o cheiro intrínseco a uma pessoa? Ele próprio podia, mas esse era um dom raro e jamais ouvira falar de uma mulher que o tivesse.

Tirando um pedaço de papel dobrado de uma bolsa de contas que pendia de seu pulso, Lillian Bowman se aproximou dele.

– Tenho uma fórmula para um perfume – disse ela, entregando-lhe o papel –, embora não esteja certa das proporções adequadas dos ingredientes. Poderia prepará-la para mim?

Nettle abriu o papel e leu a lista, erguendo levemente as sobrancelhas grisalhas.

– Uma combinação não convencional, mas muito interessante. Acho que pode funcionar. – Ele a olhou com bastante interesse. – Posso lhe perguntar como conseguiu esta fórmula, Srta. Bowman?

– Eu a criei. – Um sorriso inocente suavizou as feições dela. – Tentei pensar nos aromas que poderiam combinar mais com meu cheiro natural. Mas, como eu disse, acho difícil calcular as proporções.

Abaixando os olhos para esconder seu ceticismo, Nettle leu a fórmula mais uma vez. Era frequente que clientes o procurassem e pedissem que lhes preparasse um perfume com cheiro de rosas ou lavanda, mas ninguém jamais lhe dera uma lista como aquela. Mais interessante ainda era o fato de que a seleção de aromas, embora incomum, fosse harmoniosa. Talvez ela tivesse escolhido aquela combinação por acaso.

– Srta. Bowman – disse ele, curioso por descobrir até onde iam as habilidades dela –, permitiria que eu lhe mostrasse alguns dos meus perfumes?

– É claro – respondeu Lillian, alegre.

Ela se aproximou do balcão quando Nettle trouxe um pequeno frasco de cristal cheio de um líquido claro e brilhante.

– O que o senhor está fazendo? – perguntou enquanto ele pingava algumas gotas do perfume em um lenço de linho branco.

– Nunca se deve inalar perfume diretamente do frasco – explicou Nettle, entregando-lhe o lenço. – Antes, deve-se expô-lo ao ar para que o álcool evapore... e reste a verdadeira fragrância. Srta. Bowman, que aromas consegue detectar neste perfume?

Mesmo os perfumistas mais experientes faziam um grande esforço para separar os componentes de um perfume... precisavam de minutos ou até mesmo horas de inalações repetidas para distinguir cada ingrediente.

Lillian abaixou a cabeça para sentir o perfume do lenço. Sem hesitar, surpreendeu Nettle ao identificar a composição com a agilidade e a competência de um pianista dedilhando escalas ao piano.

– Flor de laranjeira... neroli... âmbar-gris e... musgo? – Ela fez uma pausa, erguendo os cílios para revelar olhos castanhos aveludados que continham um brilho de espanto. – Musgo em perfume?

Nettle a olhou claramente surpreso. As pessoas comuns eram muito limitadas em sua capacidade de reconhecer os componentes de um perfume complexo. Talvez conseguissem identificar o ingrediente principal, um aroma óbvio como os de rosas, limão ou hortelã, mas detectar as camadas e as filigranas de um perfume em particular estava muito além da capacidade da maioria dos humanos.

Recuperando o raciocínio, Nettle sorriu de leve à pergunta de Lillian. Frequentemente abrilhantava seus perfumes com notas peculiares que lhes davam profundidade e textura, mas ninguém jamais identificara uma delas.

– Os sentidos se deliciam com a complexidade, surpresas ocultas... aqui, experimente outro. – Ele pegou um lenço limpo e o umedeceu com outro perfume.

Lillian cumpriu a tarefa com a mesma facilidade milagrosa.

– Bergamota... tuberosa... olíbano... – Ela hesitou, inalando de novo, deixando o delicioso aroma encher seus pulmões. Um sorriso de assombro surgiu em seus lábios. – E um toque de café.

– *Café*? – reagiu Daisy, inclinando a cabeça para o frasco. – Não há nenhum cheiro de café aí.

Lillian lançou um olhar questionador para Nettle e ele sorriu, confirmando o palpite dela.

– Sim, é café. – Ele balançou a cabeça com surpresa e admiração. – A senhorita tem um dom, Srta. Bowman.

Lillian deu de ombros e respondeu com ironia:

– Um dom pouco útil na procura de um marido. Que sorte ter um talento tão inútil! Eu me sairia melhor com uma bela voz ou grande beleza. Como minha mãe diz, é pouco educado uma dama gostar de cheirar coisas.

– Não em minha loja – respondeu Nettle.

Eles continuaram a discutir aromas do mesmo modo que outras pessoas podiam falar sobre arte em um museu: os cheiros doces, úmidos e ativos de uma floresta após alguns dias de chuva; o de malte adocicado da brisa do mar; o intenso do bolor das trufas; o toque fresco e ácido de um céu cheio de neve. Perdendo rapidamente o interesse, Daisy foi até as prateleiras de cosméticos, abriu um pote de pó que a fez espirrar e escolheu uma lata de pastilhas que começou a mastigar ruidosamente.

No decorrer da conversa, Nettle ficou sabendo que o pai das garotas era dono de uma empresa em Nova York que produzia fragrâncias e sabonetes. Com visitas ocasionais ao laboratório e às fábricas da empresa, Lillian adquirira um conhecimento rudimentar de fragrâncias e misturas. Até mesmo ajudara a criar uma fragrância para um dos sabonetes de Bowman. Embora ela não tivesse recebido nenhum treinamento, era óbvio para Nettle que se tratava de um prodígio. Contudo, esse talento nunca seria desenvolvido, em razão de ela ser mulher.

– Srta. Bowman – disse ele –, eu gostaria de lhe mostrar uma essência. Pode fazer a gentileza de esperar aqui enquanto eu a busco nos fundos da loja?

Com sua curiosidade aguçada, Lillian assentiu e apoiou os cotovelos no balcão enquanto Nettle desaparecia atrás de um vão de porta coberto com uma cortina que levava ao depósito nos fundos. A sala era cheia de arquivos de fórmulas, armários com produtos de destilação, extratos, tinturas e prateleiras com utensílios, funis, recipientes para misturas e copos medidores – tudo o que era necessário para seu ofício. Na prateleira mais alta havia alguns volumes, envoltos em linho, de textos em grego e gaélico antigo sobre a arte da perfumaria. Um bom perfumista era um pouco alquimista, artista e mago.

Nettle subiu em uma escada de madeira, pegou uma pequena caixa de pinho na prateleira de cima e a trouxe para baixo. Voltou para a frente da loja e pôs a caixa sobre o balcão. As irmãs Bowmans observaram atentamente enquanto ele levantava a dobradiça de metal para revelar um pequeno frasco selado com linha e cera. Aqueles poucos mililitros de líquido quase incolor eram a essência mais cara que Nettle já comprara.

Ele abriu o frasco, pingou uma gota preciosa em um lenço e o entregou a Lillian. A primeira inalação foi leve e suave, quase inócua. Mas, ao subir pelo nariz, a fragrância se tornou surpreendentemente voluptuosa e, muito depois de o efeito inicial desaparecer, uma certa nuance adocicada permaneceu.

Lillian o olhou por cima da ponta do lenço com claro assombro.

– O que é?

– Uma orquídea rara que só exala seu perfume à noite – respondeu Nettle. – As pétalas são de um branco puro e mais delicadas até que as do jasmim. Não se pode obter a essência aquecendo as flores. Elas são muito frágeis.

– Enfloragem a frio? – murmurou Lillian, referindo-se ao processo de embeber as pétalas preciosas em camadas de gordura até que esta se sature da fragrância e depois, com um solvente à base de álcool, extrair a essência pura.

– Sim.

Ela cheirou novamente a refinada essência.

– Qual é o nome da orquídea?

– Dama-da-noite.

Aquilo fez Daisy dar uma risadinha de satisfação.

– Parece o título de um dos romances que minha mãe me proibiu de ler.

– Eu sugeriria usar em sua fórmula o aroma da orquídea em vez do da lavanda – disse Nettle. – Talvez seja mais caro, mas na minha opinião é a nota de base perfeita, especialmente se desejar âmbar como fixador.

– Quanto custa? – perguntou Lillian, e quando Nettle disse o preço ela arregalou os olhos. – Meu Deus, isso é mais do que o peso do frasco em ouro.

Nettle ergueu ostensivamente o pequeno frasco para a luz, onde o líquido cintilou como um diamante.

– Infelizmente, a magia não é barata.

Lillian riu enquanto seu olhar seguia o frasco com um fascínio hipnótico.

– Magia – zombou.

– Esse perfume fará a magia acontecer – insistiu ele, sorrindo. – Vou acrescentar um ingrediente secreto para aumentar seus efeitos.

Encantada, mas claramente descrente, Lillian combinou com Nettle que voltaria mais tarde naquele dia para buscar o perfume. Pagou pela lata de pastilhas de Daisy assim como pelo perfume prometido e saiu com a irmã mais nova. Um olhar para o rosto de Daisy revelou que a imaginação da irmã, sempre facilmente despertada, corria solta com pensamentos sobre fórmulas mágicas e ingredientes secretos.

– Lillian... você *vai* me deixar experimentar um pouco daquele perfume mágico, não vai?

– Eu não divido tudo com você sempre?

– Não.

Lillian sorriu. Apesar da pretensa rivalidade e das ocasionais disputas entre as irmãs, elas eram as melhores e mais leais amigas. Poucas pessoas haviam amado Lillian além de Daisy, que adorava os cães vira-latas mais feios, as crianças mais irritantes e coisas que precisavam ser reparadas ou descartadas.

E ainda assim, apesar de toda a sua intimidade, eram muito diferentes. Daisy era idealista, sonhadora, uma criatura inconstante que alternava teimosia infantil e grande inteligência. Lillian sabia que era uma garota de língua afiada, com uma fortaleza erguida entre ela e o resto do mundo – uma garota com um ceticismo persistente e um senso de humor mordaz. Era extremamente leal ao seu pequeno círculo de amizades, sobretudo às autodenominadas Flores Secas, as garotas que tomaram chá de cadeira em todos os bailes e *soirées* da última temporada. Lillian, Daisy e suas amigas Annabelle Peyton e Evangeline Jenner tinham jurado ajudar umas as outras a encontrar maridos. Seus esforços resultaram no bem-sucedido encontro de Annabelle com o Sr. Simon Hunt fazia apenas dois meses. Lillian era a próxima da fila. Elas ainda não tinham uma ideia clara sobre quem iriam agarrar nem um plano sólido para consegui-lo.

– É claro que a deixarei experimentar o perfume – disse Lillian. – Embora só Deus saiba o que você espera disso.

– Fará um belo duque se apaixonar loucamente por mim, *claro* – respondeu Daisy.

– Você já notou como há poucos aristocratas jovens e bonitos? – perguntou Lillian, zombeteira. – Na maioria são enfadonhos, velhos ou têm o tipo de rosto que deveria trazer um anzol na boca.

Daisy abafou o riso e passou o braço pela cintura da irmã.

– Os cavalheiros certos estão por aí – disse ela. – E nós vamos encontrá-los.

– Por que tem tanta certeza disso? – perguntou Lillian, sarcástica.

Daisy deu um sorriso travesso.

– Porque a magia está do nosso lado.

CAPÍTULO 1

Stony Cross Park, Hampshire

— Os Bowmans chegaram – anunciou Lady Olivia Shaw da porta do escritório, onde seu irmão mais velho estava sentado à escrivaninha entre pilhas de livros de contabilidade.

O sol do entardecer entrava pelas longas janelas retangulares de vitral.

Marcus, lorde Westcliff, ergueu os olhos de seu trabalho com uma carranca que fez as sobrancelhas escuras se juntarem sobre seus olhos pretos como café.

– Que comece o caos – murmurou ele.

Livia riu.

– Imagino que esteja se referindo às filhas. Elas não são tão ruins assim, são?

– Piores – disse Marcus sucintamente, a careta se intensificando ao ver que a caneta temporariamente esquecida sobre o papel deixara uma grande mancha de tinta na antes imaculada fileira de números. – As duas jovens mais mal-educadas que já conheci. Principalmente a mais velha.

– Bem, elas são americanas – salientou Livia. – É justo sermos um pouco tolerantes com elas, não é? Não podemos esperar que conheçam cada complexo detalhe de nossa interminável lista de regras sociais...

– Eu posso ser tolerante em relação aos detalhes – interrompeu-a Marcus, em tom seco. – Como sabe, não sou do tipo que criticaria o ângulo do dedo mindinho da Srta. Bowman quando ela segura sua xícara de chá. O que não admito são certos comportamentos que seriam censuráveis em qualquer canto do mundo civilizado.

Comportamentos?, pensou Livia. Isso era interessante. Livia avançou um pouco mais para dentro do escritório, um cômodo do qual não gostava, porque a lembrava muito de seu falecido pai.

Nenhuma lembrança do oitavo Conde de Westcliff era boa. O pai fora um homem frio e cruel que parecia sugar todo o oxigênio do ambiente quando chegava. Tudo e todos em sua vida haviam desapontado o conde. De seus três filhos, apenas Marcus chegara perto de cumprir seus altos padrões, porque, independentemente das punições, das exigências impossíveis ou dos julgamentos injustos do conde, Marcus nunca se queixara.

Livia e a irmã dela, Aline, admiravam o irmão mais velho, cuja busca constante pela excelência o levara a obter as notas mais altas na escola, quebrar todos os recordes nos esportes escolhidos e ser muito mais crítico consigo mesmo do que qualquer outra pessoa poderia ser. Marcus era um homem que sabia montar a cavalo, dançar uma contradança de salão, dar uma palestra sobre teoria matemática, enfaixar um ferimento e consertar uma roda de carruagem. Contudo, nenhuma de suas muitas habilidades jamais merecera um elogio sequer do pai.

Olhando para trás, Livia percebia que provavelmente a intenção do velho conde era arrancar do filho qualquer vestígio de brandura ou compaixão. E, durante algum tempo, pareceu que tinha conseguido. Contudo, após a morte do pai, cinco anos antes, Marcus se revelara um homem muito diferente do que fora criado para ser. Livia e Aline tinham descoberto que o irmão mais velho nunca estava ocupado demais para ouvi-las e, por mais insignificantes que parecessem os problemas delas, ele estava sempre pronto a ajudar. Marcus era solidário, afetuoso e compreensivo – o que era um verdadeiro milagre, considerando-se que durante a maior parte de sua vida nenhuma dessas qualidades lhe fora mostrada.

No entanto, Marcus também era um pouco dominador. Bem... *muito* dominador. Em se tratando daqueles que amava, não hesitava em manipulá-los para fazerem o que ele considerava ser o melhor. Essa não era uma das características mais agradáveis do irmão. E, se fosse se aprofundar nos defeitos dele, Livia também teria de admitir que Marcus tinha uma crença irritante na própria infalibilidade.

Sorrindo afetuosamente para seu carismático irmão, Livia se perguntou como podia adorá-lo tanto, já que ele se parecia muito com o pai. Marcus tinha as mesmas feições severas, testa larga e lábios longos e finos. O mesmo cabelo grosso e preto como um corvo; o mesmo nariz largo e pronunciado; e o mesmo queixo proeminente. A combinação era surpreendente, em vez de bonita, mas aquele era um rosto que atraía olhares femininos com facilidade. Ao contrário dos do pai, os olhos escuros e atentos de Marcus estavam sempre brilhando de alegria e ele tinha um sorriso raro, que fazia surgir um branco surpreendente no rosto moreno.

Reclinando-se em sua cadeira ao ver Livia se aproximar, Marcus cruzou as mãos sobre a barriga rígida. Em virtude do calor fora de época no início da tarde de setembro, Marcus havia tirado o casaco e enrolado as mangas da camisa, deixando à mostra antebraços morenos levemente cobertos de pelos pretos. Ele era de altura mediana e estava em excelente forma física, com o corpo de um ávido esportista.

Ansiosa por ouvir mais sobre os citados comportamentos da mal-educada Srta. Bowman, Livia se apoiou na beira da escrivaninha, de frente para o irmão.

– Gostaria de saber o que a Srta. Bowman fez para ofendê-lo tanto – refletiu ela em voz alta. – Diga-me, Marcus. Ou então minha imaginação, sem dúvida, me fará pensar em algo muito mais escandaloso do que a pobre Srta. Bowman é capaz de fazer.

– Pobre Srta. Bowman? – bufou Marcus. – Não me pergunte, Livia. Não me sinto à vontade para discutir isso.

Como a maioria dos homens, Marcus não parecia entender que *nada* atiçava mais as chamas da curiosidade feminina do que um assunto que alguém não se sentia à vontade para discutir.

– Desembuche, Marcus – ordenou ela. – Ou o farei sofrer de modos inenarráveis.

Ele ergueu uma das sobrancelhas, zombeteiro.

– Como os Bowmans já chegaram, essa ameaça é redundante.

– Então vou tentar adivinhar. Você pegou a Srta. Bowman com alguém? Ela estava deixando um cavalheiro beijá-la... ou *pior*?

Marcus respondeu com um meio sorriso sarcástico.

– Dificilmente. Só de olhar para ela, qualquer homem em seu juízo perfeito gritaria e sairia correndo na direção oposta.

Começando a achar que seu irmão estava sendo duro demais com Lillian Bowman, Livia franziu a testa.

– Ela é uma garota muito bonita, Marcus.

– Uma fachada bonita não é o suficiente para compensar as falhas de caráter dela.

– Que são...?

Marcus emitiu um leve som de mofa, como se os defeitos da Srta. Bowman fossem óbvios demais para requerer enumeração.

– Ela é manipuladora.

– Você também é, querido.

Ele ignorou o comentário.

– Ela é dominadora.

– Como você.

– Ela é arrogante.

– Você também – disse Livia, alegre.

Marcus a olhou de cara feia.

– Achei que estivéssemos discutindo os defeitos da Srta. Bowman, não os meus.

– Vocês parecem ter muito em comum – declarou Livia com uma inocência um tanto exagerada. Ela o observou pousar a caneta, alinhando-a com os outros itens na escrivaninha. – Em relação ao comportamento inadequado dela, está dizendo que *não* a pegou em uma situação comprometedora?

– Não, eu não disse isso. Só disse que não a vi com um cavalheiro.

– Marcus, não tenho tempo para isso – disse Livia, impaciente. – Preciso dar as boas-vindas aos Bowmans, e você também. Mas, antes de sairmos deste escritório, exijo que me diga o que ela fez de tão escandaloso!

– É ridículo demais para dizer.

– Ela estava cavalgando com uma perna de cada lado? Fumando um cigarro? Nadando nua em um lago?

– Não.

De mau humor, Marcus pegou um estereoscópio em um canto da escrivaninha, um presente de aniversário enviado por sua irmã, Aline, que agora morava com o marido em Nova York. O estereoscópio era uma invenção recente, feito com madeira de bordo e vidro. Quando um cartão estereoscópico – um par de fotografias – era preso atrás das lentes, as fotografias apareciam como uma imagem tridimensional. A profundidade e os detalhes eram surpreendentes... parecia que os galhos de uma árvore iam arranhar o nariz do observador e uma fenda de montanha se abria com tal realismo que você tinha a impressão de que poderia cair para a morte a qualquer momento. Levando o estereoscópio aos olhos, Marcus examinou a imagem do Coliseu de Roma com exagerada concentração.

No momento em que Livia estava prestes a explodir de impaciência, ele murmurou:

– Eu vi a Srta. Bowman jogando *rounders* em roupas de baixo.

Livia o olhou sem entender.

– *Rounders*? Está se referindo ao jogo com bola de couro e taco achatado?

Marcus franziu os lábios, impaciente.

– Foi na última vez que ela veio nos visitar. A Srta. Bowman e a irmã estavam se divertindo com as amigas em um prado no quadrante noroeste da propriedade quando Simon Hunt e eu passamos a cavalo por acaso. As quatro garotas usavam apenas roupas de baixo. Alegaram que era difícil jogar com as saias pesadas. Acredito que teriam arranjado qualquer desculpa para correr por aí seminuas. As irmãs Bowmans colocam a diversão acima do decoro.

Livia tinha posto a mão na boca em uma tentativa não muito bem-sucedida de conter um ataque de riso.

– Não acredito que você não mencionou isso antes!

– Eu gostaria de poder esquecer – respondeu Marcus, carrancudo, abaixando o estereoscópio. – Só Deus sabe como vou encarar Thomas Bowman com a lembrança ainda fresca da filha dele despida em minha mente.

O divertimento de Livia se prolongou enquanto ela contemplava as linhas bem definidas do perfil do irmão.

Não pôde deixar de notar que Marcus dissera "filha", não "filhas" – o que deixava claro que ele mal tinha notado a mais nova. Fora em Lillian que prestara atenção.

Conhecendo bem o irmão, Livia teria esperado que ele achasse graça do incidente. Embora Marcus tivesse um forte senso moral, estava longe de ser um puritano e tinha um senso de humor apurado. Apesar de ele nunca ter tido uma amante, Livia ouvira boatos sobre alguns casos amorosos discretos – e até mesmo um ou dois sobre o conde moralista ser bem ousado no quarto. Mas, por algum motivo, seu irmão estava perturbado com essa garota americana audaz, de modos não refinados e família pouco tradicional. Livia se perguntou se a atração dos Marsdens por americanos – afinal, Aline se casara com um e ela mesma acabara de se casar com Gideon Shaw, dos Shaws de Nova York – também era compartilhada por Marcus.

– Ela estava terrivelmente encantadora em roupas de baixo?

– Sim – disse Marcus sem pensar, e depois fechou a cara. – Quero dizer, *não*. Isto é, não a olhei por tempo suficiente para avaliar seus encantos. Se é que ela tem algum.

Livia mordeu o lábio inferior para conter o riso.

– Ora, vamos, Marcus... você é um homem saudável de 35 anos, e não deu nenhuma espiada na Srta. Bowman em pé lá de calçolas?

– Eu não espio, Livia. Ou dou uma boa olhada em algo ou não olho. Espiar é coisa de crianças ou depravados.

Ela lhe lançou um olhar lastimoso.

– Bem, sinto muito por você ter tido de passar por uma experiência tão difícil. Só podemos esperar que a Srta. Bowman permaneça vestida em sua presença durante esta visita, para evitar chocar novamente sua sensibilidade refinada.

Marcus franziu as sobrancelhas em resposta à ironia.

– Duvido que o faça.

– Que ela fique vestida ou que o choque?

– *Já chega*, Livia – resmungou Marcus, e ela deu uma risadinha.

– Venha, vamos dar as boas-vindas aos Bowmans.

– Não tenho tempo para isso – disse ele bruscamente. – Vá você e invente uma desculpa para mim.

Livia o olhou, atônita.

– Você não vai... Ah, mas Marcus, você deve! Nunca o vi ser grosseiro.

– Vou corrigir isso mais tarde. Pelo amor de Deus, eles vão ficar aqui por quase um mês. Terei muitas oportunidades de me retratar. Mas falar sobre aquela garota Bowman me deixou de péssimo humor, e neste momento a ideia de estar na mesma sala que ela me irrita.

Balançando de leve a cabeça, Livia o olhou de um modo especulativo de que o irmão não gostou nem um pouco.

– Hum. Eu costumo vê-lo interagir com pessoas de quem não gosta e você sempre consegue ser gentil, sobretudo quando quer algo delas. Mas, por algum motivo, a Srta. Bowman o provoca excessivamente. Eu tenho uma teoria sobre o porquê.

– Qual é? – Um desafio sutil iluminou os olhos dele.

– Ainda a estou desenvolvendo. Eu lhe direi quando chegar a uma conclusão definitiva.

– Deus me ajude. Apenas vá, Livia, e dê as boas-vindas aos hóspedes.

– Enquanto você se entoca neste escritório como uma raposa corre para um buraco no chão?

Marcus se levantou e fez um gesto para que ela passasse pela porta antes dele.

– Vou sair pelos fundos da casa e depois dar uma longa cavalgada.

– Por quanto tempo ficará ausente?

– Voltarei a tempo de me trocar para o jantar.

Livia deu um suspiro exasperado. O jantar daquela noite seria muito concorrido. Era o prelúdio do primeiro dia oficial da festa que começaria a pleno vapor no dia seguinte. A maioria dos convidados já estava lá e alguns retardatários chegariam em breve.

– É melhor não se atrasar – preveniu-o. – Quando concordei em agir como sua anfitriã, não foi prometendo que cuidaria de tudo sozinha.

– Eu nunca me atraso – respondeu Marcus com calma, e saiu a passos largos com a ansiedade de um homem subitamente salvo da forca.

CAPÍTULO 2

Marcus se afastou da mansão conduzindo seu cavalo pelo caminho muito percorrido na floresta depois dos jardins. Assim que atravessou uma área baixa e subiu para o outro lado, deixou-se levar pelo animal em um ruidoso galope pelos campos de ulmária e sobre a relva ressecada pelo sol. Stony Cross Park tinha os melhores acres de Hampshire, com densas florestas, prados floridos, brejos e vastos campos dourados. Antiga área de caça reservada à realeza, a propriedade era agora um dos lugares mais visitados da Inglaterra.

O fluxo relativamente constante de convidados na propriedade era conveniente aos objetivos de Marcus, pois lhe oferecia companhia para as caçadas e os esportes que adorava e lhe permitia fazer algumas manobras políticas e financeiras. Todos os tipos de negócios eram feitos nas festas, quando Marcus costumava persuadir políticos ou homens de negócios a apoiá-lo em questões importantes.

Essa festa não seria diferente de nenhuma outra, mas nos últimos dias Marcus vinha sendo atormentado por um crescente desconforto. Sendo um homem extremamente racional, não acreditava em premonições ou em nenhuma das bobagens espiritualistas da moda... mas parecia que algo na atmosfera de Stony Cross Park mudara. O ar estava carregado de tensão e expectativa, como a calma vibrante que antecede uma tempestade. Marcus estava inquieto e impaciente, e nenhum esforço físico, por maior que fosse, diminuía sua inquietação.

Contemplando a noite que se aproximava e o fato de que teria de ser amigável com os Bowmans, Marcus sentiu seu desconforto aumentar e chegar perto da ansiedade. Lamentava tê-los convidado. Na verdade, renunciaria de bom grado a qualquer possível negócio com Thomas Bowman se isso lhe permitisse se livrar deles. Mas, já que estavam ali e ficariam por quase um mês, tiraria o máximo proveito disso.

Marcus pretendia se lançar efetivamente em uma negociação com Thomas Bowman para a expansão de sua saboaria e o estabelecimento de um centro de produção em Liverpool ou em Bristol. A isenção de impostos sobre o sabão na Inglaterra nos próximos anos era quase certa, se é que Marcus podia confiar em seus aliados liberais no Parlamento. Quando isso acontecesse, o sabão se tornaria muito mais acessível às pessoas comuns, o que seria bom para a saúde pública e também para a conta bancária de Marcus, se Bowman estivesse disposto a aceitá-lo como sócio.

Contudo, não havia como negar que uma visita de Thomas Bowman significava aturar a presença das filhas dele. Lillian e Daisy eram a personificação da condenável tendência das herdeiras americanas a ir para a Inglaterra a fim de caçar maridos. A aristocracia estava sendo assediada por senhoritas ambiciosas que falavam sem parar sobre si mesmas com seus sotaques horríveis e buscavam publicidade constante nos jornais. Mulheres sem graça, espalhafatosas e arrogantes que tentavam comprar um aristocrata com o dinheiro dos pais... e frequentemente conseguiam.

Marcus havia conhecido as irmãs Bowmans em sua última visita a Stony Cross Park, e não encontrara muitos motivos para elogiá-las. A mais velha, Lillian, tornara-se um alvo particular de sua aversão quando ela e as amigas – as autodenominadas Flores Secas (como se isso fosse motivo de orgulho!) – traçaram um plano para fazer um aristocrata se casar. Marcus nunca havia se esquecido do momento em que o plano fora revelado.

– Meu Deus, não há nada que a senhorita não se preste a fazer? – perguntara a Lillian.

E ela respondera audaciosamente:

– Se há, ainda não descobri.

A extraordinária insolência de Lillian a tornava diferente de todas as mulheres que Marcus já conhecera. Isso e o *rounders* que ela tinha jogado em roupas íntimas o convenceram de que Lillian Bowman era um demônio. E quando ele fazia um julgamento sobre alguém, raramente mudava de opinião.

Marcus franziu as sobrancelhas, pensando na melhor maneira de lidar com Lillian. Ele agiria de modo frio e distante independentemente de qual fosse a provocação dela. Sem dúvida, a enfureceria ver quão pouco o afetava. Imaginando a irritação de Lillian ao ser ignorada, sentiu o aperto em seu peito diminuir. Sim... faria o possível para evitá-la e, quando as circunstâncias o forçassem a estar no mesmo ambiente que ela, a trataria com polida frieza.

Com suas feições se desanuviando, conduziu o cavalo em uma série de saltos fáceis: uma sebe, uma cerca e um estreito muro de pedra – cavaleiro e animal trabalhando juntos em perfeita sintonia.

~

– Agora, meninas – disse a Sra. Mercedes Bowman olhando severamente para as filhas à porta do quarto delas –, insisto em que durmam por pelo menos duas horas, para que estejam bem-dispostas à noite. Os jantares de lorde Westcliff costumam começar tarde e se estender até a meia-noite, e não quero nenhuma de vocês bocejando à mesa.

– Sim, mãe – disseram ambas obedientemente, com expressões inocentes que não enganavam a mãe nem um pouco.

A Sra. Bowman era uma mulher muito ambiciosa, com energia em excesso. Seu corpo magro como um fuso faria um lebréu parecer gorducho. Seu tagarelar ansioso e estridente em geral visava atingir seu principal objetivo na vida: ver suas duas filhas muito bem casadas.

– Em nenhuma circunstância vocês devem sair deste quarto – prosseguiu ela, severa. – Nada de escapadas para passear pela propriedade de lorde Westcliff, nada de aventuras, complicações ou qualquer tipo de incidente. Na verdade, pretendo trancar a porta para garantir que ficarão seguras aqui e *descansarão*.

– Mãe – protestou Lillian –, se houver um lugar mais enfadonho no mundo civilizado do que Stony Cross, comerei meus sapatos. Em que tipo de encrenca poderíamos nos meter?

– Vocês arranjam problemas de onde menos se espera – disse Mercedes com os olhos semicerrados. – É por isso que vou supervisioná-las de perto. Depois do modo que se comportaram na última vez que estivemos aqui, estou surpresa por termos sido convidados outra vez.

– Eu não – rebateu Lillian em tom seco. – Todos sabem que estamos aqui porque Westcliff está de olho na empresa do papai.

– *Lorde* Westcliff – corrigiu-a Mercedes. – Lillian, você deve se referir a ele com respeito! É o aristocrata mais rico da Inglaterra, de uma linhagem...

– Mais antiga que a da rainha – interrompeu-a Daisy em tom monótono, tendo ouvido essa conversa em muitas ocasiões. – E tem o título mais antigo da Grã-Bretanha, o que o torna...

– O solteiro mais cobiçado da Europa – completou Lillian, seca, erguendo as sobrancelhas em sinal de zombaria. – Talvez de todo o *mundo*. Mãe, se acha mesmo que Westcliff se casaria com uma de nós, você é lunática.

– Ela não é lunática – disse Daisy para a irmã. – É nova-iorquina.

Havia cada vez mais pessoas como os Bowmans em Nova York – novos-ricos que não conseguiam se misturar com os nova-iorquinos conservadores ou a nata da sociedade. Essas famílias tinham feito fortuna em indústrias como a manufatureira ou a mineradora, e ainda assim não conseguiam ser aceitas nos círculos a que tanto aspiravam. A solidão e o constrangimento de serem rejeitados pela sociedade nova-iorquina aumentaram as ambições de Mercedes como nada mais teria feito.

– Faremos lorde Westcliff se esquecer do péssimo comportamento de vocês em nossa última visita – disse-lhes Mercedes, de cara feia. – Vocês se comportarão com modéstia, serenidade e decoro o tempo todo. E chega dessa história de Flores Secas. Quero que fiquem longe daquela escandalosa Annabelle Peyton e daquela outra...

– Evie Jenner – disse Daisy. – E agora ela é Annabelle Hunt, mãe.

– Annabelle essa que se casou com o melhor amigo de Westcliff – ressaltou Lillian. – Acho que esse é um ótimo motivo para continuarmos a vê-la, mãe.

– Vou pensar a respeito. – Mercedes as olhou com desconfiança. – Por enquanto, quero que tirem um longo e tranquilo cochilo. Não quero ouvir nenhum som de vocês, estão entendendo?

– Sim, mãe – responderam as duas em coro.

A porta se fechou e, do lado de fora, a chave girou firmemente na fechadura.

As irmãs se entreolharam, sorrindo.

– Ainda bem que ela nunca descobriu sobre nosso jogo de *rounders* – disse Lillian.

– Se tivesse descoberto, estaríamos mortas – concordou Daisy, séria.

Lillian tirou um grampo de uma pequena caixa esmaltada sobre a penteadeira e se dirigiu à porta.

– É uma pena que ela fique tão aborrecida com coisas bobas, não é?

– Como naquela vez em que pusemos o leitão sujo de graxa no salão da Sra. Astor.

Sorrindo diante da lembrança, Lillian se ajoelhou na frente da porta e enfiou o grampo na fechadura.

– Sabe, sempre me perguntei por que nossa mãe não gostou de termos feito isso em defesa dela. *Alguma coisa* tinha de ser feita depois que a Sra. Astor não convidou nossa mãe para sua festa.

– Acho que, na opinião de mamãe, pôr animais na casa de alguém não nos faria merecer convites para futuras festas.

– Bem, acho que isso não foi tão ruim quanto naquela vez em que soltamos fogos de artifício naquela loja na Quinta Avenida.

– Mas fomos obrigadas, depois de aquele vendedor ter sido tão grosseiro.

Lillian retirou o grampo, entortou-o habilmente e o reintroduziu na fechadura. Apertando os olhos com o esforço, moveu-o até ouvir um clique e depois olhou para Daisy com um sorriso de triunfo.

– Acho que eu nunca tinha feito isso tão rápido.

Mas a irmã caçula não retribuiu o sorriso.

– Lillian... se você encontrar um marido este ano... tudo vai mudar. Você vai mudar. Não haverá mais aventuras ou diversão, e ficarei sozinha.

– Não seja boba – disse Lillian franzindo a testa. – Não vou mudar e você não ficará sozinha.

– Você terá um marido a quem dar satisfações – ressaltou Daisy. – E ele não vai deixá-la se envolver em nenhuma travessura comigo.

– Não, não, não... – Lillian se aprumou e rejeitou aquela ideia com um gesto. – Não vou ter *esse* tipo de marido. Vou me casar com um homem que não notará ou não se importará com o que faço quando estou longe dele. Um homem como o papai.

– Um homem como o papai não parece ter feito nossa mãe muito feliz – disse Daisy. – Eu me pergunto se um dia eles já estiveram apaixonados.

Lillian encostou na porta e franziu a testa enquanto pensava no assunto. Nunca lhe ocorrera se perguntar se os pais tinham se casado por amor. Por algum motivo achava que não. Ambos pareciam muito contidos. O relacionamento deles era, na melhor das hipóteses, um laço insignificante. Pelo que Lillian sabia, eles quase nunca brigavam, nunca se abraçavam e raramente se falavam. E ainda assim parecia não haver amargura entre eles. Em vez disso, eram indiferentes um ao outro, sem demonstrar desejo ou mesmo a capacidade de ser felizes.

– O amor é para os romances, querida – disse Lillian, fazendo o possível para parecer cética. Abrindo a porta, olhou para os dois lados do corredor e depois de volta para Daisy. – Vazio. Devemos sair pela porta de serviço?

– Sim, e depois ir para a ala oeste da mansão e a floresta.

– Por que a floresta?

– Você se lembra do favor que Annabelle me pediu?

Lillian a olhou sem compreender por um momento, mas depois revirou os olhos.

– Meu Deus, Daisy, você não consegue pensar em nada melhor do que cumprir uma missão ridícula como essa?

A irmã mais nova lhe lançou um olhar astuto.

– Você só não quer fazer isso porque é para o bem de lorde Westcliff.

– Isso não vai beneficiar *ninguém* – respondeu Lillian, exasperada. – É uma missão boba.

Com o olhar decidido, Daisy respondeu:

– Vou encontrar o poço dos desejos de Stony Cross e fazer o que Annabelle me pediu. Você pode me acompanhar, se quiser, ou fazer outra coisa sozinha. Mas – seus olhos amendoados se estreitaram ameaçadoramente –, depois de todo o tempo que me fez esperar enquanto entrava em perfumarias e farmácias antigas e empoeiradas, acho que me deve apenas um pouco de paciência...

– Está bem – resmungou Lillian. – Vou com você. Se eu não for, você nunca encontrará o poço e acabará perdida no meio da floresta.

Olhando outra vez para o corredor e se certificando de que continuava vazio, Lillian tomou a dianteira na direção da porta de serviço no final dele. As irmãs andaram nas pontas dos pés com treinado cuidado, seus passos silenciosos no grosso tapete.

Por mais que Lillian detestasse o dono de Stony Cross Park, tinha que admitir que a propriedade era esplêndida. A casa era de estilo europeu, uma elegante fortaleza construída com pedra cor de mel e em cujas extremidades havia quatro torres pitorescas que se projetavam para o céu. Situada em uma colina com vista para o rio Itchen, a mansão era cercada de jardins em terraços e pomares que desembocavam em 200 hectares de parque e floresta. Quinze gerações da família de Westcliff, os Marsdens, tinham vivido ali, conforme qualquer dos criados se apressava em falar. E isso estava longe de representar toda a fortuna de lorde Westcliff. Dizia-se que quase 200 mil acres da Inglaterra e da Escócia estavam sob seu controle direto, e entre suas propriedades havia dois castelos, três mansões, uma série de casas no mesmo estilo denominada Marsdens Terrace, mais cinco casas e uma vila à beira do Tâmisa. Mas Stony Cross Park era, sem dúvida, a joia da coroa da família Marsden.

Contornando a lateral da mansão, as irmãs tiveram o cuidado de se manter junto a uma sebe de teixos que as ocultava da vista daqueles que estavam na casa principal. Quando entraram na floresta de cedros e carvalhos antigos, a luz brilhante do sol se infiltrava por entre o dossel de galhos entrelaçados.

Animada, Daisy ergueu os braços e exclamou:

– Ah, eu adoro este lugar!

– É passável – disse Lillian de má vontade, embora no fundo tivesse de admitir que naquele início de outono em plena floração era difícil haver lugar mais bonito na Inglaterra.

Daisy subiu em um tronco que alguém tirara do caminho e andou cuidadosamente sobre ele.

– Para ser dona de Stony Cross Park quase valeria a pena se casar com lorde Westcliff, não acha?

Lillian arqueou as sobrancelhas.

– E ter de suportar todos os seus discursos pomposos e

obedecer às suas ordens? – Ela fez uma careta, franzindo o nariz em desagrado.

– Annabelle disse que lorde Westcliff é muito mais agradável do que ela pensava.

– Annabelle *tinha* de dizer isso depois do que aconteceu algumas semanas atrás.

As irmãs ficaram em silêncio, ambas refletindo sobre os acontecimentos dramáticos recentes. Quando Annabelle e o marido, Simon Hunt, estavam visitando a fábrica de locomotivas que possuíam em sociedade com lorde Westcliff, uma explosão horrível quase pusera fim a suas vidas. Lorde Westcliff se precipitou para o prédio em uma missão quase suicida para salvá-los e os tirou de lá vivos. Era compreensível que Annabelle agora visse Westcliff como um herói e que tivesse dito que considerava a arrogância dele, de certa forma, encantadora. Lillian respondera em tom azedo que Annabelle ainda devia estar sofrendo os efeitos colaterais da inalação de fumaça.

– Acho que devemos ser gratas a lorde Westcliff – observou Daisy, saltando do tronco. – Afinal de contas, ele salvou a vida de Annabelle e não temos um grupo muito grande de amigas.

– Salvar Annabelle foi uma circunstância – disse Lillian, irritada. – O único motivo de Westcliff ter arriscado a vida foi por não querer perder um sócio lucrativo.

– Lillian! – Daisy, que estava alguns passos à frente, se virou, surpresa, para a irmã. – Não é típico de você ser tão pouco caridosa. Pelo amor de Deus, o conde entrou em um prédio em chamas para salvar nossa amiga e o marido dela... o que mais um homem tem de fazer para impressioná-la?

– Estou certa de que Westcliff não está nem um pouco interessado em me impressionar – disse Lillian. Ouvindo o tom zangado na própria voz, ela estremeceu, mas mesmo assim continuou: – O motivo de eu detestá-lo tanto, Daisy, é que ele obviamente *me* detesta. Considera-se superior a mim de todos os modos possíveis: moral, social e intelectualmente... Ah, como eu queria encontrar um meio de deixá-lo chocado!

Elas caminharam em silêncio por um minuto e depois Daisy parou para colher algumas violetas que cresciam em densos tufos à beira do caminho.

– Você já pensou em tentar ser gentil com lorde Westcliff? – murmurou ela. Estendendo o braço para prender as violetas na guirlanda em seus cabelos, acrescentou: – Ele poderia surpreendê-la sendo gentil também.

Lillian balançou a cabeça, de mau humor.

– Não, provavelmente ele diria algo sarcástico e depois pareceria muito presunçoso e satisfeito consigo mesmo.

– Acho que você está sendo muito... – começou Daisy, e depois parou com uma expressão absorta. – Ouvi um som de água jorrando. O poço dos desejos deve estar perto!

– Ah, graças a Deus – disse Lillian com um sorriso relutante enquanto seguia a irmã mais nova que estava correndo por uma área baixa ao lado de um prado encharcado.

O prado lamacento estava repleto de ásteres azuis e roxos, ciperáceas com suas flores eriçadas e varas-de-ouro farfalhantes. Perto da estrada havia uma densa moita de erva-de-são-joão com flores amarelas que pareciam gotas de luz solar. Deleitando-se com o aprazível ambiente, Lillian diminuiu o ritmo e respirou fundo. Ao se aproximar do agitado poço dos desejos, que era um buraco no chão alimentado por uma fonte, o ar se tornou mais suave e úmido.

No início do verão, quando as Flores Secas tinham ido ao poço dos desejos, cada uma atirara um alfinete em suas profundezas borbulhantes, seguindo a tradição local. E Daisy fizera um pedido misterioso para Annabelle, que mais tarde fora atendido.

– Aqui está – disse Daisy tirando do bolso um pedaço de metal fino como uma agulha. Era a lasca de metal que Annabelle havia tirado do ombro de Westcliff quando a explosão lançara pedaços de metal como uma arma. Mesmo Lillian, que não tendia a sentir nenhuma compaixão por Westcliff, estremeceu à visão da horrível lasca. – Annabelle me disse para atirar isto no poço e fazer para lorde Westcliff o mesmo pedido que fiz para ela.

– Qual foi o pedido? – perguntou Lillian. – Você nunca me contou.

Daisy a olhou com um sorriso zombeteiro.

– Não é óbvio, querida? Pedi que Annabelle se casasse com alguém que a amasse de verdade.

– Ah.

Pensando no que sabia sobre o casamento de Annabelle e na óbvia devoção entre o casal, Lillian supôs que o pedido tivesse sido atendido. Ela olhou para Daisy com carinho e exasperação e recuou para observar os procedimentos.

– Lillian – protestou a irmã –, você deve ficar aqui comigo. É mais provável que o espírito do poço atenda ao pedido se nós duas nos concentrarmos nele.

Um riso baixo escapou da garganta de Lillian.

– Você não acredita mesmo que exista um espírito do poço, não é? Meu Deus, como se tornou tão supersticiosa?

– Vindo de alguém que acabou de comprar um frasco de perfume mágico...

– Nunca achei que fosse mágico. Só gostei do cheiro!

– Lillian – repreendeu-a Daisy de brincadeira –, que mal há em admitir essa possibilidade? Eu me recuso a acreditar que passaremos a vida sem que *algo* mágico aconteça. Agora, faça um pedido para lorde Westcliff. É o mínimo que podemos fazer depois de ele ter salvado nossa querida Annabelle do incêndio.

– Ah, está bem. Vou ficar perto de você, mas só para impedi-la de cair no poço. – Aproximando-se da irmã, passou um braço ao redor dos ombros estreitos dela e olhou para a água lamacenta e murmurante.

Daisy fechou os olhos com força e apertou com os dedos a lasca de metal.

– Estou pedindo de todo o coração – sussurrou ela. – Você está, Lillian?

– Sim – murmurou Lillian, embora não estivesse exatamente pedindo que lorde Westcliff encontrasse o amor verdadeiro.

Seu pedido seguia mais a linha *que lorde Westcliff encontre uma mulher que o faça cair de joelhos*. O pensamento fez um sorriso satisfeito curvar seus lábios e ela continuou a sorrir enquanto Daisy atirava no poço a lasca de metal, que desceu às suas infinitas profundezas.

Limpando as mãos uma na outra, Daisy deu as costas para o poço, satisfeita.

– Está feito – disse, radiante. – Mal posso esperar para ver com quem Westcliff vai ficar.

– Sinto pena da pobre moça – respondeu Lillian. – Seja ela quem for.

Daisy apontou com a cabeça na direção da mansão.

– Vamos voltar para casa?

A conversa logo se transformou em uma sessão de planejamento estratégico em que discutiram uma ideia que Annabelle havia mencionado na última vez em que haviam conversado. As irmãs Bowmans precisavam desesperadamente de um padrinho para apresentá-las às altas camadas da sociedade inglesa... e não só um padrinho. Tinha de ser alguém poderoso, influente e famoso. Alguém cujo endosso seria aceito pelo restante da aristocracia. Segundo Annabelle, não havia ninguém melhor para isso do que a condessa de Westcliff, a mãe do conde.

A condessa, que parecia gostar de viajar pelo continente, quase nunca era vista. Mesmo quando estava em Stony Cross, preferia não se misturar com os convidados, desprezando o hábito de seu filho de fazer amizade com homens de negócios e outros plebeus. Nenhuma das irmãs Bowmans a conhecia, mas tinham ouvido falar muito dela. Segundo os boatos, a condessa era um dragão velho que desprezava estrangeiros. Sobretudo americanos.

– Só não entendo por que Annabelle acha que há alguma chance de a condessa nos amadrinhar – disse Daisy, chutando repetidas vezes uma pequena pedra enquanto andavam. – Com certeza, ela nunca fará isso de vontade própria.

– Fará se Westcliff lhe disser para fazer – respondeu Lillian. Ela pegou um galho comprido e o balançou distraidamente. – Ao que parece, a condessa pode ser convencida a fazer o que Westcliff pedir. Annabelle me disse que a condessa não aprovava o casamento de Lady Olivia com o Sr. Shaw e não tinha nenhuma intenção de comparecer à cerimônia. Mas Westcliff sabia que isso feriria os sentimentos da irmã e então obrigou a mãe a ir e a agir de modo civilizado.

– Sério? – Daisy olhou de relance para a irmã com um meio sorriso de curiosidade. – Como ele conseguiu?

– Sendo o chefe da casa. Nos Estados Unidos, a mulher é quem governa o lar, mas na Inglaterra tudo gira em torno do homem.

– Hum. Não gosto muito disso.

– Sim, eu sei. – Lillian fez uma pausa antes de acrescentar sombriamente: – Segundo Annabelle, o marido inglês tem de aprovar os cardápios, a disposição dos móveis, a cor das cortinas... *tudo*.

Daisy pareceu surpresa e horrorizada.

– O Sr. Hunt se importa com essas coisas?

– Bem, não. Ele não é um aristocrata. É um homem de negócios, e homens de negócios não costumam ter tempo para essas trivialidades. Mas em geral os aristocratas têm muito tempo para examinar todas as pequenas coisas que acontecem na casa.

Parando de chutar a pedra, Daisy franziu a testa e olhou para Lillian.

– Eu tenho me perguntado... Por que estamos tão decididas a nos casar com um aristocrata, morar em uma casa antiga e enorme, caindo aos pedaços, comer comida inglesa nojenta e tentar dar instruções para criados que não têm absolutamente nenhum respeito por nós?

– Porque é o que nossa mãe deseja – respondeu Lillian, seca. – E porque ninguém em Nova York se casaria conosco.

Era uma pena que, na altamente distintiva sociedade nova-iorquina, fosse bastante simples para homens com fortunas recém-adquiridas arranjar bons casamentos. Mas herdeiras com linhagens plebeias não eram desejadas nem pelos homens de sangue azul nem pelos novos-ricos em busca de ascensão social. Por isso a única solução era caçar maridos na Europa, onde homens da classe alta precisavam de esposas ricas.

As sobrancelhas franzidas de Daisy deram lugar a um sorriso irônico.

– E se ninguém nos quiser aqui também?

– Então nos tornaremos duas velhas solteironas terríveis e nos divertiremos em viagens pela Europa.

Daisy riu diante dessa ideia e atirou sua longa trança para trás. Era impróprio duas jovens da idade delas passearem sem chapéu, ainda mais com os cabelos soltos. Contudo, as irmãs Bowmans tinham cachos escuros tão pesados que era difícil prendê-los nos elaborados penteados da moda. Era preciso pelo menos três conjuntos de grampos para cada uma, e o couro cabeludo sensível de Lillian doía após todo o puxar e torcer exigido para tornar seus cabelos apresentáveis para um evento formal. Mais de uma vez ela havia invejado Annabelle Hunt, cujos cachos leves e sedosos sempre pareciam se comportar exatamente como ela desejava. Naquele momento, Lillian estava com os cabelos amarrados na nuca e caindo soltos nas costas em um estilo que nunca seria permitido em público.

– Como vamos convencer Westcliff a fazer a mãe agir como nossa madrinha? – perguntou Daisy. – Parece muito improvável que ele concorde com uma coisa dessas.

Lillian esticou o braço para trás, atirou o galho para longe na floresta e esfregou as palmas das mãos para retirar as partículas de casca.

– Não tenho a menor ideia – admitiu. – Annabelle tentou fazer o Sr. Hunt interceder a nosso favor junto a Westcliff, mas ele se recusou, dizendo que isso seria abusar de sua amizade.

– Se ao menos pudéssemos obrigar Westcliff a fazer isso... – refletiu Daisy. – Enganá-lo ou chantageá-lo de alguma maneira...

– Só se pode chantagear um homem se ele fez algo vergonhoso que quer esconder. E duvido que aquele indigesto, enfadonho e velho Westcliff tenha feito algo pelo qual possa ser chantageado.

Daisy riu com essa descrição.

– Ele não é indigesto, enfadonho, nem tão velho assim!

– Mamãe disse que ele tem no mínimo 35 anos. Eu diria que isso é bastante velho, não acha?

– Aposto que a maioria dos homens na casa dos 20 não está nem de longe em tão boa forma física quanto Westcliff.

Sempre que Westcliff se tornava o tema da conversa, Lillian ficava de mau humor, não muito diferente de como ficava na infância, quando seus irmãos atiravam sua boneca favorita de um lado para outro por cima de sua cabeça e ela chorava para que a devolvessem. Por que qualquer menção ao conde a afetava dessa maneira era uma pergunta para a qual não havia resposta. Ela rejeitou o comentário de Daisy com um dar de ombros irritado.

Quando elas se aproximaram da casa, ouviram gritos distantes seguidos de sons alegres como os de garotos brincando.

– O que é isso? – perguntou Lillian, olhando na direção dos estábulos.

– Não sei, mas parece que alguém está se divertindo muito. Vamos ver.

– Não temos muito tempo. Se mamãe descobrir que nós saímos...

– Vamos ser rápidas. Ah, por favor, Lillian.

Enquanto elas hesitavam, mais alguns gritos e risadas vieram da direção do pátio dos estábulos, contrastando tanto com o cenário tranquilo ao seu redor que a curiosidade venceu Lillian. Ela sorriu impulsivamente para Daisy.

– Vamos dar uma corrida até lá – disse ela e disparou.

Daisy ergueu as saias e correu atrás da irmã. Embora as pernas de Daisy fossem muito mais curtas que as de Lillian, ela era leve e ágil como um elfo e tinha quase alcançado a irmã quando chegaram ao pátio dos estábulos. Ofegando um pouco pelo esforço de correr em uma longa subida, Lillian contornou a bonita cerca de um padoque e viu um grupo de quatro garotos entre 12 e 16 anos jogando no pequeno campo logo à frente. Suas roupas os identificavam como cavalariços. Eles tinham deixado as botas ao lado do padoque e corriam descalços.

– Você está *vendo*? – perguntou Daisy, ansiosa.

Olhando para o grupo, Lillian viu um deles brandindo no ar um longo taco de madeira de salgueiro e riu, encantada.

– Eles estão jogando *rounders*!

Embora o jogo – que exigia um taco, uma bola e quatro bases dispostas como um diamante – fosse popular tanto nos Estados Unidos quanto na Inglaterra, tinha despertado um interesse obsessivo em Nova York. Garotos e garotas de todas as classes sociais o jogavam, e Lillian se lembrou com saudade de muitos piqueniques seguidos de uma tarde de partidas de *rounders*. Ela sentiu uma cálida nostalgia ao observar um cavalariço rodear as bases. Estava claro que aquele campo costumava ser usado para esse fim, porque os postes tinham sido fincados profundamente no chão, e nas áreas pisadas entre eles a grama dera lugar à terra. Lillian reconheceu um dos jogadores como o rapaz que lhe emprestara o taco para a malfadada partida de *rounders* com as Flores Secas dois meses antes.

– Você acha que eles nos deixariam jogar? – perguntou Daisy, esperançosa. – Só uns minutinhos?

– Não vejo por que não. Aquele garoto ruivo foi quem nos emprestou o taco. Acho que se chama Arthur...

Naquele momento foi lançada uma bola baixa e rápida para o rebatedor, que fez um ágil movimento de balanço em um curto arco. O lado achatado do taco bateu com força na bola de couro, que quicou e veio na direção delas em uma jogada que em Nova York chamavam de "gafanhoto". Correndo para a frente, Lillian pegou a bola com as mãos nuas e a lançou habilmente para o garoto na primeira base. Ele a pegou por instinto, olhando, surpreso, para Lillian. Quando os outros garotos notaram as duas jovens ao lado do padoque, pararam sem saber como agir.

Lillian avançou, olhando para o garoto ruivo.

– Arthur? Você se lembra de mim? Estive aqui em junho. Você nos emprestou o taco.

A expressão de surpresa do garoto se desfez.

– Ah, sim, Srta.... Srta....

– Bowman. – Lillian apontou casualmente para Daisy. – E esta é minha irmã. Ainda agora estávamos nos perguntando... Vocês nos deixariam jogar? Só um pouco?

Um silêncio de assombro se seguiu. Lillian deduziu que, embora fosse aceitável lhe emprestar o taco, deixá-la jogar com os outros cavalariços era bem diferente.

– Na verdade, nós não jogamos muito mal – disse ela. – Jogávamos muito em Nova York. Se está preocupado com a possibilidade de diminuirmos o ritmo do jogo...

– Ah, não é isso, Srta. Bowman – retrucou Arthur, com o rosto vermelho como seus cabelos. Ele lançou um olhar hesitante para seus companheiros antes de voltar a atenção para ela. – É só que... senhoritas da sua classe... não podem... nós somos *criados*, senhorita.

– Estão em seu tempo livre, não é? – contrapôs Lillian. O garoto assentiu, cauteloso.

– Nós também – disse Lillian. – E é só uma partidinha. Ah, deixe-nos jogar. Nunca contaremos para ninguém.

– Ofereça mostrar a ele seus arremessos – sugeriu Daisy pelo canto da boca.

Olhando para os rostos impassíveis dos garotos, Lillian concordou.

– Eu sei arremessar – falou, erguendo as sobrancelhas significativamente. – Bolas rápidas, bolas umedecidas com saliva, bolas de efeito... não quer ver como os americanos jogam?

Deu para notar que aquilo os intrigou. Contudo, Arthur disse, tímido:

– Srta. Bowman, se alguém as vir jogando *rounders* no pátio dos estábulos, provavelmente levaremos a culpa e então...

– Não, não levarão – disse Lillian. – Eu prometo que, se alguém nos pegar, assumiremos toda a responsabilidade. Direi que não lhes deixamos outra escolha.

Embora o grupo parecesse descrente, Lillian e Daisy insistiram e imploraram até eles enfim as deixarem jogar. Tomando posse de uma bola de couro gasta, Lillian flexionou os braços, estalou os nós dos dedos e assumiu uma posição de arremesso encarando o rebatedor, que estava na base designada Castle Rock. Apoiando-se no pé esquerdo, fez um lançamento rápido e preciso. A bola caiu em cheio na mão do recebedor, enquanto o rebatedor fazia um movimento de balanço e a perdia totalmente. Alguns assovios de admiração saudaram o esforço de Lillian.

– Nada mau para o braço de uma garota! – comentou Arthur, fazendo-a sorrir. – Agora, senhorita, se não se importa, quais são a bola e o efeito de que estava falando?

Lillian pegou a bola que lhe foi lançada de volta e encarou de novo o rebatedor, dessa vez agarrando a bola apenas com o polegar e os dois primeiros dedos. Recuou, ergueu o braço e depois a arremessou girando o pulso em um efeito que fez a bola se desviar para dentro justamente ao chegar a Castle Rock. O rebatedor a perdeu de novo, mas até mesmo ele reconheceu o bom arremesso. Na próxima vez, ele enfim acertou a bola, mandando-a para o lado oeste do campo, onde Daisy correu alegremente atrás dela. Daisy a lançou para o jogador na terceira base, que pulou para agarrá-la.

Em poucos minutos, o ritmo acelerado e o prazer do jogo fizeram todos perderem a timidez, e os impulsos, os arremessos e as corridas se tornaram desinibidos. Rindo e falando tão alto quanto os cavalariços, Lillian se lembrou da liberdade e da despreocupação da infância. Era um alívio indescritível esquecer, ainda que apenas por um momento, as inúmeras regras e o opressivo decoro que as sufocavam desde que tinham posto os pés na Inglaterra. E o dia estava glorioso, com o sol brilhando, mas muito mais ameno do que em Nova York, e o ar suave e fresco enchia seus pulmões.

– É sua vez de rebater, senhorita – disse Arthur erguendo a mão para Lillian e lhe atirando a bola. – Vamos ver se é tão boa nisso quanto no arremesso!

– Ela não é – informou Daisy de pronto, e Lillian fez um gesto com a mão que arrancou gargalhadas escandalizadas dos garotos.

Infelizmente, era verdade. Apesar de toda a sua precisão nos arremessos, Lillian nunca dominara a arte de rebater – um fato que Daisy, que era melhor nisso que a irmã, tinha grande prazer em salientar. Lillian segurou o taco com a mão esquerda como se fosse um martelo e deixou o dedo indicador da mão direita ligeiramente aberto. Erguendo o taco sobre o ombro, esperou o arremesso, calculou o tempo com os olhos apertados e tentou bater na bola com toda a força. Para a sua frustração, a bola passou por cima do taco e da cabeça do recebedor.

Antes de o garoto poder correr atrás dela, a bola foi atirada de volta para o arremessador por alguém fora de vista. Lillian ficou perplexa ao ver o rosto de Arthur subitamente assumir uma palidez que contrastava com seus cabelos ruivos. Perguntando-se o que poderia tê-lo deixado assim, Lillian se virou e olhou para trás. O recebedor parecia ter parado de respirar enquanto também olhava para o visitante.

Ali, apoiado despreocupadamente na cerca do padoque, estava ninguém menos que Marcus, lorde Westcliff.

Capítulo 3

Praguejando em silêncio, Lillian olhou para Westcliff com irritação.

Ele respondeu erguendo uma das sobrancelhas de modo zombeteiro. Embora usasse um casaco de montar de tweed, o colarinho da camisa estava aberto, deixando à mostra o pescoço forte e bronzeado. Em seus encontros anteriores, Westcliff sempre estivera impecavelmente vestido e penteado. Mas naquele momento tinha os fartos cabelos pretos revoltos pelo vento e a barba por fazer. Vê-lo assim causou uma estranha e agradável contração na barriga de Lillian, e uma fraqueza desconhecida nos joelhos.

Apesar de sua aversão a Westcliff, ela devia reconhecer que ele era um homem bastante atraente. Suas feições eram muito largas em alguns pontos e muito severas em outros, mas havia um encanto rústico em seu rosto que fazia a beleza clássica parecer irrelevante. Poucos homens tinham uma virilidade tão arraigada, uma força de caráter poderosa demais para ser ignorada. Ele não só estava confortável em sua posição de autoridade como era obviamente incapaz de agir de outra forma senão como líder. Sendo uma garota que sempre fora propensa a atirar ovos na cara de figuras de autoridade, Lillian achava Westcliff uma tentação terrível. Poucos momentos tinham sido melhores do que aqueles em que conseguira irritá-lo além do que ele podia suportar.

O olhar avaliador de Westcliff desceu dos cabelos desgrenhados de Lillian para o corpo sem espartilho, sem deixar de notar os seios soltos. Ela se perguntou se ele a repreenderia em público por ousar jogar *rounders* com um grupo de cavalariços e lhe devolveu o olhar avaliador. Tentou parecer desdenhosa, mas isso não era fácil quando a visão do corpo magro e atlético de Westcliff lhe causava outro embrulho no estômago. Daisy tinha razão – seria difícil, se não impossível, encontrar um homem mais novo com a virilidade de Westcliff.

Ainda sustentando o olhar de Lillian, Westcliff se afastou lentamente da cerca do padoque e se aproximou.

Embora tensa, Lillian se manteve firme. Era alta para uma mulher, mas Westcliff tinha uns dez centímetros mais que ela e era no mínimo trinta quilos mais pesado. Os nervos de Lillian vibraram a essa constatação enquanto ela olhava nos olhos dele, que eram de um tom de castanho tão intenso que pareciam pretos.

A voz de Westcliff soou grave:

– Você deveria fechar um pouco os cotovelos.

Tendo esperado uma crítica, Lillian foi pega desprevenida.

– O quê?

Os cílios espessos do conde se abaixaram de leve quando ele olhou para o taco na mão direita dela.

– Vire os cotovelos um pouco para dentro. Você terá mais controle sobre o taco se diminuir o arco do movimento.

Lillian o olhou de cara feia.

– Há alguma coisa em que você não seja especialista?

Um brilho de divertimento surgiu nos olhos escuros do conde. Ele pareceu refletir.

– Eu não sei assoviar – disse por fim. – E tenho má pontaria com um trabuco. Além disso... – O conde ergueu as mãos em um gesto de impotência, como se não conseguisse se lembrar de outra atividade em que fosse menos do que proficiente.

– O que é um trabuco? – perguntou Lillian. – E o que quer dizer com não sabe assoviar? Todos sabem assoviar.

Westcliff formou um círculo perfeito com os lábios e soprou o ar para fora sem produzir nenhum som. Eles estavam tão próximos que Lillian sentiu o sopro suave em sua testa agitando alguns fios sedosos de cabelo que tinham se colado em sua pele suada. Pestanejou, surpresa, olhando para a boca de Westcliff e depois para o colarinho aberto da camisa dele, onde a pele bronzeada parecia macia e muito quente.

– Está vendo? Nada. Eu tento há anos.

Perplexa, Lillian pensou em aconselhá-lo a soprar com mais força e pressionar a ponta da língua contra os dentes inferiores... mas por alguma razão a ideia de pronunciar uma frase com a palavra "língua" para Westcliff pareceu impossível. Em vez disso, ela o olhou, confusa, e se sobressaltou um pouco quando ele estendeu a mão para seus ombros e a virou de modo gentil para Arthur. O garoto estava a vários metros de distância com a bola esquecida em sua mão observando o conde com uma expressão que era um misto de respeito e medo.

Sem saber se Westcliff repreenderia os garotos por deixá-las jogar, Lillian disse, preocupada:

– Arthur e os outros... não foi culpa deles. Eu os obriguei a nos deixar jogar...

– Não duvido – respondeu o conde por cima do ombro de Lillian. – Provavelmente não lhes deu nenhuma chance de negar.

– Não vai puni-los?

– Por jogar *rounders* em seu tempo livre? Não. – Westcliff tirou o casaco e o jogou no chão. Virou-se para o recebedor, que estava perto, e disse: – Jim, seja um bom rapaz e me ajude lançando algumas bolas.

– Sim, milorde! – O garoto disparou para o espaço vazio no lado oeste do campo entre os postes das bases.

– O que está fazendo? – perguntou Lillian quando Westcliff se posicionou atrás dela.

– Estou corrigindo seu balanço – rebateu ele, tranquilo. – Erga o taco, Srta. Bowman.

Ela se virou para olhá-lo, incrédula, e ele sorriu, os olhos brilhando com o desafio.

– Isso deve ser interessante – murmurou Lillian.

Assumindo uma posição de rebatida, ela olhou através do campo para Daisy, que estava com o rosto corado e os olhos muito brilhantes do esforço para conter um ataque de riso.

– Meu balanço é perfeito – resmungou Lillian, desconfortavelmente consciente do corpo do conde atrás do seu.

Ela arregalou os olhos ao sentir as mãos de Westcliff deslizarem para seus cotovelos e os empurrarem mais para dentro. Quando ele sussurrou em seu ouvido com a voz rouca, os nervos excitados de Lillian pareceram se incendiar e ela sentiu um calor se espalhando pelo rosto e pelo pescoço, bem como por outras partes do corpo que, até onde sabia, não tinham nome.

– Afaste mais os pés – disse Westcliff –, e distribua o peso igualmente. Bom. Agora traga suas mãos mais para perto do corpo. Como o taco é um pouco longo para você, terá de segurá-lo mais em cima...

– Eu gosto de segurá-lo na ponta.

– É muito longo para você – insistiu ele –, e é por isso que você interrompe o balanço pouco antes de bater na bola...

– Eu gosto de um taco longo – contrapôs Lillian enquanto ele posicionava as mãos dela no punho de madeira de salgueiro. – Na verdade, quanto mais longo, melhor.

Um riso distante de um dos cavalariços chamou a atenção de Lillian e ela o olhou com desconfiança antes de se virar para Westcliff. O rosto dele estava inexpressivo, mas com um brilho de riso nos olhos.

– Qual é a graça? – perguntou ela.

– Não faço ideia – disse Westcliff e a virou de novo para o arremessador. – Lembre-se dos cotovelos. Sim. Não deixe os pulsos virarem, mantenha-os retos e balance em um movimento equilibrado... não, assim não.

Estendendo os braços em volta de Lillian, ele a surpreendeu pondo as mãos sobre as dela e a guiando no lento arco. A boca de Westcliff estava no ouvido de Lillian.

– Sente a diferença? Tente de novo... está mais natural?

O coração de Lillian tinha começado a bater em um ritmo rápido que fez o sangue correr vertiginosamente em suas veias. Ela nunca tinha se sentido tão estranha, com o sólido calor de um homem em suas costas, as coxas fortes dele se introduzindo nas dobras suaves de seu vestido de passeio. As mãos largas de Westcliff cobriram as dela quase por completo e Lillian se surpreendeu ao sentir que ele tinha calos nos dedos.

– De novo – disse Westcliff.

As mãos dele apertaram as de Lillian. Quando os braços de ambos se alinharam, ela notou os bíceps duros como aço. De repente se sentiu subjugada por Westcliff, ameaçada de um modo que ia muito além da influência física. O ar em seus pulmões pareceu se espalhar de forma dolorosa. Ela o exalou repetidamente e ficou aliviada com desconcertante rapidez.

Westcliff deu um passo para trás e a olhou fixamente, franzindo a testa. Não era fácil distinguir as íris negras das pupilas. Contudo, Lillian teve a impressão de que ele estava com os olhos dilatados como se sob o efeito de uma droga poderosa. Parecia querer lhe perguntar alguma coisa, mas em vez disso lhe fez um breve cumprimento com a cabeça e um gesto para em seguida voltar à posição de rebatida. Ocupando o lugar do recebedor, agachou-se e apontou para Arthur.

– Lance algumas bolas fáceis para começar – gritou.

Arthur assentiu, parecendo perder o medo.

– Sim, milorde!

Arthur girou o braço e lançou uma bola fácil e direta. Estreitando os olhos com determinação, Lillian agarrou o taco com força, fez o balanço e girou os quadris para dar mais impulso ao movimento. Para sua tristeza, errou feio a bola. Virando-se, lançou um olhar penetrante para Westcliff.

– Bem, seu conselho ajudou muito – murmurou em tom sarcástico.

– Cotovelos – foi o lembrete sucinto dele antes de atirar a bola para Arthur. – Tente de novo.

Com um suspiro, Lillian ergueu o taco e encarou mais uma vez o arremessador.

Arthur esticou o braço para trás e se inclinou para a frente, lançando outra bola rápida.

Lillian grunhiu com o esforço de girar o taco. Achando inesperadamente fácil fazer o balanço no ângulo certo, sentiu um prazer visceral com a sólida conexão entre o taco e a bola de couro. Com uma ruidosa tacada, a bola foi lançada no ar, por cima da cabeça de Arthur e para além do alcance daqueles no fundo do campo. Com um grito de triunfo, Lillian largou o taco e correu para a primeira base, rodeando-a e se dirigindo à segunda. Pelo canto do olho, viu Daisy correndo pelo campo para pegar a bola e quase no mesmo instante atirá-la para o garoto mais próximo. Intensificando seu ritmo, os pés voando sob as saias, Lillian rodeou a terceira base enquanto a bola era atirada para Arthur. Diante de seus olhos incrédulos, viu Westcliff na última base, Castle Rock, com as mãos erguidas e pronto para pegar a bola. *Como ele podia?* Depois de lhe ensinar a rebater, iria eliminá-la?

– Saia do meu caminho! – gritou Lillian, correndo como louca para a base, determinada a alcançá-la antes que ele pegasse a bola. – Não vou parar!

– Ah, eu a farei parar – garantiu-lhe Westcliff com um

sorriso, bem na frente da base. Ele gritou para o arremessador: – Lance-me a bola, Arthur!

Ela passaria *através* dele, se necessário. Dando um grito de guerra, precipitou-se para Westcliff, fazendo-o cambalear para trás justamente quando ele fechou os dedos sobre a bola. Embora o conde pudesse ter tentado recuperar o equilíbrio, preferiu não fazer isso, caindo de costas na terra macia com Lillian sobre ele, enterrado em uma profusão de saias e membros desordenados. Uma fina nuvem de poeira os envolveu em sua queda. Lillian se ergueu sobre o peito de Westcliff e o olhou. No início achou que ele estivesse sufocando, mas logo ficou claro que estava rindo.

– Trapaceiro! – acusou-o, o que só o fez rir ainda mais. Ela tentou tomar fôlego com algumas inalações profundas. – Não pode... ficar na frente... da base... seu *trapaceiro*!

Rindo e ofegando, Westcliff lhe entregou a bola com a reverência de quem entrega uma obra de arte de valor inestimável para um curador de museu. Lillian pegou a bola e a atirou para o lado.

– Eu não *fui eliminada* – disse-lhe, enfiando o dedo no peito dele para dar ênfase às suas palavras. Pareceu que estava cutucando uma rocha. – Eu *completei* a volta, está me entendendo?

Ela ouviu a voz risonha de Arthur, que se aproximava.

– Na verdade, senhorita...

– Nunca discuta com uma dama, Arthur – interrompeu-o o conde, tendo conseguido recuperar sua capacidade de falar.

O garoto sorriu.

– Sim, milorde.

– Há alguma dama aqui? – perguntou Daisy, alegre, vindo do campo. – Não vejo nenhuma.

Ainda sorrindo, o conde ergueu os olhos para Lillian. Ele estava com os cabelos desalinhados, os dentes muito brancos contrastando com o rosto moreno empoeirado. Sem sua fachada despótica e com os olhos brilhando de satisfação, o sorriso de Westcliff foi tão inesperadamente envolvente que Lillian experimentou uma curiosa sensação de estar derretendo por dentro. Sobre ele, sentiu os próprios lábios se curvarem em um sorriso relutante. Um cacho de cabelo se soltou e deslizou, macio, sobre o maxilar de Westcliff.

– O que é um trabuco? – perguntou Lillian.

– Uma catapulta. Tenho um amigo muito interessado em armas medievais. Ele... – Westcliff hesitou, uma nova tensão parecendo se espalhar por seu corpo firme sob o dela. – Ele recentemente construiu um trabuco usando um desenho antigo... e me pediu que o ajudasse a acioná-lo...

Lillian gostou da ideia de o reservado Westcliff ser capaz de ter um comportamento tão infantil. Percebendo que estava montada nele, corou e começou a se mexer para afastar-se.

– Errou a pontaria? – perguntou, tentando parecer casual.

– O dono do muro de pedra que demolimos pareceu achar que sim.

O conde prendeu a respiração quando o corpo de Lillian deslizou para longe do dele, e continuou sentado no chão mesmo depois de ela se levantar.

Perguntando-se por que Westcliff a olhava de modo tão estranho, Lillian começou a bater o pó de suas saias, mas essa era uma tarefa impossível. Suas roupas estavam imundas.

– Ah, meu Deus – murmurou para Daisy, também suja e desgrenhada, mas não tanto quanto ela. – Como vamos explicar o estado de nossos vestidos de passeio?

– Vou pedir a uma das criadas que os leve para a lavanderia antes que mamãe perceba. O que me faz lembrar que está quase na hora de acordarmos de nosso cochilo!

– Temos que nos apressar – disse Lillian, olhando para lorde Westcliff, que pusera novamente seu casaco e agora estava de pé ao lado dela. – Milorde, se alguém lhe perguntar se nos viu... poderia dizer que não?

– Eu nunca minto – disse ele, e Lillian suspirou, exasperada.

– Poderia ao menos não dar nenhuma informação *espontaneamente*?

– Creio que sim.

– Como é prestimoso – disse Lillian em um tom que sugeria o oposto. – Obrigada, milorde. E agora, se nos dá licença, precisamos correr. Literalmente.

– Sigam-me e lhes mostrarei um atalho – propôs Westcliff. – Conheço um caminho através do jardim que leva à porta da cozinha.

As duas irmãs se entreolharam, assentiram ao mesmo tempo e se apressaram em segui-lo, acenando distraidamente para Arthur e seus amigos.

~

Ao conduzir as irmãs Bowmans pelo jardim de fim de verão, Marcus se sentiu incomodado com o fato de Lillian ficar se adiantando a ele. Ela parecia incapaz de seguir sua liderança. Olhou-a disfarçadamente, notando como as pernas dela se moviam sob o leve vestido de musselina. Os passos de Lillian eram longos e naturais, diferentes dos cadenciados que a maioria das mulheres treinava.

Em silêncio, Marcus refletiu sobre sua inexplicável reação a ela durante o jogo de *rounders*. Ao observá-la, a clara alegria no rosto de Lillian fora totalmente irresistível. Ela tinha uma energia jovial e um entusiasmo por atividades físicas que parecia rivalizar com o dele. Não era de bom-tom mulheres jovens na posição de Lillian exibirem tanta saúde e vivacidade. Esperava-se que fossem tímidas, modestas e contidas. Mas Lillian era irresistível demais para ser ignorada e, antes que ele se desse conta do que estava acontecendo, entrara no jogo.

A visão de Lillian, tão corada e animada, provocara sensações que ele preferiria não ter tido. Ela era mais bonita do que ele lembrava e tão divertida em sua teimosia e sua irritabilidade que o conde fora incapaz de resistir ao desafio. E no momento em que ficara atrás de Lillian, corrigindo o balanço e sentido o corpo dela contra o seu, tornara-se muito consciente de uma necessidade primitiva de arrastá-la para um lugar reservado, erguer suas saias e...

Forçando-se a afastar aqueles pensamentos com um gemido de desconforto, observou-a andar à frente mais uma vez. Ela estava suja, com os cabelos desgrenhados... e por algum motivo não conseguia parar de pensar no que sentira deitado no chão com Lillian montada nele. Ela era muito leve. Apesar de sua altura, era uma garota esguia, sem muitas curvas femininas. Não era o seu tipo favorito. Mas ele desejara muito segurar a cintura de Lillian, puxar os quadris dela para junto dos seus e...

– Por aqui – disse ele com uma voz rouca, passando por Lillian Bowman e se mantendo junto às sebes e aos muros que os escondiam da casa.

Conduziu as irmãs por caminhos margeados de espigas azuis de sálvia, muros antigos cobertos de rosas vermelhas, tufos brilhantes de hortênsia e grandes vasos de pedra repletos de violetas brancas.

– Tem certeza de que isto é um atalho? – perguntou Lillian. – Acho que o outro caminho teria sido muito mais rápido.

Desacostumado a ver suas decisões questionadas, Marcus a olhou com frieza quando ela foi para o lado dele.

– Conheço os caminhos dos jardins da minha propriedade, Srta. Bowman.

– Não ligue para minha irmã, lorde Westcliff – disse Daisy atrás dele. – Ela só está preocupada com o que acontecerá se formos pegas. Deveríamos estar cochilando, entende? Nossa mãe nos trancou em nosso quarto, e então...

– Daisy – interrompeu-a Lillian. – O conde não está interessado nisso.

– Pelo contrário – disse Marcus. – Estou bastante interessado em saber como conseguiram escapar. Pela janela?

– Não, eu abri a fechadura – respondeu Lillian.

Guardando a informação no fundo de sua mente, Marcus perguntou em um tom de brincadeira:

– Ensinam isso na escola de aperfeiçoamento?

– Nós não frequentamos a escola de aperfeiçoamento – disse Lillian. – Eu aprendi sozinha. Estive do lado errado de muitas portas trancadas desde a primeira infância.

– Surpreendente.

– Suponho que nunca fez nada que merecesse punição – disse Lillian.

– Na verdade, fui disciplinado muitas vezes. Mas raramente era trancado. Meu pai achava muito mais conveniente, e satisfatório, me surrar por meus crimes.

– Ele devia ser um bruto – comentou Lillian, e Daisy suspirou atrás deles.

– Lillian, não se deve falar mal dos mortos. E duvido que o conde goste de ouvi-la insultar o pai dele.

– Não, ele era um bruto mesmo – disse Marcus com uma franqueza que se igualava à de Lillian.

Eles chegaram a uma abertura na sebe, onde um caminho de pedra acompanhava a lateral da mansão. Fazendo um sinal para as garotas se calarem, Marcus olhou para o caminho vazio, escondeu-as parcialmente atrás de um alto e estreito zimbro e apontou para o lado esquerdo.

– A entrada da cozinha é ali – murmurou. – Passaremos por ela, subiremos a escada à direita para o segundo andar e eu lhes mostrarei o corredor que leva a seu quarto.

As garotas o olharam com sorrisos brilhantes, os rostos muito parecidos e, ainda assim, diferentes. Daisy tinha bochechas mais redondas e uma beleza antiga de boneca de porcelana que de algum modo fornecia um fundo incongruente para seus exóticos olhos castanhos. O rosto de Lillian era mais alongado e vagamente felino, com os olhos puxados para cima e uma boca carnuda que fazia o coração de Marcus bater em um ritmo desconfortável.

Ele ainda estava olhando para a boca de Lillian quando ela falou:

– Obrigada, milorde. Podemos contar com seu silêncio sobre nosso jogo?

Se Marcus fosse outro tipo de homem, ou tivesse o mínimo interesse romântico em qualquer uma delas, poderia ter usado a situação para flertar um pouco ou fazer chantagem. Em vez disso, assentiu e respondeu:

– Sim.

Outro olhar cauteloso verificou que o caminho ainda estava livre, e os três saíram de trás do zimbro. Infelizmente, quando chegaram no meio do percurso entre a abertura na sebe e a porta da cozinha, um súbito som de vozes ecoou no caminho de pedra e na parede da mansão. Alguém estava vindo.

Daisy correu como uma corça assustada e chegou à porta da cozinha em uma fração de segundo. Contudo, Lillian tomou a direção oposta, escondendo-se outra vez atrás do zimbro. Sem tempo para pensar nos seus atos, Marcus a seguiu justamente quando um grupo de três ou quatro pessoas surgiu no início do caminho. Espremendo-se com Lillian na estreita cavidade entre o zimbro e a sebe, Marcus se sentiu ridículo ao se esconder dos próprios convidados.

Contudo, também não queria ser visto nas condições em que estava, sujo e empoeirado... e de repente seus pensamentos foram interrompidos quando sentiu os braços de Lillian nos ombros de seu casaco, puxando-o mais para dentro das sombras. Puxando-o para ela. Lillian estava tremendo... de medo, pensou ele de início. Chocado com a própria reação protetora, pôs o braço ao redor dela. Mas logo descobriu que Lillian estava rindo baixinho, achando uma graça tão inexplicável na situação que teve de sufocar uma série de risadas em seu ombro.

Sorrindo para ela, Marcus afastou uma mecha de cabelos cor de chocolate que caíra sobre o olho direito de Lillian. Ele espiou por uma pequena abertura entre os galhos grossos, pontudos e perfumados do zimbro. Reconhecendo os homens que andavam devagar enquanto discutiam negócios, Marcus abaixou a cabeça e sussurrou no ouvido dela:

– Quieta. É o seu pai.

Lillian arregalou os olhos e o riso desapareceu enquanto ela enterrava os dedos instintivamente no casaco de Marcus.

– Ah, não. Não o deixe me encontrar! Ele vai contar para minha mãe.

Abaixando o queixo em um gesto tranquilizador, Marcus manteve o braço ao redor de Lillian, a boca e o nariz encostados na testa dela.

– Eles não nos verão. Assim que passarem, eu a guiarei pelo corredor.

Lillian continuou muito quieta, espiando pelos pequenos espaços entre as folhas, parecendo não perceber que estava com seu corpo colado ao do conde de Westcliff no que a maioria das pessoas teria descrito como um abraço. Segurando-a e respirando na testa dela, Marcus se tornou consciente de um aroma indefinível com uma leve abertura floral que percebera vagamente no campo de *rounders*. Procurando de onde vinha, encontrou uma concentração mais forte no pescoço de Lillian, onde o sangue o aquecera e o tornara inebriante. A boca de Marcus se encheu de água. De súbito desejou tocar com a língua a pele branca e macia de Lillian, rasgar-lhe a frente do vestido e roçar a boca do pescoço aos dedos dos pés dela.

Seu braço se apertou ao redor do corpo de Lillian e sua mão livre procurou compulsivamente os quadris dela, exercendo uma pressão suave mas constante para trazê-la mais para perto. Ah, sim. Ela era da altura perfeita, seria preciso apenas um mínimo ajuste para deixar seus corpos na posição certa. Marcus se encheu de uma excitação que acendeu um fogo sensual em suas veias. Teria sido muito fácil possuí-la assim, apenas erguer seu vestido e afastar as pernas. Marcus a desejava de mil maneiras, sobre ele, sob ele, qualquer parte dele dentro de qualquer parte dela. Podia sentir a forma natural do corpo de Lillian sob o fino vestido, sem nenhum corpete para marcar a pele lisa das costas. Ela se contraiu um pouco ao sentir a boca de Marcus lhe tocar seu pescoço e prendeu a respiração, atônita.

– O que... o que está fazendo? – sussurrou.

Do outro lado da sebe os quatro homens pararam, animados com o tema da manipulação de ações, enquanto a mente de Marcus fervilhava com pensamentos sobre um tipo diferente de manipulação. Umedecendo os lábios secos com a língua, ele afastou a cabeça e viu a expressão confusa no rosto de Lillian.

– Desculpe-me – sussurrou, tentando recuperar o juízo. – É esse cheiro... o que é?

– Cheiro? – Ela o olhou confusa. – Está se referindo ao meu perfume?

Marcus estava distraído pela boca de Lillian... dos lábios macios, sedosos e rosados que prometiam uma doçura indescritível. O cheiro dela invadiu seu nariz, produzindo uma nova onda de desejos extremamente urgentes em seu corpo. Marcus se enrijeceu, sua virilha esquentando depressa enquanto seu coração batia com uma força insuperável. Ele não conseguia pensar com clareza. O esforço para não apalpá-la fez suas mãos tremerem. Fechando os olhos, afastou o rosto do de Lillian só para se ver esfregando o nariz no pescoço dela com avidez. Lillian o empurrou um pouco, sussurrando asperamente em seu ouvido:

– Qual é o seu *problema*?

Marcus balançou a cabeça, impotente.

– Desculpe-me – disse ele com voz rouca, mesmo sabendo o que estava prestes a fazer. – Meu Deus. Desculpe-me...

Então sua boca se apoderou da de Lillian e ele começou a beijá-la como se sua vida dependesse disso.

CAPÍTULO 4

Era a primeira vez que um homem beijava Lillian sem pedir permissão. Ela se contorceu e tentou se libertar até Westcliff abraçá-la com mais força. Ele cheirava a terra, cavalos e luz solar... e havia algo mais... um cheiro seco e doce que lembrava feno recém-moído. A pressão da boca do conde aumentou, procurando ardentemente os lábios de Lillian até abri-los. Ela nunca tinha imaginado beijos como aqueles, profundos, carícias ternas e impacientes que pareceram lhe tirar as forças, fazendo com que fechasse os olhos e se apoiasse no peito duro de Westcliff. Ele tirou vantagem desse momento de fraqueza, apertando-a até não haver nenhum milímetro entre eles e as pernas dela serem afastadas pela coxa forte de Westcliff.

A ponta da língua do conde brincou dentro da boca de Lillian, explorando com ardor as bordas dos dentes dela e a umidade sedosa por trás deles. Chocada com a intimidade, Lillian chegou para trás, mas ele a seguiu, deslizando as duas mãos para cima e segurando sua cabeça. Lillian não sabia o que fazer com sua língua; puxou-a para trás desajeitadamente, enquanto Westcliff brincava com ela, a perseguia, estimulava e agradava, até Lillian soltar um gemido trêmulo e empurrá-lo.

A boca de Westcliff se afastou da sua. Consciente de seu pai e dos companheiros dele do outro lado do zimbro, Lillian tentou controlar a respiração e observou as sombras escuras do grupo através da pesada cortina verde. Os homens continuaram a andar, sem perceber a presença do casal abraçado escondido na entrada do jardim. Aliviada por eles estarem indo embora, Lillian deu outro suspiro trêmulo. Seu coração martelou no peito ao sentir a boca de Westcliff deslizar pela curva de seu pescoço, traçando um caminho nervoso e ardente. Ela se contorceu, ainda tentando em vão afastar a coxa de Westcliff, e começou a sentir um calor intenso.

– Milorde – sussurrou. – Ficou louco?

– Sim. Sim.

Os lábios aveludados estavam outra vez em sua boca... outro beijo roubado.

– Dê-me sua boca... sua língua... sim. Sim. Tão doce... doce.

Os lábios de Westcliff eram quentes e impacientes, movendo-se sobre os de Lillian em sensual coerção enquanto ele respirava contra seu rosto. A barba por fazer lhe causava cócegas nos lábios e no queixo.

– Milorde – sussurrou ela de novo, afastando a boca da dele. – Pelo amor de Deus! Solte-me!

– Sim... Desculpe-me... só mais uma vez.

Ele procurou de novo os lábios de Lillian e ela o empurrou com toda a força. O peito dele era duro como granito.

– Solte-me, seu estúpido!

Contorcendo-se como uma selvagem, Lillian conseguiu se livrar de Marcus. Todo o seu corpo formigava da deliciosa fricção com o dele, mesmo depois de se separarem.

Ao olharem um para o outro, ela viu a luxúria começar a desaparecer da expressão de Marcus, e ele arregalou os olhos ao se dar conta do que acabara de acontecer.

– Caramba! – sussurrou.

Lillian não gostou do modo que ele a fitou, como um homem contemplando a cabeça letal da Medusa, e fechou a cara.

– Posso encontrar o caminho para meu quarto sozinha – disse, áspera. – E *não* tente me seguir. Já recebi ajuda suficiente hoje da sua parte.

Virando-se, correu pelo caminho enquanto ele a olhava, boquiaberto.

~

Por algum milagre de Deus, Lillian conseguiu chegar ao quarto antes que a mãe aparecesse para acordar as filhas. Esgueirou-se pela porta entreaberta, fechou-a e se apressou em abrir os botões da frente do vestido. Daisy, que já estava em roupas de baixo, foi até a porta e inseriu um grampo torto por baixo da maçaneta para trancá-la de novo.

– Por que você demorou tanto? – perguntou, concentrada em sua tarefa. – Espero que não esteja zangada por eu não ter esperado. Achei que eu deveria voltar para cá e me lavar o mais rápido possível.

– Não – disse Lillian, distraída, tirando seu vestido sujo.

Ela o pôs no fundo de um armário e fechou a porta para escondê-lo. Um clique indicou que Daisy conseguira trancar a porta. Lillian andou a passos largos até o lavatório, despejou a água suja no balde para esse fim e pôs água limpa na bacia. Lavou depressa o rosto e as mãos e enxugou a pele com uma toalha limpa.

Subitamente uma chave girou na fechadura e as duas garotas se entreolharam, alarmadas. Elas correram e pularam em suas camas, caindo nos colchões no momento exato em que a mãe entrava no quarto. Por sorte as cortinas estavam fechadas, tornando a luz fraca demais para Mercedes detectar qualquer evidência das atividades delas.

– Meninas? – perguntou a mãe, desconfiada. – Está na hora de acordarem.

Daisy se espreguiçou e deu um bocejo exagerado.

– Hum... tiramos um ótimo cochilo. Estou me sentindo *muito* revigorada.

– Eu também – disse Lillian com uma voz abafada, com a cabeça enterrada no travesseiro e o coração batendo forte contra o colchão.

– Agora vocês vão tomar banho e pôr seus vestidos de noite. Tocarei o sino para chamar as criadas e pedir que tragam uma banheira. Daisy, use o vestido de seda amarelo. Lillian, use o verde com broches de ouro nos ombros.

– Sim, mãe – disseram ambas.

Quando Mercedes voltou para o quarto ao lado, Daisy se sentou e olhou com curiosidade para a irmã.

– Por que você demorou tanto para voltar?

Lillian rolou na cama e olhou o teto, pensando no que acontecera no jardim. Não podia acreditar que Westcliff, que sempre deixara claro que a desaprovava, tinha se comportado daquela maneira. Isso não fazia sentido. O conde nunca demonstrara nenhum interesse por ela. Na verdade, aquela tarde tinha sido a primeira vez que tinham conseguido ser civilizados um com o outro.

– Westcliff e eu fomos obrigados a nos esconder por

alguns minutos – Lillian se ouviu dizer, enquanto pensamentos continuavam a passar por sua mente. – Papai estava no grupo que veio pelo caminho.

– Ah, meu Deus! – Daisy balançou as pernas para fora da cama e olhou para Lillian, horrorizada. – Ele viu você?

– Não.

– Bem, isso é um alívio. – Daisy franziu um pouco a testa, parecendo sentir que havia muito mais que não fora dito. – Foi muita gentileza de lorde Westcliff não nos entregar, não é?

– Sim.

Um súbito sorriso curvou os lábios de Daisy.

– Acho que a coisa mais engraçada que já vi foi ele lhe ensinando a balançar o taco. Tive certeza de que você ia usá-lo para bater nele!

– Fiquei tentada a fazer isso – respondeu Lillian, sombria, levantando-se e indo abrir as cortinas.

Quando afastou as pesadas dobras de linho adamascado, a luz do sol da tarde invadiu o quarto, fazendo minúsculas partículas de pó cintilarem no ar.

– Westcliff está sempre procurando uma desculpa para demonstrar sua superioridade, não é?

– Era isso que ele estava fazendo? A mim pareceu que estava tentando arranjar uma desculpa para abraçá-la.

Perplexa com o comentário, Lillian estreitou os olhos para ela.

– Por que está dizendo uma coisa dessas?

Daisy deu de ombros.

– Havia algo no modo como ele a olhava...

– Que modo? – perguntou Lillian, o pânico começando a bater em seu corpo como mil asas minúsculas.

– Um modo, bem... *interessado*.

Lillian escondeu seu embaraço com uma expressão carrancuda.

– O conde e eu nos desprezamos – disse, lacônica. – A única coisa que pode interessá-lo é um possível acordo comercial com nosso pai.

Ela fez uma pausa e se aproximou da penteadeira, onde seu frasco de perfume brilhava à luz do sol. Fechando os dedos ao redor do frasco de cristal em forma de pera, ela o pegou e passou o polegar sobre a tampa.

– Mas – disse, hesitante – há algo que preciso lhe contar, Daisy. Algo que aconteceu enquanto Westcliff e eu esperávamos atrás do zimbro...

– O quê? – a expressão de Daisy revelava muita curiosidade.

Infelizmente, naquele momento a mãe delas voltou para o quarto seguida de duas criadas que arrastavam com dificuldade uma banheira para hóspedes a fim de prepararem o banho. Com a mãe por perto, Lillian não teve nenhuma oportunidade de falar com Daisy a sós. E isso foi bom, porque lhe deu mais tempo para pensar na situação. Pondo o frasco na bolsa reticulada que pretendia usar naquela noite, perguntou-se se Westcliff fora mesmo afetado por seu perfume. *Alguma coisa* acontecera para fazê-lo se comportar de modo tão estranho. E a julgar pela expressão no rosto de Westcliff ao perceber o que tinha feito, ele ficara chocado com o próprio comportamento.

A coisa lógica a fazer era testar esse perfume. Pô-lo para funcionar, por assim dizer. Um sorriso irônico surgiu em seus lábios ao pensar em suas amigas, que estariam bastante dispostas a ajudá-la a fazer um ou dois experimentos.

As Flores Secas tinham se conhecido havia cerca de um ano, quando sempre tomavam chá de cadeira nas festas. Olhando para trás, não conseguia entender por que demoraram tanto para ficarem amigas. Talvez um dos motivos fosse Anabelle ser tão bonita, com cabelos cor de mel escuro, olhos azuis brilhantes e um corpo curvilíneo e voluptuoso. Não dava para imaginar que uma deusa daquelas algum dia aceitaria ser amiga de meras mortais. Por outro lado, Evangeline Jenner era extremamente tímida e tinha uma gagueira que tornava a conversa bastante difícil.

Contudo, quando se tornara óbvio que nenhuma delas jamais perderia seu status de Flores Secas sem ajuda, se uniram para encontrar maridos umas para as outras, começando com Annabelle. Seus esforços conjuntos tinham sido bem-sucedidos, embora Simon Hunt não fosse o aristocrata que Annabelle procurara de início. Lillian tinha de admitir que, apesar de suas dúvidas iniciais, a amiga fizera a escolha certa se casando com Hunt. Agora, sendo a Flor Seca solteira mais velha, era a vez de Lillian.

As irmãs tomaram banho e lavaram os cabelos, e depois ocuparam cantos separados do quarto enquanto as duas criadas as ajudavam a se vestir. Seguindo as instruções da mãe, Lillian pôs um vestido de seda verde-água com mangas curtas e bufantes e um corpete que se prendia aos ombros com broches de ouro. Um odioso espartilho reduzia sua cintura em uns cinco centímetros, enquanto um pouco de enchimento na parte superior lhe realçava os seios, formando uma leve linha no meio. Ela foi levada à penteadeira e se sentou. Gemeu e se contraiu, sentindo o couro cabeludo doer enquanto a criada lhe desembaraçava os cabelos e os prendia em um penteado elaborado. Daisy estava sendo submetida à mesma tortura, amarrada e apertada em um vestido cor de manteiga com franzidos no corpete.

A mãe as rodeava, murmurando ansiosamente uma série de instruções sobre comportamento adequado:

– ... Lembrem-se de que os homens ingleses não gostam de ouvir uma moça falar demais e não têm nenhum interesse em suas opiniões. Portanto, quero que vocês duas sejam o mais dóceis e silenciosas possível. E não mencionem nenhum tipo de esporte! Um cavalheiro pode demonstrar que acha divertido ouvi-las falar sobre partidas de *rounders* ou jogos de gramado, mas no fundo desprezam uma moça que discute assuntos masculinos. E se um cavalheiro lhes fizer uma pergunta, encontrem um modo de devolvê-la, para que ele tenha oportunidade de lhes falar sobre as próprias experiências...

– Outra noite *emocionante* em Stony Cross – murmurou Lillian.

Daisy devia tê-la ouvido, porque abafou o riso do outro lado do quarto.

– Que barulho foi esse? – perguntou Mercedes, seca. – Está prestando atenção nos meus conselhos, Daisy?

– Sim, mãe. Por um momento não consegui respirar direito. Acho que meu espartilho está apertado demais.

– Então não respire tão fundo.

– Não podemos afrouxá-lo um pouco?

– Não. Os cavalheiros ingleses preferem moças de cintura bem fina. Agora, onde eu estava... Ah, sim, durante o jantar, se houver uma pausa na conversa...

Suportando resignadamente a preleção, que, sem dúvida, seria repetida de várias formas durante sua estada na propriedade de Westcliff, Lillian se olhou no espelho. Sentiu-se agitada à ideia de encarar o conde naquela noite. Uma imagem surgiu em sua mente, o rosto moreno dele se abaixando sobre o seu, e ela fechou os olhos.

– Desculpe-me, senhorita – murmurou a criada, presumindo que puxara uma mecha de cabelos com muita força.

– Tudo bem – respondeu Lillian com um sorriso triste. – Pode puxar. Eu tenho uma cabeça dura.

– Esse é um baita eufemismo – retrucou Daisy do outro lado do quarto.

Enquanto a criada continuava a lhe torcer e prender os

cabelos, Lillian voltou a pensar em Westcliff. Ele tentaria fingir que o beijo atrás do zimbro nunca tinha acontecido? Ou decidiria discutir aquilo com ela? Aflita com essa possibilidade, percebeu que precisava falar com Annabelle, que passara a saber muito mais sobre Westcliff desde que se casara com o melhor amigo dele, Simon Hunt.

No momento em que o último grampo foi preso, houve uma batida na porta. Daisy, que estava pondo luvas brancas que iam até os cotovelos, se apressou em atender, ignorando o protesto de Mercedes de que uma das criadas deveria fazer isso. Ela abriu a porta e deixou escapar uma exclamação de alegria ao ver Annabelle Hunt. Lillian se levantou de seu lugar à penteadeira, correu para Annabelle e as três se abraçaram. Haviam se passado alguns dias desde a última vez que se viram no Rutledge, o hotel londrino em que as duas famílias residiam. Logo os Hunts se mudariam para uma casa nova que estava sendo construída em Mayfair, mas por ora as garotas iam à suíte uma da outra sempre que podiam. Às vezes Mercedes se opunha a isso, externando preocupações com a má influência de Annabelle sobre suas filhas, o que era engraçado, pois o que acontecia era exatamente o contrário.

Como sempre, Annabelle estava deslumbrante, com um vestido de cetim azul-claro, fechado na frente com um cordão de seda da mesma cor, que se ajustava perfeitamente ao seu corpo curvilíneo. A cor do vestido realçava o azul profundo de seus olhos e sua pele cor de pêssego.

Annabelle recuou para olhá-las, entusiasmada.

– Como foi a viagem de Londres para cá? Já tiveram alguma aventura? Não, não podem ter tido, estão aqui há menos de um dia...

– Talvez sim – murmurou Lillian com cautela, consciente dos ouvidos atentos da mãe. – Preciso falar com você sobre uma coisa...

– Filhas! – interrompeu-a Mercedes, seu tom estridente revelando desaprovação. – Vocês ainda não terminaram de se preparar para a *soirée*.

– Eu estou pronta, mãe! – apressou-se em dizer Daisy. – Olhe, nós duas terminamos. Eu até já pus as luvas.

– Eu só preciso da minha bolsa reticulada – acrescentou Lillian, disparando para a penteadeira e pegando a pequena bolsa cor de creme. – Aqui, também já estou pronta.

Consciente da antipatia que Mercedes tinha por ela, Annabelle deu um sorriso simpático.

– Boa noite, Sra. Bowman. Eu esperava que Lillian e Daisy pudessem descer comigo.

– Receio que elas terão de esperar até eu estar pronta – respondeu Mercedes em um tom frio. – Minhas duas filhas inocentes precisam da supervisão de uma dama de companhia adequada.

– Annabelle será nossa dama de companhia – disse Daisy, alegre. – Agora ela é uma senhora respeitável, lembra-se?

– Eu disse *adequada* – replicou a mãe, mas seus protestos foram bruscamente interrompidos quando as irmãs saíram do quarto e fecharam a porta.

– Meu Deus! – disse Annabelle sem conseguir conter o riso. – Essa é a primeira vez que sou chamada de senhora respeitável. Isso me faz parecer um pouco insípida, não é?

– Se você fosse insípida, nossa mãe a aprovaria – respondeu Lillian, dando-lhe o braço enquanto elas andavam pelo corredor.

– E nós não íamos querer ter nada a ver com você – acrescentou Daisy.

Anabelle sorriu.

– Ainda assim, se serei a dama de companhia oficial das Flores Secas, devo estabelecer algumas regras básicas de conduta. Primeiro, se um jovem e belo cavalheiro as convidar para irem sozinhas ao jardim com ele...

– Devemos recusar? – perguntou Daisy.

– Não, só me contar para que eu possa lhes dar cobertura. E se por acaso ouvirem uma fofoca escandalosa que não seja apropriada para seus ouvidos inocentes...

– Devemos ignorá-la?

– Não, devem prestar atenção em *cada palavra* e me contar tudo imediatamente.

Lillian sorriu e parou no cruzamento de dois corredores.

– Devemos tentar encontrar Evie? Não será uma reunião oficial das Flores Secas se ela não estiver conosco.

– Evie já está lá embaixo com sua tia Florence – respondeu Annabelle.

As duas irmãs se entusiasmaram com a notícia.

– Como ela está? Qual a aparência dela?

– Nós não a vemos há uma eternidade!

– Evie parece muito bem, embora esteja um pouco mais magra. E talvez um pouco deprimida – disse Annabelle em um tom mais sério.

– Quem não estaria, com o modo que ela tem sido tratada? – disse Lillian, sombria.

Nenhuma delas encontrava Evie havia muitas semanas, porque ela fora mantida em reclusão pela família de sua falecida mãe. Era frequente ela ficar trancada de castigo por mínimas transgressões e só poder sair sob a estrita supervisão da tia. Suas amigas tinham especulado que morar com parentes tão frios e severos contribuíra muito para o problema de fala de Evie. Ironicamente, de todas as Flores Secas, Evie era a que menos merecia ser tratada com tanta rigidez. Ela era tímida por natureza e tinha um respeito inato por figuras de autoridade. Pelo que elas sabiam, a mãe de Evie tinha sido a rebelde da família, casando-se com um homem de uma posição social inferior. Depois que a mãe morreu no parto, a filha teve de pagar por suas transgressões. E o pai de Evie, que ela quase nunca tinha a oportunidade de ver, estava com a saúde abalada e provavelmente não viveria por muito tempo.

– Pobre Evie – continuou Lillian, de cara amarrada. – Estou bastante inclinada a lhe ceder minha vez como a próxima a se casar. Ela precisa escapar muito mais do que eu.

– Evie ainda não está pronta – disse Annabelle com uma certeza que deixava claro que já havia pensado no assunto. – Está tentando superar a timidez, mas até agora não conseguiu nem conversar com um cavalheiro. Além do mais... – Os belos olhos de Annabelle adquiriram um brilho travesso e ela passou o braço em volta da cintura estreita de Lillian. – Você está velha demais para adiar isso, querida.

Lillian fingiu um olhar amargo, fazendo-a rir.

– Era sobre isso que você queria me falar? – perguntou Annabelle.

Lillian balançou a cabeça.

– Vamos esperar até nos juntarmos a Evie, ou terei de repetir tudo.

Elas passaram pelos espaços públicos no andar de baixo, onde convidados formavam grupos elegantes. As cores estavam na moda esse ano, pelo menos nas roupas femininas, e os tons fortes faziam a reunião parecer um bando de borboletas. Os homens usavam ternos pretos tradicionais com camisas brancas, a única variação sendo as sutis diferenças entre os padrões sóbrios de coletes e gravatas.

– Onde está o Sr. Hunt? – perguntou Lillian a Annabelle.

Annabelle sorriu de leve à menção do marido.

– Acho que com o conde e alguns amigos deles. – Seu olhar se tornou mais atento ao avistar Evie. – Lá está Evie, e por sorte a tia Florence aparentemente não está por perto como de costume.

Esperando sozinha e olhando distraidamente para uma pintura de paisagem com moldura dourada, Evie parecia perdida em seus pensamentos. Sua postura encolhida era a de uma pessoa tímida e sem importância. Estava claro que não se sentia parte da reunião, nem queria ser. Embora ninguém a tivesse olhado por tempo suficiente para notá-la, na verdade ela era muito bonita – talvez até mais que Annabelle –, mas de um modo nada convencional. Era ruiva e sardenta e tinha grandes olhos azuis redondos e lábios cheios totalmente fora de moda. Seu corpo bem-dotado era de tirar o fôlego, embora os vestidos modestos que era forçada a usar não a favorecessem nem um pouco. Além disso, seus ombros caídos não ajudavam a realçar seus encantos.

Lillian se aproximou e surpreendeu Evie agarrando e puxando a mão enluvada dela.

– Venha – sussurrou.

Os olhos de Evie brilharam de alegria ao vê-la. Ela hesitou e, insegura, relanceou os olhos para a tia, que conversava com algumas viúvas ricas em um canto. Certificando-se de que Florence estava absorta demais na conversa para notar, as quatro garotas escapuliram do salão e correram pelo corredor como prisioneiras em fuga.

– Para onde estamos indo? – sussurrou Evie.

– Para o terraço dos fundos – respondeu Annabelle.

Elas foram para os fundos da casa e saíram por portas francesas que se abriam para um grande terraço com piso de pedra. Acompanhando toda a extensão da casa, o terraço dava vista para os amplos jardins inferiores. Parecia uma cena de pintura, com pomares, canteiros de flores raras e caminhos que levavam à floresta, com o rio Itchen correndo ao lado de uma ribanceira próxima delimitada por um muro de pedra-ferro.

Lillian se virou para Evie e a abraçou.

– Evie, senti muito a sua falta! – exclamou. – Se você soubesse de todos os planos malucos que fizemos para livrá-la de sua família! Por que não deixaram nenhuma de nós visitá-la?

– E-eles me desprezam – disse Evie com a voz sufocada. – Nunca tinha percebido q-quanto até pouco tempo. Começou quando tentei ver meu pai. Depois que me pegaram, fui trancada em meu quarto durante dias, q-quase sem nenhuma comida ou água. Disseram que eu era ingrata e desobediente, e que meu sangue ruim finalmente tinha vindo à tona. Para eles eu não sou n-nada além de um terrível erro que minha mãe cometeu. Tia Florence disse que sou culpada pela morte dela.

Chocada, Lillian recuou para olhá-la.

– Ela lhe disse isso? Com essas palavras?

Evie fez que sim com a cabeça.

Sem pensar, Lillian proferiu alguns xingamentos que fizeram Evie empalidecer. Uma das qualidades mais questionáveis de Lillian era sua capacidade de xingar como um marinheiro, adquirida com o longo tempo que passara com a avó, que trabalhara como lavadeira nas docas.

– Eu sei que isso não é v-verdade – murmurou Evie. – Quero dizer, m-minha mãe realmente morreu no parto, mas sei que a culpa não foi minha.

Mantendo um braço ao redor dos ombros de Evie, Lillian foi com ela até uma mesa próxima, enquanto Annabelle e Daisy as seguiam.

– Evie, o que pode ser feito para afastá-la dessas pessoas?

A garota deu de ombros, sem esperança.

– Meu pai está m-muito doente. Perguntei se podia morar com ele, mas ele disse que não. E está fraco demais para impedir que a família da minha mãe m-me leve de volta.

As quatro garotas ficaram em silêncio por um momento. A triste realidade era que, embora Evie tivesse idade suficiente para sair da tutela de sua família, a situação de uma mulher solteira era precária. Evie só herdaria sua fortuna depois da morte do pai e até lá não tinha meios de se sustentar.

– Você pode ir morar comigo e o Sr. Hunt em Rutledge – disse Annabelle, a voz cheia de calma determinação. – Meu marido não deixará ninguém levá-la se você não quiser. Ele é um homem poderoso e...

– Não. – Evie balançou a cabeça antes mesmo que Annabelle terminasse a frase. – Eu n-nunca faria isso com você... a imposição seria muito... ah, *nunca*. E você deve saber quanto isso p-pareceria estranho... o que as pessoas diriam... – Ela balançou a cabeça, impotente. – Ando pensando em uma coisa... minha tia Florence teve a ideia de que eu d-deveria me casar com o filho dela. O primo Eustace. Ele não é um mau homem... e isso me permitiria viver longe dos meus outros parentes...

Annabelle franziu o nariz.

– Hum. Sei que hoje em dia ainda há casamentos entre primos de primeiro grau, mas isso parece um pouco incestuoso, não é? Qualquer consanguinidade parece tão... argh.

– Espere um minuto – disse Daisy, desconfiada, indo para o lado de Lillian. – Nós conhecemos o primo de Evie, Eustace. Lillian, você se lembra do baile em Winterbourne House? – Seus olhos se estreitaram acusadoramente. – Foi ele quem quebrou a cadeira, não foi, Evie?

Evie confirmou a suspeita de Daisy com um murmúrio indistinto.

– Meu Deus! – exclamou Lillian. – Você não pode estar pensando em se casar com ele, Evie!

Annabelle estava com uma expressão intrigada.

– Como ele quebrou a cadeira? Ele tem mau gênio? Ele a atirou?

– Ele a quebrou se *sentando* nela – disse Lillian.

– O primo Eustace tem ossos um pouco l-largos – admitiu Evie.

– O primo Eustace tem mais dobras no queixo do que eu tenho dedos nas mãos – rebateu Lillian, impaciente. – E durante a festa ele estava ocupado demais enchendo a barriga para se dar ao trabalho de conversar.

– Eu estendi a mão para cumprimentá-lo e quando a puxei de volta havia meia asa de frango assado nela – acrescentou Daisy.

– Ele se esqueceu de que a estava segurando – disse Evie, justificando-o. – Pelo que me lembro, ele disse que sentia muito ter estragado sua luva.

Daisy franziu a testa.

– Isso não me preocupou tanto quanto a questão de onde ele estava escondendo o resto do frango.

Recebendo um olhar desesperado de Evie, Annabelle tentou acalmar os ânimos cada vez mais acirrados das irmãs.

– Não temos muito tempo – observou. – Vamos falar sobre o primo Eustace quando estivermos mais livres para isso. Lillian, querida, você não tinha algo para nos contar?

Essa era uma boa tática para mudar de assunto. Cedendo ao ver a expressão aflita de Evie, Lillian abandonou temporariamente o tema de Eustace e fez um sinal para que todas se sentassem à mesa.

– Tudo começou com uma visita a uma perfumaria em Londres...

Acompanhada por comentários ocasionais de Daisy, Lillian descreveu a ida à perfumaria do Sr. Nettle, o perfume que mandara fazer e suas propriedades mágicas.

– Interessante – comentou Annabelle com um sorriso cético. – Você o está usando agora? Deixe-me cheirá-lo.

– Daqui a pouco. Ainda não terminei a história. – Lillian tirou o frasco de perfume de sua bolsa reticulada e o pôs no centro da mesa, onde brilhou suavemente à luz difusa de archote no terraço. – Eu tenho de lhes contar o que aconteceu hoje.

Ela contou o episódio do jogo de *rounders* improvisado atrás do pátio dos estábulos e do inesperado aparecimento de Westcliff. Annabelle e Evie ouviram incrédulas, arregalando os olhos ao saberem que o conde participara do jogo.

– Não admira que lorde Westcliff goste de *rounders* – comentou Annabelle. – Ele aprecia atividades ao ar livre. Mas o fato de estar disposto a jogar com você...

De repente Lillian sorriu.

– É claro que sua aversão a mim foi superada pela irresistível necessidade de explicar tudo o que eu estava fazendo errado. Ele começou me dizendo como eu deveria corrigir meu balanço e depois... – O sorriso sumiu e ela ficou desconfortavelmente consciente de um rubor que se espalhou rápido por sua pele.

– Então ele pôs os braços em volta dela – Daisy apressou-se em dizer, quebrando o ansioso silêncio que se instalara na mesa.

– Ele *o quê*? – perguntou Annabelle, boquiaberta.

– Apenas para me mostrar como segurar o taco direito. – As sobrancelhas escuras de Lillian se juntaram. – De qualquer maneira, o que aconteceu durante o jogo não importa. O surpreendente foi o que houve *depois*. Westcliff estava nos guiando pelo caminho mais curto para casa, mas nós fomos separadas quando nosso pai e alguns amigos apareceram. Então Daisy correu para a frente, enquanto eu e o conde fomos obrigados a esperar atrás do zimbro. E enquanto estávamos lá juntos...

As outras três Flores Secas se inclinaram para a frente, olhando-a sem pestanejar.

– O que aconteceu? – perguntou Annabelle.

Lillian sentiu as pontas de suas orelhas ficarem vermelhas e foi preciso um grande esforço para pronunciar as palavras. Ela olhou fixamente para o pequeno frasco de perfume enquanto murmurava:

– Ele me beijou.

– Meu Deus! – exclamou Annabelle, enquanto Evie olhava muda para Lillian.

– Eu sabia! – disse Daisy. – Eu sabia!

– Como você sabia... – começou Lillian, mas Annabelle a interrompeu, ansiosa:

– Uma vez? Mais de uma vez?

Pensando na série erótica de beijos, Lillian ficou ainda mais vermelha.

– Mais de uma vez – admitiu.

– C-como foi? – perguntou Evie.

Por algum motivo não ocorrera a Lillian que as amigas iam querer um relatório sobre a perícia sexual de lorde Westcliff. Perturbada com o insistente calor que agora fazia suas bochechas, seu pescoço e sua testa arderem, tentou pensar em algo para apaziguá-las. Por um momento se lembrou vividamente de Westcliff se aproximando... da rigidez do corpo do conde, de sua boca quente e ávida. Suas entranhas se agitaram como se tivessem se transformado em metal derretido e de repente ela não conseguiu admitir a verdade.

– Horrível – respondeu, mexendo os pés debaixo da mesa, nervosa. – Westcliff tem o pior beijo que já experimentei.

– *Ahhh...* – Daisy e Evie suspiraram desapontadas.

Contudo, Annabelle deu a Lillian um olhar claramente desconfiado.

– Isso é estranho, porque ouvi alguns boatos de que Westcliff sabe muito bem agradar a uma mulher.

Lillian respondeu com um grunhido evasivo.

– De fato – continuou Annabelle –, participei de um jogo de cartas menos de uma semana atrás e uma das mulheres à mesa disse que Westcliff era tão maravilhoso na cama que nunca encontrará outro amante como ele.

– Quem disse isso? – perguntou Lillian.

– Não posso contar – respondeu Annabelle. – Foi confidencial.

– Não acredito – respondeu Lillian, irritada. – Nem mesmo nos círculos que você frequenta alguém teria o descaramento de falar sobre essas coisas em público.

– Peço licença para discordar. – Annabelle a olhou com um leve ar de superioridade. – As mulheres casadas ficam sabendo de fofocas muito melhores que as solteiras.

– Maldição – disse Daisy, com inveja.

Mais uma vez fez-se silêncio na mesa enquanto o olhar divertido de Annabelle se fixava no carrancudo de Lillian. Para o seu desgosto, Lillian foi a primeira a desviar os olhos.

– Desembuche – ordenou Annabelle, a voz trêmula com uma súbita risada. – Diga a verdade. Westcliff beija mesmo tão mal assim?

– Ah, acho que ele é passável – admitiu Lillian de má vontade. – Mas essa não é a questão.

Então Evie falou, os olhos arregalados de curiosidade:

– Qual é a q-questão?

– Westcliff foi levado a isso, a beijar uma garota que detesta, no caso, eu, pelo cheiro *deste perfume*. – Lillian apontou o pequeno frasco brilhante.

As quatro garotas olharam para o vidro, surpresas.

– Não mesmo – disse Annabelle sem acreditar.

– Sim – insistiu Lillian.

Daisy e Evie continuaram em extasiado silêncio, olhando alternadamente para Lillian e Annabelle como se estivessem assistindo a uma partida de tênis.

– Lillian, você, a garota mais prática que já conheci, dizer que tem um perfume que age como afrodisíaco, é a coisa mais surpreendente...

– Afro o quê?

– Uma poção do amor – disse Annabelle. – Se lorde

Westcliff demonstrou interesse por você, não foi por causa do seu perfume.

– O que a faz ter tanta certeza disso?

Annabelle ergueu as sobrancelhas.

– O perfume produziu esse efeito em algum outro homem que você conhece?

– Não que eu tenha notado – admitiu Lillian, relutante.

– Há quanto tempo o está usando?

– Há cerca de uma semana, mas eu...

– E o conde é o único homem em que parece ter funcionado?

– Vai funcionar com outros homens – argumentou Lillian. – Só que eles ainda não tiveram a oportunidade de cheirá-lo. – Percebendo a incredulidade da amiga, suspirou. – Sei como isso soa. Eu não acreditava em nenhuma palavra que o Sr. Nettle disse sobre este perfume até hoje. Mas juro que no momento em que o conde o cheirou...

Annabelle a olhou com uma expressão pensativa, claramente se perguntando se aquilo poderia ser verdade.

Evie quebrou o silêncio:

– Posso v-vê-lo, Lillian?

– Claro.

Estendendo a mão para o frasco como se o perfume fosse altamente inflamável, Evie o destampou, levou-o ao nariz sardento e o cheirou.

– N-não sinto nada.

– Será que só funciona com homens? – sugeriu Daisy.

– O que eu gostaria de saber – disse Lillian devagar – é se, caso alguma de *vocês* o use, Westcliff se sentirá tão atraído quanto se sentiu por mim. – Ela olhou diretamente para Annabelle enquanto falava.

Percebendo o que ela estava prestes a propor, Annabelle assumiu um ar de cômico espanto.

– Ah, não – disse, balançando a cabeça. – Sou uma mulher casada, Lillian, muito apaixonada por meu marido, e não tenho o menor interesse em seduzir o melhor amigo dele!

– Você não teria de seduzi-lo – disse Lillian. – Só usar o perfume e depois ficar perto dele e ver se ele a nota.

– Vou fazer isso – concordou Daisy, entusiasmada. – De fato, proponho que todas nós usemos o perfume esta noite, para descobrir se nos tornará mais atraentes aos homens.

Evie riu diante da ideia, enquanto Annabelle revirava os olhos.

– Você não pode estar falando sério.

Lillian lhe deu um sorriso desafiador.

– Não há nenhum mal em tentar, não é? Considere isso um experimento científico. Vocês só estão colhendo evidências para provar uma teoria.

Um gemido escapou dos lábios de Annabelle enquanto ela observava as duas garotas mais novas passando algumas gotas de perfume.

– Esta é a coisa mais boba que já fiz – comentou. – Ainda mais absurda do que quando jogamos *rounders* em roupas de baixo.

– Calçolas – disse Lillian de pronto, continuando o antigo debate delas sobre o nome adequado para roupas de baixo.

– Dê-me isso. – Com uma expressão resignada, Annabelle estendeu a mão para pegar o frasco e depois mergulhou a ponta do dedo no líquido.

– Use um pouco mais – aconselhou Lillian, observando com satisfação Annabelle aplicar o perfume atrás das orelhas. – E ponha um pouco no pescoço também.

– Eu não costumo usar perfume – disse Annabelle. – O Sr. Hunt gosta do cheiro de pele limpa.

– Ele pode preferir o de dama-da-noite.

Annabelle pareceu chocada.

– É assim que se chama?

– É o nome de uma orquídea que floresce à noite – explicou Lillian.

– Ah, bom – disse Annabelle em tom zombeteiro. – Achei que era o nome de uma prostituta.

Ignorando o comentário, Lillian tirou o frasco dela. Depois de aplicar algumas gotas do perfume no próprio pescoço e nos pulsos, colocou-o de volta em sua bolsa reticulada e se levantou da mesa.

– Agora, vamos procurar Westcliff – disse alegremente, olhando para as Flores Secas.

CAPÍTULO 5

Sem saber do ataque que logo seria lançado contra ele, Marcus relaxava no escritório com seu cunhado, Gideon Shaw, e seus amigos Simon Hunt e lorde St. Vincent. Eles tinham se reunido para conversar em particular antes do início do jantar formal. Recostando-se em sua cadeira atrás da grande escrivaninha de mogno, Marcus olhou para o relógio de bolso. Oito horas – tinha de se juntar aos outros, principalmente porque era o anfitrião. Contudo, permaneceu imóvel e franziu a testa para o mostrador implacável do relógio, com a seriedade de um homem que tinha um dever desagradável a cumprir.

Teria de falar com Lillian Bowman, com quem se comportara como um louco naquela tarde. Agarrando-a, beijando-a em um frenesi de paixão desenfreada... Pensar nisso o fez se mexer desconfortavelmente na cadeira.

A natureza franca de Marcus o impelia a lidar com a situação de modo direto. Só havia uma solução para esse dilema: pedir desculpas pelo seu comportamento e garantir a ela que isso nunca voltaria a acontecer. De modo algum passaria o próximo mês se esgueirando pela própria casa em um esforço para evitá-la. Tentar ignorar o ocorrido era impraticável.

Só queria saber por que aquilo acontecera.

Desde aquele momento atrás do zimbro Marcus não tinha conseguido pensar em mais nada além da própria quebra de decoro e, o que era ainda mais desconcertante, do prazer primitivo de beijar a irritante víbora.

– Inútil – ouviu St. Vincent dizer. Ele estava sentado no canto da escrivaninha olhando pelo estereoscópio. – Quem liga para vistas, paisagens e monumentos? – continuou, indolente. – Você precisa de cartões estereoscópicos com imagens de mulheres, Westcliff. *Isso*, sim, vale a pena ver nesta coisa.

– Eu achava que você tinha visto o suficiente delas na forma tridimensional – respondeu Marcus, seco. – Não está um pouco concentrado demais no tema da anatomia feminina, St. Vincent?

– Você tem seus hobbies, eu tenho os meus.

Marcus olhou de relance para seu cunhado, que estava educadamente com o rosto inexpressivo, e Simon Hunt, que parecia se divertir com a conversa. Os três homens eram todos muito diferentes em caráter e origem. Seu único denominador comum era a amizade com Marcus. Gideon era um "aristocrata americano" (o mais contraditório dos termos), bisneto de um ambicioso capitão de navio ianque. Simon Hunt era um empresário filho de açougueiro, um homem perspicaz, empreendedor e confiável em todos os aspectos. E St. Vincent era um canalha sem princípios e um prolífico amante de mulheres. Estava sempre presente nas festas e reuniões da moda e só ia embora quando a conversa se tornava "tediosa" – o que significava dizer que algo profundo ou interessante era discutido –, então ele saía em busca de outra diversão.

Marcus nunca tinha visto um cinismo tão arraigado quanto o de St. Vincent. O visconde quase nunca dizia o que pensava e, se já havia tido um momento de compaixão por alguém, o disfarçara muito bem. Às vezes as pessoas se referiam a ele como uma alma perdida, e de fato St. Vincent parecia irrecuperável. Era provável que Hunt e Shaw não tivessem tolerado a companhia de St. Vincent se não fosse por sua amizade com Marcus.

O próprio Marcus não tinha muito em comum com St. Vincent, exceto as lembranças dos dias em que frequentaram a mesma escola. St. Vincent várias vezes se mostrara um amigo solidário, fazendo tudo o que fosse preciso para tirar Marcus de encrencas e dividindo com ele com desinteressada benevolência pacotes de doces que trazia de casa. Além disso, sempre fora o primeiro a ficar do lado de Marcus em uma briga.

St. Vincent sabia o que era ser desprezado por um pai, porque o seu não tinha sido melhor que o de Marcus. Os dois garotos se compadeciam um do outro com humor ácido e faziam tudo o que podiam para se ajudar. Nos anos após saírem da escola, o caráter de St. Vincent pareceu se corromper consideravelmente, mas Marcus não era do tipo que se esquecia de dívidas passadas. Tampouco dava as costas a um amigo.

Quando St. Vincent se sentou na cadeira ao lado da de Gideon Shaw, eles formaram um quadro impressionante, os dois louros e favorecidos pela natureza, contudo muito diferentes em aparência. Shaw era urbano e bonito e tinha um sorriso irreverente que encantava todos que o viam. Suas feições eram agradavelmente marcadas por sinais sutis de que, apesar de seus bens materiais, a vida nunca fora fácil para ele. Qualquer que fosse a dificuldade que se apresentasse, ele a enfrentava com graça e sabedoria.

Em contrapartida, St. Vincent possuía uma beleza masculina exótica, os olhos azul-claros lembrando os de um gato e a boca com uma ponta de crueldade mesmo quando sorria. Ele cultivava um estilo de eterna indolência que muitos londrinos modernos tentavam imitar. Se quisesse se vestir com extremo apuro, sem dúvida o faria. Mas ele sabia que qualquer tipo de ornamentação só serviria para desviar a atenção de sua aparência esplendorosa, por isso se vestia com simplicidade, com roupas pretas de corte perfeito.

Com St. Vincent no escritório, a conversa naturalmente passou a girar em torno de mulheres. Três dias antes uma mulher casada e, pelo que diziam, com uma boa posição na sociedade londrina havia tentado suicídio quando seu caso amoroso com St. Vincent terminara. O visconde achara conveniente escapar para Stony Cross no meio do furor do escândalo.

– Um espetáculo de melodrama ridículo – zombou St. Vincent, passando as pontas de seus longos dedos na borda da taça de conhaque. – Dizem que ela cortou os pulsos, quando na verdade os arranhou com um alfinete de chapéu e depois começou a gritar para uma criada ir ajudá-la. – Ele balançou a cabeça, indignado. – Idiota. Depois de todo o nosso esforço para manter o caso em segredo, ela faz uma coisa dessas. Agora todos em Londres sabem, inclusive o marido. E o que ela esperava ganhar com isso? Se tentou me punir por deixá-la, vai sofrer cem vezes mais. As pessoas sempre culpam mais as mulheres, sobretudo as casadas.

– Qual foi a reação do marido? – perguntou Marcus, concentrando-se imediatamente nas questões práticas. – Pode querer se vingar?

A indignação no olhar de St. Vincent aumentou.

– Duvido muito, porque ele tem o dobro da idade dela e não a toca há anos. É improvável que se arrisque a me desafiar em prol de sua suposta honra. Se ela tivesse mantido o caso em segredo para poupá-lo de ser chamado de corno, ele a teria deixado fazer o que quisesse. Mas em vez disso ela fez tudo o que pôde para mostrar sua indiscrição, aquela tola.

Simon Hunt olhou para o visconde com tranquila curiosidade.

– Acho interessante – disse ele em voz baixa – você se referir ao caso como indiscrição *dela* e não sua.

– Foi – disse St. Vincent, enfático. A luz do lampião brincou lindamente sobre os ângulos marcados do rosto dele. – Eu fui discreto, ela não. – Ele balançou a cabeça com um suspiro de exaustão. – Nunca deveria tê-la deixado me seduzir.

– Ela o seduziu? – perguntou Marcus, cético.

– Juro por tudo o que é mais sagrado... – St. Vincent se interrompeu. – Espere. Como nada me é sagrado, deixe-me refazer a frase. Você deve acreditar em mim quando eu digo que foi ela quem incentivou o caso. Dava indiretas o tempo todo, começou a aparecer nos lugares onde eu estava e enviou mensagens me implorando para visitá-la quando quisesse, garantindo que vivia separada do marido. Eu nem a queria. Soube antes mesmo de tocá-la que seria muito entediante. Mas cheguei ao ponto em que não ficava bem continuar a rejeitá-la, então fui à casa dela e ela me recebeu nua no *hall* de entrada. O que eu devia fazer?

– Ir embora? – sugeriu Gideon Shaw com um leve sorriso e olhando para o visconde como se ele fosse um animal do jardim zoológico real.

– Eu deveria ter ido mesmo – admitiu St. Vincent, taciturno. – Mas nunca consegui rejeitar uma mulher que quer sexo. E já fazia muito tempo que eu não me deitava com ninguém, pelo menos uma semana, e fui...

– Uma semana é muito tempo para não se deitar com ninguém? – interrompeu-o Marcus, arqueando uma sobrancelha.

– Vai me dizer que não é?

– St. Vincent, se um homem tem tempo para ter relações sexuais com uma mulher mais de uma vez por semana, ele claramente não tem muito que fazer. Há inúmeras responsabilidades que deveriam mantê-lo ocupado em vez de um... – Marcus parou, pensando no termo certo a usar. – Encontro sexual.

Um grande silêncio se seguiu às suas palavras. Olhando para Shaw, Marcus notou a súbita preocupação do cunhado com a quantidade certa de cinza a bater de seu cigarro em um cinzeiro de cristal, e franziu a testa.

– Você é um homem ocupado, Shaw, com interesses comerciais em dois continentes. Sem dúvida, concorda comigo.

Shaw esboçou um sorriso.

– Como meus encontros sexuais são exclusivamente com minha esposa, que por acaso é sua irmã, terei o bom senso de manter a boca fechada.

St. Vincent sorriu com indolência.

– É uma pena algo como o bom senso impedir uma conversa interessante. – Seu olhar se desviou para Simon Hunt, que estava de cara amarrada. – Hunt, você pode muito bem dar sua opinião. Com que frequência um homem deveria fazer amor com uma mulher? Mais de uma vez por semana é um caso de apetite sexual imperdoável?

Hunt lançou a Marcus um olhar que transmitia um vago pedido de desculpas.

– Por mais que eu hesite em concordar com St. Vincent...

Marcus franziu a testa ao insistir:

– É um fato bem conhecido que os excessos sexuais fazem mal à saúde, assim como o excesso de comida e bebida...

– Você acabou de descrever minha noite perfeita, Westcliff – murmurou St. Vincent com um sorriso, e voltou sua atenção para Hunt. – Com que frequência você e sua esposa...

– Eu não discuto o que acontece no meu quarto – disse Hunt com firmeza.

– Mas você tem relações sexuais com ela mais de uma vez por semana? – insistiu St. Vincent.

– Diabos, sim – murmurou Hunt.

– E está certo em ter, com uma mulher bonita como a Sra. Hunt – disse St. Vincent, e riu do olhar ameaçador que Hunt lhe lançou. – Ah, não se zangue. Sua esposa é a última mulher na Terra para quem eu olharia. Não tenho nenhuma vontade de cair morto sob o peso de seus punhos enormes. E as mulheres felizes no casamento nunca me atraíram, não quando as infelizes são muito mais fáceis. – Ele tornou a olhar para Marcus. – Parece que ninguém compartilha sua opinião, Westcliff. Os valores do trabalho duro e da autodisciplina não são páreo para o corpo quente de uma mulher na cama.

Marcus franziu a testa.

– Há coisas mais importantes.

– Como o quê? – perguntou St. Vincent com a paciência de um garoto rebelde tendo de aturar um sermão indesejado de seu avô decrépito. – Suponho que você dirá algo como "progresso social". Diga-me, Westcliff... – Seu olhar se tornou travesso. – Se o demônio lhe propusesse um pacto pelo qual todos os órfãos famintos da Inglaterra seriam bem alimentados daqui em diante, mas em troca você nunca mais pudesse ter relações sexuais com uma mulher, o que escolheria? Os órfãos ou sua satisfação?

– Eu nunca respondo a perguntas hipotéticas.

St. Vincent riu.

– Como eu pensei. Azar dos órfãos.

– Eu não disse... – começou Marcus, mas parou, impaciente. – Não importa. Meus convidados estão esperando. Vocês podem continuar essa conversa inútil aqui ou me acompanhar às salas de recepção.

– Eu vou com você – disse Hunt de pronto, erguendo seu corpo comprido da cadeira. – Minha esposa deve estar me procurando.

– A minha também – disse Shaw solidariamente, levantando-se.

St.Vincent lançou um olhar divertido para Marcus.

– Deus me livre de deixar uma mulher pôr uma argola em meu nariz e, pior ainda, parecer muito feliz com isso.

Esse era um sentimento que, por acaso, Marcus compartilhava.

Contudo, enquanto os quatro homens se afastavam distraidamente do escritório, Marcus não pôde evitar refletir sobre o fato curioso de que Simon Hunt, que, com exceção de St. Vincent, tinha sido o solteiro mais convicto que já conhecera, parecia inesperadamente satisfeito nas amarras do casamento. Sabendo mais do que ninguém como Hunt havia se agarrado à sua liberdade e o número reduzido de relacionamentos positivos que ele já tivera com mulheres, Marcus ficara surpreso com sua disposição de abdicar de sua liberdade. E por uma mulher como Annabelle, que a princípio parecera pouco mais do que uma caçadora de marido frívola e egoísta. Mas acabara se tornando claro que havia um grau de devoção incomum entre o casal, e Marcus era forçado a admitir que Hunt fizera uma boa escolha.

– Nenhum arrependimento? – murmurou para Hunt enquanto eles andavam a passos largos pelo corredor e Shaw e St. Vincent os seguiam em um ritmo mais lento.

Hunt o olhou com um sorriso indagador. Ele era um homem grande, de cabelos escuros, com os mesmos firme senso de virilidade e ávido interesse por caçadas e esportes que Marcus.

– De quê?

– De ser conduzido pelo nariz por sua esposa.

Isso fez Hunt dar um sorriso divertido e balançar a cabeça.

– Se minha esposa me conduz, Westcliff, é por uma parte totalmente diferente do meu corpo. E não, não tenho nenhum arrependimento.

– Acho que há algumas conveniências em estar casado – refletiu Marcus em voz alta. – Ter uma mulher à mão para satisfazer suas necessidades, para não mencionar o fato de que sai mais barato ter uma esposa do que uma amante. Além disso, há que se considerar a geração de herdeiros...

Hunt riu do esforço de Marcus para abordar o assunto sob um prisma prático.

– Não me casei com Annabelle por conveniência. E, embora não tenha feito as contas, posso lhe assegurar que ela *não* sai mais barato que uma amante. Quanto à geração de herdeiros, essa foi a última coisa em que pensei quando a pedi em casamento.

– Então por que se casou?

– Eu lhe diria, mas pouco tempo atrás você disse que esperava que eu não começasse a... quais foram mesmo suas palavras?... "Espalhar sentimentalismo aos quatro ventos".

– Você acha que está apaixonado por ela.

– Não – retrucou Hunt, em um tom calmo. – Eu *estou*.

Marcus deu de ombros.

– Se acreditar nisso torna o casamento mais agradável para você, acredite.

– Meu Deus, Westcliff... – murmurou Hunt com um sorriso de curiosidade. – Você nunca se apaixonou?

– É claro que sim. Obviamente encontrei algumas mulheres que eram preferíveis a outras em termos de temperamento e aparência física...

– Não, não, não... Não me refiro a encontrar alguém "preferível". Refiro-me a ficar totalmente entusiasmado com uma mulher que o enche de desespero, desejo, êxtase...

Marcus lhe lançou um olhar de desprezo.

– Não tenho tempo para essas besteiras.

Hunt o irritou ao rir.

– Então o amor não será um fator decisivo para você se casar?

– Definitivamente, não. Casamento é algo importante demais para ser decidido com base em emoções tão voláteis.

– Talvez você tenha razão – concordou Hunt depressa demais, como se não acreditasse no que dizia. – Um homem como você deveria usar a razão para escolher uma esposa. Estou interessado em ver como fará isso.

Eles chegaram a uma das salas de recepção, onde Livia encorajava discretamente os convidados a se prepararem para a procissão formal até a sala de jantar. Assim que viu Marcus, lançou-lhe um olhar desaprovador por ele tê-la deixado sozinha até então, cuidando dos convidados. Marcus lhe retribuiu o olhar com outro impenitente. Entrando na sala, ele viu que Thomas Bowman e a esposa, Mercedes, estavam logo à sua direita.

Marcus apertou a mão de Bowman, um homem calmo e corpulento com um bigode que lembrava uma vassoura, tão grosso que quase compensava a calvície. Quando estava em sociedade, Bowman exibia a expressão sempre distraída de alguém que preferiria estar fazendo outras coisas. Somente quando a discussão girava em torno de negócios – qualquer tipo de negócio – sua atenção era despertada com a intensidade da de um espadachim.

– Boa noite – murmurou Marcus, e se curvou sobre a mão de Mercedes Bowman.

Ela era tão magra que daria para cortar cenouras na superfície formada pelas saliências e reentrâncias sob sua luva. Era uma mulher áspera, um feixe de nervos, de contida agressividade.

– Por favor, aceitem minhas desculpas por não ter podido vir lhes dar as boas-vindas esta tarde – continuou Marcus. – E me permitam dizer como é bom vê-los de volta a Stony Cross Park.

– Ah, milorde – trinou Mercedes. – Estamos *muito felizes* em voltar à sua *magnífica* propriedade! E quanto a esta tarde, entendemos sua ausência, sabendo que um homem importante como o senhor, com tantas preocupações e responsabilidades, deve ter inúmeros compromissos que tomam seu tempo. – Ela moveu um dos braços de um modo que fez Marcus pensar nos movimentos de um louva-a-deus. – Ah... estou vendo minhas duas adoráveis filhas bem ali... – A voz dela se tornou ainda mais alta quando as chamou e lhes fez um gesto insistente para que se aproximassem. – *Meninas!* Meninas, olhem quem eu encontrei. Venham falar com lorde Westcliff!

Marcus manteve o rosto inexpressivo ao ver as sobrancelhas erguidas de algumas pessoas próximas. Olhando na direção do alvo dos gestos rápidos de Mercedes, viu as irmãs Bowmans, não mais as empoeiradas garotas travessas jogando *rounders* atrás do pátio dos estábulos. Seu olhar se fixou em Lillian, que estava com um vestido verde-claro cujo corpete parecia ser sustentado apenas por um par de pequenos broches de ouro nos ombros. Antes que ele pudesse controlar o rumo de seus pensamentos rebeldes, imaginou-se soltando aqueles broches e deixando a seda verde deslizar pela pele clara do peito e dos ombros dela...

Marcus ergueu o olhar para o rosto de Lillian. Os cabelos

negros estavam impecavelmente presos no alto da cabeça em uma massa intricada que parecia quase pesada demais para ser sustentada pelo pescoço esguio. Com os cabelos afastados da testa, os olhos pareciam mais felinos do que de costume. Quando Lillian lhe devolveu o olhar, um leve rubor coloriu suas bochechas e ela abaixou o queixo em um cauteloso cumprimento. Era óbvio que a última coisa que queria era atravessar a sala até eles – até ele – e Marcus não podia culpá-la por isso.

– Não há necessidade de chamar suas filhas, Sra. Bowman – sussurrou ele. – Estão desfrutando a companhia das amigas.

– Amigas!... – exclamou Mercedes com desdém. – Se está se referindo àquela escandalosa Annabelle Hunt, posso lhe garantir que não aprovo...

– Eu passei a ter a Sra. Hunt na mais alta estima – disse Marcus, olhando diretamente para a mulher.

Surpresa com a afirmação, Mercedes empalideceu um pouco e logo tentou se corrigir:

– Se o senhor, com seu julgamento *superior*, estima a Sra. Hunt, então certamente devo concordar, milorde. De fato, sempre achei...

– Westcliff – interrompeu Thomas Bowman, tendo pouco interesse no tema das filhas ou das amigas delas –, quando teremos uma oportunidade de discutir os negócios de que tratamos em nossa última carta?

– Amanhã, se quiser – respondeu Marcus. – Nós programamos uma cavalgada bem cedo, antes do café da manhã.

– Vou abdicar da cavalgada, mas o verei no café da manhã.

Eles apertaram as mãos e Marcus os deixou com uma leve mesura, indo conversar com outros convidados que buscavam sua atenção. Logo uma recém-chegada se juntou ao grupo e eles rapidamente abriram espaço para a figura diminuta de Georgiana, Lady Westcliff... a mãe de Marcus. Ela estava muito empoada, os cabelos prateados presos num penteado elaborado e os pulsos, o pescoço e as orelhas ornamentados com muitas joias brilhantes. Até mesmo sua bengala cintilava, o castão dourado cravejado de pequenos diamantes.

Algumas anciãs tinham uma aparência áspera, mas um coração de ouro. A condessa de Westcliff não era uma dessas mulheres. Seu coração – cuja existência era discutível – definitivamente não era de ouro ou qualquer substância maleável. Do ponto de vista físico, a condessa não era nem nunca fora bonita. Se alguém substituísse suas roupas caras por um vestido simples de caxemira e um avental, seria facilmente confundida com uma vendedora de leite. Ela tinha o rosto redondo, a boca pequena, olhos inexpressivos como os de um pássaro e o nariz sem nenhuma forma ou tamanho notável. Seu aspecto mais distintivo era um ar de rabugento desencanto, como o de uma criança que acaba de abrir um presente de aniversário e descobre que é a mesma coisa que ganhara no ano anterior.

– Boa noite, milady – disse Marcus para a mãe, olhando-a com um sorriso irônico. – Estamos honrados por ter decidido se juntar a nós esta noite.

A condessa frequentemente evitava jantares concorridos como aquele, preferindo fazer suas refeições em um de seus aposentos particulares no andar de cima. Naquela noite parecia ter decidido abrir uma exceção.

– Eu queria ver se havia algum convidado interessante nesta multidão – respondeu ela, mal-humorada, o olhar régio varrendo a sala. – Mas, pelo visto, parece o mesmo bando de tolos.

Houve risos contidos e nervosos no grupo, porque eles preferiram – erroneamente – supor que o comentário fora uma brincadeira.

– Talvez queira esperar para dar sua opinião depois de ser apresentada a mais algumas pessoas – respondeu Marcus, pensando nas irmãs Bowmans. Sua mãe julgadora encontraria infinitos defeitos naquela dupla incorrigível.

Seguindo a ordem de precedência, Marcus conduziu a condessa para a sala de jantar, e ambos foram sendo paulatinamente seguidos pelos de posição hierárquica inferior.

Os jantares em Stony Cross Park eram famosos pela fartura, e este não era uma exceção. Oito pratos de peixe, carne de caça, aves e carne bovina foram servidos, acompanhados por arranjos de flores frescas que eram levados para a mesa a cada troca de prato. Eles começaram com sopa de tartaruga, salmão grelhado com alcaparras, perca e tainha com molho cremoso e um suculento peixe-galo com molho de camarão. Depois vieram carne de cervo, pernil picante com ervas, miúdos de vitela refogados flutuando em molho fumegante e frango assado crocante. E assim continuou até os convidados ficarem empanzinados e letárgicos, seus rostos corados do vinho constantemente reposto em suas taças por criados atentos. O jantar foi concluído com uma sucessão de bandejas repletas de cheesecakes de amêndoa, pudins de limão e arroz-doce.

Abstendo-se da sobremesa, Marcus tomou uma taça de vinho do Porto e se entreteve dando rápidos olhares para Lillian Bowman. Nos raros momentos em que ela estava tranquila e calada, parecia uma recatada princesa. Mas, assim que começava a falar – gesticulando com seu garfo e interrompendo a conversa dos homens –, a aparência régia desaparecia por completo. Lillian era direta demais, certa demais de que aquilo que dizia era interessante e valia a pena ser ouvido. Ela não tentava fingir interesse pelas opiniões dos outros e parecia incapaz de demonstrar deferência por quem quer que fosse.

Depois dos rituais de vinho do Porto para os homens,

chá para as mulheres e mais algumas rodadas de conversas fúteis, os convidados se dispersaram. Dirigindo-se devagar para o salão com um grupo de convidados que incluía os Hunts, Marcus percebeu que Annabelle estava se comportando de um modo um pouco estranho. Caminhava tão perto dele que o cotovelo de um batia no do outro e se abanava entusiasticamente, embora o interior da mansão estivesse bastante fresco. Olhando-a de soslaio em meio ao perfume que ela exalava em sua direção, Marcus perguntou:

– Está quente demais aqui para a senhora?

– Ah, sim... também está sentindo calor?

– Não. – Ele sorriu, perguntando-se por que Annabelle havia parado de se abanar de repente e lhe lançara um olhar indagador.

– Está sentindo *alguma coisa*? – perguntou ela.

Achando graça, Marcus balançou a cabeça.

– Posso lhe perguntar o que a preocupa, Sra. Hunt?

– Ah, não é nada. Eu só estava me perguntando se tinha notado algo diferente em mim.

Marcus a examinou rápida e impessoalmente.

– Seu penteado – tentou adivinhar.

Tendo duas irmãs, aprendera que quase sempre que elas pediam a opinião dele sobre sua aparência e se recusavam a lhe dizer o motivo, tinha algo a ver com o penteado. Embora fosse um pouco inadequado discutir a aparência pessoal da esposa de seu melhor amigo, Annabelle parecia vê-lo como um irmão.

Ela deu um sorriso triste ao ouvir a resposta de Marcus.

– Sim, é isso. Perdoe-me se estou me comportando de um modo um tanto estranho, milorde. Acho que exagerei um pouco no vinho.

Marcus riu baixinho.

– Talvez o ar da noite clareie sua mente.

Ao lado deles, Simon Hunt ouviu o último comentário e pôs a mão na cintura da esposa. Sorrindo, beijou a testa de Annabelle.

– Quer que eu a leve para o terraço dos fundos?

– Sim, obrigada.

Hunt se calou, sua cabeça escura inclinada na direção da dela. Embora Annabelle não pudesse ver a expressão de surpresa no rosto do marido, Marcus a notou e se perguntou por que Hunt subitamente parecia tão desconfortável e distraído.

– Dê-nos licença, Westcliff – murmurou Hunt, e arrastou a esposa para longe com uma pressa injustificável, forçando-a a correr para acompanhar seus passos largos.

Balançando a cabeça com certa perplexidade, Marcus observou o casal se precipitar para o hall de entrada.

~

– Nada. Absolutamente nada – disse Daisy em tom triste, saindo da sala de jantar com Lillian e Evie. – Eu estava sentada entre dois cavalheiros que não demonstraram nenhum interesse em mim. Ou o perfume é uma fraude ou os dois são anósmicos.

Evie a olhou sem entender.

– Eu... acho que não conheço essa palavra...

– Conheceria, se seu pai fosse dono de uma saboaria – disse Lillian, seca. – Significa que perderam o olfato.

– Ah. Então meus c-companheiros de jantar devem ser anósmicos. Porque nenhum deles me notou. E quanto a você, Lillian?

– Idem – respondeu ela, sentindo-se ao mesmo tempo confusa e frustrada. – Acho que, afinal de contas, o perfume não funciona. Mas eu estava tão certa de que surtiu efeito em lorde Westcliff...

– Já esteve tão perto dele antes? – perguntou Daisy.

– É claro que não!

– Então meu palpite é que a simples proximidade de você o fez perder a cabeça.

– Ah, sim, é claro – disse Lillian com um autodepreciativo sarcasmo. – Eu sou uma sedutora mundialmente famosa.

Daisy riu.

– Eu não desacreditaria seus encantos, querida. Em minha opinião, lorde Westcliff sempre...

Mas aquela opinião particular nunca seria ouvida, porque quando elas chegaram ao hall de entrada avistaram lorde Westcliff. Relaxando com um ombro encostado em uma coluna, era uma figura imponente. Tudo nele, da arrogante inclinação de sua cabeça à sua postura confiante, mostrava o resultado de gerações de educação aristocrática. Lillian sentiu uma necessidade imperiosa de se aproximar dele e cutucá-lo em um lugar em que sentisse cócegas. Teria adorado fazê-lo rugir de raiva.

A cabeça de Westcliff se virou e seu olhar varreu as três garotas com polido interesse antes de se fixar em Lillian. Então seu olhar se tornou muito menos polido e o interesse adquiriu uma qualidade vagamente predatória que fez Lillian prender a respiração. Ela não pôde evitar se lembrar da sensação provocada por aquele corpo musculoso escondido sob o traje preto de casimira de corte impecável.

– Ele é ap-pavorante – sussurrou Evie, e Lillian a olhou com súbito divertimento.

– Ele é apenas um homem, querida. Estou certa de que manda seus criados o ajudarem a pôr suas calças, uma perna de cada vez, como qualquer outra pessoa.

Daisy riu da irreverência dela, enquanto Evie pareceu escandalizada.

Para a surpresa de Lillian, Westcliff se afastou da coluna e se aproximou delas.

– Boa noite, senhoritas. Espero que tenham gostado do jantar.

Sem conseguir falar, Evie apenas assentiu, enquanto Daisy respondia, animada:

– Foi esplêndido, milorde.

– Que bom. – Embora ele falasse para Evie e Daisy, seu olhar se fixou no rosto de Lillian. – Srta. Bowman, Srta. Jenner... Perdoem-me, mas eu esperava levar sua companheira lá para fora e falar com ela em particular. Com sua permissão...

– Claro – respondeu Daisy, dando um sorriso furtivo para Lillian. – Leve-a, milorde. Não precisamos dela agora.

– Obrigado. – Sério, ele estendeu o braço para Lillian. – Srta. Bowman, pode me fazer a gentileza?

Lillian lhe deu o braço, sentindo-se estranhamente frágil enquanto o conde a conduzia pelo hall de entrada. O silêncio entre eles era embaraçoso e repleto de perguntas. Westcliff sempre a provocara, mas agora parecia ter adquirido o prazer de fazê-la se sentir vulnerável – e ela não gostava nem um pouco disso. Parando diante de uma grande coluna, ele se virou para encará-la, e Lillian soltou seu braço.

A boca e os olhos de Westcliff estavam a apenas uns dez centímetros acima dela, seus corpos perfeitamente nivelados, eles de frente um para o outro. O pulso de Lillian se acelerou e sua pele foi tomada por um calor súbito que pressagiava uma queimadura, como se ela estivesse perto demais do fogo. Os cílios espessos de Westcliff se abaixaram sobre os olhos negros como a meia-noite quando ele lhe notou o rubor.

– Srta. Bowman – murmurou –, eu lhe asseguro que, apesar do que aconteceu esta tarde, não tem nada a temer. Se não fizer nenhuma objeção, gostaria de discutir isso com a senhorita em algum lugar onde não seremos perturbados.

– Claro – disse Lillian em um tom calmo.

Ficar a sós com ele em algum lugar tinha a desconfortável conotação de um encontro amoroso, o que certamente não seria. E ainda assim ela não conseguia controlar os calafrios nervosos em sua espinha.

– Onde devemos nos encontrar?

– Na sala de estar matutina que dá para uma estufa de laranjas.

– Sim, sei onde fica.

– Pode ser daqui a cinco minutos?

– Sim. – Lillian lhe deu um sorriso extremamente despreocupado, como se já estivesse bastante acostumada com esquemas clandestinos. – Eu vou primeiro.

Quando se afastou de Westcliff, sentiu o olhar dele em suas costas e de algum modo soube que ele a observava a cada segundo até ela sair de vista.

CAPÍTULO 6

Quando Lillian entrou na estufa, sentiu-se cercada do cheiro de... laranjas. Mas limões, louro e murta também exalavam um perfume forte no ar levemente aquecido. O chão ladrilhado da construção retangular era pontuado de respiradouros feitos de grades de ferro que deixavam o calor das fornalhas no piso inferior se espalhar pelo ambiente de modo uniforme. A luz das estrelas se infiltrava pelo teto de vidro e pelas janelas brilhantes e iluminava a estrutura interior repleta de fileiras de plantas tropicais.

A estufa estava na penumbra, com apenas a luz trêmula das tochas lá fora para amenizar a escuridão. Ao ouvir um som de passos, Lillian se virou depressa para ver o intruso. O desconforto devia ter se revelado em sua postura, porque Westcliff falou em voz baixa e tranquilizadora:

– Sou só eu. Se preferir se encontrar comigo em outro lugar...

– Não – interrompeu-o Lillian, achando um pouco de graça em ouvir um dos homens mais poderosos da Inglaterra se referir a si mesmo como "só eu". – Gosto da estufa. Na verdade, é meu lugar preferido na mansão.

– O meu também – disse ele, aproximando-se devagar. – Por muitos motivos, e o principal deles é a privacidade que oferece.

– Não tem muita privacidade, não é? Com tantas pessoas chegando e partindo de Stony Cross Park...

– Consigo arranjar tempo suficiente para ficar sozinho.

– E o que faz quando está sozinho?

Toda a situação estava começando a parecer um tanto irreal: conversar com Westcliff na estufa, ver um feixe de luz de tocha incidindo sobre os contornos do rosto dele, marcados, mas elegantes.

– Eu leio – disse ele em um tom sério. – Caminho. Às vezes nado no rio.

De repente ela ficou grata pela escuridão, porque a ideia do corpo dele nu deslizando na água a fez corar.

Percebendo desconforto no súbito silêncio de Lillian, e interpretando errado a causa, Westcliff disse bruscamente:

– Srta. Bowman, devo lhe pedir desculpas pelo que aconteceu hoje mais cedo. Não sei como explicar meu comportamento, só posso dizer que foi um momento de insanidade que nunca se repetirá.

Lillian se enrijeceu um pouco à palavra "insanidade".

– Está bem – disse. – Aceito suas desculpas.

– Pode ficar tranquila, porque de modo algum a acho desejável.

– Entendo. Já disse o bastante, milorde.

– Mesmo que nós dois fôssemos deixados sozinhos em uma ilha deserta, eu nunca pensaria em me aproximar da senhorita.

– Compreendo – disse ela, sucinta. – Não precisa se estender nesse assunto.

– Só quero deixar claro que o que fiz foi um total desatino. A senhorita não é o tipo de mulher por quem algum dia eu me sentiria atraído.

– Está certo.

– De fato...

– Já foi *bastante* claro, milorde – interrompeu-o Lillian, franzindo a testa e pensando que certamente aquele era o pedido de desculpas mais irritante que já ouvira. – Contudo... como meu pai sempre diz, um pedido de desculpas sincero tem um preço.

Westcliff lhe lançou um olhar atento.

– Preço?

O ar entre eles esquentou com o desafio.

– Sim, milorde. Não vê nenhum problema em dizer algumas palavras e acabar com isso, não é? Mas se *realmente* estivesse arrependido do que fez, eu tentaria compensá-lo.

– Tudo o que fiz foi beijá-la – protestou Westcliff, como se ela estivesse fazendo tempestade em um copo d'água.

– Contra a minha vontade – ressaltou Lillian. Ela assumiu um ar de dignidade ferida. – Talvez haja mulheres que apreciariam suas atenções românticas, mas não sou uma delas. E não estou acostumada a ser agarrada e forçada a receber beijos que não pedi...

– A senhorita retribuiu – retorquiu Westcliff com uma expressão maligna digna de Hades.

– Não retribuí, não!

– A senhorita... – Parecendo perceber que aquele era um argumento inútil, Westcliff parou e praguejou.

– Mas – continuou Lillian docemente – eu poderia perdoá-lo e esquecer. Se... – Ela fez uma pausa deliberada.

– Se? – perguntou ele.

– Se me fizesse um pequeno favor.

– E qual seria?

– Apenas pedir a sua mãe que amadrinhe a mim e a minha irmã na próxima temporada.

Ele arregalou os olhos de um modo nada lisonjeiro, como se aquilo estivesse além dos limites da razão.

– Não.

– Ela também poderia nos ensinar um pouco da etiqueta inglesa...

– *Não*.

– Nós precisamos de ajuda – insistiu Lillian. – Minha irmã e eu não progrediremos na sociedade sem isso. A condessa é uma mulher influente, respeitada, e seu endosso garantiria nosso sucesso. Estou certa de que poderia encontrar um modo de convencê-la a me ajudar...

– Srta. Bowman – interrompeu-a Westcliff em um tom frio –, nem a Rainha Vitória conseguiria arrastar duas selvagens como as senhoritas pelo caminho da respeitabilidade. Isso é impossível. E agradar ao seu pai não é um incentivo suficiente para eu fazer minha mãe passar pelo inferno que são capazes de criar.

– Achei que poderia dizer isso. – Lillian se perguntou se ousaria seguir seus instintos e correr um enorme risco.

Apesar do fracasso das Flores Secas no experimento daquela noite, havia alguma chance de o perfume ainda surtir um efeito mágico em Westcliff? Se não houvesse, estava prestes a fazer papel de idiota. Respirando fundo, aproximou-se dele.

– Muito bem, não me deixou outra escolha. Se não concordar em me ajudar, vou contar para todo mundo o que aconteceu esta tarde. Imagino que as pessoas não acharão nenhuma graça no fato de o contido lorde Westcliff não conseguir controlar seu desejo por uma jovem americana de péssimos modos. E o senhor não poderia negar isso, porque nunca mente.

Westcliff arqueou uma sobrancelha, dando-lhe um olhar que deveria tê-la fulminado ali mesmo.

– Está superestimando seus encantos, Srta. Bowman.

– Estou? Então prove.

Os senhores feudais da longa linhagem de Westcliff ao disciplinar camponeses rebeldes deviam ter assumido a mesma expressão que ele tinha agora.

– Como?

Mesmo com sua disposição para deixar a cautela de lado, Lillian teve de engolir em seco antes de responder:

– Eu o desafio a me abraçar como fez hoje mais cedo – disse. – E veremos se consegue se controlar mais desta vez.

O desprezo no olhar de Westcliff revelou exatamente quão patético ele considerava o desafio.

– Srta. Bowman, como acho que já deixei claro... eu não a desejo. Essa tarde foi um erro que não voltarei a cometer. Agora, se me der licença, tenho convidados para...

– Covarde.

Westcliff tinha começado a se afastar, mas a palavra o fez se virar de novo para ela com súbita incredulidade e fúria. Lillian supôs que essa fosse uma acusação que nunca tinha sido feita a ele.

– O que disse?

Lillian precisou de toda a sua determinação para sustentar o olhar gelado do conde.

– Claramente está com medo de me tocar. De não conseguir se controlar.

Desviando os olhos dela, o conde balançou a cabeça, como que achando que pudesse tê-la entendido mal.

Quando a olhou de novo, seus olhos estavam cheios de hostilidade.

– É tão difícil para a senhorita compreender que eu *não* quero abraçá-la?

Lillian percebeu que ele não estaria tão irritado se tivesse total confiança em sua capacidade de resistir a ela. Encorajada por esse pensamento, aproximou-se mais, sem deixar de notar como todo o corpo dele pareceu se retesar.

– A questão não é se quer ou não – respondeu. – É se conseguirá me soltar quando o fizer.

– Incrível – disse ele por entre os dentes, olhando-a, furioso.

Lillian permaneceu quieta, esperando que ele aceitasse o desafio. Assim que o conde eliminou a distância entre eles, seu sorriso desapareceu, a boca ficou estranhamente rígida e seu coração bateu forte. Um olhar para o rosto decidido de Westcliff revelou que ele o aceitara. Não lhe deixara outra escolha senão provar que ela estava errada. E, nesse caso, nunca conseguiria encará-lo de novo. *Ah, Sr. Nettle*, pensou ela, insegura, *é melhor que seu perfume mágico funcione.*

Com infinita relutância, Westcliff pôs os braços ao redor dela. A aceleração da frequência cardíaca de Lillian pareceu lhe tirar o ar dos pulmões. Uma das grandes mãos de Westcliff pousou entre suas omoplatas tensas, e a outra, na base de suas costas. Ele a tocou com exagerado cuidado, como se ela fosse feita de uma substância volátil. Ao aproximar seu corpo do dele, o sangue de Lillian pareceu se transformar em fogo líquido. Suas mãos procuraram um apoio até as palmas encontrarem as costas do casaco de Westcliff. Pondo-as nos dois lados da espinha dele, sentiu os músculos firmes através das camadas de casimira e linho.

– Era isso que queria? – murmurou Westcliff em seu ouvido.

Os dedos dos pés de Lillian se contraíram dentro das sapatilhas quando ela sentiu a respiração quente de Westcliff na linha de seus cabelos. Apenas assentiu em resposta, abatida e mortificada ao perceber que perdera o jogo. Westcliff ia lhe mostrar como era fácil soltá-la e zombaria dela para sempre.

– Pode me soltar agora – sussurrou, torcendo a boca em autodesprezo.

Mas Westcliff não se moveu. Abaixou um pouco mais sua cabeça escura e respirou de um modo não muito firme. Lillian percebeu que ele estava cheirando seu pescoço com lenta e crescente ânsia, como um viciado ao inalar fumaça narcótica. *O perfume*, pensou, em choque. Então não fora sua imaginação. Estava exercendo sua magia de novo. Mas por que Westcliff parecia ser o único homem a reagir ao cheiro? Por que...

Seus pensamentos se dispersaram quando a pressão das mãos de Westcliff aumentou, fazendo-a estremecer e se arquear.

– Maldição – sussurrou Westcliff em tom selvagem.

Antes que Lillian percebesse o que estava acontecendo, ele a ergueu e empurrou contra uma parede próxima. Seu olhar feroz e acusador se desviou dos olhos estupefatos de Lillian para os lábios entreabertos dela, sua luta silenciosa demorando mais um ardente segundo até ele subitamente ceder com uma imprecação e unir os lábios deles com um impaciente puxão.

As mãos do conde ajustaram o ângulo da cabeça de Lillian e ele a beijou com mordidas e toques gentis, como se a boca da jovem fosse uma iguaria exótica a saborear. Ela sentiu os joelhos enfraquecerem até mal conseguir ficar em pé. Este era Westcliff, tentou se lembrar... Westcliff, o homem que ela odiava... Mas quando ele a beijou com mais força, não conseguiu evitar corresponder. Apertando-se contra Westcliff, pôs-se nas pontas dos pés instintivamente, até os corpos deles ficarem perfeitamente alinhados, a parte ansiosa entre as coxas de Lillian acolhendo a rígida protuberância por trás dos botões das calças do conde. Percebendo de repente o que fizera, ela corou e tentou se afastar, mas ele não a soltou. Agarrou-lhe as nádegas com firmeza, mantendo-a ali enquanto sua boca devorava a dela com ardente sensualidade, lambendo, explorando a parte interna das bochechas, úmida e sedosa. Ela parecia não conseguir respirar... e se sobressaltou ao sentir a mão livre do conde procurar a frente de seu corpete.

– Quero senti-la – murmurou Westcliff contra os lábios trêmulos de Lillian, tentando afastar a firme barreira do espartilho acolchoado. – Quero beijá-la inteira...

Os seios de Lillian doíam dentro do espartilho apertado. Ela sentiu um louco desejo de rasgar o tecido acolchoado e implorar a Westcliff que usasse a boca e as mãos para acalmar sua carne atormentada. Em vez disso, entrelaçou os dedos nos cabelos grossos e ligeiramente encaracolados do conde enquanto ele a beijava de modo febril, com crescente ânsia, até os pensamentos de Lillian se tornarem incoerentes e ela estremecer de desejo.

De súbito, a forte excitação terminou quando Westcliff afastou a boca e a empurrou contra uma meia-coluna estriada. Ofegando, ele se virou de lado e ficou lá com os punhos fechados.

Depois de um longo tempo, Lillian se recompôs o suficiente para falar. O perfume funcionara perfeitamente. Sua voz saiu rouca e grossa, como se ela tivesse acabado de acordar de um longo sono.

– Bem... acho que isso responde à minha pergunta. Agora... quanto ao meu pedido de apoio...

Westcliff não olhou para ela.

– Vou pensar sobre isso – murmurou, e saiu da estufa a passos largos.

CAPÍTULO 7

— Annabelle, o que aconteceu com você? – perguntou Lillian na manhã seguinte ao se juntar às outras Flores Secas na mesa mais afastada no terraço, para o café da manhã. – Está com uma aparência péssima. Por que não está usando seus trajes de montar? Achei que você fosse experimentar a pista de saltos esta manhã. E por que desapareceu do nada na noite passada? Não é típico de você desaparecer assim, sem dizer...

– Não tive escolha – disse Annabelle, irritada, fechando os dedos ao redor da delicada xícara de porcelana. Pálida e aparentemente exausta, seus olhos azuis rodeados de olheiras escuras, ela tomou um grande gole de chá muito adoçado antes de continuar: – Foi aquele seu maldito perfume. Assim que ele sentiu o cheiro, ficou louco.

Chocada, Lillian tentou assimilar a informação, sentindo um frio na barriga.

– Então... teve efeito em Westcliff? – conseguiu dizer.

– Meu Deus, não! Não em lorde Westcliff. – Annabelle esfregou seus olhos cansados. – Ele não podia ter ligado menos para o perfume. Foi meu *marido* que ficou louco. Depois de sentir o cheiro daquela coisa, me arrastou para nosso quarto e... bem, basta dizer que o Sr. Hunt me manteve acordada a noite toda. *A noite toda* – enfatizou, e tomou outro longo gole de chá.

– Fazendo o quê? – perguntou Daisy, confusa.

Lillian, subitamente aliviada por lorde Westcliff não ter se sentido atraído por Annabelle, deu um olhar sarcástico para a irmã.

– O que acha que eles estavam fazendo? Jogando cartas?

– Ah – disse Daisy quando enfim entendeu. Ela olhou para Annabelle com uma curiosidade inadequada para uma virgem. – Mas eu tinha a impressão de que você gostava de fazer... *aquilo*... com o Sr. Hunt.

– Bem, sim, é claro que gosto, mas... – Annabelle fez uma pausa e ficou vermelha. – Isto é, quando um homem está excitado a esse ponto... – Ela parou ao perceber que até Lillian estava muito atenta a suas palavras. Sendo a única casada do grupo, tinha um conhecimento dos homens e de assuntos íntimos que despertava muita curiosidade nas outras. Em geral Annabelle era bastante extrovertida, mas não quando se tratava dos detalhes privados de seu relacionamento com o Sr. Hunt. Sua voz se tornou sussurrante: – Digamos apenas que meu marido não precisa da influência de uma poção que aumenta ainda mais seu desejo físico.

– Tem certeza de que foi o perfume? – perguntou Lillian. – Talvez algo mais o tenha feito ficar assim...

– Foi o perfume – disse Annabelle, segura.

Evie se manifestou, parecendo intrigada.

– Mas p-por que não funcionou com lorde Westcliff? Por que só afetou seu marido e mais n-ninguém?

– E por que ninguém reparou em Evie ou em mim? – perguntou Daisy, decepcionada.

Annabelle terminou seu chá, se serviu de mais, acrescentou um torrão de açúcar e mexeu lentamente. Seus olhos sonolentos fitaram Lillian por cima da borda da xícara.

– E quanto a você, querida? Alguém a notou?

– Na verdade... – Lillian estudou o conteúdo de sua xícara. – Sim. Westcliff – disse, mal-humorada. – *De novo*. Sou mesmo muito sortuda. Encontrei um afrodisíaco que só funciona com um homem que desprezo.

Annabelle engasgou com um gole de chá enquanto Daisy punha a mão na boca para conter um ataque de riso. Depois que os espasmos de tosse e riso de Annabelle pararam, ela olhou para Lillian com olhos ligeiramente úmidos.

– Não posso imaginar quão irritado Westcliff deve estar por se sentir tão atraído por você, com quem sempre brigou tanto.

– Eu lhe disse que, se ele quisesse corrigir seu comportamento, podia pedir à condessa que nos amadrinhasse – disse Lillian.

– Brilhante! – exclamou Daisy. – Ele concordou?

– Vai pensar a respeito.

Annabelle se apoiou no braço de sua cadeira e olhou, pensativa, para a névoa distante da manhã que envolvia a floresta.

– Não entendo... Por que o perfume só funcionaria no Sr. Hunt e em lorde Westcliff? E por que não surtiu nenhum efeito no conde quando eu o usei, mas com você...

– Talvez a parte mágica – especulou Evie – seja que o perfume a-juda a encontrar o verdadeiro amor.

– Besteira – observou Lillian, indignada com essa ideia. – Westcliff não é meu verdadeiro amor! É um idiota que se acha superior aos outros e com quem nunca consegui ter uma conversa civilizada. Se alguma mulher tiver o azar de se casar com ele, acabará apodrecendo aqui em Hampshire, tendo de lhe dar satisfações de tudo o que faz. Não, obrigada.

– Lorde Westcliff não é um camponês antiquado – disse Annabelle. – Muitas vezes fica na casa dele em Londres e é convidado para ir a todos os lugares. Quanto a esse ar de superioridade, não dá para negar. Mas quando o conhecemos melhor e ele baixa a guarda, pode ser encantador.

Lillian balançou a cabeça, contraindo teimosamente os lábios.

– Se ele for o único homem que esse perfume atrairá, pararei de usá-lo.

– Ah, não! – O olhar de Annabelle se tornou risonho e travesso. – Achei que você ia querer continuar a torturá-lo.

– Sim, use-o – recomendou Daisy. – Não temos nenhuma prova de que o conde é o único homem que será seduzido por seu perfume.

Lillian olhou para Evie, que esboçava um sorriso.

– Devo usar? – perguntou, e Evie assentiu. – Muito bem – disse Lillian. – Se há alguma chance de eu torturar lorde Westcliff, detestaria perdê-la. – Ela tirou o frasco do bolso de suas saias de montar. – Alguém quer experimentar mais um pouco?

Annabelle pareceu alarmada.

– Não. Mantenha isso *longe* de mim.

As outras duas já tinham estendido as mãos. Lillian sorriu ao entregar o frasco para Daisy, que aplicou gotas generosas nos pulsos e atrás das orelhas.

– Pronto – disse Daisy, satisfeita. – Isto é o dobro do que usei na noite passada. Se meu verdadeiro amor estiver em um raio de dois quilômetros, virá correndo para mim.

Evie recebeu o frasco e aplicou perfume em seu pescoço.

– Mesmo que não f-funcione – comentou –, o cheiro é muito bom.

Lillian pôs o frasco de volta em seu bolso e se levantou da mesa. Ela alisou as amplas saias cor de chocolate de seu traje de montar, cujo lado mais comprido estava preso por um botão para evitar que a bainha arrastasse no chão. Contudo, quando montasse, a saia seria solta para cair elegantemente sobre o lado do cavalo e cobrir as pernas de modo adequado. Lillian tinha os cabelos presos em tranças bem fixadas em sua nuca e usava um pequeno chapéu enfeitado com uma pena.

– Está na hora de os cavaleiros se reunirem nos estábulos. – Ela ergueu as sobrancelhas ao perguntar: – Nenhuma de vocês vai?

Annabelle lhe lançou um olhar que disse tudo.

– Não depois da noite passada.

– Eu não cavalgo bem – desculpou-se Evie.

– Lillian e eu tampouco – disse Daisy, lançando um olhar de aviso para sua irmã mais velha.

– Sim, eu cavalgo – protestou Lillian. – Você sabe muito bem que cavalgo como qualquer homem!

– Só quando cavalga *como* um homem – retorquiu. Percebendo a confusão de Annabelle e Evie, explicou: – Em Nova York, Lillian e eu cavalgávamos com uma perna de cada lado durante a maior parte do tempo. Na verdade, é muito mais seguro e confortável. Nossos pais não se importavam, desde que cavalgássemos em nossa propriedade e usássemos calças curtas presas nos tornozelos por baixo de nossas saias. Em algumas ocasiões, quando cavalgávamos na companhia de homens, montávamos de lado, mas nenhuma de nós é muito boa nisso. Lillian salta muito bem quando monta como um homem. Mas, pelo que sei, nunca tentou saltar montada de lado. O equilíbrio é totalmente diferente, os músculos usados não são os mesmos e a pista de saltos em Stony Cross Park...

– Cale a boca, Daisy – murmurou Lillian.

– ... é muito difícil e estou quase certa...

– *Cale a boca* – repetiu Lillian em tom feroz.

– ... de que minha irmã vai quebrar o pescoço – completou Daisy, olhando para Lillian.

Annabelle pareceu preocupada com a informação.

– Lillian, querida...

– Tenho de ir – disse Lillian. – Não quero me atrasar.

– Sei que a pista de saltos de lorde Westcliff não é apropriada para uma novata.

– Não sou novata – disse Lillian por entre os dentes.

– Há alguns saltos difíceis, com barras rígidas. Simon, isto é, o Sr. Hunt, me conduziu pela pista pouco depois de ser construída e me ensinou como dar os vários saltos, e mesmo assim foi muito difícil. Se sua posição sobre o cavalo não for perfeita, isso poderá interferir na liberdade de movimentos da cabeça e do pescoço do animal e...

– Vou ficar bem – interrompeu-a Lillian, fria. – Meu Deus, Annabelle, eu não sabia que você podia ser tão medrosa.

Acostumada com a língua afiada de Lillian, Annabelle estudou o rosto desafiador da amiga.

– Por que precisa se arriscar?

– A esta altura, você deveria saber que nunca recuso um desafio.

– E essa é uma qualidade admirável, querida – respondeu calmamente Annabelle. – A menos que a use em uma coisa inútil.

Isso foi o mais perto de uma briga a que elas já tinham chegado.

– Olhe – disse Lillian, impaciente –, se eu cair, você pode me passar um sermão e eu ouvirei cada palavra. Mas ninguém vai me impedir de cavalgar hoje... Portanto, a única coisa inútil é você tentar me dissuadir.

Virando-se, ela se afastou a passos largos, ouvindo a exclamação exasperada de Annabelle às suas costas e o indistinto e resignado murmúrio de Daisy.

– Afinal de contas, o pescoço é dela...

Depois que Lillian foi embora, Daisy deu um sorriso torto para Annabelle e disse:

– Peço desculpas. Ela não quis parecer rude. Você sabe como ela é.

– Não precisa se desculpar – disse Annabelle de cara amarrada. – Lillian é que deveria se desculpar... embora eu ache que vou esperar sentada por isso.

Daisy deu de ombros.

– Há ocasiões em que minha irmã deve sofrer as consequências de seus atos. Mas uma das coisas que adoro nela é que, quando percebe que está errada, admite isso e até mesmo ri de si mesma.

Annabelle não devolveu o sorriso.

– Também a adoro, Daisy, tanto que não consigo deixá--la andar cegamente na direção do perigo, ou, nesse caso, cavalgar direto para ele. É óbvio que ela não sabe quão perigosa é aquela pista. Westcliff é um cavaleiro experiente, e como tal mandou construí-la de acordo com o próprio nível de habilidade. Mesmo meu marido, que é um ótimo cavaleiro, disse que a pista é difícil. E Lillian experimentá--la quando não está acostumada a montar de lado... – Ela franziu a testa. – A ideia de ela se machucar ou morrer em uma queda é insuportável.

Então Evie falou:

– O S-Sr. Hunt está no terraço. Perto das portas francesas.

As três olharam na direção do marido alto e moreno de Annabelle, que usava trajes de montar. Estava com um grupo de três homens que tinham se aproximado dele assim que saiu para o terraço. Eles riam de algum gracejo que Hunt fizera – sem dúvida, um comentário impróprio. Hunt era um homem com H maiúsculo e, portanto, apreciado pelo círculo que costumava se reunir em Stony Cross Park. Um sorriso sarcástico curvou os lábios de Hunt quando ele olhou para os grupos de convidados sentados às mesas ao ar livre, enquanto criados se moviam com bandejas de comida e jarras de suco fresco. Contudo, seu sorriso mudou ao avistar Annabelle, o cinismo se transformando em uma ternura que fez Daisy se sentir um pouco melancólica. Era como se houvesse algo no ar entre o casal, uma conexão impalpável mas intensa, que nada seria capaz de cortar.

– Com licença – murmurou Annabelle, levantando-se e indo ao encontro do marido. Assim que o alcançou, ele segurou sua mão e a ergueu para beijar-lhe a palma. Olhando para a esposa e sem soltar a mão dela, inclinou o rosto na direção do de Annabelle.

– Você acha que ela está lhe contando sobre Lillian? – perguntou Daisy a Evie.

– Espero que sim.

– Ah, ele *tem* de lidar com isso discretamente – disse Daisy com um gemido. – Qualquer indício de confronto fará Lillian se tornar teimosa como uma mula.

– Acho que o Sr. Hunt será muito cauteloso. Ele é famoso por ser um ótimo negociador, não é?

– Tem razão – respondeu Daisy, sentindo-se um pouco melhor. – E está acostumado a lidar com Annabelle, que também é um pouco temperamental.

Enquanto elas conversavam, Daisy não pôde deixar de notar o estranho fenômeno que ocorria sempre que estava a sós com Evie: a amiga parecia relaxar e sua gagueira quase desaparecia.

Evie se inclinou para a frente, graciosa e espontaneamente, apoiando o cotovelo na mesa e o queixo na palma da mão.

– O que você acha que está acontecendo entre eles? Quero dizer, Lillian e lorde Westcliff?

Daisy deu um sorriso triste, um pouco preocupada com a irmã.

– Acho que minha irmã ficou com medo ontem ao perceber que poderia achar lorde Westcliff atraente. E ela não reage bem ao medo, que costuma levá-la a ser impulsiva e fazer algo imprudente. Daí sua determinação de ir se matar nas costas de um cavalo hoje.

– Mas por que isso lhe daria medo? – A perplexidade se revelou na expressão de Evie. – Achei que Lillian fosse ficar feliz por atrair a atenção de alguém como o conde.

– Não quando sabe que, se algo surgisse disso, eles ficariam sempre em atrito. E Lillian não tem nenhuma vontade de ser dominada por um homem poderoso como Westcliff. – Daisy deu um longo suspiro. – Eu também não ia querer isso para ela.

Evie assentiu, concordando relutantemente.

– Eu... creio que o conde acharia difícil tolerar a natureza exuberante de Lillian.

– Um pouco – disse Daisy com um sorriso estranho. – Evie, querida... acho que é de mau gosto eu chamar sua atenção para isso, mas no último minuto sua gagueira desapareceu.

A garota ruiva tentou esconder um sorriso tímido com a mão e olhou para Daisy por sob seus cílios castanho--avermelhados.

– Sempre fico muito melhor quando estou longe de casa... longe da minha família. E isso ajuda a me lembrar de falar devagar e pensar no que vou dizer. Mas pioro quando estou cansada ou tenho de conversar com e-estranhos. Não há nada mais assustador para mim do que ir a um baile e ficar em uma sala cheia de desconhecidos.

– Querida – disse Daisy em tom suave –, na próxima vez que você estiver em uma sala cheia de desconhecidos... pode dizer a si mesma que alguns são apenas amigos esperando para ser descobertos.

～

A manhã estava fresca e nevoenta quando os cavaleiros se reuniram na frente dos estábulos. Havia uns quinze homens e duas mulheres além de Lillian. Os homens usavam casacos pretos, calças de montar em tons que variavam de castanho-amarelado a mostarda e botas de cano alto. As mulheres usavam trajes mais justos na cintura, enfeitados com fitas e completados com volumosas saias assimétricas presas por um botão em um dos lados.

Criados e cavalariços se moviam entre a multidão, trazendo cavalos e ajudando cavaleiros a montar em uma de três pequenas escadas destinadas a esse fim. Alguns convidados preferiram trazer os próprios cavalos, enquanto outros usavam os famosos animais dos estábulos dos Marsdens. Embora Lillian já tivesse estado nos estábulos em uma visita anterior, surpreendeu-se mais uma vez com a beleza dos bem-cuidados puros-sangues trazidos para os convidados.

Ela ficou ao lado de uma das escadas de montar, acompanhada do Sr. Winstanley, um jovem ruivo de feições atraentes e queixo delicado, e dois outros cavalheiros, lorde Hew e lorde Bazeley, que conversavam amigavelmente enquanto esperavam suas montarias. Tendo pouco interesse na conversa, Lillian deixou seu olhar percorrer o lugar até avistar a forma esguia de Westcliff no pátio. Seu casaco, embora de corte impecável, revelava sinais de uso, e o couro de suas botas estava amolecido pelo desgaste.

Lembranças indesejadas fizeram o coração de Lillian disparar. Suas orelhas arderam quando ela subitamente se lembrou do sussurro rouco e suave de Westcliff... *Quero beijá-la inteira...* Consciente de sua incômoda agitação, observou o conde se aproximar de um cavalo que já fora trazido... um animal que Lillian se lembrava de já ter visto. O cavalo, chamado Brutus, era mencionado em quase todas as conversas sobre assuntos equinos. Não havia em toda a Inglaterra um cavalo de caça mais admirado do que Brutus, um magnífico baio escuro inteligente e com a disposição de um trabalhador. O animal tinha uma boa profundidade torácica, musculatura forte e boa inclinação de ombros, o que lhe permitia percorrer com facilidade terrenos acidentados e saltar com notável perícia. Em terra, Brutus tinha a disciplina de um soldado, mas no ar ganhava altura como se tivesse asas.

– Dizem que, com Brutus, Westcliff não precisa de um segundo cavalo – comentou um dos convidados.

Lillian, que estava na escada de montar, o olhou com curiosidade.

– O que isso quer dizer?

O ruivo sorriu meio incrédulo, como se achasse que todos deveriam saber.

– Em um dia de caça – explicou –, geralmente um homem monta seu primeiro cavalo de manhã e à tarde monta um segundo, que esteja descansado. Mas parece que Brutus tem a força e a resistência de dois cavalos.

– Como seu dono – observou um dos outros, e todos riram.

Olhando ao redor, Lillian viu que Westcliff conversava com Simon Hunt. Ao ouvir o que o amigo dizia, o conde franziu de leve a testa. Ao lado de seu dono, Brutus mudou de posição e esfregou o focinho nele em uma manifestação rude de afeto, acalmando-se quando Westcliff o acariciou.

Lillian se distraiu quando um cavalariço que participara do jogo de *rounders* na véspera levou um reluzente tordilho até a escada de montar. O rapaz piscou um olho conspiradoramente para Lillian quando ela subiu no último degrau. Piscando-lhe de volta, Lillian esperou que o cavalariço verificasse o ajuste da cilha e a alça de equilíbrio da detestada sela lateral. Avaliando o cavalo com um olhar aprovador, ela notou que o tordilho era compacto, tinha uma conformação impecável e olhos inteligentes e vivazes. Não tinha mais de 1,30 metro de altura... era um cavalo perfeito para uma dama.

– Qual é o nome dele? – perguntou Lillian.

Ao som de sua voz, o cavalo girou atentamente uma da orelhas na direção dela.

– Estrelado. A senhorita se sairá bem com ele. Depois de Brutus, é o cavalo mais bem treinado dos estábulos.

Lillian acariciou o pescoço sedoso do cavalo.

– Você parece um cavalheiro, Estrelado. Gostaria de poder cavalgá-lo direito em vez de me preocupar com essa estúpida sela lateral.

O tordilho inclinou a cabeça para olhar para ela com uma calma reconfortante.

– Milorde insistiu em me dizer que, se a senhorita fosse montar, deveria ser o Estrelado – contou o cavalariço, parecendo impressionado com o fato de o próprio Westcliff ter se dignado escolher uma montaria para ela.

– Que gentil – murmurou Lillian, pondo o pé no estribo e se erguendo ligeiramente para a sela de três pomos.

Tentou se sentar reta, com a maior parte de seu peso na coxa e na nádega direita. Enganchou a perna esquerda em um pomo, com o pé apontando para baixo, enquanto a perna esquerda ficava apoiada no estribo. Por enquanto não era desconfortável, embora Lillian soubesse que em pouco tempo suas pernas doeriam por ficar em uma posição à qual não estava acostumada. Ela adorava cavalgar e esse cavalo era superior a qualquer um dos estábulos de sua família.

– Senhorita... – disse o cavalariço em voz baixa, apontando timidamente para as saias ainda abotoadas de Lillian.

Agora que ela estava montada, boa parte de sua perna esquerda ficara à mostra.

– Obrigada – disse ela, soltando o grande botão da casa em seu quadril para deixar as saias caírem sobre sua perna.

Satisfeita por tudo estar certo, incitou o cavalo a se afastar da escada. Estrelado obedeceu na hora, sensível à leve pressão do salto de sua bota.

Juntando-se a um grupo de cavaleiros que se dirigia à floresta, Lillian se sentiu animada ao pensar na pista de saltos. Doze ao todo, soubera, todos cuidadosamente dispostos em um caminho sinuoso por entre a floresta e o campo. Aquele era um desafio que estava certa de poder superar. Mesmo com a sela lateral, estava em uma posição firme, sua coxa contra o pomo que a ajudaria a manter o equilíbrio. E o tordilho bem treinado, vigoroso e obediente passou com facilidade de um trote para um galope suave.

Ao se aproximar do início da pista, Lillian avistou o primeiro obstáculo, uma estrutura triangular com cerca de meio metro de altura e dois metros de comprimento.

– Isso não vai ser problema para nós, não é, Estrelado? – murmurou para o cavalo.

Desacelerando até uma caminhada, foi ao encontro do grupo de cavaleiros que esperava. Mas, antes de alcançá-los, viu um cavaleiro vindo em sua direção. Era Westcliff, cavalgando o baio escuro com uma facilidade e uma economia de movimentos que fizeram os pelos da nuca e dos braços de Lillian se arrepiarem, como quando ela via uma façanha ser realizada com surpreendente perfeição. Tinha de admitir que o conde ficava elegante sobre o cavalo.

Ao contrário dos outros cavalheiros presentes, Westcliff não usava luvas de montar. Lembrando-se do arranhar suave dos dedos calosos dele, Lillian engoliu em seco e evitou olhar para as mãos do conde nas rédeas. Um olhar cauteloso para o rosto de Westcliff revelou que ele estava definitivamente aborrecido com alguma coisa... o espaço entre as sobrancelhas escuras diminuíra e os lábios formavam uma linha rija.

Lillian fingiu um sorriso despreocupado.

– Bom dia, milorde.

– Bom dia – foi a resposta tranquila de Westcliff. Ele pareceu pensar cuidadosamente em suas palavras antes de continuar: – Está satisfeita com sua montaria?

– Sim, o cavalo é esplêndido. Parece que tenho de lhe agradecer por escolhê-lo.

Westcliff torceu a boca, como se o assunto não fosse importante.

– Srta. Bowman... soube que não tem experiência em montar de lado.

O sorriso desapareceu dos lábios de Lillian, que ficaram gelados. Lembrando-se de que Simon Hunt falara com Westcliff apenas um minuto antes, percebeu com uma pontada de irritação que Annabelle devia ser a culpada disso. *Maldita interferência*, pensou, fechando a cara.

– Vou conseguir – disse, lacônica. – Não se preocupe.

– Sinto muito, mas não posso permitir que nenhum dos meus convidados comprometa sua segurança.

Lillian observou os próprios dedos enluvados apertarem as rédeas.

– Sei cavalgar tão bem quanto qualquer um aqui. Não importa o que tenham lhe dito, não estou totalmente desacostumada a montar de lado. Então, se puder apenas me deixar em paz...

– Se eu tivesse sido informado disso antes, podia ter encontrado tempo para conduzi-la pela pista e avaliar seu nível de competência. Mas é tarde demais.

Lillian assimilou as palavras de Westcliff, a firmeza em seu tom, o irritante ar de autoridade.

– Está me dizendo que não posso cavalgar hoje?

Westcliff sustentou o olhar dela.

– Não na pista de saltos. Pode cavalgar em qualquer outro lugar da propriedade. Se quiser, avaliarei mais suas habilidades ainda esta semana, e talvez tenha outra oportunidade. Mas hoje não posso permitir.

Desacostumada a lhe dizerem o que podia ou não podia fazer, Lillian conteve uma torrente de indignadas acusações e conseguiu responder muito calmamente:

– Aprecio sua preocupação com meu bem-estar, milorde. Mas gostaria de sugerir uma concessão. Observe-me nos primeiros dois ou três saltos e, se eu não parecer estar me saindo bem, acatarei sua decisão.

– Não faço concessões em questões de segurança – disse Westcliff. – Acatará minha decisão *agora*, Srta. Bowman.

Ele estava sendo injusto. Proibindo-a de fazer algo apenas para exibir poder sobre ela. Tentando controlar a fúria, Lillian sentiu os músculos ao redor de sua boca se contorcerem. Para seu eterno desgosto, perdeu a batalha contra a raiva.

– Consigo executar os saltos – disse, furiosa. – Vou lhe provar isso.

CAPÍTULO 8

Antes que Westcliff pudesse reagir, Lillian fincou o calcanhar na barriga de Estrelado e se inclinou sobre a sela, mudando seu peso de lugar para acompanhar o súbito movimento dele para a frente. O cavalo partiu imediatamente em pleno galope. Apertando as coxas contra os pomos da sela, Lillian sentiu sua posição se tornar menos firme, o corpo girar como resultado do que mais tarde descobriria ser um excessivo "apoio na sela". Com coragem, ela corrigiu a mudança na direção de seus quadris no momento exato em que Estrelado se aproximou do obstáculo. Sentiu as pernas dianteiras do cavalo se erguerem e a enorme força dos quartos traseiros se afastando do chão e lhe proporcionando a momentânea euforia de voar sobre o obstáculo triangular. Mas, ao aterrissarem, teve de se esforçar para não cair, absorvendo a maior parte do impacto em sua coxa direita, o que lhe causou um doloroso e desagradável estiramento. Ainda assim, tinha conseguido, e de modo bastante convincente.

Com um sorriso triunfante, Lillian fez o cavalo dar a volta e viu os olhares surpresos dos cavaleiros reunidos, que, sem dúvida, se perguntavam o que provocara aquele salto impulsivo. De repente ela se assustou com uma mancha escura ao seu lado e um troar de cascos. Confusa, não teve oportunidade de protestar ou se defender quando foi literalmente arrancada da sela e jogada sobre uma superfície dura. Balançando, impotente, sobre as pernas duras como pedra de Westcliff, foi carregada por vários metros antes de ele parar o cavalo, desmontar e arrastá-la para o chão. O conde agarrou os ombros de Lillian, seu rosto lívido a poucos centímetros do dela.

– Quis me convencer de algo com essa exibição estúpida? – rosnou ele, dando-lhe uma breve sacudidela. – O uso dos meus cavalos é um privilégio que concedo aos meus convidados, e acabou de perdê-lo. De agora em diante nem pense em pôr os pés nos estábulos, ou a chutarei para fora da propriedade.

Pálida e com uma raiva que se igualava à dele, Lillian respondeu com a voz baixa e trêmula:

– Tire suas mãos de mim, seu filho da mãe.

Para sua satisfação, viu Westcliff estreitar os olhos ao xingamento. Mas o aperto doloroso das mãos dele não diminuiu, e a respiração de Westcliff se tornou mais intensa e agressiva, como se ele ansiasse por ser violento com ela. Quando o olhar desafiante de Lillian foi capturado pelo do conde, ela sentiu uma carga de energia abrasadora passar entre eles, um impulso físico desgovernado que a fez querer bater em Westcliff, machucá-lo, rolar pelo chão com ele em uma briga direta. Nenhum homem jamais a enfurecera tanto. Enquanto olhavam um para o outro, cheios de hostilidade, o calor aumentou até ambos ficarem vermelhos e ofegantes. Nenhum dos dois prestou atenção no grupo de observadores atônitos próximo dali – estavam absortos demais em seu antagonismo mútuo.

Uma suave voz masculina interrompeu a comunhão silenciosa e letal deles, cortando habilmente a tensão.

– Westcliff... você não me disse que nos ofereceria um espetáculo, ou eu teria vindo antes.

– Não interfira, St. Vincent – disparou Westcliff.

– Ah, eu nem sonharia em fazer isso. Só queria cumprimentá-lo pelo modo como está lidando com a situação. Muito diplomático. Delicado, até.

O leve sarcasmo fez o conde soltar Lillian de modo rude. Ela deu um passo cambaleante para trás e foi imediatamente segurada pela cintura por um par de mãos hábeis. Confusa, ergueu os olhos para o rosto notável de Sebastian, lorde St. Vincent, o mal-afamado libertino sedutor.

A forte luz solar dissolveu a névoa e fez os cabelos dourado-escuros de St. Vincent adquirirem um tom de âmbar claro e brilhante. Lillian o vira de longe em muitas ocasiões, mas nunca tinham sido apresentados, e St. Vincent sempre evitava a fileira de Flores Secas em todos os bailes a que comparecia. De longe, ele era uma figura impressionante. De perto, a beleza exótica de seus traços era quase paralisante. St. Vincent tinha os olhos mais extraordinários que ela já vira, azul-claros e felinos, sombreados por cílios escuros e encimados por sobrancelhas castanho-amareladas. Seus traços eram fortes, porém refinados, e sua pele, brilhante como bronze polido. Ao contrário das expectativas de Lillian, St. Vincent parecia travesso, mas de modo algum devasso; seu sorriso a alcançou através da raiva, inspirando nela uma reação hesitante. Tanto charme deveria ser ilegal.

Olhando para o rosto endurecido de Westcliff, St. Vincent arqueou uma das sobrancelhas e perguntou tranquilamente:

– Devo acompanhar a culpada de volta à mansão, milorde?

O conde assentiu.

– Tire-a da minha frente – murmurou –, antes que eu diga algo de que vá me arrepender.

– Vá em frente e diga – provocou Lillian.

Westcliff deu um passo na direção dela com uma expressão furiosa.

St. Vincent se apressou em ficar na frente de Lillian.

– Westcliff, seus convidados estão esperando. E, embora eu tenha certeza de que estão adorando este drama fascinante, os cavalos estão ficando agitados.

O conde pareceu enfrentar uma breve e feroz batalha com sua autodisciplina antes de conseguir tornar sua expressão impassível. Ele apontou com a cabeça para a mansão em uma ordem silenciosa para que St. Vincent tirasse Lillian dali.

– Posso levá-la em meu cavalo? – perguntou Vincent educadamente.

– Não – foi a resposta seca de Westcliff. – Ela pode muito bem ir a pé.

St. Vincent fez um gesto para um cavalariço cuidar dos dois cavalos abandonados. Dando o braço para a furiosa Lillian, examinou-a de alto a baixo com os olhos claros brilhando.

– Foi condenada às masmorras – informou-lhe. – E pretendo lhe apertar pessoalmente os polegares.

– Prefiro a tortura à companhia diária *dele* – disse Lillian, erguendo o lado longo de sua saia e o prendendo no botão para poder caminhar.

Enquanto se afastavam, Lillian se enrijeceu ao som da voz de Westcliff:

– Pode parar no depósito de gelo no caminho. Ela precisa esfriar a cabeça.

Tentando dar certa aparência de ordem às suas emoções, Marcus observou Lillian Bowman se afastar com um olhar que deveria ter queimado as costas da jaqueta de montar dela. Em geral ele achava fácil evitar e avaliar com objetividade qualquer situação. Contudo, nos últimos minutos, qualquer vestígio de autocontrole desaparecera.

Quando Lillian cavalgava desafiadoramente na direção do obstáculo, Marcus vira sua momentânea perda de alinhamento, o que poderia ser fatal em uma sela feminina, e a ideia de ela cair o abalara. Naquela velocidade, teria fraturado a coluna ou o pescoço. E ele não pudera fazer nada além de observar. De repente ficara gelado e nauseado de medo, e quando a pequena idiota conseguiu aterrissar em segurança, todo o medo se transformara em fúria abrasadora. Não tomara nenhuma decisão consciente de se aproximar de Lillian, mas de repente ambos estavam no chão, os ombros estreitos dela em suas mãos, e tudo o que ele queria fazer era esmagá-la nos braços em um paroxismo de alívio, beijá-la e depois esquartejá-la.

O fato de a segurança de Lillian significar tanto para ele... não era algo em que queria pensar.

De cara amarrada, Marcus foi até o cavalariço que segurava as rédeas de Brutus e as pegou. Perdido em pensamentos, teve a vaga impressão de que Simon Hunt aconselhara discretamente os convidados a prosseguirem na pista sem esperar que ele os conduzisse.

Simon Hunt se aproximou montado em seu cavalo, o rosto inexpressivo.

– Não vai montar? – perguntou-lhe em um tom calmo.

Em resposta, Marcus pulou para a sela, estalando de leve a língua quando Brutus mudou de posição sob ele.

– Aquela mulher é insuportável – resmungou, com um olhar que desafiava Hunt a expressar uma opinião contrária.

– Você pretendia estimulá-la a dar o salto? – perguntou Hunt.

– Eu lhe ordenei que fizesse exatamente o oposto. Você deve ter me ouvido.

– Sim, todos o ouviram – disse Hunt, seco. – Minha pergunta se refere à sua tática, Westcliff. É óbvio que uma mulher como a Srta. Bowman requer uma abordagem mais suave do que uma ordem direta. Além disso, já o vi à mesa de negociação e seus poderes de persuasão não se igualam aos de ninguém, exceto, talvez, aos de Shaw. Se você quisesse, podia tê-la persuadido em menos de um minuto com lisonjas. Em vez disso, foi delicado como um hipopótamo em sua tentativa de provar ser o senhor dela.

– Eu nunca havia notado seu dom para a hipérbole – murmurou Marcus.

– E agora – continuou Hunt – a pôs sob os cuidados do solidário St. Vincent. Deus sabe que ele provavelmente lhe roubará a virtude antes mesmo de chegarem à mansão.

Marcus lhe lançou um olhar penetrante, e sua raiva foi se transformando em preocupação.

– Ele não faria isso.

– Por que não?

– Ela não faz o tipo dele.

Hunt deu uma risada amável.

– St. Vincent tem um tipo? Nunca notei qualquer semelhança entre as presas dele além do fato de todas serem mulheres. Morenas, louras, gordas, magras... ele não tem nenhum preconceito quando se trata de casos amorosos.

– Que vá tudo para o inferno – sussurrou Marcus, experimentando pela primeira vez na vida a dolorosa pontada do ciúme.

Lillian se concentrou em pôr um pé na frente do outro, quando tudo o que queria era voltar para onde Westcliff estava e se lançar sobre ele num ataque impulsivo.

– Aquele *idiota* arrogante, pomposo...

– Calma – murmurou St. Vincent. – Westcliff está de péssimo humor e eu não gostaria de enfrentá-lo em sua defesa. Posso vencê-lo com uma espada, mas não com os punhos.

– Por que não? Seu braço é mais comprido que o dele.

– Ele tem o gancho de direita mais forte que conheço. E tenho o péssimo hábito de tentar proteger meu rosto, o que frequentemente me deixa sujeito a socos no estômago.

A descarada arrogância por trás daquela afirmação arrancou uma risada de Lillian. Quando o calor da raiva diminuiu, ela refletiu que, com um rosto como aquele, não se poderia culpá-lo por tentar protegê-lo.

– Briga com o conde com frequência? – perguntou ela.

– Não desde que éramos crianças na escola. Westcliff fazia tudo muito perfeitinho. De vez em quando eu tinha de garantir que a vaidade dele não se tornaria exagerada. Aqui... devemos pegar um caminho mais pitoresco pelo jardim?

Lillian hesitou, lembrando-se das muitas histórias que ouvira sobre ele.

– Não estou certa de que isso seria prudente.

St. Vincent sorriu.

– E se eu lhe prometer que não tentarei seduzi-la?

Considerando isso, Lillian assentiu.

– Nesse caso, está bem.

St. Vincent a guiou através de um frondoso bosque por um caminho de cascalho sombreado por uma fileira de velhos teixos.

– Talvez eu deva lhe dizer – comentou ele em tom casual – que, como meu senso de honra está totalmente deteriorado, nenhuma promessa minha tem valor.

– Então eu deveria lhe dizer que *meu* gancho de direita provavelmente é dez vezes mais forte que o de Westcliff.

St. Vincent sorriu.

– Diga-me, doçura, o que aconteceu para causar tanta animosidade entre vocês dois?

Surpresa com o tratamento carinhoso espontâneo, Lillian pensou em repreendê-lo, mas decidiu deixar aquilo passar. Afinal de contas, tinha sido muito gentil da parte de St. Vincent abrir mão de sua cavalgada matutina para acompanhá-la até a mansão.

– Creio que foi um caso de ódio à primeira vista – respondeu ela. – Acho que Westcliff é um grosseirão intolerante e me considera uma pirralha mal-educada. – Ela deu de ombros. – Talvez nós dois estejamos certos.

– Acho que nenhum dos dois está certo – murmurou St. Vincent.

– Bem, na verdade... de certa forma, sou uma pirralha – admitiu Lillian.

Ele torceu os lábios, mal contendo o riso.

– É?

Lillian assentiu.

– Gosto de fazer o que quero e fico muito irritada quando não consigo. De fato, é comum me dizerem que tenho um temperamento muito parecido com o da minha avó, que era lavadeira nas docas.

St. Vincent pareceu se divertir com a ideia de ela ser parente de uma lavadeira.

– Era muito próxima à sua avó?

– Ah, ela era uma velhinha formidável e muito querida. Alegre e desbocada, e sempre dizia coisas que faziam você rir até a barriga doer. Ah... me desculpe... acho que eu não deveria dizer a palavra "barriga" na frente de um cavalheiro.

– Estou chocado – disse St. Vincent, sério –, mas vou me recuperar. – Olhando ao redor como que para se certificar de que não seria ouvido, sussurrou em tom de conspiração: – Como sabe, na verdade, não sou um cavalheiro.

– É um visconde, não é?

– Isso não significa que sou um cavalheiro. Não sabe muito sobre a aristocracia, não é?

– Acho que já sei mais do que quero saber.

St. Vincent lhe deu um sorriso de curiosidade.

– E eu pensando que pretendia se casar com um de nós. Estou enganado ou a senhorita e sua irmã mais nova não são duas princesas do dólar trazidas das colônias para arranjar maridos aristocratas?

– Das *colônias*? – repetiu Lillian com um sorriso irônico. – Caso não saiba, milorde, nós vencemos a revolução.

– Ah. Devo ter me esquecido de ler o jornal nesse dia. Mas em resposta à minha pergunta...?

– Sim – disse Lillian, corando um pouco. – Nossos pais nos trouxeram aqui para encontrar maridos. Eles querem injetar sangue azul na linhagem.

– É isso que a senhorita quer?

– Meu único desejo é *derramar* um pouco de sangue azul – murmurou ela, pensando em Westcliff.

– Que criatura feroz a senhorita é – disse Vincent, rindo. – Sentirei pena de Westcliff se ele atravessar seu caminho de novo. Na verdade, acho que eu deveria preveni-lo... – Ele se calou ao ver a súbita dor no rosto de Lillian e ouvi-la tomar fôlego.

Lillian sentiu uma dor lancinante na coxa direita e teria caído se não fosse o braço de St. Vincent ao redor de suas costas.

– Ah, maldição – praguejou com a voz trêmula, apertando a coxa. Um espasmo no músculo a fez gemer por entre os dentes cerrados. – Maldição, maldição...

– O que foi? – perguntou St. Vincent, apressando-se em abaixá-la para o chão. – Cãibra na perna?

– Sim... – Pálida e tremendo, Lillian segurou a perna enquanto seu rosto se contorcia de dor. – Meu Deus, como dói!

St. Vincent se inclinou sobre ela, franzindo as sobrancelhas de preocupação. Sua voz calma transmitia urgência.

– Srta. Bowman... seria possível ignorar temporariamente tudo o que ouviu sobre minha reputação? Só por tempo suficiente para eu ajudá-la?

Olhando de soslaio para ele, Lillian viu apenas um desejo sincero de aliviar sua dor, e assentiu.

– Boa garota – murmurou ele, recostando o corpo contorcido de Lillian. Apressou-se em falar para distraí-la enquanto punha as mãos sob as saias dela com delicadeza e perícia. – Isso só vai levar um segundo. Deus permita que não vejam, porque parece muito comprometedor. E duvido que alguém aceite a velha e muito usada desculpa de cãibra na perna...

– Eu não me importo – disse ela, ofegante. – Só faça isso parar.

Ela sentiu a mão de St. Vincent deslizar para cima e para baixo em sua perna, o calor da pele dele passando pelo fino tecido de suas calçolas à procura do músculo contraído.

– Aqui. Prenda a respiração, doçura.

Obedecendo, Lillian o sentiu rolar a palma da mão fortemente sobre o músculo. Quase gritou à dor lancinante em sua perna, e então, de repente, a dor parou, exausta com o alívio.

Lillian relaxou apoiada no braço dele e deu um grande suspiro.

– Obrigada. Melhorou muito.

St. Vincent esboçou um sorriso enquanto puxava com destreza as saias de Lillian para lhe cobrir as pernas.

– De nada.

– Isso nunca me aconteceu – murmurou ela, flexionando a perna com cautela.

– Sem dúvida, foi consequência de sua façanha na sela lateral. Deve ter estirado um músculo.

– Sim. – Ela ficou com as bochechas vermelhas quando se forçou a admitir: – Não estou acostumada a saltar obstáculos usando esse tipo de sela. Só com selas masculinas.

O sorriso de St. Vincent aos poucos se ampliou.

– Que interessante – murmurou. – Está claro que minha experiência com moças americanas é muito limitada. Eu não tinha percebido que vocês eram tão animadas.

– Eu sou mais animada do que a maioria – disse Lillian, tímida, e ele sorriu.

– Doçura, por mais que eu fosse adorar continuar aqui conversando, é melhor levá-la para casa, se conseguir ficar em pé agora. Não lhe fará nenhum bem ficar muito tempo a sós comigo.

Ele se levantou com um movimento ágil e estendeu a mão para ela.

– Parece que já me fez muito bem – respondeu Lillian, permitindo que ele a erguesse.

St. Vincent lhe ofereceu o braço e a observou testar a perna.

– Tudo bem?

– Sim, obrigada – respondeu Lillian, segurando o braço dele. – Foi muito gentil, milorde.

Ele a olhou com um brilho estranho nos olhos azul-claros.

– Eu não sou gentil, doçura. Só sou amável com as pessoas quando planejo me aproveitar delas.

Lillian respondeu com um sorriso despreocupado.

– Corro risco em sua companhia, milorde?

Embora o bom humor mantivesse a expressão de St. Vincent relaxada, seu olhar foi perturbadoramente penetrante.

– Temo que sim.

– Hum. – Lillian estudou as feições bem delineadas de St. Vincent, pensando que, apesar de toda a pose dele, não se aproveitara de sua impotência apenas alguns minutos atrás. – Está muito disposto a afirmar suas más intenções. Isso me faz pensar se eu devo mesmo me preocupar.

A única resposta dele foi um sorriso enigmático.

~

Depois de se separar de lorde St. Vincent, Lillian subiu a escada para o espaçoso terraço dos fundos, onde risos e conversas femininas alegres ressoavam no piso de pedra. Dez mulheres jovens estavam ao redor de uma das mesas, envolvidas em uma espécie de jogo ou experiência. Inclinavam-se sobre uma fileira de copos que tinham sido enchidos com vários líquidos, enquanto uma das mulheres, com os olhos vendados, mergulhava cautelosamente os dedos em um deles. Qualquer que fosse o resultado, todas gritavam e riam. Um grupo de viúvas ricas estava sentado próximo, observando os procedimentos com divertido interesse.

Lillian avistou sua irmã na multidão e foi até ela.

– O que é isso? – perguntou.

Daisy se virou para olhá-la, surpresa.

– Lillian – murmurou passando um dos braços ao redor da cintura dela –, por que voltou cedo, querida? Teve alguma dificuldade na pista de saltos?

Lillian a puxou para o lado enquanto o jogo continuava.

– Pode-se dizer que sim – disse sarcasticamente, e lhe contou os acontecimentos da manhã.

Daisy arregalou os olhos escuros, horrorizada.

– Meu Deus – sussurrou –, não posso imaginar lorde Westcliff perdendo a cabeça dessa maneira... e quanto a você... que estava pensando ao deixar lorde St. Vincent fazer uma coisa dessas?

– Eu estava com dor – sussurrou Lillian, na defensiva. – Não conseguia pensar. Não conseguia nem mesmo *me mexer*. Se você já tivesse tido cãibra, saberia como dói.

– Eu preferiria perder minha perna a deixar alguém como lorde St. Vincent chegar perto dela – disse Daisy baixinho. Depois de parar para pensar na situação, não conseguiu evitar perguntar: – Como foi?

Lillian conteve uma risada.

– Como posso saber? Quando minha perna parou de doer ele já tinha tirado a mão dela.

– Droga. – Daisy franziu levemente as sobrancelhas. – Você acha que ele vai contar a alguém?

– Por algum motivo, acho que não. Ele parece ser um cavalheiro, apesar de afirmar o contrário. – Ela franziu a testa ao acrescentar: – *Muito* mais cavalheiro do que lorde Westcliff foi hoje.

– Hum. Como ele tomou conhecimento de que você não sabia montar de lado?

Lillian a olhou sem rancor.

– Não banque a idiota, Daisy. É óbvio que Annabelle contou para o marido dela, que contou para Westcliff.

– Espero que você não fique zangada com Annabelle por causa disso. Ela não tinha a intenção de que acontecesse nada disso.

– Ela devia ter mantido a boca fechada – rebateu Lillian, irritada.

– Ela ficou com medo de você cair se saltasse montada de lado. Todas nós ficamos.

– Bem, eu não caí!

– Mas poderia ter caído.

Lillian hesitou, seu mau humor diminuindo quando a honestidade a levou a admitir:

– Sem dúvida, eu acabaria caindo.

– Então não está zangada com Annabelle?

– É claro que não – disse Lillian. – Não seria justo culpá-la pelo comportamento animalesco de Westcliff.

Parecendo aliviada, Daisy a puxou de volta para a mesa lotada.

– Venha, querida, você tem de experimentar esse jogo. É bobo, mas muito divertido.

As garotas, todas solteiras entre o início da adolescência e meados da casa dos vinte, abriram espaço para as duas. Enquanto Daisy explicava as regras, Evie era vendada e as outras garotas mudavam os quatro copos de posição.

– Como pode ver – disse Daisy –, um copo é cheio de água com sabão, um de água limpa e outro de água com anil da lavanderia. O outro, é claro, está vazio. Os copos vão indicar com que tipo de homem você se casará.

Elas observaram Evie tatear cuidadosamente um dos copos. Mergulhando seu dedo na água com sabão, esperou que lhe tirassem a venda e viu o resultado com desapontamento, enquanto as outras garotas irrompiam em risadas.

– Escolher a água com sabão significa que ela se casará com um homem pobre – explicou Daisy.

Limpando os dedos, Evie exclamou, afável:

– S-suponho que o simples fato de me c-casar já seja uma coisa boa!

A garota seguinte aguardou com um sorriso esperançoso enquanto seus olhos eram vendados e os copos eram reposicionados. Tocou-os, quase derrubando um, e mergulhou os dedos no de água com anil. Ao ver sua escolha, pareceu bastante satisfeita.

– Água com anil significa que ela vai se casar com um

escritor famoso – disse Daisy para Lillian. – Experimente você agora!

Lillian lhe lançou um olhar expressivo.

– Você não acredita nisso, não é?

– Ah, não seja cética, divirta-se um pouco!

Daisy pegou a venda e ficou nas pontas dos pés para amarrá-la firmemente em volta dos olhos da irmã.

Privada de sua visão, Lillian se permitiu ser guiada para a mesa. Ela sorriu ao ouvir os gritos encorajadores das jovens ao seu redor. Houve o som de copos sendo movidos na sua frente e ela esperou com as mãos um pouco erguidas no ar.

– O que acontecerá se eu escolher o copo vazio? – perguntou.

Ela escutou a voz de Evie perto de seu ouvido.

– Vai morrer s-solteirona! – disse ela, e todas riram.

– Não vale erguer os copos para testar o peso – avisou-a alguém com uma risadinha. – Você não pode evitar o copo vazio, se esse for o seu destino!

– Neste momento eu *quero* o copo vazio – respondeu Lillian, provocando mais risos.

Encontrando a superfície lisa de um copo, subiu seus dedos pelo lado e os mergulhou no líquido frio. Houve aplausos gerais e vivas, e ela perguntou:

– Também vou me casar com um escritor?

– Não, você escolheu a água pura – disse Daisy. – Um marido bonito e rico está vindo para você, querida!

– Ah, que alívio – disse Lillian de modo irreverente, abaixando a venda para espiar pela borda. – É a sua vez agora?

Sua irmã mais nova balançou a cabeça.

– Fui a primeira. Derrubei um copo duas vezes seguidas e fiz uma bagunça terrível.

– O que isso significa? Que não vai se casar?

– Significa que sou desastrada – respondeu Daisy, alegre. – Fora isso, quem sabe? Talvez meu destino ainda não esteja traçado. A boa notícia é que *seu* marido parece estar a caminho.

– Nesse caso, o desgraçado está atrasado – retorquiu Lillian, fazendo Daisy e Evie rirem.

CAPÍTULO 9

Infelizmente, a notícia da briga entre Lillian e lorde Westcliff se espalhou depressa por toda a casa. No início da manhã tinha chegado aos ouvidos de Mercedes Bowman, e o resultado não foi bonito de se ver. Com os olhos arregalados e a voz estridente, Mercedes andava de um lado para outro no quarto de Lillian diante da filha.

– Se você tivesse feito apenas um comentário inadequado na presença de lorde Westcliff, talvez isso pudesse ser ignorado – disse Mercedes, furiosa, movendo os braços magros em gestos desordenados. – Mas discutir com o conde e depois desobedecer-lhe na frente de todos... percebe o que isso nos faz parecer? Você está arruinando não só as próprias chances de se casar como também as de sua irmã! Quem vai querer entrar para uma família que tem como membro uma... *filisteia*?

Sentindo uma ponta de vergonha, Lillian lançou um olhar de desculpas para a irmã, que estava sentada em um canto. Daisy balançou de leve a cabeça, tranquilizando-a.

– Se você insistir em se comportar como uma selvagem – continuou Mercedes –, serei forçada a tomar medidas drásticas, Lillian Odelle!

Lillian afundou ainda mais no canapé ao ouvir seu odiado nome do meio, cujo uso sempre anunciava um castigo terrível.

– Durante a próxima semana você só sairá deste quarto em minha companhia – disse Mercedes, carrancuda. – Vou supervisionar todas as suas ações, todos os gestos e todas as palavras que saírem de sua boca até estar convencida de que posso confiar em que se comportará como um ser humano razoável. Isso será um castigo para mim também, porque tenho tão pouco prazer na sua companhia quanto você tem na minha. Mas não vejo alternativa. E se você disser uma palavra de protesto, vou dobrar o castigo para duas semanas! Nos momentos em que não estiver sob minha supervisão, ficará neste quarto, lendo ou meditando sobre sua má conduta. Está me entendendo, Lillian?

– Sim, mãe. – A perspectiva de ser observada tão de perto por uma semana fez Lillian se sentir como um animal enjaulado. Contendo um uivo de protesto, olhou, revoltada, para o tapete com motivo floral.

– A primeira coisa que você fará esta noite – continuou Mercedes, cujos olhos chispavam em seu rosto branco fino – é pedir desculpas a lorde Westcliff pelo problema que lhe causou hoje. Fará isso na minha presença, para que eu...

– Ah, não. – Lillian se aprumou, encarando a mãe com clara rebeldia. – Não. Não há nada que a senhora nem ninguém possa fazer para que eu peça desculpas a ele. Prefiro morrer.

– Você fará o que eu digo. – A voz de Mercedes diminuiu até se tornar quase um murmúrio. – Pedirá desculpas ao conde com muita humildade ou não sairá deste quarto durante o resto de sua estada aqui!

Quando Lillian abriu a boca, Daisy se apressou em interrompê-la:

– Mãe, por favor, posso falar com Lillian a sós? Apenas por um instante. *Por favor.*

Mercedes olhou fixamente uma filha e a outra, balançou a cabeça como que desejando saber por que fora amaldiçoada com filhas tão incontroláveis e saiu a passos largos do quarto.

– Desta vez ela está zangada de verdade – murmurou Daisy no perigoso silêncio que permaneceu depois da saída da mãe. – Nunca a vi nesse estado. Talvez você deva fazer o que ela pediu.

Lillian a olhou com impotente fúria.

– Não vou pedir desculpas àquele idiota arrogante!

– Lillian, isso não lhe custaria nada. Apenas diga as palavras. Você não tem de ser sincera. Apenas diga: "Lorde Westcliff, eu..."

– Não – repetiu Lillian, decidida. – E isso *me custaria* algo, sim: meu orgulho.

– Vale a pena ficar trancada neste quarto e perder todas as *soirées* e todos os jantares enquanto os outros se divertem? Por favor, não seja teimosa! Lillian, eu juro que a ajudarei a encontrar um modo terrível de se vingar de lorde Westcliff... algo realmente diabólico. Por enquanto apenas faça o que nossa mãe quer. Você pode perder a batalha, mas vencerá a guerra. Além disso... – Daisy procurou desesperadamente outro argumento para convencê-la. – Além disso, nada deixaria lorde Westcliff mais feliz do que você ficar trancada durante todo o tempo em que ficaremos aqui. Você não poderia aborrecê-lo ou atormentá-lo. O que os olhos não veem o coração não sente. Não lhe dê esse prazer, Lillian!

Talvez esse fosse o único argumento com o poder de influenciá-la. Franzindo a testa, Lillian olhou para o rosto pequeno e cor de marfim da irmã, os olhos escuros inteligentes e as sobrancelhas um pouco marcadas demais. Não pela primeira vez, perguntou-se como a pessoa mais disposta a participar de suas aventuras também era a que a chamava à razão com mais facilidade. Muitos se deixavam enganar pelos frequentes momentos de extravagância de Daisy, sem nunca suspeitar do bom senso por trás da fachada travessa.

– Está bem – disse ela, seca. – Embora provavelmente eu vá me engasgar com as palavras.

Daisy deu um grande suspiro de alívio.

– Agirei como sua intermediária. Direi à nossa mãe que você concordou e ela não precisará mais lhe passar sermões, porque isso poderia fazer você mudar de ideia.

Lillian se jogou no canapé, imaginando a satisfação e o convencimento de Westcliff quando ela fosse forçada a lhe pedir desculpas. Droga, isso seria insuportável. Fervendo de raiva, entreteve-se planejando uma série de vinganças complexas contra Westcliff que terminavam com a visão dele lhe pedindo misericórdia.

Uma hora depois, a família Bowman saiu junta de seus aposentos, liderada por Thomas Bowman. O destino final era a sala de jantar, onde seria servida outra refeição bombástica com duração de quatro horas. Tendo sido recentemente informado do comportamento vergonhoso de sua filha mais velha, Thomas estava em um estado de fúria difícil de conter, com o bigode eriçado acima de sua boca rígida.

Usando um vestido de seda lavanda-claro com renda branca no corpete e mangas curtas bufantes, Lillian andou resoluta atrás dos pais lembrando-se das palavras coléricas do pai.

– No momento em que você se tornar um obstáculo para meus negócios, eu a mandarei de volta para Nova York. Até agora essa caça a um marido na Inglaterra está sendo cara e improdutiva. Eu lhe aviso que se seus atos prejudicarem minhas negociações com o conde...

– Estou certa de que não prejudicarão – interrompeu-o Mercedes freneticamente, como se seus sonhos de ter um genro aristocrata estivessem em risco como uma xícara de chá na beira de uma mesa. – Lillian pedirá desculpas a lorde Westcliff, querido, e isso resolverá tudo. Você verá. – Ficando meio passo atrás do marido, ela lançou um olhar ameaçador por cima do ombro para a filha mais velha.

Parte de Lillian teve vontade de se encolher de remorso, enquanto outra parte quis explodir de ressentimento. Naturalmente o pai se oporia a tudo o que ameaçasse interferir em seus negócios... de resto, não podia ligar menos para os atos dela. Tudo o que ele sempre quis das filhas foi que não o incomodassem. Se não fosse por seus três irmãos, Lillian nunca teria sabido o que era receber a menor migalha de atenção masculina.

– Para garantir que você tenha a oportunidade de se desculpar com o conde de modo adequado – disse Thomas Bowman, parando para encarar Lillian com seus olhos cor de pedra –, eu lhe pedi que se encontrasse conosco na biblioteca antes do jantar. Então você lhe pedirá desculpas, para a satisfação dele e a minha.

Lillian parou e arregalou os olhos para ele. Seu ressentimento se transformou em um nó quente na garganta enquanto ela se perguntava se Westcliff preparara aquele cenário como uma aula de humilhação.

– Ele sabe por que lhe pediu para encontrá-lo lá? – conseguiu perguntar.

– Não. Nem acho que ele esteja esperando um pedido de desculpas de uma de minhas filhas notoriamente malcomportadas. Mas se você não se desculpar de um modo satisfatório, logo dará seu último olhar para a Inglaterra de um navio a vapor partindo para Nova York.

Lillian não era tola a ponto de considerar as palavras do pai uma ameaça vã. O tom imperativo e severo dele foi bastante convincente. E a ideia de ser forçada a deixar a Inglaterra e, pior ainda, ser separada de Daisy...

– Sim, senhor – disse ela por entre os dentes cerrados.

A família seguiu pelo corredor em tenso silêncio.

Fervendo de raiva, Lillian sentiu a mão pequena da irmã deslizar para a sua.

– Isso não significa nada – sussurrou Daisy. – É só falar rápido e acabar logo com...

– Silêncio! – vociferou o pai, e elas soltaram as mãos.

Taciturna e absorta em seus pensamentos, Lillian não prestou muita atenção no ambiente ao seu redor enquanto acompanhava sua família até a biblioteca. A porta fora deixada entreaberta e o pai bateu decididamente uma única vez antes de entrar com a esposa e as filhas. Era uma bela biblioteca, com pé-direito de seis metros, escadas móveis e galerias superiores e inferiores que continham uma enorme quantidade de livros. Os cheiros de couro, pergaminho e madeira recém-encerada tornavam o ar pungente.

Lorde Westcliff, que estava inclinado sobre sua escrivaninha com as mãos cruzadas sobre a superfície desgastada pelo tempo, ergueu os olhos de uma folha de papel e os apertou ao ver Lillian. Moreno, austero e impecavelmente vestido, era a imagem perfeita de um aristocrata inglês, com a gravata ajustada com esmero e os cabelos fartos afastados da testa. Subitamente foi impossível para Lillian conciliar a imagem do homem diante dela com a do bruto brincalhão e com a barba por fazer que a deixara derrubá-lo no campo de *rounders* atrás do pátio dos estábulos.

Conduzindo a esposa e as filhas para dentro, Thomas Bowman falou depressa:

– Obrigado por concordar em se encontrar comigo aqui, milorde. Prometo que não vamos tomar muito do seu tempo.

– Sr. Bowman – disse Westcliff em voz baixa. – Eu não esperava ter o privilégio de me encontrar com sua família também.

– Temo que neste caso a palavra "privilégio" seja um exagero – disse Thomas. – Parece que uma das minhas filhas se comportou mal na sua presença. Ela deseja expressar seu arrependimento. – Ele cravou os nós dos dedos contra o meio das costas de Lillian, empurrando-a para o conde. – Vá.

Westcliff franziu a testa.

– Sr. Bowman, isso não é necessário.

– Permita que minha filha diga o que tem a dizer – pediu Thomas, cutucando Lillian para que fosse para a frente.

O ambiente na biblioteca estava silencioso mas explosivo quando Lillian ergueu seu olhar para o de Westcliff. A testa dele estava ainda mais franzida e de repente ela percebeu que o conde não queria que se desculpasse. Não dessa maneira, forçada pelo pai de uma forma tão humilhante. De algum modo, isso tornou mais fácil para ela pedir desculpas.

Lillian engoliu em seco e fitou aqueles olhos escuros insondáveis em cujas íris a luz produzia filamentos de um negro intenso.

– Peço desculpas pelo que aconteceu, milorde. O senhor tem sido um anfitrião generoso e merece muito mais respeito do que lhe demonstrei esta manhã. Eu não devia ter contestado sua decisão na pista de saltos, nem falado com o senhor como falei. Espero que aceite minhas desculpas e saiba que são sinceras.

– Não – respondeu ele, em tom suave.

Lillian pestanejou, confusa, no início achando que ele não aceitara seu pedido de desculpas.

– Eu é que devo me desculpar, não a senhorita – continuou Westcliff. – Seus atos impetuosos foram provocados por um gesto de arrogância da minha parte. Não posso culpá-la por ter reagido daquela maneira.

Lillian tentou esconder seu espanto, mas isso não era fácil quando Westcliff tinha feito o oposto do que ela esperara. Ele havia tido a oportunidade perfeita de esmagar seu orgulho, mas não o fizera. Ela não conseguia entender. Que tipo de jogo Westcliff estava jogando?

O olhar dele examinou o rosto perplexo de Lillian.

– Embora eu tivesse me expressado mal esta manhã – murmurou –, minha preocupação com sua segurança foi genuína. Esse foi o motivo da minha raiva.

Olhando para ele, Lillian sentiu o nó de ressentimento que se alojara em seu peito começar a se dissolver. Como ele estava sendo amável! E não parecia fingimento. Parecia verdadeiramente gentil e solidário. Ela ficou aliviada e conseguiu respirar fundo pela primeira vez naquele dia.

– Esse não foi o único motivo da sua raiva – disse. – Não gosta que lhe desobedeçam.

Westcliff deu uma risada rouca.

– Não – admitiu, esboçando um sorriso. – Não gosto.

O sorriso mudou os contornos rígidos de seu rosto, acabando com toda a reserva e revelando uma atratividade mil vezes mais poderosa do que a mera beleza. Lillian sentiu um pequeno e estranho arrepio de prazer em sua pele.

– Agora poderei montar seus cavalos de novo? – ousou perguntar.

– *Lillian!* – ouviu a mãe repreendendo-a.

Os olhos de Westcliff brilharam de divertimento, como se apreciasse a audácia dela.

– Eu não iria tão longe.

Presa na armadilha aveludada do olhar dele, Lillian percebeu que a eterna discórdia entre ambos se transformara em uma espécie de desafio amistoso... temperado com algo que parecia quase... erótico. Meu Deus! Algumas palavras amáveis de Westcliff e ela estava perto de fazer papel de boba.

Vendo que eles tinham feito as pazes, Mercedes se encheu de entusiasmo.

– Ah, caro lorde Westcliff, que cavalheiro magnânimo o senhor é! E o senhor não foi nem um pouco arrogante. Estava claramente preocupado com meu anjinho voluntarioso, o que é uma prova ainda maior de sua infinita benevolência.

O sorriso do conde se tornou sarcástico ao lançar um olhar especulativo para Lillian, como considerando se a expressão "anjinho voluntarioso" era uma descrição adequada. Oferecendo seu braço a Mercedes, perguntou, afável:

– Permite-me acompanhá-la até o salão, Sra. Bowman?

Eufórica com a ideia de todos a verem na companhia de lorde Westcliff, Mercedes aceitou com um suspiro de prazer. Ao irem da biblioteca para o salão de onde partiria a procissão para o jantar, ela entabulou uma conversa torturantemente longa sobre suas impressões de Hampshire, permeada de várias pequenas críticas que visavam ser inteligentes, mas fizeram Lillian e Daisy se entreolharem em mudo desespero. Lorde Westcliff ouviu as observações toscas de Mercedes com muita cortesia, seus modos refinados fazendo os dela parecerem ainda piores. E pela primeira vez na vida de Lillian ocorreu a ela que talvez seu desprezo pela etiqueta não fosse tão inteligente quanto antes pensara. Certamente não tinha nenhuma vontade de se tornar conservadora e reservada... mas ao mesmo tempo poderia não ser tão ruim se portar com um pouco mais de dignidade.

Sem dúvida, lorde Westcliff ficou infinitamente aliviado ao se separar dos Bowmans quando eles chegaram ao salão, mas não demonstrou isso com palavras ou gestos. Desejando-lhes uma noite agradável, afastou-se com uma leve mesura e foi se juntar a um grupo que incluía sua irmã, Lady Olivia, e o marido dela, o Sr. Shaw.

Daisy se virou para Lillian com os olhos arregalados.

– Por que lorde Westcliff foi tão gentil com você? – sussurrou ela. – E por que ofereceu o braço a nossa mãe, nos acompanhou até aqui e ouviu a conversa interminável dela?

– Não faço ideia – sussurrou Lillian de volta. – Mas ele claramente tem alta tolerância à dor.

Simon Hunt e Annabelle se juntaram ao grupo no outro lado do salão. Alisando distraidamente a cintura de seu vestido azul-prateado, Annabelle examinou a multidão, viu o olhar de Lillian e assumiu uma expressão pesarosa. Sem dúvida, soubera do confronto na pista de saltos. *Desculpe-me*, disse com os lábios. Ela pareceu aliviada quando Lillian assentiu e lhe enviou uma mensagem silenciosa: *Tudo bem.*

Enfim, todos foram para a sala de jantar, os Bowmans e os Hunts entre os últimos da fila, porque tinham uma posição hierárquica muito baixa.

– O dinheiro sempre guarnece a retaguarda – Lillian ouviu o pai dizer em tom crítico, e supôs que ele não tinha muita paciência com as regras de precedência sempre tão claramente definidas nessas ocasiões.

Ocorreu-lhe que quando a condessa estava ausente lorde Westcliff e a irmã dele, Lady Olivia, tendiam a organizar as coisas com muito menos formalidade, encorajando os convidados a irem naturalmente para a sala de jantar em vez de em procissão. Contudo, quando a condessa estava presente, a tradição era seguida à risca.

Ao que parecia, havia quase tantos criados quantos eram os convidados, todos em seus uniformes completos de calças pretas aveludadas até a altura dos joelhos, colete mostarda e fraque azul. Eles acomodaram com habilidade os convidados e serviram vinho e água sem derramar uma só gota.

Para a surpresa de Lillian, ela foi posta perto da cabeceira da mesa de lorde Westcliff, a apenas três cadeiras de distância da mão direita dele. Ocupar um lugar tão próximo do anfitrião era uma honra quase nunca concedida a uma mulher solteira sem título de nobreza. Perguntando-se se o criado cometera um erro ao acomodá-la ali, olhou cautelosamente para os rostos dos convidados mais próximos e viu que também estavam intrigados com sua presença. Até mesmo a condessa, sentada à outra extremidade da mesa, a olhava de cara feia.

Quando lorde Westcliff ocupou seu lugar à cabeceira, Lillian lhe lançou um olhar questionador.

Ele arqueou uma das sobrancelhas.

– Há algo errado? Parece um pouco perturbada, Srta. Bowman.

A resposta correta provavelmente teria sido corar e lhe agradecer pela honra inesperada. Mas quando Lillian olhou para o rosto dele, suavizado pela luz de uma vela, viu-se respondendo com absoluta franqueza:

– Eu me pergunto por que estou sentada perto da cabeceira. Depois do que aconteceu esta manhã, achei que me faria sentar no terraço dos fundos.

Houve um momento de total silêncio enquanto os convidados ao redor assimilavam o choque de Lillian ter se referido tão abertamente ao conflito entre eles. Contudo, Westcliff os surpreendeu rindo baixinho e olhando nos olhos dela. Depois de um instante, os outros se juntaram a ele com risos forçados.

– Conhecendo sua tendência a se meter em encrencas, concluí que é mais seguro mantê-la à minha vista e, se possível, ao alcance do meu braço.

A afirmação foi feita de modo leve e casual. Seria preciso procurar muito para encontrar qualquer insinuação no tom dele. E ainda assim Lillian experimentou uma estranha agitação, uma sensação como a de mel morno escorrendo de um nervo para outro.

Lillian levou aos lábios uma taça de champanhe gelado e olhou ao redor da sala de jantar. Daisy estava sentada perto da outra extremidade da mesa, conversando animadamente e quase derrubando uma taça de vinho ao gesticular para enfatizar suas palavras. Annabelle estava na mesa próxima, parecendo alheia aos olhares masculinos de admiração fixos nela. Os homens dos dois lados de Annabelle estavam radiantes com a sorte de sentarem perto de uma mulher tão encantadora, enquanto Simon Hunt, a apenas algumas cadeiras de distância, lhes lançava o olhar sinistro de um macho muito possessivo.

Evie, tia Florence e os pais de Lillian estavam com outros convidados na mesa mais afastada. Como sempre, Evie falava muito pouco com os homens ao seu lado, sem saber o que dizer e olhando nervosamente para seu prato. *Pobre Evie*, pensou Lillian, solidária. *Teremos de fazer algo com relação a essa maldita timidez.*

Pensando em seus irmãos solteiros, Lillian se perguntou se haveria alguma possibilidade de um deles se casar com Evie. Talvez conseguisse encontrar um modo de convencer um de seus irmãos a visitar a Inglaterra. Deus sabia que qualquer um deles seria um marido melhor para Evie do que o primo Eustace. Havia seu irmão mais velho, Raphael, e os gêmeos, Ranson e Rhys. Era impossível encontrar um grupo mais sólido de homens jovens. Por outro lado, era provável que qualquer um dos irmãos Bowmans fosse assustar Evie. Eles eram homens de bom caráter, mas não o que se poderia chamar de refinados. Ou ao menos civilizados.

Sua atenção foi desviada para a longa fila de criados que traziam o primeiro prato: um desfile de terrinas de sopa de tartaruga e bandejas de prata contendo linguado ao molho de lagosta, pudim de camarão-d'água-doce e truta com ervas e alface guisada. Foi o primeiro de oito pratos seguidos por várias sobremesas. Diante da perspectiva de outro longo jantar, Lillian conteve um suspiro, ergueu os olhos e viu o olhar de Westcliff a examiná-la discretamente. Mas ele não disse nada, e Lillian quebrou o silêncio:

– Seu cavalo de caça Brutus parece ótimo, milorde. Notei que não usou chicote ou esporas nele.

A conversa ao redor parou e Lillian se perguntou se cometera outra gafe. Talvez uma moça solteira não devesse falar até alguém lhe dirigir a palavra. Mas Westcliff respondeu de pronto:

– Eu raramente uso chicote ou esporas em meus cavalos, Srta. Bowman. Quase sempre obtenho os resultados que desejo sem eles.

Lillian pensou que, como todos na propriedade, o baio nem sonharia em desobedecer ao dono.

– Parece que ele tem um temperamento mais calmo do que a maioria dos puros-sangues – disse ela.

Westcliff se reclinou em sua cadeira enquanto o criado lhe servia uma porção de truta. A luz bruxuleante brincou nos cabelos fartos dele... e Lillian não pôde evitar se lembrar dos grossos cachos sob seus dedos.

– Na verdade, Brutus não é de raça pura, mas uma mistura de puro-sangue com cavalo de tiro irlandês.

– É mesmo? – Lillian não fez nenhum esforço para esconder sua surpresa. – Eu achava que o senhor só cavalgava animais de excelente pedigree.

– Muitos preferem cavalos de raça pura – admitiu o conde. – Mas um caçador precisa de um animal com uma capacidade maior de saltar e força para mudar de direção com facilidade. Um cavalo mestiço como Brutus tem a velocidade e o estilo de um puro-sangue combinados à força atlética de um cavalo de tiro irlandês.

Os outros à mesa ouviam com atenção. Quando Westcliff terminou, um cavalheiro acrescentou de modo jovial:

– Um animal soberbo, o Brutus. Descendente de Eclipse, não é? Dá para ver a influência do Darley árabe...

– É muito liberal de sua parte cavalgar um animal mestiço – murmurou Lillian.

Westcliff esboçou um sorriso.

– Às vezes sou bastante liberal.

– Foi o que ouvi dizer... mas não tinha visto nenhuma evidência disso até agora.

Mais uma vez a conversa parou quando os convidados ouviram os comentários provocadores de Lillian. Em vez de ficar aborrecido, Westcliff a olhou com visível interesse. Se o interesse era o de um homem que a achava atraente ou que apenas a considerava uma aberração, era difícil de determinar. Mas *era* interesse.

– Sempre tentei ver as coisas de um modo lógico – disse ele. – O que às vezes leva a uma ruptura com a tradição.

Lillian lhe sorriu sarcasticamente.

– Acha que as ideias tradicionais nem sempre são lógicas?

Westcliff balançou de leve a cabeça, e o brilho em seus olhos se intensificou enquanto bebia de uma taça de vinho e a observava por cima da borda de cristal que refletia a luz.

Enquanto o próximo prato era trazido, outro cavalheiro fez um gracejo sobre curar Westcliff de suas visões liberais. A sucessão de bandejas de prata com estranhos itens volumosos foi recebida com grande alegria e prazer. Havia quatro por mesa, doze, no total, dispostas a distâncias regulares sobre pequenas mesas dobráveis, onde criados e seus chefes começaram a trinchá-los. O cheiro de carne condimentada encheu o ar enquanto os convidados olhavam para o conteúdo das bandejas com murmúrios expectantes. Movendo-se um pouco em sua cadeira, Lillian olhou para a bandeja mais próxima. Quase pulou para trás de horror ao ver a cabeça tostada de um animal irreconhecível, com vapor subindo do crânio recém-assado.

Sobressaltada, ouviu o barulho de talheres caindo. Um criado lidou com a falta de jeito dela substituindo imediatamente os garfos e as colheres e se curvando para pegar os que tinham ido ao chão.

– O q-que é isso? – perguntou Lillian para ninguém em particular, sem conseguir evitar a visão repugnante.

– Cabeça de vitela – respondeu uma das mulheres em tom de divertimento e condescendência, como se aquilo fosse mais um exemplo do atraso dos americanos. – Uma iguaria inglesa. Não me diga que nunca experimentou.

Tentando manter o rosto impassível, Lillian balançou a cabeça e não disse nada. Ela se encolheu quando o criado abriu as mandíbulas fumegantes da vitela e lhe cortou a língua.

– Alguns dizem que a língua é a parte mais saborosa – continuou a mulher –, enquanto outros juram que o cérebro é de longe a melhor. Mas eu diria que, sem dúvida, os olhos são as iguarias mais refinadas.

Lillian fechou os próprios olhos, nauseada com essa revelação. Sentiu a bile subindo por sua garganta. Nunca fora uma grande apreciadora da culinária inglesa, mas, por mais que alguns pratos a tivessem desagradado no passado, nada a preparara para a visão repugnante da cabeça de vitela. Abrindo um pouco os olhos, espiou ao redor. Parecia que por toda parte cabeças eram trinchadas, abertas e fatiadas. Cérebros eram servidos com colheres nos pratos, e timos cortados em fatias finas...

Ela estava prestes a vomitar.

Sentindo o sangue se esvair de seu rosto, Lillian olhou para a outra extremidade da mesa, onde Daisy observava com hesitação algumas porções sendo cerimoniosamente depositadas em seu prato. Devagar, Lillian levou um canto de seu guardanapo à boca. Não. Não podia se permitir vomitar. Mas quando o cheiro forte e oleoso da cabeça de vitela flutuou ao seu redor e ela ouviu o barulho de facas e garfos sendo usados com vigor e os murmúrios de apreciação dos comensais, a náusea veio em ondas sufocantes. Um pequeno prato foi posto na sua frente contendo algumas fatias de... alguma coisa... e um globo ocular gelatinoso com base cônica, que rolou lentamente na direção da borda.

– Cristo! – sussurrou Lillian, o suor brotando em sua testa.

Uma voz fria e calma pareceu atravessar a nuvem de náusea.

– Srta. Bowman...

Ela olhou em desespero na direção da voz e viu o rosto impassível de lorde Westcliff.

– Sim, milorde? – perguntou com a voz pastosa.

Ele pareceu escolher suas palavras com um cuidado incomum:

– Perdoe-me pelo que pode parecer um pedido um pouco excêntrico, mas acaba de me ocorrer que este é o momento mais oportuno para ver uma rara espécie de borboleta que há na propriedade. Ela só aparece de madrugada e isso, é claro, foge aos padrões. Talvez se lembre de eu tê-la mencionado em uma conversa anterior.

– Borboleta? – repetiu Lillian, contendo repetidas ondas de náusea.

– Talvez me permita levá-la com sua irmã à estufa, onde borboletas jovens foram recentemente avistadas. É uma pena que para isso precisemos nos abster deste prato em particular, mas voltaremos a tempo de apreciar o restante do jantar.

Vários convidados pararam com seus garfos no ar, perplexos com o pedido peculiar de Westcliff.

Percebendo que ele estava lhe proporcionando uma desculpa para sair da sala acompanhada de sua irmã sem descumprir nenhuma norma do decoro, Lillian assentiu.

– Borboletas – murmurou, ofegante. – Sim, eu adoraria vê-las.

– Eu também – disse Daisy da outra extremidade da mesa. Ela se levantou com entusiasmo, obrigando todos os outros cavalheiros a se levantarem também. – Foi muita consideração da sua parte se lembrar de nosso interesse pelos insetos nativos de Hampshire, milorde.

Westcliff foi ajudar Lillian a se levantar.

– Respire pela boca – sussurrou.

Pálida e suada, ela obedeceu.

Todos os olhares estavam fixos neles.

– Milorde – disse um dos cavalheiros, lorde Wymark –, posso lhe perguntar a *qual* espécie de borboleta está se referindo?

Após hesitar por um momento, Westcliff respondeu com séria determinação:

– À com manchas púrpura... – Ele fez uma pausa antes de terminar: – *Erinnis pages.*

Wymark franziu a testa.

– Posso dizer que entendo um pouco de lepidópteros, milorde. E, embora conheça a *Erinnis tages,* que só é encontrada em Northumberland, nunca ouvi falar na *Erinnis pages.*

Houve uma pausa estudada.

– É uma espécie híbrida – disse Westcliff. – *Morpho purpureus practicus.* Ao que eu saiba, só foi vista nos arredores de Stony Cross.

– Eu gostaria de dar uma olhada na colônia com o senhor, se possível – disse Wymark, pondo seu guardanapo sobre a mesa e pronto para se levantar. – A descoberta de uma nova espécie híbrida sempre é uma notável...

– Amanhã à noite – disse Westcliff, em tom autoritário. – Elas são sensíveis à presença humana. Não quero pôr em risco uma espécie tão frágil. Acho melhor vê-las em pequenos grupos de dois ou três.

– Sim, milorde – disse Wymark, obviamente decepcionado ao se sentar em sua cadeira. – Amanhã à noite, então.

Sentindo-se grata, Lillian deu um braço a Westcliff enquanto Daisy segurava o outro e eles saíram da sala com grande dignidade.

CAPÍTULO 10

Lillian estava quase dominada pela náusea quando Westcliff a levou para a estufa. O céu era cor de ameixa, e a escuridão, reduzida apenas pela luz das estrelas e pelas chamas de tochas recém-acesas. Quando o ar limpo e agradável da noite a envolveu, ela respirou fundo várias vezes. Westcliff a guiou até uma cadeira com espaldar de vime, demonstrando mais compaixão do que Daisy, que estava encostada em uma coluna e tremia com um ataque de riso.

– Ah... meu Deus... – disse Daisy, ofegante, secando as lágrimas provocadas pelo riso. – Lillian, a sua *cara*... você ficou verde como uma ervilha. Achei que fosse vomitar na frente de todos!

– Eu também – disse Lillian, estremecendo.

– Pelo visto, a senhorita não gosta muito de cabeça de vitela – murmurou Westcliff, sentando-se ao lado dela. Ele tirou um lenço branco macio de seu casaco e enxugou a testa úmida de Lillian.

– Eu não gosto de nada que me olhe antes de ser comido – disse ela, nauseada.

Daisy recuperou o fôlego o bastante para dizer:

– Ah, não exagere. Ela só olhou para você por um momento... – Ela fez uma pausa e acrescentou: – Até ter os globos oculares arrancados! – Então teve outro ataque de riso.

Lillian olhou para a irmã e fechou os olhos.

– Pelo amor de Deus, você tem que...

– Respire pela boca – lembrou-lhe Westcliff. O lenço foi movido sobre o rosto de Lillian, absorvendo os últimos vestígios de suor frio. – Tente abaixar a cabeça.

Obedientemente, Lillian abaixou a testa até seus joelhos. Sentiu a mão de Westcliff se fechar sobre sua nuca gelada, massageando com muita delicadeza os tendões rígidos. Os dedos dele eram quentes e um tanto ásperos, e a suave massagem era tão agradável que a náusea logo desapareceu. Westcliff parecia saber exatamente onde tocá-la, as pontas dos dedos descobrindo as áreas mais sensíveis na nuca e nos ombros e pressionando com habilidade os pontos doloridos. Imóvel sob os cuidados dele, Lillian sentiu todo o seu corpo relaxar e sua respiração se tornar profunda e regular.

Não demorou muito para senti-lo pondo-a novamente ereta e ela teve de conter um gemido de protesto. Para a sua mortificação, queria que continuasse a massageá-la. Queria ficar sentada ali a noite toda com a mão dele em sua nuca. E em suas costas. E... em outros lugares. Seus cílios se ergueram no rosto pálido e ela pestanejou ao ver como os rostos deles estavam próximos. Era estranho como as linhas severas do rosto de Westcliff se tornavam mais bonitas a cada vez que as contemplava. Sentiu vontade de passar os dedos pela borda íngreme do nariz e pelos contornos da boca do conde, tão firme e ainda assim tão macia. E a intrigante marca da barba. Tudo isso combinado com uma atratividade muito masculina. Mas o que mais a atraía eram seus olhos pretos aveludados iluminados pela luz das tochas e emoldurados por cílios retos que projetavam sombras nas linhas marcadas das maçãs do rosto.

Lembrando-se da criativa explicação sobre o tema das borboletas com manchas púrpura, Lillian esboçou um sorriso. Sempre havia considerado Westcliff um homem sem senso de humor... e nisso o julgara mal.

– Achei que nunca mentia – disse ela.

Westcliff franziu os lábios.

– Dadas a opções de vê-la vomitar à mesa de jantar ou mentir para tirá-la o mais rápido possível de lá, escolhi o mal menor. Está se sentindo melhor agora?

– Melhor... sim.

Lillian percebeu que estava apoiada na dobra do braço de Westcliff, e suas saias cobriam parcialmente uma das coxas dele. O corpo do conde era sólido e quente, combinando muito bem com o seu. Olhando para baixo, viu que o tecido das calças dele tinha se moldado ao redor das coxas musculosas. Uma curiosidade nada virginal despertou em seu íntimo e ela fechou a mão para conter o desejo de passar a palma por aquelas coxas.

– A parte sobre a *Erinnis pages* foi inteligente – disse, erguendo os olhos para o rosto dele. – Mas inventar um nome latino para ela, sem dúvida, foi uma grande inspiração.

Westcliff sorriu.

– Sempre esperei que meu latim servisse para alguma coisa. – Ele a mudou um pouco de posição, pôs a mão no bolso do colete e olhou para seu relógio. – Voltaremos daqui a uns quinze minutos. A essa altura as cabeças de vitela já deverão ter sido retiradas.

Lillian fez uma careta.

– Detesto comida inglesa – exclamou. – Todas aquelas coisas gelatinosas e borbulhantes e os pudins que balançam. A carne de caça que fica tanto tempo secando que, quando é servida, está mais velha do que eu e... – Ela sentiu no corpo do conde o tremor de um riso contido e se virou no semicírculo do braço dele. – Qual é a graça?

– Está me fazendo ter medo de voltar para minha mesa de jantar.

– Deveria ter mesmo! – respondeu Lillian, enfática, e ele não conseguiu mais conter uma gargalhada.

– Com licença. – A voz de Daisy se fez ouvir, próxima. – Quero aproveitar esta oportunidade para ir ao... ao... ah, não sei qual é a palavra educada para isso. Eu os encontrarei na entrada da sala de jantar.

Westcliff afastou seu braço de Lillian, olhando para Daisy como se, por um momento, tivesse se esquecido da presença dela.

– Daisy – disse Lillian, desconfortável, suspeitando que sua irmã mais nova estivesse arranjando uma desculpa para deixá-los a sós.

Ignorando-a, Daisy se afastou com um sorriso travesso e um aceno, passando pelas portas francesas.

Sentada com Westcliff à luz mutante de uma tocha, Lillian sentiu uma pontada de nervosismo. Embora não houvesse borboletas híbridas lá fora, sentia-se como se houvesse várias delas em sua barriga. Com um braço nas costas do canapé de vime, Westcliff se virou para vê-la melhor.

– Eu falei com a condessa hoje mais cedo – disse, com um sorriso ainda nos cantos dos lábios.

Lillian demorou a responder, tentando desesperadamente afastar a imagem da cabeça de Westcliff se curvando sobre a sua, da língua penetrando em sua boca macia...

– Sobre o quê? – perguntou, confusa.

Westcliff respondeu com um olhar sarcástico que dizia tudo.

– Ah – murmurou ela. – Deve estar se referindo ao meu... pedido para nos amadrinhar...

– Podemos chamar isso de pedido? – Westcliff estendeu a mão para prender uma mecha de cabelos solta atrás da orelha de Lillian. Os dedos dele tocaram na borda externa, seguindo a curva para o lóbulo macio. – Pelo que me lembro, pareceu mais uma chantagem. – Ele tocou no delicado lóbulo, seu polegar acariciando a superfície sensível. – Nunca usa brincos. Por quê?

– Eu... – Subitamente, ela não conseguia mais respirar direito. – Minhas orelhas são muito sensíveis – conseguiu dizer. – Dói prendê-las com brincos de pressão... e a ideia de furá-las com uma agulha...

Ela parou com a respiração entrecortada ao sentir a ponta do dedo médio de Westcliff examinando a concha de seu ouvido e a frágil estrutura interna. Ele acompanhou com o polegar a linha firme de seu maxilar e a área macia e vulnerável sob seu queixo até um rubor se espalhar por suas bochechas. Eles estavam sentados tão próximos... Westcliff devia estar sentindo o seu perfume. Essa era a única explicação para o toque amoroso em seu rosto.

– Sua pele é como seda – murmurou ele. – Do que estávamos falando?... Ah, sim, a condessa. Consegui convencê-la a amadrinhá-las na próxima temporada.

Lillian arregalou os olhos, perplexa.

– Conseguiu? Como? Teve de intimidá-la?

– Pareço o tipo de homem que intimidaria a própria mãe idosa?

– Sim.

Ele deu uma risada rouca.

– Tenho outros métodos além da intimidação – informou-lhe. – Apenas ainda não os conhece.

Houve uma implicação nas palavras de Westcliff que ela não conseguiu identificar... mas a encheu de expectativa.

– Por que a convenceu a me ajudar? – perguntou.

– Porque achei que eu poderia gostar de infligi-la a ela.

– Bem, se vai me fazer parecer um tipo de peste...

– E – interrompeu-a Westcliff – me senti obrigado a compensá-la pela maneira rude como a tratei esta manhã.

– A culpa não foi só sua – disse Lillian, relutante. – Acho que talvez eu tenha sido um pouco provocadora.

– Um pouco – concordou ele, deslizando as pontas dos dedos por trás da orelha de Lillian até a sedosa linha dos cabelos. – Devo avisá-la de que a concordância da minha mãe com esse arranjo não é incondicional. Se a pressionar muito, ela voltará atrás. Por isso eu a aconselho a tentar se comportar na presença dela.

– Comportar-me como? – perguntou Lillian, aflitivamente consciente da gentil exploração dos dedos de Westcliff.

Se sua irmã não voltasse logo, pensou atordoada, Westcliff a beijaria. E ela queria tanto que ele fizesse isso que seus lábios começaram a tremer.

Ele sorriu à pergunta de Lillian.

– Bem, seja o que for que possa fazer, não faça...

Ele se interrompeu, olhando ao redor como se tivesse sentido a aproximação de alguém. Lillian não conseguiu ouvir nada além do sussurro da brisa que soprava através das árvores e espalhava folhas caídas nos caminhos de cascalho. Contudo, um instante depois, uma figura magra e ágil surgiu do mosaico de luz e sombra, o brilho dos cabelos cor de ouro envelhecido identificando o visitante como lorde St. Vincent. Westcliff tirou imediatamente sua mão de Lillian. O feitiço sensual foi quebrado e ela sentiu a onda de calor começar a desaparecer.

St. Vincent vinha a passos longos mas relaxados, com as mãos enfiadas nos bolsos de seu casaco de modo casual.

Ele sorriu à visão do casal no banco, e seu olhar se prolongou no rosto de Lillian. Não havia dúvida de que esse homem extraordinariamente bonito com rosto de anjo e olhos da cor do céu ocupara o sonho de muitas mulheres. E fora amaldiçoado por muitos maridos traídos.

Essa parecia uma amizade improvável, pensou Lillian olhando Westcliff e St. Vincent. O conde, com sua natureza franca e honrada, decerto desaprovava as tendências à imoralidade do amigo. Mas, como tantas vezes acontecia, essa amizade particular podia ser fortalecida pelas diferenças em vez de minada por elas.

Parando diante deles, St. Vincent confidenciou:

– Eu podia tê-los encontrado antes, mas fui atacado por um bando de *Erinnis pages*. – Ele baixou a voz a um tom conspirador: – E não quero alarmar nenhum de vocês, mas tinha de preveni-los de que estão planejando servir pudim de rim no quinto prato.

– Posso aguentar isso – disse Lillian com tristeza. – Ao que parece, meu único problema é com animais servidos em seu estado natural.

– É claro que sim, doçura. Somos bárbaros, todos nós, e está certa em ficar horrorizada com as cabeças de vitela. Também não gosto delas. Na verdade, quase nunca consumo carne em qualquer forma.

– Então é vegetariano? – perguntou Lillian, tendo ultimamente ouvido essa palavra com frequência.

Houvera muitas conversas sobre o tema do sistema de alimentação vegetariana que estava sendo promovido por uma sociedade hospitalar em Ramsgate.

St. Vincent respondeu com um sorriso deslumbrante.

– Não, doçura, sou canibal.

– St. Vincent – grunhiu Westcliff em advertência, vendo a confusão de Lillian.

O visconde sorriu impenitentemente.

– Foi bom eu ter aparecido, Srta. Bowman. Sabe, não está segura a sós com Westcliff.

– Não estou? – disse Lillian, se retesando ao refletir que ele nunca teria feito esse comentário indiscreto se soubesse dos encontros particulares dela com o conde.

Não ousou olhar para Westcliff, mas percebeu a imobilidade imediata da forma masculina tão perto dela.

– Não mesmo – garantiu-lhe St. Vincent. – Os homens moralmente retos são os que fazem as piores coisas em particular. Enquanto que com um reconhecidamente depravado como eu não poderia estar em mãos mais seguras. É melhor voltar para a sala de jantar sob minha proteção. Deus sabe que tipo de plano libidinoso está passando pela cabeça do conde.

Rindo, Lillian se levantou do banco, gostando da visão de Westcliff sendo provocado. Ele olhou para seu amigo com as sobrancelhas levemente franzidas enquanto também se levantava.

Lillian segurou o braço que St. Vincent lhe ofereceu e se perguntou por que ele se dera ao trabalho de ir lá. Era possível que tivesse algum tipo de interesse nela? Claro que não. Todos sabiam que as moças casadouras nunca tinham feito parte da história romântica de St. Vincent, e Lillian obviamente não era do tipo que ele buscaria para uma aventura. Contudo, era divertido estar sozinha com dois homens, um deles o parceiro de cama mais desejado da Inglaterra, e o outro, o solteiro mais cobiçado. Ela não pôde evitar sorrir ao pensar em quantas garotas não dariam tudo para estar em seu lugar naquele momento.

St. Vincent se afastou com ela.

– Pelo que me lembro – observou –, nosso amigo Westcliff a proibiu de montar os cavalos dele, mas não disse nada sobre um passeio de carruagem. Poderia considerar a possibilidade de me acompanhar em um passeio pelo campo amanhã de manhã?

Pensando no convite, Lillian ficou calada por um instante, esperando que Westcliff dissesse algo a respeito. Naturalmente, ele disse.

– A Srta. Bowman estará ocupada amanhã de manhã. – A voz do conde soou brusca atrás deles.

Lillian abriu a boca para dar uma resposta atrevida, mas St. Vincent lhe lançou um olhar travesso que lhe dizia para deixá-lo lidar com aquilo.

– Ocupada com o quê? – perguntou ele.

– Ela e a irmã vão se encontrar com a condessa.

– Ah, o velho e magnífico dragão – murmurou St. Vincent, arrastando Lillian para a porta. – Eu sempre me dei muito bem com a condessa. Deixe-me lhe dar um pequeno conselho: ela adora ser adulada, embora finja o contrário. Alguns elogios e a fará comer em sua mão.

Lillian olhou por cima do ombro para Westcliff.

– Isso é verdade, milorde?

– Não sei dizer, porque nunca me dei ao trabalho de adulá-la.

– Westcliff considera adulação e charme perda de tempo – disse St. Vincent para Lillian.

– Eu notei.

St. Vincent riu.

– Então posso convidá-la para um passeio de carruagem depois de amanhã. Está bom assim?

– Sim, obrigada.

– Ótimo – disse St. Vincent, acrescentando casualmente: – A não ser que Westcliff tenha programado algo mais para a Srta. Bowman então.

– Não – disse Westcliff, categórico.

É claro que não, pensou Lillian com súbito rancor. Obviamente Westcliff não desejava a companhia dela, a menos que fosse para poupar seus convidados de vê-la vomitar à mesa de jantar.

Eles se reuniram com Daisy, que ergueu as sobrancelhas ao ver St. Vincent e perguntou suavemente:

– De onde o senhor veio?

– Se minha mãe estivesse viva, poderia lhe perguntar – respondeu-lhe ele em tom amigável. – Mas duvido que ela soubesse.

– St. Vincent – disparou Westcliff pela segunda vez naquela noite. – Essas são moças inocentes.

– São? Que interessante. Muito bem, vou tentar me comportar... De que se pode falar com moças inocentes?

– De quase nada – disse Daisy tristemente, fazendo-o rir.

Antes de eles voltarem para a sala de jantar, Lillian parou para perguntar a Westcliff:

– A que horas devo me encontrar com a condessa amanhã? E onde?

O olhar dele foi frio e opaco. Lillian não pôde evitar notar que ele tinha ficado com o humor azedo desde o momento em que St. Vincent a convidara para um passeio de carruagem. Mas por que isso lhe desagradaria? Seria absurdo achar que estava com ciúme, porque ela era a última mulher no mundo por quem ele se interessaria. A única conclusão lógica era que ele temia que St. Vincent tentasse seduzi-la e não queria lidar com o problema que se seguiria.

– Às dez horas, na sala Marsden – respondeu Westcliff.

– Acho que não conheço essa sala...

– Poucas pessoas conhecem. Fica no andar de cima e é reservada para o uso privativo da família.

– Ah.

Ela olhou para os olhos escuros de Westcliff, sentindo-se grata e confusa. Ele tinha sido gentil, contudo o relacionamento deles não podia ser considerado uma amizade.

Ela desejou conseguir evitar sua crescente curiosidade em relação a Westcliff. Isso era muito mais fácil quando podia desprezá-lo como um homem esnobe e arrogante. No entanto, ele era muito mais complexo do que a princípio pensara, revelando traços de humor, sensualidade e surpreendente compaixão.

– Milorde – disse, capturada pelo olhar dele. – Eu... acho que deveria lhe agradecer por...

– Vamos entrar – disse Westcliff, parecendo ansioso por se livrar da presença dela. – Já demoramos demais.

~

– Está nervosa? – sussurrou Daisy na manhã seguinte enquanto ela e Lillian seguiam a mãe até a porta da sala Marsden.

Embora Mercedes não tivesse sido especificamente convidada para o encontro com a condessa, estava determinada a ser incluída na visita.

– Não – respondeu Lillian. – Estou certa de que não teremos nada a temer se ficarmos de boca fechada.

– Ouvi dizer que ela odeia americanos.

– É uma pena – disse Lillian, seca –, porque as duas filhas dela se casaram com americanos.

– Quietas, vocês duas – sussurrou Mercedes.

Usando um vestido cinza-prateado com um grande broche de diamantes no pescoço, ela bateu na porta com seus proeminentes nós dos dedos. Não veio nenhum som de dentro. Daisy e Lillian se entreolharam com as sobrancelhas erguidas, se perguntando se a condessa decidira não encontrá-las. Com uma expressão carrancuda, Mercedes bateu na porta com mais força.

Dessa vez uma voz irritada atravessou a porta de mogno almofadada.

– Parem com esse barulho infernal e entrem!

Com expressões submissas, as Bowmans entraram. Era uma sala pequena, mas muito bonita, com paredes revestidas de papel com flores azuis e janelas grandes com vista para o jardim lá embaixo. A condessa de Westcliff estava sentada em um canapé debaixo da janela, usando um colar de várias voltas de raras pérolas negras e joias pesadas nos dedos e pulsos. Suas sobrancelhas baixas, escuras e grossas contrastavam com o prateado brilhante de seus cabelos. Em aspecto e forma, ela era totalmente destituída de ângulos, tendo um rosto redondo e um corpo roliço. Lillian pensou que lorde Westcliff devia ter herdado a aparência do pai, porque havia pouca semelhança entre ele e a mãe.

– Eu esperava só duas – disse a condessa com um olhar duro para Mercedes. Seu tom foi claro e encrespado, como cobertura de glacê em um bolo de chá. – Por que vieram três?

– Vossa Graça – começou Mercedes com um sorriso adulador, fazendo uma desconfortável mesura. – Primeiro permita-me lhe dizer quanto o Sr. Bowman e eu apreciamos sua condescendência para com nossos dois anjinhos.

– Somente uma duquesa é chamada de "Vossa Graça" – disse a condessa, os cantos da boca puxados para baixo como que por uma excessiva força da gravidade. – Está zombando de mim?

– Ah, *não*, Vossa... quero dizer, milady – apressou-se em dizer Mercedes, com o rosto ficando branco como o de um cadáver. – Eu não faria isso. Nunca! Só queria...

– Falarei a sós com suas filhas – disse a condessa imperiosamente. – A senhora pode voltar para buscá-las daqui a duas horas.

– Sim, milady! – Mercedes se apressou em sair.

Pigarreando para esconder uma súbita e irreprimível risada, Lillian olhou para Daisy, que também tentava conter o riso ao ver a mãe ser tão prontamente despachada.

– Que barulho desagradável – observou a condessa de cara feia ao ouvir o pigarrear de Lillian. – Tenha a bondade de não fazê-lo de novo.

– Sim, milady – disse Lillian, tentando ao máximo demonstrar humildade.

– Aproximem-se – ordenou a condessa, olhando uma e a outra enquanto elas obedeciam. – Observei as duas na noite passada e vi um verdadeiro rol de comportamentos inconvenientes. Meu filho me disse que devo amadrinhá-las na temporada, o que confirma minha opinião de que ele está determinado a tornar minha vida o mais difícil possível. Amadrinhar duas garotas americanas estouvadas! Eu as aviso de que se não seguirem cada palavra que eu disser, não descansarei até vê-las casadas com um falso aristocrata do continente e enviá-las para mofar nos cantos mais esquecidos da Europa.

Lillian ficou muito impressionada. No que se referia a ameaças, aquela era uma grande. Lançando um olhar furtivo para Daisy, viu que a irmã estava bastante séria.

– Sentem-se – disse a condessa, com irritação na voz.

Lillian e Daisy obedeceram o mais rápido que puderam, ocupando as cadeiras que ela lhes indicou com um gesto de sua mão brilhante. A condessa estendeu a mão para a mesinha ao lado do canapé e pegou um pergaminho repleto de anotações feitas com tinta azul-cobalto.

– Fiz uma lista – informou-lhes, usando uma das mãos para pôr um pincenê na ponta curta do seu nariz – de todos os erros que cometeram na noite passada. Nós os examinaremos um a um.

– Como a lista pode ser tão longa? – perguntou Daisy, desanimada. – O jantar só durou quatro horas. Quantos erros podíamos ter cometido durante esse tempo?

Lançando-lhes um olhar duro por cima da borda superior do pergaminho, a condessa deixou que ele se abrisse. Como um acordeão, ele se abriu... e abriu... e abriu... até a borda inferior roçar o chão.

– Maldição – sussurrou Lillian.

Ouvindo a imprecação, a condessa franziu as sobrancelhas até se juntarem em uma linha escura.

– Se tivesse sobrado algum espaço no pergaminho – informou ela a Lillian –, eu acrescentaria essa vulgaridade.

Contendo um longo suspiro, Lillian se recostou em sua cadeira.

– Sente-se reta, por favor – disse a condessa. – Uma dama nunca deixa sua espinha tocar no espaldar da cadeira. Agora começaremos com as introduções. Ambas têm o lamentável hábito de apertar mãos. Isso as faz parecer desagradavelmente ansiosas por cair nas boas graças dos outros. A regra aceita é não apertar mãos, apenas fazer uma mesura quando são apresentadas, a menos que seja a outra jovem. E, falando em mesuras, nunca devem fazê-las para um cavalheiro ao qual não foram apresentadas, mesmo que o conheçam de vista. Também não podem fazê-las para um cavalheiro que lhes dirigiu algumas palavras na casa de um amigo em comum ou qualquer cavalheiro com quem conversem de vez em quando. Uma breve conversa não equivale a uma amizade, portanto não deve ser reconhecida como tal com uma mesura.

– E se o cavalheiro nos prestou um serviço? – perguntou Daisy. – Pegar uma luva caída ou algo desse tipo.

– Agradeçam-lhe na hora, mas não lhe façam nenhuma mesura no futuro, porque não foi estabelecida uma amizade real.

– Isso parece ingratidão – comentou Daisy.

A condessa a ignorou.

– Agora, vamos ao jantar. Depois de sua primeira taça

de vinho, não podem pedir outra. Quando o anfitrião passa a jarra de vinho para seus convidados durante o jantar, é para os cavalheiros, não para as damas. – Ela olhou para Lillian com indignação. – Na noite passada eu a ouvi pedir que sua taça de vinho fosse enchida, Srta. Bowman. Uma grande falta de educação.

– Mas lorde Westcliff a encheu sem dizer uma só palavra – protestou Lillian.

– Apenas para poupá-la de atrair ainda mais atenção indesejável para si própria.

– Mas por que... – A voz de Lillian sumiu ao ver a expressão ameaçadora da condessa. Percebeu que se fosse pedir explicações sobre cada norma de etiqueta, a tarde seria realmente longa.

A condessa continuou a explicar as normas de etiqueta à mesa, inclusive o modo adequado de cortar aspargos e de comer codorna e pombo.

– ... manjar branco e pudim devem ser comidos com o garfo, não com a colher – disse –, e para meu grande desgosto vi as duas usando facas em seus rissoles. – A condessa lançou um olhar expressivo, como se esperasse que elas se encolhessem de vergonha.

– O que são rissoles? – Lillian ousou perguntar.

Daisy respondeu cautelosamente.

– Acho que são as tortinhas com molho verde em cima.

– Gostei daquilo – ponderou Lillian.

Daisy a olhou com um sorriso travesso.

– Você sabe de que eram feitos?

– Não, nem quero saber!

A condessa ignorou a conversa.

– Rissoles, massas e outros alimentos moldados devem ser comidos apenas com o garfo e nunca com a ajuda de uma faca. – Seus olhos, que se assemelhavam aos de um pássaro, se apertaram até se tornarem apenas fendas enquanto ela lia o item seguinte. – E agora – disse, olhando significativamente para Lillian –, sobre as cabeças de vitela...

Gemendo, Lillian cobriu os olhos com uma das mãos e afundou em sua cadeira.

CAPÍTULO 11

Qualquer um que estivesse acostumado com os passos largos e decididos de lorde Westcliff teria ficado muito surpreso ao vê-lo ir devagar da biblioteca para a sala no andar de cima. Ele segurava a carta que ocupara sua mente nos últimos minutos. No entanto, ainda que as notícias fossem importantes, não eram as únicas responsáveis por deixá-lo pensativo.

Por mais que Marcus quisesse negar, ansiava por rever Lillian Bowman... e estava muito interessado em saber como ela estava se saindo com sua mãe. A condessa faria picadinho de qualquer moça comum, mas Marcus suspeitava que Lillian saberia se defender.

Lillian. Por causa dela tentava recuperar o autocontrole, como um garoto correndo para pegar uma caixa de fósforos depois que os palitos já estivessem espalhados pelo chão. Ele tinha uma desconfiança inata de sentimentos, sobretudo dos seus, e uma aversão profunda a tudo ou todos que ameaçassem sua dignidade. A família Marsden era famosa por sua seriedade – gerações de homens solenes ocupados com assuntos importantes. O pai de Marcus, o velho conde, quase nunca sorria. E quando o fazia, o sorriso em geral era precedido de algo muito desagradável. O velho conde se dedicara a remover de seu único filho qualquer vestígio de frivolidade ou humor e, embora não tivesse sido cem por cento bem-sucedido nisso, exercera uma forte influência. A vida de Marcus havia sido moldada por rígidas expectativas e obrigações – e a última coisa de que ele precisava era distração. Ainda mais na forma de uma garota rebelde.

Lillian Bowman era uma jovem que ele jamais pensaria em cortejar. Não podia imaginá-la vivendo feliz dentro dos limites da aristocracia inglesa. A irreverência e a individualidade dela nunca lhe permitiriam uma existência tranquila no mundo dele. Além do mais, todos sabiam que, como suas duas irmãs tinham se casado com americanos, era imperativo que ele preservasse a linhagem distinta da família casando-se com uma inglesa.

Marcus sempre soubera que acabaria se casando com uma das inúmeras jovens que surgiam a cada temporada, todas tão parecidas que não faria diferença qual escolhesse. Qualquer uma dessas moças tímidas e refinadas serviria aos seus objetivos, e ainda assim ele nunca conseguira se interessar por elas. Ao passo que ficara obcecado por Lillian Bowman desde a primeira vez que a vira. Não havia nenhum motivo lógico para isso. Lillian não era a mulher mais bonita que ele conhecia, nem era particularmente educada. Era teimosa e tinha uma língua afiada, e a natureza obstinada dela era mais adequada a um homem do que a uma mulher.

Marcus sabia que ele e Lillian eram muito decididos e seus temperamentos sempre os poriam em confronto. A briga na pista de saltos era um exemplo perfeito de por que a união deles seria impossível. Mas isso não mudava o fato de que ele desejava Lillian Bowman mais do que desejara qualquer outra mulher. O frescor e a informalidade de Lillian o atraíam mesmo quando ele lutava contra a tentação que ela representava. Tinha começado a sonhar com Lillian à noite, que brincava com ela, a agarrava e entrava em seu corpo quente e ávido até ela gritar de prazer. E em outros sonhos estava deitado com Lillian em sensual quietude, os corpos deles juntos e vibrando... ou nadando no rio com o corpo nu de Lillian deslizando contra o seu, os cachos molhados dela sobre seu peito e seus ombros como se ela fosse uma sereia. Ou a levava para o campo como se ela fosse uma camponesa e eles rolavam na relva aquecida pelo sol.

Marcus nunca sentira a pontada de paixão insatisfeita com tanta intensidade quanto agora. Havia muitas mulheres dispostas a satisfazer suas necessidades. Apenas alguns murmúrios e uma batida discreta na porta de um quarto e ele se veria em braços femininos acolhedores. Mas parecia errado usar uma mulher para substituir outra que ele não podia ter.

Ao se aproximar da sala da família, Marcus parou à porta entreaberta e ouviu a mãe fazendo preleções para as irmãs Bowmans. Parecia estar se queixando do hábito das garotas de falarem com os criados que as serviam à mesa de jantar.

– Mas por que eu não deveria agradecer a alguém por me prestar um serviço? – indagou Lillian com genuína perplexidade. – É educado dizer obrigada, não é?

– Não se deve agradecer a um criado, como não se agradeceria a um cavalo por lhe permitir cavalgá-lo ou a uma mesa por sustentar os pratos postos sobre ela.

– Bem, não estamos falando de animais ou objetos inanimados. Um criado é uma pessoa.

– Não – disse a condessa friamente. – Um criado é um serviçal.

– E um serviçal é uma pessoa – insistiu Lillian, teimosa.

A anciã respondeu com exasperação:

– Qualquer que seja sua opinião sobre o que um criado é, não deve lhe agradecer no jantar. Os serviçais não esperam nem desejam essa condescendência, e se insistir em colocá-los na difícil posição de ter de responder aos seus comentários, pensarão mal da senhorita... assim como todos os outros. Não me insulte com esse olhar desenxabido, Srta. Bowman! A senhorita vem de uma família de recursos. Sem dúvida, tem criados em sua residência em Nova York!

– Sim – admitiu Lillian, ousada –, mas falamos com eles.

Marcus teve de conter uma súbita risada. Raramente ou nunca ouvira alguém ousar discutir com a condessa. Ele bateu de leve na porta e entrou na sala, interrompendo a conversa que poderia ser mordaz. Lillian se virou em sua cadeira para olhá-lo. Sua pele, de um marfim perfeito, adquirira um tom rosado nas bochechas. O sofisticado coque trançado no alto da cabeça deveria fazê-la parecer mais velha, mas em vez disso lhe realçava a juventude. Embora Lillian estivesse imóvel na cadeira, um ar carregado de impaciência parecia cercá-la. Ela o fez se lembrar de uma colegial ansiosa por escapar das aulas e correr para fora.

– Boa tarde – disse Marcus, muito educado. – Espero que a conversa esteja correndo bem.

Lillian lhe lançou um olhar que disse tudo.

Com um grande esforço para conter um sorriso, Marcus fez uma mesura formal para a mãe.

– Milady, chegou uma carta dos Estados Unidos.

Sua mãe o olhou cautelosamente e não respondeu, mesmo sabendo que a carta devia ser de Aline.

Megera teimosa, pensou Marcus, com uma irritação que lhe causava um frio no peito. A condessa nunca perdoaria a filha mais nova por ter se casado com um homem de origem humilde. O marido de Aline, McKenna, já havia sido criado da família, trabalhando como cavalariço. Ainda adolescente, McKenna fora para os Estados Unidos em busca de fortuna e voltara para a Inglaterra como um rico dono de indústria. Mas, na opinião da condessa, o sucesso de McKenna nunca compensaria suas origens e por isso ela se opusera radicalmente ao casamento dele com sua filha. A óbvia felicidade de Aline não significava nada para a condessa, que tornara a hipocrisia uma forma de arte. Se Aline apenas tivesse tido um caso amoroso com McKenna, a mãe não teria dado importância. Mas casar-se com ele foi uma ofensa imperdoável!

– Achei que poderia querer lê-la imediatamente – continuou Marcus, aproximando-se para lhe entregar a carta.

Ele observou o rosto da mãe ficar tenso. Ela continuou com as mãos imóveis em seu colo, e seu olhar frio revelava desagrado. Marcus sentiu um prazer perverso em forçá-la a enfrentar um fato que ela, sem dúvida, queria ignorar.

– Por que não me dá as notícias? – sugeriu ela com uma voz irritada. – É óbvio que não irá embora enquanto não o fizer.

– Muito bem. – Marcus voltou a guardar a carta em seu bolso. – Parabéns, milady, agora é avó. Lady Aline deu à luz um menino saudável chamado John McKenna II. – Seu tom foi um pouco sarcástico ao acrescentar: – Estou certo de que ficará aliviada em saber que ela e o bebê estão bem.

Pelo canto do olho, Marcus viu as irmãs Bowmans trocarem um olhar intrigado, claramente se perguntando qual era a causa daquela hostilidade.

– Que bom que o primogênito da minha filha recebeu o nome de nosso antigo cavalariço. Pena que ainda não há nenhum herdeiro para o título de conde... o que creio ser responsabilidade sua. Traga-me notícias de seu futuro casamento com uma noiva de boa estirpe, Westcliff, e mostrarei alguma satisfação. Por enquanto não vejo por que me parabenizar.

Embora ele não tivesse expressado nenhuma emoção diante da reação dura da mãe à notícia do nascimento do filho de Aline, sem falar na irritante preocupação dela com um herdeiro, Marcus fez um grande esforço para não lhe dar uma resposta rude. Em seu estado de mau humor, deu-se conta do olhar atento de Lillian.

Ela o fitava com astúcia, com um sorriso estranho nos lábios. Marcus arqueou uma das sobrancelhas e perguntou em um tom sarcástico:

– Achou graça em alguma coisa, Srta. Bowman?

– Sim – murmurou Lillian. – Só estava pensando que é surpreendente não ter se apressado em se casar com a primeira camponesa que encontrasse.

– Criatura impertinente!

Marcus sorriu à insolência de Lillian enquanto seu aperto no peito diminuía.

– Acha que eu deveria? – perguntou, sério, como se a pergunta merecesse reflexão.

– Ah, sim – disse-lhe Lillian com um brilho malicioso nos olhos. – Poderia fazer bem para os Marsdens um pouco de sangue novo. Na minha opinião, a família corre um grave risco de consanguinidade.

– Consanguinidade? – repetiu Marcus, sem querer nada além de se lançar sobre ela e carregá-la para outro lugar. – O que a faz ter essa impressão, Srta. Bowman?

– Ah, não sei... – disse ela sem pressa. – Talvez a grande importância que dão à conveniência de usar garfo ou colher para comer pudim.

– Boas maneiras não são uma qualidade exclusiva da aristocracia, Srta. Bowman. – Até para si mesmo Marcus soou um pouco pomposo.

– Na minha opinião, milorde, uma preocupação excessiva com boas maneiras é uma forte indicação de que se tem tempo livre de sobra.

Marcus sorriu à impertinência dela.

– Revolucionário, embora lógico – refletiu ele. – Não estou certo de que discordo.

– Não incentive a insolência dela, Westcliff – advertiu-lhe a condessa.

– Certo... vou deixá-la com seu trabalho de Sísifo.

– O que isso significa? – perguntou Daisy.

Lillian respondeu mantendo seu olhar sorridente em Marcus.

– Parece que você perdeu muitas aulas de mitologia grega, querida. Sísifo era uma alma em Hades condenada a realizar um trabalho eterno... rolar uma enorme pedra montanha acima só para vê-la rolando novamente para baixo antes de ele alcançar o topo.

– Então se a condessa é Sísifo – concluiu Daisy –, suponho que somos...

– A pedra – disse Lady Westcliff, fazendo as duas garotas rirem.

– Continue com nossas aulas, milady – disse Lillian, dando toda a atenção à anciã enquanto Marcus fazia uma mesura e saía da sala. – Tentaremos não esmagá-la ao cair.

~

Lillian experimentou uma incômoda sensação de melancolia durante o resto da tarde. Como Daisy ressaltara, as instruções da condessa estavam longe de ser um bálsamo para a alma, mas seu estado depressivo parecia provir de uma fonte mais profunda do que apenas tempo de mais passado na companhia da mal-humorada anciã.

Tinha algo a ver com o que fora dito depois que lorde Westcliff entrou na sala Marsden com a notícia do nascimento do sobrinho. Ele parecera feliz com a notícia, embora nem um pouco surpreso com a reação amarga da mãe. A rancorosa conversa que tinha se seguido deixara clara para Lillian a importância – não, a necessidade – de Westcliff se casar com uma "noiva de boa estirpe", como a condessa dissera.

Uma noiva de boa estirpe... que soubesse comer rissoles e nunca pensasse em agradecer a um criado que a servira. Que nunca cometesse o erro de atravessar a sala para falar com um cavalheiro e, em vez disso, esperasse docilmente que ele se aproximasse. A noiva de Westcliff seria uma delicada flor inglesa, com cabelos louro-acinzentados, boca como um botão de rosa e um temperamento calmo. *Consanguinidade*, pensou Lillian com certa hostilidade para com a moça desconhecida. Por que deveria se incomodar com o fato de Westcliff estar destinado a se casar com uma moça que se ajustasse com perfeição à alta classe social dele?

Irritada, lembrou-se de como o conde lhe tocara o rosto na noite anterior. Uma carícia sutil, mas bastante inapropriada, tendo vindo de um homem que não tinha nenhum interesse sério nela. E ainda assim ele parecera incapaz de se conter. Era o efeito do perfume, pensou Lillian, sombria. Tinha achado que se divertiria muito torturando Westcliff com a relutante atração dele por ela. Em vez disso, aquilo se voltara contra ela de um modo muito desagradável. Era *ela* quem estava sendo torturada. Sempre que Westcliff a olhava, a tocava e lhe sorria, isso lhe provocava uma sensação que nunca conhecera. Um doloroso desejo de coisas impossíveis.

Qualquer um diria que eles formavam um casal ridículo... sobretudo por causa da responsabilidade de Westcliff de gerar um herdeiro de sangue azul. Havia outros aristocratas que não podiam se dar ao luxo de ser tão seletivos quanto ele, cujas heranças haviam diminuído e, portanto, precisavam da fortuna dela. Com o apoio da condessa, encontraria um candidato aceitável, se casaria com ele e acabaria com aquele eterno processo de caçar um marido. Mas... – ocorreu-lhe outra coisa – ... o mundo da aristocracia inglesa era muito pequeno e era quase certo que veria Westcliff e a noiva com muita frequência... Essa perspectiva era ainda mais desconcertante. Terrível.

O desejo se transformou em ciúme. Lillian sabia que Westcliff nunca seria realmente feliz com a mulher com quem estava destinado a se casar. Ele se cansaria de uma esposa a quem pudesse intimidar. E um regime constante de tranquilidade o deixaria bastante entediado. Westcliff precisava de alguém que o desafiasse e o interessasse. Alguém que pudesse alcançar o ser humano terno por trás das camadas de autocontrole aristocrático. Alguém que o enfurecesse, o provocasse e o fizesse rir.

– Alguém como eu – sussurrou Lillian, em um tom triste.

CAPÍTULO 12

Estava acontecendo um baile formal. Era uma noite bonita, fresca e sem chuva, e as fileiras de altas janelas estavam abertas para deixar o ar entrar. Os candelabros derramavam luz no elaborado piso de parquê como gotas de chuva brilhantes. Música de orquestra enchia o ar de acordes alegres, fornecendo um ambiente perfeito para as fofocas e risadas dos convidados.

Lillian não ousou aceitar uma taça de ponche, temendo manchar seu vestido de baile de cetim creme. As saias sem enfeites desciam em camadas brilhantes até o chão, enquanto a cintura estreita era cingida por uma engomada faixa de cetim da mesma cor. O único ornamento no vestido era uma aplicação de contas espaçadas no decote arredondado do corpete. Ao acomodar melhor um dedo mindinho em sua luva branca, ela avistou lorde Westcliff do outro lado do salão. Ele estava lindo em seu traje de noite, com uma gravata branca perfeitamente ajustada.

Como sempre, havia um grupo de homens e mulheres reunido ao seu redor. Uma das mulheres, uma loura bonita de corpo voluptuoso, se inclinou para ele murmurando algo que o fez esboçar um sorriso. Westcliff observou com calma o ambiente, examinando a multidão em um lento movimento... até ver Lillian. Seu olhar avaliador logo se fixou nela. Lillian sentiu a presença do conde de um modo tão palpável que era como se os cerca de dez metros que os separavam não existissem. Perturbada com a própria consciência sensual do homem do outro lado do salão, ela o cumprimentou com um breve movimento de cabeça e se virou para o outro lado.

– O que foi? – murmurou Daisy, indo para o lado da irmã. – Você parece um pouco distraída.

Lillian respondeu com um sorriso sarcástico.

– Estou tentando me lembrar de tudo o que a condessa nos disse – mentiu –, e manter isso em minha mente. Em especial as regras sobre mesura. Se alguém me fizer uma, vou gritar e correr na direção oposta.

– Estou morrendo de medo de cometer um erro – confidenciou-lhe Daisy. – Era muito mais fácil antes de eu perceber quantas coisas estava fazendo errado. Ficarei bastante feliz em não dançar e me sentar, segura, em um canto do salão esta noite.

Juntas, elas olharam a fileira de nichos semicirculares ao longo de uma parede, cada qual ladeado por finas pilastras e tendo no centro pequenos bancos revestidos de veludo.

Evie estava sentada no nicho mais distante. Seu vestido cor-de-rosa não combinava com seus cabelos ruivos e ela mantinha a cabeça abaixada enquanto bebia furtivamente de uma taça de ponche, toda a sua postura revelando pouca disposição de conversar.

– Ah, isso não pode continuar – disse Daisy. – Venha, vamos tirar a pobre garota daquele nicho e fazê-la circular conosco.

Lillian sorriu concordando e se preparou para seguir a irmã. Contudo, ficou paralisada com uma súbita respiração e uma voz grave perto de seu ouvido:

– Boa noite, Srta. Bowman.

Piscando, perplexa, virou-se e viu lorde Westcliff, que tinha atravessado o salão com surpreendente rapidez.

– Milorde.

Westcliff se curvou sobre a mão de Lillian e depois cumprimentou Daisy. Então olhou de novo para a mais velha. Quando falou, a luz dos candelabros brincou nas densas camadas de seus cabelos e nos ângulos marcados de suas feições.

– Vejo que a senhorita sobreviveu ao encontro com minha mãe.

Lillian sorriu.

– Seria mais correto dizer que ela sobreviveu ao encontro conosco, milorde.

– Era óbvio que a condessa estava se divertindo muito. É raro encontrar jovens que não se intimidam com a presença dela.

– Se eu não me intimido com a sua presença, milorde, dificilmente me intimidaria com a dela.

Westcliff sorriu e depois desviou o olhar; duas pequenas rugas surgiram entre suas sobrancelhas como se ele estivesse pensando em algo importante. Depois de uma pausa que pareceu interminável, olhou de volta para Lillian.

– Srta. Bowman...

– Sim?

– Quer me dar a honra de dançar comigo?

Lillian parou de respirar, se mover e pensar. Westcliff nunca a convidara para dançar, apesar das muitas ocasiões em que deveria tê-lo feito por cavalheirismo. Este era um dos motivos pelo qual o odiava: saber que ele se achava superior a ela e considerava seus encantos insignificantes demais para se dar a esse trabalho. E em suas fantasias mais vingativas imaginara um momento como aquele, em que ele a convidaria para dançar e ela responderia com uma humilhante recusa. Em vez disso, estava atônita e sem saber o que dizer.

– Com licença – ouviu Daisy falar, alegre –, preciso ir ao encontro de Evie... – E se afastou o mais rápido possível.

Lillian respirou, nervosa.

– Isso é um teste planejado por sua mãe? – perguntou ela. – Para ver se eu me lembro das minhas lições?

Westcliff deu uma risada. Recompondo-se, Lillian não pôde evitar notar que havia gente olhando para eles, sem dúvida se perguntando o que ela dissera para diverti-lo.

– Não – murmurou Westcliff. – Acho que é um teste autoimposto para ver se eu... – Olhando nos olhos de Lillian, ele pareceu se esquecer do que ia falar. – Uma valsa – disse com gentileza.

Temendo sua reação a Westcliff, a magnitude de seu desejo de estar nos braços dele, Lillian balançou a cabeça.

– Acho... acho que isso seria um erro. Obrigada, mas...

– Covarde.

Lillian se lembrou do momento em que dissera a mesma coisa para ele... e, como Westcliff, foi incapaz de resistir ao desafio.

– Não entendo por que quer dançar comigo agora, quando nunca quis.

A afirmação foi mais reveladora do que Lillian pretendia. Ela se amaldiçoou por sua língua comprida enquanto Westcliff olhava pensativamente para seu rosto.

– Eu quis – surpreendeu-a ao murmurar. – Mas sempre pareceu haver um bom motivo para não convidá-la.

– Por que...

– Além do mais – interrompeu-a Westcliff, pegando a mão enluvada de Lillian –, não tinha sentido fazer isso quando já sabia que recusaria.

Ele pôs habilmente a mão de Lillian em seu braço e a conduziu na direção dos casais reunidos no centro do salão.

– Não tinha como saber.

Westcliff lançou-lhe um olhar cético.

– Está dizendo que teria aceitado?

– Talvez.

– Duvido muito.

– Aceitei agora, não foi?

– Tinha de aceitar. Era uma dívida de honra.

Ela não pôde evitar rir.

– Por *quê*, milorde?

– Pela cabeça de vitela – lembrou-lhe ele.

– Bem, se não tivesse mandado servir aquela coisa repugnante, eu não precisaria ter sido salva!

– Não precisaria ter sido salva se não tivesse um estômago tão fraco.

– Não deveria mencionar partes do corpo na frente de uma dama – disse ela virtuosamente. – Foi o que sua mãe disse.

Westcliff sorriu.

– Tem razão.

Apreciando as alfinetadas, Lillian retribuiu o sorriso. Contudo, seu sorriso morreu quando uma valsa começou e Westcliff a virou de frente para ele. Seu coração bateu com incontida força. Quando ela olhou para a mão enluvada que Westcliff lhe estendeu, não conseguiu pegá-la. Não podia deixá-lo tomá-la nos braços em público... temia o que seu rosto pudesse revelar.

Depois de um momento, ouviu a voz baixa de Westcliff:

– Pegue minha mão.

Atordoada, ela se viu obedecendo, os dedos trêmulos procurando os dele.

Houve outro silêncio e então ele disse, com voz suave:

– Ponha sua outra mão em meu ombro.

Lillian observou sua luva branca pousar lentamente no ombro de Westcliff, sentindo a superfície dura e sólida sob sua palma.

– Agora olhe para mim – sussurrou ele.

Ela ergueu os cílios. Seu coração deu um pulo ao ver os olhos dele, cor de café, repletos de ternura. Sustentando seu olhar, Westcliff a conduziu na valsa usando o impulso do primeiro giro para trazê-la mais para perto dele. Logo estavam perdidos no meio dos dançarinos, girando com a graça e a suavidade do voo de um cisne. Como Lillian podia esperar, Westcliff a conduziu firmemente, sem lhe dar qualquer chance de errar um passo. Ele tinha uma das mãos na base de suas costas e a outra indicava qual direção seguir.

Tudo era muito fácil. Perfeito como nada em sua vida jamais fora, os corpos deles se movendo em harmonia como se tivessem valsado juntos mil vezes. Westcliff a conduziu em passos que ela nunca havia tentado, cruzados e giros no sentido anti-horário, e tudo foi tão simples e natural que ela deu uma risada no fim de um giro. Sentia-se leve nos braços do conde, deslizando suavemente, seguindo os movimentos firmes e graciosos dele. Suas saias roçavam nas pernas de Westcliff, envolvendo-as e se afastando em uma sequência rítmica.

A multidão no baile pareceu desaparecer e ela teve a sensação de que estavam dançando sozinhos em algum lugar distante. Muito consciente do corpo de Westcliff e do ocasional sopro quente da respiração dele em seu rosto, Lillian se deixou levar por um estranho devaneio... uma fantasia em que Marcus, lorde Westcliff, a levava para o andar de cima depois da valsa, a despia e a deitava gentilmente na cama dele. Beijava-a inteira como certa vez sussurrara... fazia amor com ela e a abraçava enquanto ela dormia. Nunca havia desejado esse tipo de intimidade com um homem.

– Marcus... – disse ela, distraída, apreciando a sensação de pronunciar o nome dele.

Westcliff a olhou com atenção. O uso do primeiro nome de alguém era extremamente pessoal, a menos que fosse seu cônjuge ou um parente próximo. Com um sorriso travesso, Lillian levou a conversa para um rumo mais apropriado:

– Gosto desse nome. Não é comum hoje em dia. Foi em homenagem ao seu pai?

– Não, a um tio. O único do lado materno.

– Gostou de receber o nome dele?

– Qualquer nome teria sido aceitável, desde que não fosse o do meu pai.

– Você o odiava?

Westcliff balançou a cabeça.

– Era pior do que isso.

– O que pode ser pior do que o ódio?

– Indiferença.

Ela o olhou com visível curiosidade.

– E a condessa? – ousou perguntar. – Também sente indiferença por ela?

Um dos cantos da boca de Westcliff se ergueu em um meio sorriso.

– Eu vejo minha mãe como uma velha tigresa com presas e garras desgastadas, mas ainda capazes de ferir. Por isso tento interagir com ela a uma distância segura.

Lillian franziu a testa com fingida indignação.

– E ainda assim me atirou dentro da jaula dela esta manhã!

– Eu sabia que contava com suas próprias presas e garras. – Westcliff riu da expressão dela. – Isso foi um elogio.

– Fico feliz por me dizer – disse Lillian, seca. – Caso contrário eu não teria sabido.

Para o desgosto dela, a valsa terminou com uma última nota doce de um violino. Entre as muitas pessoas saindo da pista de dança e outras vindo substituí-las, Westcliff parou bruscamente. Um pouco confusa, Lillian percebeu que ele ainda a segurava e deu um passo vacilante para trás. A reação de Westcliff foi segurar com mais firmeza a cintura dela e fechar os dedos em uma tentativa instintiva de mantê-la com ele. Surpresa com essa reação e com o que revelava, Lillian se sentiu incapaz de respirar.

Percebendo a própria impulsividade, Westcliff se obrigou a soltá-la. Ainda assim, Lillian sentiu o desejo irradiando dele, tão forte quanto o calor de uma floresta inteira em chamas. E foi mortificante pensar que, embora seus sentimentos por Westcliff fossem autênticos, os dele bem que poderiam ser o efeito fantástico de um perfume. Ela daria tudo para não se sentir tão atraída por ele, pois o resultado disso só poderia ser desapontamento ou até mesmo um coração partido.

– Eu estava certa, não estava? – perguntou ela, rouca, sem conseguir encará-lo. – Foi um erro termos dançado.

Westcliff esperou tanto para responder que ela achou que poderia não fazê-lo.

– Sim – disse por fim, essa única sílaba tornada brusca por uma emoção impossível de identificar.

Porque não podia se dar ao luxo de querê-la. Porque sabia tão bem quanto ela que uma união entre eles seria um desastre.

Subitamente doeu em Lillian ficar perto dele.

– Então acho que essa valsa deveria ser nossa primeira e última – disse ela. – Boa noite, milorde, e obrigada por...

– Lillian – ouviu-o sussurrar.

Ela lhe deu as costas e se afastou com um débil sorriso e a pele exposta de seu pescoço e de suas costas arrepiada.

~

O resto da noite teria sido um tormento para Lillian se não fosse por uma oportuna salvação na forma de Sebastian, lorde St. Vincent. Ele apareceu ao seu lado antes que ela pudesse se juntar a Evie e Daisy, que estavam sentadas em um banco de veludo.

– Que dançarina graciosa a senhorita é!

Depois de estar com Westcliff, parecia estranho olhar para o rosto de um homem tão mais alto do que ela. St. Vincent a olhou com uma promessa de diversão perversa à qual ela achou difícil resistir. O sorriso enigmático dele poderia ter sido igualmente dado para um amigo ou um inimigo. Lillian baixou seu olhar para o nó um pouco torto da gravata dele. Havia certo desalinho nas roupas de St. Vincent, como se ele tivesse se vestido às pressas depois de sair da cama de uma amante – e pretendesse voltar para lá em breve.

Em resposta ao elogio, Lillian sorriu e deu de ombros um pouco desajeitadamente, lembrando-se tarde demais do aviso da condessa de que as damas nunca faziam isso.

– Se pareci graciosa, milorde, foi em virtude da habilidade do conde, não da minha.

– É muito modesta, doçura. Já vi Westcliff dançar com outras mulheres e o efeito não foi nem de longe o mesmo.

Parece que a senhorita resolveu muito bem suas diferenças com ele. Agora são amigos?

Foi uma pergunta inocente, mas Lillian sentiu que havia muito mais por trás. Respondeu com cautela, ao mesmo tempo notando que lorde Westcliff estava acompanhando uma ruiva até a mesa de bebidas. A mulher estava claramente radiante com o interesse do conde e Lillian sentiu uma pontada de ciúme.

– Não sei, milorde – respondeu. – É possível que sua definição de amizade seja diferente da minha.

– Garota esperta. – Os olhos de St. Vincent eram como diamantes azuis, claros e infinitamente facetados. – Venha, permita-me acompanhá-la até a mesa de bebidas e compararemos nossas definições.

– Não, obrigada – disse Lillian, relutante, embora estivesse morrendo de sede.

Para a sua paz de espírito, tinha de evitar ficar perto de Westcliff.

Seguindo o olhar dela, St. Vincent viu o conde em companhia da ruiva.

– Talvez seja melhor não – concordou ele em tom relaxado. – Sem dúvida, Westcliff não gostaria de vê-la em minha companhia. Afinal de contas, ele me avisou para ficar longe da senhorita.

– Avisou? Por quê?

– Não quer que se comprometa ou seja prejudicada por se relacionar comigo. – O visconde lhe lançou um olhar sedutor. – Por causa da minha reputação, sabe?

– Westcliff não tinha nenhum direito de tomar decisões sobre com quem eu me relaciono – murmurou Lillian, ardendo de raiva. – Arrogante, metido a saber de tudo, eu gostaria de... – Ela parou e tentou conter suas emoções. – Estou com sede – disse apenas. – Quero ir à mesa de bebidas. Com o senhor.

– Se insiste – disse St. Vincent suavemente. – O que deseja? Água? Limonada? Ponche ou...

– Champanhe – respondeu ela de cara amarrada.

– Como quiser.

Ele a acompanhou até a longa mesa cercada por uma fileira de convidados. Lillian nunca tinha sentido uma satisfação mais profunda do que a que experimentou no momento em que Westcliff a viu acompanhada de St. Vincent. Os lábios do conde se estreitaram e ele a observou com seus olhos pretos apertados. Sorrindo desafiadoramente, Lillian aceitou uma taça de champanhe gelado de St. Vincent e a bebeu em goles nada femininos.

– Não tão rápido, doçura – ouviu St. Vincent murmurar. – O champanhe lhe subirá à cabeça.

– Quero outro – respondeu Lillian desviando a atenção de Westcliff e a dirigindo para St. Vincent.

– Sim. Daqui a alguns minutos. Está um pouco corada. O efeito é encantador, mas acho que por enquanto já bebeu o bastante. Gostaria de dançar?

– Eu adoraria. – Entregando sua taça vazia para um criado próximo com uma bandeja, Lillian olhou para St. Vincent com um sorriso radiante. – Que interessante! Depois de um ano sendo uma eterna Flor Seca, fui convidada duas vezes para dançar na mesma noite. Fico imaginando por quê.

– Bem... – St. Vincent andou devagar com ela na direção dos muitos dançarinos. – Eu sou um homem perverso que de vez em quando pode ser um pouco gentil. E estava procurando uma garota gentil que de vez em quando pode ser apenas um pouco perversa.

– E encontrou? – perguntou Lillian, rindo.

– Parece que sim.

– O que planejava fazer quando a encontrasse?

Havia uma complexidade interessante nos olhos dele. St. Vincent parecia um homem capaz de qualquer coisa...

e em seu atual estado de ânimo desafiador, era exatamente isso que ela queria.

– Eu lhe direi – murmurou ele. – Mais tarde.

Dançar com St. Vincent era uma experiência totalmente diferente de dançar com Westcliff. Não havia a agradável sensação de harmonia física e ela não se movia sem pensar... mas St. Vincent valsava de modo suave e hábil e, enquanto circulavam na pista, seus comentários provocadores a faziam rir. E ele a pegava com segurança, com mãos que, apesar de respeitosas, revelavam muita experiência com corpos femininos.

– Quanto de sua reputação é merecida? – ousou perguntar-lhe Lillian.

– Apenas metade... o que me torna cem por cento condenável.

Lillian o olhou com divertida curiosidade.

– Como um homem assim pode ser amigo de lorde Westcliff? São muito diferentes.

– Nós nos conhecemos desde que tínhamos 8 anos. E, sendo a alma teimosa que é, Westcliff se recusa a aceitar que sou um caso perdido.

– Por que seria?

– Não vai querer saber a resposta. – Ele interrompeu o início da próxima pergunta murmurando: – A valsa está terminando. E há uma mulher perto do friso dourado olhando atentamente para nós. Sua mãe, não é? Permita-me levá-la até ela.

Lillian balançou a cabeça.

– É melhor nos separarmos agora. Acredite em mim, não vai gostar de conhecê-la.

– É claro que vou. Se ela for parecida com a senhorita, eu a acharei encantadora.

– Se nos achar parecidas em algo, peço-lhe que tenha a decência de guardar sua opinião para si mesmo.

– Não tenha medo – disse ele languidamente, afastando-se com Lillian da pista de dança. – Nunca conheci uma mulher de quem não gostasse.

– Esta é a última vez que diz isso – predisse ela, sombria.

Enquanto ia com Lillian na direção do grupo de mulheres fofocando que incluía a mãe dela, St. Vincent falou:

– Convidarei sua mãe para se juntar a nós no passeio de carruagem amanhã porque a senhorita precisa de uma acompanhante.

– Eu não *tenho* de ter uma – protestou Lillian. – Homens e mulheres podem passear de carruagem desacompanhados, desde que seja aberta e não demorem mais do que...

– A senhorita precisa de uma acompanhante – repetiu St. Vincent com uma gentil insistência que de repente a deixou corada e tímida.

Pensando que o olhar dele não podia significar o que ela achava que significava, Lillian deu uma trêmula risada.

– Ou então... – Ela tentou pensar em algo provocativo para dizer: – Ou o senhor me comprometeria?

O sorriso de St. Vincent, como tudo o mais nele, foi sutil e relaxado.

– Algo desse tipo.

Lillian sentiu uma estranha e agradável coceira na garganta, como se tivesse engolido uma colher de melado. O comportamento de St. Vincent não era nada parecido como o dos sedutores que povoavam os romances sobre a vida dos aristocratas que Daisy tanto apreciava. Aqueles vilões com grossos bigodes e olhares lascivos tendiam a mentir sobre suas más intenções até o momento revelador em que atacavam a heroína virginal e a forçavam a se submeter a eles. St. Vincent, por sua vez, parecia determinado a preveni-la contra si próprio e ela não podia imaginá-lo forçando uma mulher a fazer algo contra a vontade dela.

Quando Lillian fez as apresentações entre sua mãe e St.

Vincent, viu o imediato interesse nos olhos de Mercedes. A mãe via todos os aristocratas disponíveis, independentemente de idade, aparência ou reputação, como possíveis presas. Nada a faria parar até garantir que as filhas se casariam com um deles, e pouco lhe importava se o detentor do título era jovem e bonito ou velho e senil. Tendo encomendado um relatório particular sobre quase todos os aristocratas importantes da Inglaterra, Mercedes memorizara centenas de páginas de dados financeiros sobre a aristocracia inglesa. Enquanto olhava para o elegante visconde na sua frente, quase dava para vê-la examinando em sua cabeça as muitas informações sobre ele.

Mas, surpreendentemente, no decorrer dos minutos seguintes Mercedes relaxou na presença encantadora de St. Vincent. Ele a convenceu a concordar com o passeio de carruagem, a provocou e a bajulou e ouviu as opiniões dela com tanta atenção que logo Mercedes começou a corar e rir como uma adolescente. Lillian nunca tinha visto a mãe se comportar daquela maneira com nenhum homem. Logo se tornou óbvio que, enquanto Westcliff deixava Mercedes nervosa, St. Vincent tinha o efeito oposto sobre ela. Ele possuía uma capacidade única de fazer uma mulher – ao que parecia, qualquer uma – se sentir atraente. Não era mais cortês do que a maioria dos americanos, mas era mais cordial e acessível do que os ingleses. De fato, tinha um charme tão irresistível que por um tempo Lillian se esqueceu de olhar ao redor do salão à procura de Westcliff.

Segurando a mão de Mercedes na dele, St. Vincent se inclinou sobre o pulso dela e murmurou:

– Então até amanhã.

– Até amanhã – repetiu Mercedes, parecendo encantada, e Lillian de repente teve um vislumbre de como a mãe devia ter sido na juventude, antes de os desapontamentos a endurecerem.

Algumas mulheres se aproximaram de Mercedes, que se virou para falar com elas.

St. Vincent inclinou a cabeça dourada e murmurou ao pé do ouvido de Lillian:

– Gostaria daquela segunda taça de champanhe agora?

Lillian assentiu, absorvendo a agradável mistura de fragrâncias que ele exalava, a colônia cara, o leve aroma de sabonete de barbear e o cheiro de pele limpa com um toque de cravo-da-índia.

– Aqui? – perguntou ele. – Ou no jardim?

Percebendo que St. Vincent queria ficar a sós com ela por alguns minutos, Lillian entrou em estado de alerta. A sós com ele no jardim... sem dúvida, a desgraça de muitas garotas incautas começara assim. Considerando a proposta, deixou seu olhar perambular até ver Westcliff tomando uma mulher nos braços. E valsando, como acabara de fazer com ela. *O eternamente inatingível Westcliff*, pensou, enchendo-se de raiva. Queria distração. E conforto. E o homem alto e bonito na sua frente parecia disposto a lhe oferecer isso.

– No jardim – respondeu.

– Então me encontre lá em dez minutos. Há uma fonte com uma sereia logo atrás de...

– Eu sei onde é.

– Se não conseguir escapulir...

– Eu conseguirei – garantiu-lhe ela, forçando um sorriso.

St. Vincent parou para examiná-la com um olhar astuto, mas estranhamente compassivo.

– Posso fazê-la se sentir melhor, doçura – sussurrou.

– Pode? – perguntou ela enquanto emoções indesejadas deixavam suas bochechas vermelhas como papoulas.

Uma promessa surgiu nos olhos brilhantes de St. Vincent e ele respondeu assentindo de leve antes de se afastar.

CAPÍTULO 13

Lillian pediu a Daisy e Evie que lhe dessem cobertura e saiu do baile com elas, a pretexto de se empoarem. De acordo com o plano rapidamente traçado, as duas esperariam no terraço dos fundos enquanto Lillian se encontraria com lorde St. Vincent no jardim. Quando todas voltassem para o baile, diriam a Mercedes que tinham ficado juntas o tempo todo.

– Tem c-certeza de que é seguro ficar a sós com lorde St. Vincent? – perguntou Evie enquanto elas iam para o hall de entrada.

– Totalmente – respondeu Lillian, confiante. – Ah, ele pode tentar tomar liberdades, mas essa é a ideia, não é? Além disso, quero ver se meu perfume funciona com ele.

– Não funciona com *ninguém* – disse Daisy, triste. – Pelo menos não quando eu o uso.

Lillian olhou para Evie.

– E quanto a você, querida? Teve sorte?

Daisy respondeu por ela:

– Evie não deixou ninguém chegar perto o suficiente para descobrir.

– Bem, vou dar a St. Vincent uma boa oportunidade de cheirá-lo. Só Deus sabe se esse perfume surtiria *algum* efeito em um notório libertino.

– Mas se alguém os vir...

– Ninguém nos verá – interrompeu-a Lillian com um toque de impaciência. – Se há um homem na Inglaterra mais experiente em encontros secretos do que lorde St. Vincent, eu gostaria de saber quem é.

– É melhor ter cuidado – preveniu-a Daisy. – Encontros secretos são perigosos. Li sobre isso e nada de bom parece vir deles.

– Será um encontro muito curto – garantiu-lhe Lillian. – De no máximo quinze minutos. O que poderia acontecer nesse tempo?

– Pelo que d-diz Annabelle, muito – observou Evie em um tom sombrio.

– Onde *está* Annabelle? – perguntou Lillian, dando-se conta de que ainda não a vira naquela noite.

– Ela não estava se sentindo bem hoje mais cedo, pobrezinha – disse Daisy. – Parecia um pouco nauseada. Acho que algo no almoço lhe fez mal.

Lillian fez uma careta e estremeceu.

– Sem dúvida, algo como enguias, miúdos de vitela ou pés de galinha...

Daisy lhe sorriu.

– Pare ou você ficará nauseada. Seja como for, o Sr. Hunt está cuidando dela.

Elas passaram pelas portas francesas no fim do hall de entrada e saíram para o terraço de pedra vazio. Daisy se virou e, brincando, apontou um dedo para Lillian.

– Se demorar mais de quinze minutos, Evie e eu iremos atrás de você.

Lillian riu baixinho e respondeu:

– Não vou demorar. – Ela piscou um olho e sorriu ao ver o rosto preocupado de Evie. – Vou ficar bem, querida. E pense em todas as coisas interessantes que poderei lhes contar quando voltar!

– É disso que t-tenho medo – respondeu Evie.

Lillian ergueu suas saias para descer uma escada traseira e se aventurou pelos jardins, passando por sebes antigas que formavam muralhas impenetráveis ao redor dos níveis inferiores. O jardim iluminado por tochas tinha as cores e os cheiros do outono... folhagem cobre e dourada, uma profusão de rosas e dálias em suas margens, gramíneas floridas e canteiros cobertos com camadas de matéria vegetal que tornavam o ar agrada-velmente pungente.

Lillian ouviu o som de água esguichando da fonte da sereia e seguiu por um caminho de pedra até uma peque-na clareira pavimentada iluminada por uma única tocha. Havia movimento ao lado da fonte – uma pessoa... não, duas, sentadas abraçadas em um dos bancos de pedra ao redor. Ela sufocou um grito de surpresa e recuou para trás da sebe. Lorde St. Vincent lhe dissera para se encontrar com ele ali... mas o homem no banco não era ele... era? Perplexa, moveu-se alguns centímetros para a frente a fim de espiar pelo canto da sebe.

Logo ficou claro que o casal estava tão envolvido em seu jogo amoroso que não notaria se uma manada de elefantes passasse por eles. Os cabelos castanho-claros da mulher tinham sido soltos, e os cachos cobriam o espaço aberto nas costas de seu vestido parcialmente desaboto-ado. Seus braços pálidos e esguios estavam ao redor dos ombros do homem e ela dava trêmulos suspiros enquan-to ele afastava a manga do vestido de seus ombros e bei-java a curva branca. Erguendo a cabeça, o homem a fitou com o olhar sonhador e apaixonado antes de se inclinar para a frente e beijá-la. De repente Lillian reconheceu o casal... Lady Olivia e o marido, o Sr. Shaw. Mortificada e curiosa, escondeu-se atrás da sebe bem no momento em que o Sr. Shaw deslizou a mão para dentro da parte de trás do vestido da esposa. Era a cena mais íntima que Lillian já vira.

E os sons mais íntimos que já ouvira... suspiros, pala-vras amorosas e um inexplicável riso brando do Sr. Shaw que fez Lillian encolher os dedos dos pés. Ela se afastou da clareira devagar e silenciosamente, com o rosto ver-melho de vergonha. Não sabia ao certo para onde ir ou o que fazer agora que o lugar de seu encontro já estava ocupado. Produzira-lhe uma sensação estranha ver a profunda ternura e a paixão entre os Shaws. O amor no casamento deles. Lillian nunca ousara esperar algo assim para si mesma.

Um grande vulto surgiu na sua frente. Aproximando-se devagar, ele passou um dos braços ao redor de seus ombros tensos e pôs uma taça gelada de champanhe em sua mão.

– Milorde? – sussurrou Lillian.

O murmúrio de St. Vincent fez cócegas em seu ouvido:

– Venha comigo.

Ela o deixou guiá-la por um caminho mais escuro que levava a outra clareira iluminada, onde havia uma grande mesa redonda de pedra. Um pomar de peras para além da clareira fazia o ar recender a fruta madura. Mantendo o braço ao redor do ombro de Lillian, St. Vincent perguntou:

– Podemos parar aqui?

Ela assentiu e apoiou seu quadril na mesa, sem conseguir encará-lo enquanto bebia o champanhe. Pensou em quanto estivera perto de interromper aquele momento íntimo dos Shaws e corou.

– Não está com vergonha, está? – disse St. Vincent com um tom de divertimento na voz. – Foi só uma olhada... ora, vamos, não foi nada.

Ele havia tirado as luvas e Lillian sentiu as pontas dos dedos do visconde deslizarem para debaixo de seu queixo, erguendo-lhe ligeiramente o rosto.

– Como está vermelha! – murmurou ele. – Meu Deus, tinha me esquecido de como é ser tão inocente. Duvido que algum dia eu o tenha sido.

Lorde St. Vincent estava fascinante à luz da tocha. Sombras lhe acariciavam as maçãs do rosto. As densas camadas de cabelos tinham adquirido o tom de bronze de um ícone bizantino.

– Afinal de contas, eles são casados – continuou ele, pondo as mãos ao redor da cintura de Lillian e a sentando na mesa.

– Ah, eu... eu não os condeno – ela conseguiu dizer, bebendo o resto do champanhe. – Na verdade, estava pensando na sorte que eles têm. Parecem muito felizes juntos. E, diante da aversão da condessa aos americanos, surpreende-me que Lady Olivia tivesse tido permissão para se casar com o Sr. Shaw.

– Isso foi obra de Westcliff. Ele estava determinado a não deixar as visões hipócritas da mãe interferirem na felicidade da irmã. Considerando o passado escandaloso da condessa, ela não tinha nenhum direito de desaprovar o marido escolhido pela filha.

– A condessa tem um passado escandaloso?

– Ah, sim. Sua fachada moralista esconde muita devassidão. É por isso que ela e eu nos damos tão bem. Sou o tipo de homem com quem ela costumava ter aventuras na juventude.

A taça vazia quase caiu da mão de Lillian. Pondo de lado o frágil recipiente, ela olhou para St. Vincent com visível surpresa.

– Ela não parece o tipo de mulher que teria aventuras.

– Já notou como Westcliff e Lady Olivia são diferentes? Enquanto o conde e Lady Aline são filhos legítimos, é um fato bastante conhecido que Lady Olivia não é.

– Nossa!

– Mas não se pode culpar a condessa por infidelidade – continuou St. Vincent em tom casual –, levando-se em conta o homem com quem se casou.

Lillian estava muito interessada no assunto do velho conde. Ele era uma figura misteriosa sobre a qual ninguém parecia muito interessado em falar.

– Um dia lorde Westcliff me disse que o pai dele era um

bruto – observou, esperando que isso induzisse St. Vincent a revelar mais.

– Foi? – Os olhos de St. Vincent brilhavam de interesse. – Isso é incomum. Ele nunca menciona o pai para ninguém.

– Ele era? Quero dizer, um bruto?

– Não – disse St. Vincent. – Bruto seria um eufemismo, porque implica certa falta de consciência da própria crueldade. O velho conde era um demônio. Só sei de uma pequena parte de suas atrocidades e não quero saber mais.

– Apoiando-se em suas mãos, St. Vincent prosseguiu, pensativo: – Duvido que muitas pessoas tivessem sobrevivido ao estilo de criação dos Marsdens, que variava de benigna negligência a total desumanidade. – Ele inclinou a cabeça, suas feições encobertas por sombras. – Durante a maior parte da minha vida vi Westcliff tentar não se tornar o que o pai queria que ele fosse. Mas ele carrega um fardo pesado de expectativas... e isso guia suas escolhas pessoais com mais frequência do que ele desejaria.

– Escolhas pessoais como...

Ele a encarou.

– Com quem se casará, por exemplo.

Lillian entendeu imediatamente e pensou em sua resposta com muito cuidado.

– Não é necessário me prevenir sobre isso – disse por fim. – Sei muito bem que lorde Westcliff nunca pensaria em cortejar alguém como eu.

– Ah, ele tem pensado – surpreendeu-a St. Vincent.

O coração de Lillian parou.

– Como sabe disso? Ele lhe falou algo a respeito?

– Não. Mas é óbvio que a deseja. Sempre que está por perto, ele não consegue tirar os olhos da senhorita. E quando nós dançamos esta noite, ele me olhou como se quisesse me furar com o objeto pontiagudo mais próximo. Contudo...

– Contudo... – encorajou-o Lillian.

– Quando Westcliff enfim se casar, fará a escolha convencional... uma noiva inglesa jovem e maleável que não exigirá nada dele.

Claro. Lillian nunca havia pensado que seria de outro modo. Mas às vezes a verdade não era fácil de digerir. E a exasperava saber que não teria nenhum motivo lógico para se entristecer. Westcliff nunca havia lhe feito nenhuma promessa ou expressado uma só palavra de afeição. Alguns beijos e uma valsa não poderiam equivaler nem mesmo a um romance fracassado.

Então por que se sentia tão infeliz?

Estudando as minúsculas alterações na expressão de Lillian, St. Vincent deu um sorriso solidário.

– Isso vai passar, doçura – murmurou. – Sempre passa.

Ele se inclinou para baixo e roçou a boca nos cabelos de Lillian até seus lábios alcançarem a pele frágil da testa dela.

Lillian ficou imóvel, sabendo que, se o perfume fosse operar sua magia em St. Vincent, seria agora. Como estavam muito perto um do outro, não havia como ele evitar o efeito. Contudo, quando St. Vincent se afastou, ela viu que ele ainda estava calmo e controlado. Não havia nada na expressão dele que indicasse a paixão quase violenta que Westcliff demonstrara por ela. *Inferno*, pensou com um pouco de frustração. *De que adianta um perfume que só atrai o homem errado?*

– Milorde – perguntou ela em um tom suave –, já desejou alguém que não podia ter?

– Ainda não. Mas isso é algo que sempre se pode esperar.

Lillian respondeu com um sorriso intrigado.

– *Espera* um dia se apaixonar por alguém que não pode ter? Por quê?

– Seria uma experiência interessante.

– Como cair de um penhasco – disse ela, sarcástica. – Mas acho melhor aprender sobre isso por experiência alheia.

Rindo, ele se afastou da mesa e se virou para Lillian.

– Talvez esteja certa. É melhor voltarmos para a mansão, minha amiguinha esperta, antes que sua ausência se torne óbvia demais.

– Mas... – Lillian percebeu que, pelo visto, o interlúdio no jardim não consistiria em nada além de uma caminhada e uma breve conversa. – É só isso? – disse, num impulso. – Não vai... – Sua voz foi sumindo até se transformar em um decepcionado silêncio.

Em pé na frente de Lillian, St. Vincent pôs as mãos sobre a mesa, ladeando o corpo dela, mas sem tocá-la. Seu sorriso foi cálido e sutil.

– Presumo que se refira ao avanço que eu supostamente faria. – Inclinou a cabeça até sua respiração acariciar a testa de Lillian. – Decidi esperar e deixar nós dois refletirmos um pouco mais sobre isso.

Desanimada, Lillian se perguntou se ele não a achava desejável. Pelo amor de Deus, pela reputação que tinha, ele correria atrás de tudo o que usasse saias. Se realmente queria que ele a beijasse ou não, era irrelevante à luz do problema maior, que era estar sendo rejeitada por outro homem. Duas rejeições em uma noite – isso feria muito a vaidade de qualquer pessoa.

– Mas prometeu que faria com que eu me sentisse melhor – protestou ela, ficando vermelha de vergonha ao ouvir o tom suplicante na própria voz.

St.Vincent riu baixinho.

– Bem, se vai começar a reclamar... Eis algo em que pensar.

Ele abaixou o rosto sobre o de Lillian, pondo as pontas dos dedos sob o queixo da jovem e ajeitando o ângulo de sua cabeça. Ela fechou os olhos e sentiu a pressão sedosa dos lábios de St. Vincent se movendo sobre os seus com irresistível leveza. Os lábios do visconde prosseguiram em uma lenta e obstinada busca, mais firmes a cada investida, até os de Lillian se abrirem. Ela mal havia começado a se dar conta da promessa exótica do beijo quando ele terminou com um leve roçar de boca. Confusa e ofegante, aceitou o apoio das mãos do visconde em seus ombros até conseguir se sentar sem cair da mesa.

Realmente algo em que pensar.

Depois de ajudá-la a descer para o chão, St. Vincent andou pelo jardim com ela até chegarem a uma sucessão de terraços que levavam à varanda dos fundos. Eles pararam na sebe. O luar tingiu de prata o perfil do visconde enquanto ele olhava para o rosto erguido de Lillian.

– Obrigado – murmurou.

Ele estava lhe agradecendo pelo beijo? Lillian assentiu, insegura, pensando que talvez ela é que devesse lhe agradecer. Embora, infelizmente, a imagem de Westcliff permanecesse nos recônditos de sua mente, não se sentia mais tão triste quanto no salão de baile.

– Não se esquecerá de nosso passeio de carruagem de manhã? – perguntou-lhe St. Vincent enquanto seus dedos subiam pelas luvas de Lillian até encontrarem as partes desnudas dos antebraços.

Ela balançou a cabeça.

St. Vincent franziu a testa com fingida preocupação.

– Eu a deixei sem fala? – perguntou, e riu quando ela assentiu em silêncio. – Então espere que eu a devolverei.

Ele abaixou a cabeça e a beijou, enviando uma onda de calor pelas veias de Lillian. Os dedos longos seguraram o rosto dela enquanto ele lhe lançava um olhar indagador.

– Assim está melhor? Deixe-me ouvi-la dizer alguma coisa.

Ela não pôde evitar rir.

– Boa noite – murmurou.

– Boa noite – disse St. Vincent com um sorriso divertido, e a virou de costas para ele. – Entre primeiro.

~

Quando lorde St. Vincent decidia ser encantador, como fez na manhã seguinte, Lillian duvidava que existisse no mundo um homem mais atraente. Insistindo em que Daisy os acompanhasse também, ele encontrou as três Bowmans no hall de entrada com um buquê de rosas para Mercedes. Acompanhou-as até uma carruagem fechada laqueada de preto, fez um sinal para o condutor e o confortável veículo rodou suavemente pela estrada de cascalho.

Sentado ao lado de Lillian, St. Vincent manteve as três mulheres entretidas com perguntas sobre a vida delas em Nova York. Lillian se deu conta de que fazia muito tempo que ela e Daisy não falavam sobre sua terra natal com ninguém. A sociedade londrina não dava a mínima importância para Nova York ou o que acontecia lá. Contudo, lorde St. Vincent se revelou tão bom ouvinte que logo uma história começou a se seguir a outra.

Elas lhe falaram sobre a fileira de mansões de pedra na Quinta Avenida e o inverno no Central Park, quando o lago da Rua 59 congelava e havia festividades semanais, e sobre como às vezes demorava meia hora para atravessar a Broadway, em virtude do fluxo constante de veículos de transporte de passageiros e carruagens de aluguel. E sobre a sorveteria no cruzamento da Broadway com a Franklin, que ousava atender jovens desacompanhadas de homens.

St. Vincent pareceu se divertir com as descrições delas dos excessos de Manhattanville; do baile a que foram cujo salão tinha sido enfeitado com três mil orquídeas de estufa; e da mania de diamantes que havia começado com a descoberta de novas minas na África do Sul e resultara em que agora todos, de anciãos a crianças pequenas, andavam cobertos de pedras brilhantes. E, é claro, da ordem dada a todos os decoradores: "mais". Mais molduras douradas, mais bricabraques, mais quadros e tecidos decorativos até todo o espaço ficar cheio, do chão ao teto.

No início, Lillian se sentiu um pouco nostálgica ao falar sobre a vida suntuosa que um dia levara. Contudo, enquanto a carruagem passava por acres de campos dourados prontos para a colheita e florestas escuras repletas de vida selvagem, deu-se conta de uma surpreendente ambivalência em relação ao seu antigo lar. Aquela fora uma vida vazia, uma busca incessante por moda e diversão. E a sociedade londrina não parecia muito melhor. Nunca teria pensado que gostaria de um lugar como Hampshire, mas... *era possível ter uma vida de verdade ali*, pensou, melancólica. Uma vida da qual poderia desfrutar plenamente, em vez de sempre ter de se perguntar sobre seu futuro desconhecido.

Sem perceber que caíra em silêncio, Lillian olhou distraidamente para a paisagem que passava até ouvir a voz suave de St. Vincent.

– Ficou sem fala de novo?

Ela olhou para os olhos claros e sorridentes do visconde enquanto Daisy e Mercedes conversavam no assento oposto.

– Conheço um ótimo remédio para isso – disse-lhe St. Vincent, e ela riu, corando.

~

Relaxada e bem-humorada depois do passeio de carruagem com lorde St. Vincent, Lillian não estava prestando muita atenção na conversa da mãe sobre o elegível visconde quando elas entraram em seu quarto.

– Teremos de descobrir mais sobre ele, é claro, e consultarei as anotações em nosso relatório sobre os aristocratas para ver se me esqueci de alguma coisa. Mas, se não me falha a memória, ele é dono de uma modesta fortuna e sua criação e sua linhagem são bastante boas...

– Eu não me entusiasmaria com a ideia de ter lorde St. Vincent como genro – disse Lillian a Mercedes. – Ele brinca com as mulheres, mãe. Acho que a ideia de se casar não o atrai.

– Por enquanto – contrapôs Mercedes, fechando sua cara de raposa. – Mas vai acabar tendo de fazer isso.

– Vai? – perguntou Lillian sem se dar por convencida. – Nesse caso, duvido que ele vá seguir as regras convencionais do casamento. A começar pela da fidelidade.

Mercedes andou a passos largos até uma janela próxima e olhou através dos painéis de vidro com uma expressão tensa. Seus dedos delicados e quase esqueléticos se fecharam sobre as pesadas franjas de seda da cortina.

– Todos os maridos são infiéis de um modo ou de outro.

Lillian e Daisy se entreolharam com as sobrancelhas erguidas.

– Nosso pai não é – rebateu Lillian.

Mercedes reagiu com uma risada que soou como folhas sendo esmagadas por pés.

– Não é, querida? Talvez ele tenha permanecido fiel a mim fisicamente. Nunca se pode ter certeza dessas coisas. Mas seu trabalho se revelou uma amante mais ciumenta e exigente do que uma mulher de carne e osso jamais poderia ser. Todos os seus sonhos envolvem aquela coleção de prédios, empregados e assuntos legais que o absorvem e o excluem de todo o resto. Se eu tivesse competido com uma mulher de verdade, poderia ter ganhado, sabendo que esse tipo de paixão acaba e a beleza só dura um instante. Mas sua empresa nunca desaparecerá ou adoecerá; sobreviverá a todos nós. Se você conseguir ter o interesse e a afeição de seu marido por um ano, será muito mais do que tive.

Lillian sempre tivera consciência de como as coisas eram entre seus pais. O desinteresse de um pelo outro não poderia ser mais óbvio. Mas essa era a primeira vez que Mercedes falava sobre isso, e a fragilidade na voz da mãe fez Lillian estremecer de pena.

– Não vou me casar com esse tipo de homem – disse ela.

– As ilusões não são condizentes com uma garota da sua idade. Aos 24 anos, eu já tinha dois filhos. Está na hora de você se casar. E, seja qual for seu marido ou a reputação dele, você não deve lhe pedir que faça promessas que talvez não cumpra.

– Então deduzo que ele poderá se comportar e me tratar como quiser, desde que seja um aristocrata? – retorquiu Lillian.

– Isso mesmo – disse Mercedes. – Depois do investimento que seu pai fez nesta aventura... as roupas, as contas do hotel e todas as outras despesas... você não tem escolha, nenhuma de vocês tem, além de se casar com um aristocrata. Além disso, não voltarei para Nova York derrotada nem serei motivo de chacota porque minhas filhas não conseguiram se casar com membros da aristocracia.

Ela se afastou da janela e saiu do quarto, preocupada demais com seus pensamentos raivosos para se lembrar de trancar a porta, que ficou apenas encostada.

Daisy foi a primeira a falar:

– Isso significa que ela quer que você se case com lorde St. Vincent?

Lillian riu sem achar a mínima graça.

– Ela não se importaria se eu me casasse com um louco homicida babento se ele tivesse sangue azul.

Suspirando, Daisy foi até a irmã e ficou de costas para ela.

– Pode me ajudar com meu vestido e o espartilho?

– O que você vai fazer?

– Vou tirar estas malditas coisas, ler um romance e depois cochilar.

– Você *quer* cochilar? – perguntou Lillian, sabendo que a irmã nunca cochilava voluntariamente no meio do dia.

– Sim. Sacolejar na carruagem me deu dor de cabeça e agora nossa mãe completou o trabalho com toda aquela conversa de casamento com aristocratas. – Os ombros frágeis de Daisy se retesaram dentro do vestido de passeio.

– Você parece um pouco impressionada com lorde St. Vincent. O que realmente acha dele?

Lillian soltou a sucessão de pequenas alças de seus botões de marfim.

– Ele é divertido – disse. – E atraente. Eu ficaria tentada a descartá-lo como um mulherengo... mas de vez em quando vejo sinais de algo abaixo da superfície... – Ela fez uma pausa, achando difícil pôr seus pensamentos em palavras.

– Sim, eu sei. – A voz de Daisy foi abafada quando ela se curvou para abaixar as camadas de delicada musselina estampada dos quadris para o chão. – E não gosto disso, seja o que for.

– Não gosta? – perguntou Lillian, surpresa. – Mas foi amável com ele esta manhã.

– Não se pode evitar ser amável com lorde St. Vincent – admitiu Daisy. – Ele tem o que os hipnotizadores chamam de magnetismo animal. Uma força natural que atrai as pessoas.

Lillian sorriu e balançou a cabeça.

– Você anda lendo romances demais, querida.

– Bem, independentemente de seu magnetismo, lorde

St. Vincent parece ser o tipo de pessoa motivada apenas por interesses pessoais, e por isso não confio nele.

Pondo o vestido sobre uma cadeira, Daisy puxou com determinação o espartilho e suspirou de alívio ao tirá-lo de seu corpo de sílfide. Se havia uma garota que não precisava de espartilho era Daisy. Contudo, não era apropriado para uma dama sair sem um. Ansiosa, ela o atirou no chão, pegou um livro na mesa de cabeceira e subiu para o colchão.

– Tenho um romance, se também quiser ler.

– Não, obrigada. Estou inquieta demais para ler e com certeza não conseguiria dormir. – Lillian olhou pensativamente para a porta entreaberta. – Duvido que nossa mãe note se eu der uma escapulida para passear no jardim. Ela vai ficar entretida com o relatório sobre os aristocratas durante as próximas duas horas.

Não houve nenhuma resposta de Daisy, já absorta no romance. Sorrindo ao ver o rosto concentrado da irmã, Lillian saiu do quarto sem fazer barulho e foi para a porta de serviço no fim do corredor.

Ao entrar no jardim, seguiu por um caminho que não conhecia, margeado por uma sebe de teixos podada à perfeição e que parecia se estender por quilômetros. Com tamanho zelo em relação a sua estrutura e sua forma, os jardins da mansão devem ser lindos no inverno, pensou. Depois de uma leve nevada, as sebes, os arbustos modelados e as estátuas pareceriam cobertos de glacê como um bolo, enquanto as faias com folhas marrons teriam gelo e neve nos galhos. Mas o inverno parecia muito distante naquele jardim avermelhado de setembro.

Ela passou por uma grande estufa e viu através do vidro tabuleiros e recipientes com vegetais exóticos. Dois homens conversavam do lado de fora da porta, um deles agachado diante de uma série de tabuleiros de madeira cheios de raízes de tuberosa secas. Lillian reconheceu um dos homens como o velho chefe dos jardineiros. Continuando pelo caminho ao lado da estufa, não pôde evitar notar que o homem agachado, com calças rústicas, camisa branca e sem colete, tinha uma forma física extremamente atlética e a posição em que se encontrava fazia suas roupas se esticarem sobre as nádegas de um modo muito atraente. Ele havia pegado uma das raízes de tuberosa e a examinava com olhar crítico quando percebeu a aproximação de alguém.

O homem se ergueu e se virou para olhar para ela. *Seria Westcliff?*, pensou Lillian, sentindo um nó nas entranhas de excitação. Ele monitorava tudo na propriedade com o mesmo meticuloso cuidado. Nem uma reles raiz de tuberosa poderia viver em confortável mediocridade.

Essa versão de Westcliff era a sua preferida – a versão que quase nunca era vista, desgrenhado e relaxado, fascinante em sua misteriosa virilidade. O colarinho aberto da camisa revelava as pontas de pelos encaracolados. As calças um pouco folgadas na cintura esguia eram sustentadas por suspensórios que definiam a linha firme dos ombros. Se lorde St. Vincent possuía um magnetismo animal, Westcliff era nada menos que um ímã, exercendo tanta atração sobre Lillian que ela sentiu o corpo inteiro formigar. Teve vontade de ir até ele naquele segundo e fazê-lo prendê-la no chão com beijos rudes e sensuais e carícias impacientes. Em vez disso, abaixou rapidamente o queixo, respondendo ao cumprimento que ele murmurou e apressou seu passo no caminho.

Para seu alívio, Westcliff não tentou segui-la e seus batimentos cardíacos logo voltaram ao ritmo normal. Explorando os arredores, chegou a um muro de pedra quase escondido por uma sebe alta e hera densa. Parecia que essa parte do jardim tinha sido fechada por muros imponentes.

Curiosa, acompanhou a sebe, mas não conseguiu encontrar nenhuma entrada para o pátio privado.

– Tem de haver uma porta – murmurou.

Recuou e olhou para o muro na sua frente, tentando encontrar uma abertura na sebe. Nada. Em outra tentativa, foi até o muro de pedra e passou as mãos pela parte escondida em busca de uma porta.

Virou-se rapidamente ao ouvir o som de uma risada às suas costas.

Parecia que Westcliff havia decidido segui-la. Em uma negligente concessão ao decoro, vestira um colete escuro, mas o colarinho da camisa continuava aberto e as calças empoeiradas estavam em péssimas condições. Ele se aproximou devagar, esboçando um sorriso.

– Eu deveria saber que tentaria encontrar uma entrada para o jardim secreto.

De um modo quase sobrenatural, Lillian se conscientizou do chilro dos pássaros e do sussurro da brisa através da hera. Olhando-a nos olhos, Westcliff se aproximou mais... mais, mais, até os corpos deles quase se tocarem. O cheiro do conde chegou às narinas de Lillian, uma deliciosa mistura de pele masculina aquecida pelo sol com um toque singular seco e doce que ela apreciava. Lentamente, ele passou um dos braços em volta de sua cintura e ela prendeu a respiração ao ser espremida contra a farfalhante hera. Ouviu o som metálico de um ferrolho.

– Se tivesse procurado um pouco mais à esquerda, teria encontrado – disse ele em voz baixa.

Às cegas, ela se virou no meio círculo dos braços do conde, observando-o afastar a hera e abrir a porta.

– Entre – encorajou-a Westcliff.

Ele apertou de leve a cintura de Lillian e ambos entraram no jardim.

CAPÍTULO 14

Lillian ficou boquiaberta e sem fala ao ver uma área quadrangular gramada cercada por um jardim de borboletas. Cada muro era ladeado por cores vivas, uma profusão de flores do campo cobertas de delicadas asas tremulantes. O único móvel era um banco circular no centro, de onde era possível ver todo o jardim. O aroma sublime das flores aquecidas pelo sol chegou às narinas de Lillian, inebriando-a com sua doçura.

– Este lugar se chama Corte das Borboletas – disse Westcliff, fechando a porta. Sua voz foi como veludo nos ouvidos dela. – Aqui foram plantadas as flores que mais as atraem.

Lillian abriu um sorriso sonhador enquanto observava as pequenas e ocupadas formas que pairavam sobre os heliotrópios e os cravos-de-defunto.

– Qual é o nome daquelas? As cor de laranja e pretas.

Westcliff foi para o lado de Lillian.

– Belas-damas.

– Como as pessoas se referem a um grupo de borboletas? Um bando?

– Sim. Mas prefiro uma variação mais recente. Em alguns círculos isso é chamado de um caleidoscópio de borboletas.

– Um caleidoscópio... É um tipo de instrumento ótico, não é? Ouvi falar a respeito, mas nunca tive a chance de ver um.

– Eu tenho um caleidoscópio na biblioteca. Se quiser, lhe mostrarei mais tarde. – Antes que ela pudesse responder, Westcliff apontou para um enorme canteiro de lavanda. – Ali. A borboleta branca é uma *Erinnis*.

Lillian deu uma súbita risada.

– Uma *Erinnis pages*?

Ele respondeu com um brilho de divertimento nos olhos.

– Não. Apenas a variedade comum.

A luz do sol fez brilhar os fartos cabelos pretos de Westcliff e lhe tingiu a pele de bronze. Lillian olhou para a linha firme do pescoço do conde e de repente se tornou insuportavelmente consciente da força do corpo dele, do poder masculino que a havia fascinado desde a primeira vez que o vira. Qual seria a sensação de ser envolvida por aquela força?

– Que cheiro delicioso o da lavanda! – comentou, tentando desviar os próprios pensamentos de seus rumos perigosos. – Um dia quero viajar para a Provença, andar pelos campos de lavanda no verão. Dizem que as flores são tantas que parecem um oceano azul. Pode imaginar como devem ser lindos?

Westcliff balançou de leve a cabeça, olhando para ela.

Lillian foi até um dos caules de lavanda, tocou nas pequenas flores azul-violeta e levou seus dedos perfumados ao pescoço.

– Eles extraem o óleo essencial aplicando vapor nas plantas e colhendo o líquido. São necessários 225 quilos de plantas para produzir apenas alguns mililitros do precioso óleo.

– Pelo visto, entende bastante do assunto.

Lillian franziu os lábios.

– Tenho um grande interesse por perfumes. Na verdade, poderia ajudar muito meu pai na empresa, se ele deixasse. Mas sou uma mulher e por isso meu único objetivo na vida é ter um bom casamento. – Ela foi até a beira de um magnífico canteiro de flores do campo.

Westcliff a seguiu e se posicionou logo atrás dela.

– Isso me faz lembrar de um assunto que precisa ser discutido.

– Sim?

– Ultimamente, tem andado na companhia de St. Vincent.

– Tenho.

– Ele não é uma companhia adequada para a senhorita.

– Ele é seu amigo, não é?

– Sim. É por isso que sei do que é capaz.

– Está me avisando para ficar longe dele?

– Como obviamente isso a incentivaria a fazer o contrário... não. Só a estou aconselhando a não ser ingênua.

– Posso lidar com St. Vincent.

– Estou certo de que acredita que sim. – Houve uma irritante condescendência no tom dele. – Porém, está claro que não tem experiência nem maturidade para se defender dos avanços dele.

– Até agora, só precisei me defender dos *seus* avanços – retorquiu Lillian, virando-se para ele.

Ela observou com satisfação que o atingira em cheio, causando-lhe um leve rubor nas bochechas.

– Se St. Vincent ainda não se aproveitou da senhorita – respondeu ele com perigosa gentileza –, é só porque está esperando o momento oportuno. E, apesar de sua opinião inflada sobre as próprias capacidades, ou talvez por causa dela, a senhorita é um alvo fácil para a sedução.

– *Inflada?* – repetiu Lillian, indignada. – Saiba que sou experiente demais para ser pega desprevenida por qualquer homem, inclusive St. Vincent.

Para a sua vergonha, Westcliff pareceu reconhecer o exagero dela, e seus olhos pretos adquiriram um brilho de divertimento.

– Então eu estava enganado. Pelo modo como beija, presumi... – Ele deixou deliberadamente a frase no ar, lançando a isca que ela não resistiria a morder.

– O que quer dizer como "pelo modo como eu beijo"?

Está insinuando que há algo de errado nele? Algo de que não gosta? Algo que eu não deveria...

– Não... – Westcliff roçou as pontas dos dedos na boca de Lillian, silenciando-a. – Seus beijos são muito... – Ele hesitou, como se não encontrasse a palavra certa, e depois pareceu se concentrar na superfície aveludada dos lábios dela. – Doces – sussurrou após um longo tempo, deslizando os dedos sob o queixo de Lillian.

Embora o toque fosse leve, ele sentiu a deliciosa contração dos músculos da garganta dela.

– Mas sua resposta não foi o que eu teria esperado de uma mulher experiente.

Ele passou o polegar pelo lábio inferior de Lillian, afastando-o do superior. Ela se sentiu confusa e combativa, como um gatinho sonolento que acabara de ser despertado por alguém lhe fazendo cócegas com uma pena. Retesou-se ao senti-lo deslizar um braço para suas costas.

– O que... o que mais eu devia fazer? O que esperava que eu não... – Ela parou e tomou fôlego quando os dedos de Westcliff seguiram o ângulo de seu maxilar, segurando-lhe o lado do rosto.

– Devo lhe mostrar?

Por instinto, ela empurrou o peito do conde em uma tentativa de se soltar. Foi como tentar mover um muro de pedra-ferro.

– Westcliff...

– Obviamente precisa de um professor qualificado. – Lillian sentiu a respiração quente de Westcliff em seus lábios enquanto ele falava. – Fique quieta.

Percebendo que Westcliff estava zombando dela, empurrou-o com mais força e sentiu seus pulsos serem torcidos nas costas com surpreendente facilidade, até seus seios leves serem projetados para a frente contra o peito dele. Esboçando um protesto, sentiu a boca de Westcliff cobrir a sua e ficou paralisada por uma labareda de sensações que atingiu todos os seus músculos até ela ser içada como uma marionete com as cordas emaranhadas.

Nos braços de Westcliff e contra a superfície dura do peito dele, sentiu sua respiração se tornar rápida e irregular. Seus cílios se abaixaram, com a luz quente do sol sobre a frágil proteção das pálpebras. Houve a longa penetração da língua dele, uma enternecedora intimidade que lhe causou um arrepio no corpo. Sentindo o movimento, Westcliff tentou acalmá-la acariciando suas costas com a palma da mão enquanto sua boca brincava com a de Lillian. Ele a explorou mais fundo com a língua e o tímido recuo que se seguiu lhe arrancou um riso abafado de divertimento. Ofendida, Lillian se afastou, e ele pôs a mão na parte de trás da cabeça da jovem.

– Não – murmurou. – Não se afaste. Abra para mim. Abra...

Ele a estava beijando de novo, instruindo-a. Pouco a pouco entendendo o que Westcliff desejava, Lillian deixou sua língua tocar a dele. Sentiu a força da reação do conde e a urgência que o dominou, mas ele continuou gentil, explorando-a com beijos suaves. Com as mãos livres, Lillian não pôde evitar tocá-lo, pondo uma delas sobre os músculos rijos das costas de Westcliff e subindo a outra para o pescoço. A pele bronzeada era quente e suave, como cetim recém-passado. Ela investigou a forte pulsação em seu pescoço e depois deixou os dedos perambularem até os pelos escuros expostos pelo colarinho aberto.

As mãos quentes de Westcliff se ergueram e seguraram o rosto de Lillian enquanto ele se concentrava na boca e a possuía com beijos ávidos por roubar a alma, até ela ficar fraca demais para permanecer em pé. Quando os joelhos de Lillian se dobraram, ela sentiu os braços de Westcliff envolvendo-a de novo. Ele amparou seu corpo fraco e a desceu para o denso tapete de grama. Deitou-se ao seu lado com uma das pernas sobre as saias de Lillian e pôs um braço forte sob seu pescoço. Beijou-a e dessa vez ela não evitou a incansável exploração, abrindo totalmente a boca para o conde. O mundo para além do jardim secreto deixou de existir. Só havia aquele lugar, aquele pedaço do Éden, ensolarado, silencioso e repleto de extraordinárias cores brilhantes. A combinação dos cheiros de lavanda com pele masculina quente a envolviam... deliciosos demais... irresistíveis... Languidamente ela pôs os braços ao redor do pescoço de Westcliff, e suas mãos deslizaram para os grossos cachos do cabelo dele.

Lillian sentiu uma série de hábeis puxões na frente de seu vestido e ficou deitada passivamente sob os cuidados das mãos experientes dele, seu corpo ansiando por ser tocado. Erguendo-se sobre ela, Westcliff abriu o espartilho e a libertou da prisão de seus cordões. Ela não conseguia respirar fundo ou rápido o suficiente; seus pulmões tentavam satisfazer uma necessidade desesperada de mais oxigênio. Presa em um emaranhado de roupas, tentou se livrar delas e ele a manteve deitada com um murmúrio enquanto abria o espartilho e puxava o delicado laço de fita da camisola.

As curvas pálidas dos seios de Lillian ficaram expostas ao sol, ao ar e aos olhos pretos do homem que a segurava. Ele contemplou a curva suave e os mamilos rosados e murmurou seu nome enquanto abaixava a cabeça. Roçou os lábios na pele, subindo-os por um dos seios firmes e os abrindo sobre o delicado mamilo. Deitada sob ele, Lillian deixou escapar um receoso gemido de prazer. A ponta da língua circundou o mamilo, produzindo uma insuportável sensibilidade. Ela agarrou os antebraços incrivelmente musculosos de Westcliff, enterrando os dedos nos bíceps. A paixão a inflamou cada vez mais, até ela se contorcer para se afastar dele.

A respiração de Lillian se tornou trêmula e ofegante quando ele voltou a beijar sua boca. Seu corpo, pulsando em ritmos desconhecidos, não parecia mais lhe pertencer.

– Westcliff...

Sua boca percorreu inseguramente o peito masculino, o rosto com a barba por fazer e a beira do queixo e voltou para a suavidade dos lábios. Quando o beijo terminou, virou o rosto para o lado e perguntou ofegantemente:

– O que você quer?

– Não pergunte isso. – Ele moveu os lábios para a orelha de Lillian e acariciou com a língua a pequena cavidade atrás do frágil lóbulo. – A resposta... – Ouvindo a respiração de Lillian se acelerar, prolongou-se na orelha, contornando com a língua a fina borda e mordiscando as dobras internas. – A resposta é perigosa – conseguiu dizer por fim.

Ela pôs os braços ao redor do pescoço de Westcliff, trouxe a boca do conde de novo para a sua e lhe deu um beijo ardente que pareceu acabar com o autocontrole dele.

– Lillian – disse ele, fraco –, diga-me para não tocá-la. Diga-me que já chega. Diga-me...

Ela o beijou de novo, absorvendo avidamente o calor e o sabor da boca de Westcliff. Uma nova urgência surgiu entre eles, e os beijos do conde se tornaram mais fortes e mais agressivos até uma torturante necessidade deixar os membros de Lillian fracos e pesados. Ela sentiu suas saias sendo erguidas, o calor da luz solar penetrando através do fino linho das calçolas. A mão pesada de Westcliff desceu para seu joelho, a palma cobrindo a articulação. Um instante depois a mão deslizou para cima. Ele não lhe deu nenhuma oportunidade de se opor, cobrindo a boca de Lillian com beijos impacientes enquanto passava os dedos pela linha esguia de sua perna.

Ela se sobressaltou um pouco quando Westcliff chegou à carne inchada e macia entre suas coxas, traçando-lhe a forma através do linho transparente. Ele a acariciou com suavidade sobre o véu do tecido. A ideia da sensação que aqueles dedos fortes e ligeiramente ásperos poderiam produzir em sua pele a fez gemer de desejo. Depois do que pareceu uma eternidade torturante, os dedos penetraram na fenda debruada de renda da roupa de baixo. Lillian deixou escapar um suspiro nervoso ao sentir aquela carícia que a abria, os dedos longos deslizando entre os pelos escuros encaracolados e sedosos. Westcliff a acariciou lenta e delicadamente, como se estivesse brincando com as pétalas de uma rosa semiaberta. Tocou com a ponta de um dedo a pequena saliência que pulsava de excitação e todo o raciocínio desapareceu. Encontrou o ponto sutil onde todo o prazer de Lillian se concentrava e a acariciou de modo ritmado, circulando-o com delicadeza e fazendo-a se contorcer de desespero.

Ela o desejava, não importava quais fossem as consequências. Queria que a possuísse, mesmo sabendo a dor que isso lhe causaria. Mas com brutal rapidez o corpo pesado do conde saiu de cima do seu e ela foi deixada atordoada sobre a grama aveludada.

– Milorde? – perguntou, ofegante, conseguindo se sentar e com as roupas em total desalinho.

Westcliff estava sentado perto, abraçando os joelhos. Com algo que beirava o desespero, Lillian viu que ele recuperara o autocontrole enquanto ela ainda tremia da cabeça aos pés.

Westcliff falou de forma fria e firme:

– Você provou que eu tinha razão, Lillian. Se um homem de quem nem mesmo gosta pode deixá-la nesse estado, quão mais fácil isso seria para St. Vincent?

Foi como se ele tivesse lhe dado uma bofetada, e ela arregalou os olhos.

A transição do cálido desejo para a total estupidez não era agradável.

A devastadora intimidade entre eles não fora nada além de uma lição para demonstrar sua inexperiência. Ele a usara como uma oportunidade para colocá-la em seu devido lugar. Ao que parecia, não era boa o suficiente para ser uma esposa *ou* amante. Ela teve vontade de morrer. Humilhada, levantou-se com dificuldade, segurando suas roupas abertas, e lhe lançou um olhar de ódio.

– Isso ainda veremos – disse com a voz embargada. – Só terei de comparar ambos. E depois, se me pedir com educação, talvez eu lhe diga se ele...

Westcliff se lançou para ela com surpreendente rapidez, empurrando-a de volta para o gramado e lhe segurando a cabeça agitada com seus antebraços musculosos.

– Fique longe dele – disparou. – Ele não pode tê-la.

– Por que não? – perguntou Lillian, debatendo-se enquanto Westcliff se posicionava com mais firmeza entre suas pernas. – Também não sou boa o suficiente para ele? Sendo de uma classe inferior...

– Você é boa demais para ele. E ele seria o primeiro a admitir isso.

– Eu gosto dele ainda mais por não estar à altura de seus altos padrões!

– Lillian, acalme-se. Maldição. Lillian, olhe para mim! – Westcliff esperou até ela ficar quieta debaixo dele. – Eu não quero que se magoe.

– Já lhe ocorreu, seu idiota arrogante, que a pessoa que mais pode me magoar é *você*?

Foi a vez de Westcliff recuar, como se tivesse sofrido um golpe. Olhou para ela, confuso, embora ela quase pudesse ouvir o zunido do cérebro ágil dele processando as possíveis implicações daquela impulsiva afirmação.

– Saia de cima de mim – disse Lillian, irritada.

Ele se aprumou, mantendo uma perna em cada lado dos quadris esguios dela e segurando as bordas internas do espartilho.

– Deixe-me prender isso. Você não pode voltar para casa seminua.

– Para todos os efeitos – respondeu ela, sem conseguir disfarçar o desprezo –, vamos manter o decoro.

Fechando os olhos, sentiu-o pôr suas roupas no lugar, amarrando a camisola e prendendo o espartilho.

Quando ele enfim a soltou, Lillian se ergueu de um pulo como uma corça assustada e correu para a entrada do jardim secreto. Para a sua eterna humilhação, não conseguiu encontrar a porta, escondida pela densa hera que cobria o muro. Às cegas, pôs as mãos entre a trepadeira, quebrando duas unhas ao tentar encontrar a ombreira da porta.

Westcliff veio por trás e a segurou pela cintura, frustrando facilmente as suas tentativas de se soltar. Puxou os quadris de Lillian de volta para os dele com firmeza e lhe sussurrou ao ouvido:

– Está zangada porque comecei a fazer amor com você ou porque não terminei?

Lillian lambeu os lábios secos.

– Estou zangada, seu maldito hipócrita, porque você não consegue decidir o que fazer comigo. – Ela pontuou seu comentário lhe dando uma forte cotovelada nas costelas.

O golpe não pareceu ter nenhum efeito sobre Westcliff. Com uma sarcástica manifestação de cortesia, ele a soltou e encontrou o ferrolho da porta escondida, permitindo-lhe escapar do jardim secreto.

CAPÍTULO 15

Depois que Lillian fugiu do jardim de borboletas, Marcus tentou acalmar suas paixões. Quase perdera todo o controle com Lillian, quase a possuíra no chão, como um bruto inconsequente. Apenas um brilho infinitesimal de consciência, fraco como uma chama de vela em uma tempestade, o impedira de fazer isso. Uma garota inocente, filha de um de seus convidados... Meu Deus, ele tinha ficado louco.

Caminhou devagar pelo jardim, tentando analisar uma situação em que nunca esperara estar. E pensar que alguns meses atrás zombara de Simon Hunt por sua excessiva paixão por Annabelle Peyton! Até agora não conhecia o poder da obsessão, nunca a sentira tão ferozmente, e parecia não conseguir evitá-la. Era como se sua vontade tivesse se dissociado de seu intelecto.

Marcus não conseguia se reconhecer em suas reações a Lillian. Ninguém jamais o fizera se sentir tão consciente e vivo, como se a simples presença dela aguçasse todos os seus sentidos. Lillian o fascinava. Fazia-o rir. Excitava-o além do que era suportável. Se ao menos pudesse se deitar com ela e encontrar alívio para aquele infinito desejo! Contudo, a parte racional de seu cérebro lhe dizia que a avaliação que sua mãe fizera das garotas Bowmans era correta.

– Talvez possamos lhes aplicar uma camada superficial de verniz – dissera a condessa –, mas certamente minha influência nunca será mais profunda. Nenhuma dessas garotas é maleável o bastante para mudar de um modo significativo. Sobretudo a mais velha. Não se pode transformá-la em uma dama mais do que se pode transformar ouro de tolo em ouro de verdade. Ela está determinada a não mudar.

Estranhamente, isso era parte do motivo pelo qual Marcus se sentia tão atraído por Lillian. Sua vitalidade natural e sua individualidade descompromissada o afetavam como um sopro de vento invernal entrando em uma casa abafada. Contudo, era desonesto da parte dele, para não dizer injusto, continuar a lhe dirigir suas atenções quando era óbvio que nada poderia resultar disso. Não importava quão difícil fosse, teria de deixá-la em paz, como ela acabara de pedir.

Essa decisão deveria ter lhe trazido um pouco de paz, mas não trouxe.

Remoendo seus pensamentos, saiu do jardim e foi para a mansão, notando contra sua vontade que a bela vista ao redor parecia um pouco sem graça, cinzenta, como se observada através de uma vidraça suja. Lá dentro, a atmosfera da mansão parecia triste e antiquada. Ele teve a impressão de que nunca mais sentiria um verdadeiro prazer com nada. Amaldiçoando-se por seus pensamentos sentimentais, dirigiu-se ao seu escritório, embora precisasse urgentemente trocar de roupa. Passou a passos largos pela porta aberta e viu Simon Hunt sentado à escrivaninha, debruçado sobre uma pilha de documentos.

Hunt ergueu os olhos e começou a se levantar da cadeira.

– Não – disse Marcus abruptamente, fazendo-lhe um sinal para permanecer sentado. – Eu só queria dar uma olhada nas entregas da manhã.

– Você parece de mau humor – comentou Hunt. – Se for por causa dos contratos da fundição, acabei de escrever para nosso advogado...

– Não, não tem nada a ver com isso. – Marcus pegou uma carta, quebrou o lacre e fechou a cara, percebendo que era algum tipo de convite.

Hunt o observou, pensativo. Depois de um momento, perguntou:

– Chegou a um impasse em seu diálogo com Thomas Bowman?

Marcus balançou a cabeça.

– Ele parece receptivo à minha proposta sobre a expansão da empresa. Creio que não teremos nenhum problema em fechar um acordo.

– Então tem algo a ver com a Srta. Bowman?

– Por que está perguntando? – contrapôs Marcus com cautela.

Hunt respondeu com um olhar sarcástico, como se a resposta fosse óbvia demais para ser verbalizada.

Marcus se sentou devagar na cadeira do outro lado da escrivaninha. Hunt esperou pacientemente, seu silêncio complacente encorajando Marcus a lhe confidenciar seus pensamentos. Embora Hunt sempre tivesse sido uma pessoa confiável para discutir negócios e assuntos sociais, Marcus nunca discutira questões pessoais com ele. As de outras pessoas, sim. As suas, não.

– Não é lógico eu desejá-la – disse por fim, fixando seu olhar em uma das janelas de vitral próximas. – Isso tem todos os componentes de uma farsa. É difícil imaginar duas pessoas que combinem menos.

– Ah. E como você já disse antes, "casamento é algo importante demais para ser decidido com base em emoções voláteis".

Marcus relanceou os olhos para ele, franzindo a testa.

– Eu já lhe disse quanto deteste sua tendência a atirar minhas palavras na minha cara?

Hunt riu.

– Por quê? Porque não quer seguir o próprio conselho? Devo ressaltar, Westcliff, que se eu tivesse seguido seu conselho sobre me casar com Annabelle, teria cometido o maior erro da minha vida.

– Na época, ela não era uma escolha sensata – murmurou Marcus. – Só mais tarde provou ser digna de você.

– Mas agora você admite que tomei a decisão certa.

– Sim – respondeu Marcus, impaciente. – Mas não sei como isso se aplica à minha situação.

– Eu queria fazê-lo ver que talvez seus instintos devessem ter um papel na decisão sobre com quem se casar.

Marcus ficou verdadeiramente ofendido com a sugestão e olhou para Simon Hunt como se o amigo tivesse enlouquecido.

– Meu Deus, homem, para que serve o intelecto se não para impedir a estupidez de agir por instinto?

– Você age por instinto o tempo todo – observou Hunt.

– *Não* quando se trata de decisões com consequências para a vida inteira. E, apesar da minha atração pela Srta. Bowman, as diferenças entre nós acabariam resultando em infelicidade para ambos.

– Eu sei das diferenças entre vocês – disse Hunt em voz baixa. Quando os olhares deles se encontraram, algo nos olhos de Hunt lembrou Marcus de que o amigo era filho de um açougueiro e havia ascendido à classe média e feito fortuna do nada. – Acredite em mim, conheço os desafios que a Srta. Bowman teria de enfrentar nessa posição. E se ela estiver disposta a aceitá-los? E se estiver disposta a mudar o suficiente?

– Ela não conseguirá.

– Está sendo injusto com a Srta. Bowman presumindo que não conseguiria se adaptar. Ela não deveria ter ao menos a chance de tentar?

– Que droga, Hunt, não preciso de um advogado do diabo.

– Espera concordância cega? – perguntou Hunt, zombeteiro. – Talvez devesse ter procurado alguém de sua classe para aconselhamento.

– Isso não tem nada a ver com classe – disparou Westcliff, ressentindo-se da implicação de que suas objeções a Lillian provinham de mero esnobismo.

– Não – concordou Hunt, levantando-se da cadeira. – Esse é um argumento vazio. Acho que há outro motivo para você ter decidido não ir atrás dela. Algo que não admite para mim, ou nem mesmo para si próprio. – Ele se dirigiu à porta e parou para lançar um olhar astuto para Marcus. – Mas, ao pensar sobre isso, tenha em mente que o interesse de St. Vincent nela é mais do que um capricho passageiro.

Essa afirmação atraiu a atenção de Marcus.

– Besteira. St. Vincent nunca se interessou por nenhuma mulher além dos limites de um quarto.

– Por mais que isso possa ser verdade, recentemente fui informado por uma fonte segura de que o pai dele está vendendo tudo o que não seja vinculado ao título. Anos de gastos indiscriminados e investimentos insensatos esgotaram os cofres da família, e logo St. Vincent será privado de sua verba anual. Ele precisa de dinheiro. E o óbvio desejo dos Bowmans de terem um genro aristocrata dificilmente lhe passaria despercebido. – Hunt fez uma pausa oportuna antes de acrescentar: – Se a Srta. Bowman é adequada para ser esposa de um aristocrata, pode muito bem se casar com St. Vincent. E se isso acontecer, ele acabará herdando seu título e ela se tornará duquesa. Para a sorte da Srta. Bowman, St. Vincent não parece fazer nenhuma restrição à capacidade dela de ocupar essa posição.

Marcus o olhou com perplexidade e fúria.

– Vou falar com Bowman – rosnou. – Quando eu o informar do passado de St. Vincent, ele porá fim a essa corte.

– Sem dúvida... se ele lhe der ouvidos. Meu palpite é que não dará. Ter um duque como genro, mesmo que sem um centavo, não é nada mau para um fabricante de sabões de Nova York.

CAPÍTULO 16

Para qualquer um que tivesse se dado ao trabalho de observar, seria óbvio que durante as duas últimas semanas em Stony Park Cross lorde Westcliff e a Srta. Lillian Bowman fizeram um esforço mútuo para evitar ao máximo a companhia um do outro. E igualmente óbvio que lorde St. Vincent a acompanhava com crescente frequência em danças, piqueniques e festas à beira da água que alegravam os dias agradáveis de outono em Hampshire.

Lillian e Daisy passaram várias manhãs na companhia da condessa de Westcliff, que fazia preleções, as instruía e tentava em vão incutir-lhes uma perspectiva aristocrática. Os aristocratas nunca demonstravam entusiasmo, apenas um interesse imparcial. Transmitiam o que queriam com inflexões sutis de voz. Eles diziam "pessoas da família" ou "congêneres" em vez de "parentes". E usavam a expressão "se for do seu agrado" em vez de "eu gostaria". Além disso, uma dama da aristocracia nunca devia se expressar de modo direto, apenas sugerir graciosamente o que queria dizer.

Se a condessa preferia uma irmã à outra, sem dúvida era Daisy, que se revelara mais receptiva ao código arcaico do comportamento aristocrático. Lillian, por sua vez, não se esforçava muito para esconder seu desprezo pelas regras sociais que eram, em sua opinião, totalmente sem sentido. Qual a importância de alguém deslizar a garrafa de vinho do Porto sobre a mesa ou apenas entregá-la, desde que chegasse ao seu destino? Por que havia tantos assuntos proibidos enquanto outros que não a interessavam nem um pouco tinham de ser tediosamente repetidos? Por que era melhor andar devagar do que rápido e por que uma dama devia tentar ecoar as opiniões de um cavalheiro em vez de expressar as próprias?

Lillian sentia certo alívio na companhia de lorde St. Vincent, que parecia não se importar com seus comportamentos ou as palavras que ela usava. Ele se divertia com sua franqueza e era irreverente. Não poupava de escárnio nem mesmo o pai, o duque de Kingston. Ao que parecia, o duque não tinha a menor noção de como aplicar dentifrício em uma escova de dentes ou segurar as próprias meias com tiras elásticas, porque essas tarefas sempre eram realizadas por um criado pessoal. Lillian não conseguia evitar rir da ideia de alguém ser tão mimado, levando St. Vincent a especular com fingido horror que tipo de vida primitiva ela levava nos Estados Unidos, tendo de morar em uma mansão identificada por um apavorante *número* na porta, escovar os próprios cabelos ou amarrar os próprios sapatos.

St. Vincent era o homem mais sedutor que Lillian já conhecera. Contudo, sob as camadas macias de gentileza, havia uma dureza, uma impenetrabilidade que só poderia pertencer a alguém muito frio. Ou talvez extremamente cauteloso. De todo modo, Lillian sabia por intuição que, fosse qual fosse o tipo de alma escondida naquela elegante criatura, nunca a descobriria. Ele tinha a beleza e a inescrutabilidade de uma esfinge.

– St. Vincent precisa se casar com uma mulher de família rica – disse Annabelle em uma tarde em que as Flores Secas estavam sentadas sob uma árvore, desenhando e pintando aquarelas. – Segundo o Sr. Hunt, o pai de lorde St. Vincent, o duque, logo cortará sua verba anual porque não sobrou quase nenhum dinheiro. Acho que haverá pouco para St. Vincent herdar.

– O que acontecerá quando o dinheiro acabar? – perguntou Daisy, movendo o lápis sobre o papel enquanto desenhava uma paisagem. – St. Vincent venderá alguns de seus bens e propriedades quando se tornar duque?

– Isso depende – respondeu Annabelle, pegando uma folha cor de âmbar e inspecionando as delicadas nervuras. – Se a maior parte das propriedades que ele herdar estiver vinculada ao título, não. Mas não acredito que ele fique pobre. Há muitas famílias que o recompensarão muito bem se ele concordar em se casar com uma de suas filhas.

– A minha, por exemplo – disse Lillian com sarcasmo.

Annabelle a observou atentamente ao murmurar:

– Querida... Lorde St. Vincent disse algo para você sobre as intenções dele?

– Nem uma palavra.

– Ele já tentou...

– Deus, não.

– Então ele pretende se casar com você – disse Annabelle com irritante certeza. – Se estivesse apenas se divertindo, já teria tentado comprometê-la.

O silêncio que se seguiu foi interrompido pelo farfalhar das folhas acima da cabeça delas e pelo arranhar do lápis ocupado de Daisy.

– O-o que você fará se lorde St. Vincent a pedir em casamento? – perguntou Evie, olhando para Lillian por cima da borda de seu estojo de aquarelas de madeira, cuja parte de cima servia como cavalete, equilibrada em seu colo.

Sem pensar, Lillian puxou a grama sob ela, quebrando as frágeis folhas com os dedos. Percebendo de repente que essa atividade era típica de Mercedes, que tinha um hábito nervoso de puxar e rasgar coisas, parou e atirou os pedaços de grama para o lado.

– Eu aceitarei, é claro – respondeu. As outras três garotas a olharam um pouco surpresas. – Por que não aceitaria? – continuou ela, na defensiva. – Vocês sabem como é difícil encontrar duques? Segundo o relatório da minha mãe, só há 29 em toda a Grã-Bretanha.

– Mas lorde St. Vincent é um mulherengo desavergonhado – disse Annabelle. – Não posso imaginá-la como esposa dele, tolerando esse comportamento.

– Todos os maridos são infiéis de um modo ou de outro. – Lillian tentou parecer prática, mas de algum modo seu tom foi ríspido e desafiador.

Os olhos azuis de Annabelle se encheram de compaixão.

– Eu não acredito nisso.

– A próxima temporada ainda nem começou – salientou Daisy –, e agora, com a condessa nos amadrinhando, teremos muito mais sorte neste ano do que no último. Não há nenhuma necessidade de você se casar com lorde St. Vincent se não quiser, não importa o que nossa mãe diga.

– Eu quero me casar com ele. – Lillian sentiu seus lábios se esticarem teimosamente. – Na verdade, *viverei* para o momento em que St. Vincent e eu iremos a um jantar como o duque e a duquesa de Kingston... um jantar ao qual Westcliff também irá, e serei levada para a sala de jantar na frente dele, porque o título do *meu* marido terá precedência sobre o dele. Vou fazer Westcliff se arrepender. Vou fazê-lo querer... – Ela se interrompeu, percebendo que seu tom estava agudo demais, revelador demais.

Esticando as costas, olhou para um ponto distante na paisagem e se encolheu ao sentir a mão pequena de Daisy sobre seu ombro.

– Talvez a essa altura você não se importe mais com isso – murmurou Daisy.

– Talvez – concordou Lillian, desanimada.

⁓

Na tarde seguinte, a propriedade ficou quase vazia, porque a maioria dos cavalheiros tinha ido a uma corrida de cavalos local para apostar, beber e fumar à vontade. As damas foram levadas em uma sucessão de carruagens para a vila, onde uma festa tradicional contaria com a presença de uma companhia londrina de atores itinerantes. Ansiosas pela diversão de algumas comédias leves e música, as mulheres saíram em massa da propriedade. Embora Annabelle, Evie e Daisy tivessem implorado pela companhia de Lillian, ela se recusou. As palhaçadas de atores itinerantes não a atraíam. Ela não queria se forçar a rir. Só queria caminhar ao ar livre sozinha... caminhar por quilômetros até estar cansada demais para pensar em qualquer coisa.

Foi sozinha para o jardim dos fundos, seguindo o caminho que levava à fonte da sereia, que era como uma joia no meio da clareira pavimentada. Havia uma sebe próxima coberta de glicínias, como se alguém tivesse lhe atirado por cima uma cobertura cor-de-rosa. Sentando-se na beira da fonte, olhou para a água espumosa. Não percebeu a aproximação de ninguém até ouvir uma voz baixa no caminho.

– Que sorte encontrá-la no primeiro lugar em que procurei.

Erguendo os olhos e sorrindo, ela contemplou lorde St. Vincent. Seus cabelos cor de âmbar pareciam absorver a luz solar. Sua pele era inquestionavelmente anglo-saxã, mas as linhas pronunciadas de seus malares formavam um ângulo tigrino e sua boca larga e sensual lhe conferia uma atratividade exótica.

– Não vai sair para assistir à corrida? – perguntou Lillian.

– Daqui a pouco. Primeiro queria falar com a senhorita. – St. Vincent olhou para o espaço ao lado dela. – Posso?

– Mas estamos sozinhos – disse ela. – E sempre insiste em uma acompanhante.

– Hoje mudei de ideia.

– Ah. – A curva do sorriso de Lillian ficou ligeiramente trêmula. – Nesse caso, sente-se.

Ela enrubesceu ao se lembrar de que aquele era o local exato em que vira Lady Olivia e o Sr. Shaw se abraçando tão apaixonadamente. Pelo brilho nos olhos de St. Vincent, era evidente que ele também se lembrava.

– No próximo fim de semana – disse St. Vincent – a festa vai acabar... e será hora de voltar para Londres.

– Deve estar ansioso por voltar para as diversões da vida urbana – observou Lillian. – Para um libertino, seu comportamento foi surpreendentemente comedido.

– Até mesmo nós, os libertinos, precisamos de férias de vez em quando. Um regime de depravação constante se tornaria tedioso.

Lillian sorriu.

– Libertino ou não, apreciei sua amizade nesses últimos dias, milorde. – Quando as palavras saíram de seus lábios, ela ficou surpresa ao perceber que eram verdadeiras.

– Então me considera um amigo? Isso é bom.

– Por quê?

– Porque eu gostaria de continuar a vê-la.

O coração de Lillian bateu mais rápido. Embora o comentário não fosse inesperado, foi pega desprevenida.

– Em Londres? – perguntou.

– Onde estiver. Pode ser?

– Bem, é claro... eu... sim.

Quando ele a olhou com aqueles olhos de anjo caído e sorriu, Lillian foi forçada a concordar com a avaliação de Daisy sobre o magnetismo animal de St. Vincent. Ele parecia um homem nascido para pecar... um homem que podia tornar o pecado tão prazeroso que pouco importaria o preço a pagar depois.

St. Vincent se aproximou devagar, deslizando os dedos dos ombros para o lado do pescoço dela.

– Lillian, meu amor. Pedirei permissão ao seu pai para cortejá-la.

A respiração dela se tornou irregular contra as mãos que a acariciavam.

– Eu não sou a única herdeira disponível.

– Não – respondeu ele francamente. – Mas é de longe a mais interessante. Sabe, a maioria das mulheres não é. Pelo menos fora da cama. – Ele se inclinou mais, até o calor de seu sussurro aquecer os lábios dela. – Ouso dizer que também será interessante *na* cama.

Bem, lá estava o avanço há muito esperado, pensou Lillian, perplexa, e então seus pensamentos se tornaram confusos quando St. Vincent roçou a boca na sua em uma leve carícia. Ele a beijou como se fosse o primeiro homem que já a tivesse descoberto, com uma lenta perícia que a seduziu pouco a pouco. Mesmo com sua experiência limitada, Lillian percebeu que o beijo continha mais técnica do que emoção, mas seus sentidos abalados não pareceram se importar e reagiram, indefesos, a cada toque suave. St. Vincent aumentou seu prazer em um ritmo lento até ela suspirar contra os lábios dele e virar fracamente a cabeça.

Os dedos do visconde deslizaram para as bochechas quentes de Lillian e ele apertou com gentileza a cabeça dela contra seu ombro.

– Nunca cortejei ninguém – murmurou enquanto seus lábios brincavam perto da orelha dela. – Pelo menos não com objetivos honrados.

– Está se saindo bastante bem para um iniciante – disse Lillian contra o casaco dele.

St. Vincent riu e se afastou, o olhar cálido no rosto ruborizado dela.

– Você é adorável – disse. – E fascinante.

E rica, acrescentou Lillian para si mesma. Mas ele estava fazendo um ótimo trabalho de convencê-la de que a desejava por outros motivos além de financeiros. Ela apreciava isso. Forçando-se a sorrir, olhou para o homem enigmático e encantador que poderia muito bem se tornar seu marido. *Vossa Graça*, pensou. Era assim que Westcliff teria de chamá-la quando St. Vincent herdasse o título. Primeiro ela seria Lady St. Vincent e depois a duquesa de Kingston. Estaria em uma posição social superior à de Westcliff e nunca o deixaria se esquecer disso. *Vossa Graça*, repetiu confortando-se com as sílabas. *Vossa Graça...*

Depois que St. Vincent a deixou para ir à corrida de cavalos, Lillian voltou para a mansão. O fato de que seu futuro enfim estivesse tomando forma deveria tê-la aliviado, mas em vez disso ela estava cheia de uma rígida determinação. Entrou na casa, que estava calma e silenciosa. Depois das últimas semanas vendo o lugar cheio de gente, era estranho andar pelo hall vazio. Nos corredores, a quietude só era interrompida pela ocasional passagem de um criado solitário.

Parando perto da biblioteca, Lillian olhou de relance para a grande sala. Pela primeira vez estava vazia. Ela entrou no ambiente acolhedor com galerias superiores e inferiores e prateleiras que continham mais de 10 mil livros. O ar estava repleto dos cheiros de pergaminho e couro. Os poucos espaços não ocupados por livros continham gravuras e mapas emoldurados. Ela decidiu encontrar um livro para si mesma, um de poesias leves ou um romance frívolo. Mas, diante dos milhares de lombadas de couro, era difícil saber exatamente onde estavam os romances.

Ao passar pelas prateleiras, Lillian descobriu fileiras de livros de história, cada um com peso suficiente para esmagar um elefante. Depois vieram os mapas e então uma grande coleção de textos matemáticos que curaria os casos mais graves de insônia. Perto do fim de uma parede, fora instalado um aparador em um nicho junto às estantes. Em cima havia uma grande bandeja de prata gravada com uma coleção de bonitas garrafas e licoreiras. A garrafa mais bonita, feita de vidro moldado em um padrão de folhas, estava semicheia de um líquido transparente. Dentro dela, uma pera chamou sua atenção.

Erguendo a garrafa, Lillian a examinou de perto e girou suavemente o líquido até a pera subir e girar com o movimento. Uma pera dourada conservada à perfeição. Aquilo devia ser uma espécie de *eau-de-vie*, como os franceses chamavam... "água da vida", uma aguardente destilada de uvas, ameixas ou frutos de sabugueiro. Ao que parecia, peras também.

Lillian ficou tentada a experimentar a intrigante bebida, mas as damas nunca tomavam bebidas fortes. Ainda mais sozinhas na biblioteca. Se fossem flagradas, seria muito ruim. Por outro lado... todos os cavalheiros estavam na corrida de cavalos, as damas tinham ido para a vila e a maioria dos criados tirara o dia de folga.

Lillian olhou de relance para o vão da porta vazio e depois para a tentadora garrafa. Um relógio no console da lareira batia urgentemente no silêncio. De repente ela ouviu a voz de lorde St. Vincent em sua cabeça... *Pedirei permissão ao seu pai para cortejá-la.*

– Ah, droga – murmurou, e se curvou para procurar uma taça no armário sob o aparador.

CAPÍTULO 17

— **M**ilorde.

Ao ouvir a voz de seu mordomo, Marcus, que estava sentado à sua escrivaninha, ergueu os olhos com as sobrancelhas franzidas. Nas duas últimas horas estivera trabalhando no aperfeiçoamento de uma lista de recomendações que seria apresentada ao Parlamento mais tarde naquele ano por um comitê que ele se comprometera a ajudar. Se as recomendações fossem aceitas, isso resultaria em uma grande melhora nas casas, ruas e nos sistemas de drenagem de Londres e seus distritos.

– Sim, Salter – falou, aborrecido com a interrupção.

O velho mordomo da família sabia que não devia incomodá-lo quando estava trabalhando a menos que o assunto fosse muito importante.

– Há... uma situação, milorde, da qual estou certo de que gostaria de ser informado.

– Que tipo de situação?

– Envolve um dos hóspedes, milorde.

– Sim? – perguntou Marcus, irritado com a reserva do mordomo. – Quem é? E o que ele estava fazendo?

– Temo que seja "ela", milorde. Um dos criados acabou de me informar que viu a Srta. Bowman na biblioteca e ela... não está bem.

Marcus se levantou tão depressa que quase derrubou a cadeira.

– Qual Srta. Bowman?

– Eu não sei, milorde.

– O que quer dizer com "não está bem"? Há alguém com ela?

– Creio que não, milorde.

– Ela está machucada? Está doente?

Salter lhe lançou um olhar um pouco aflito.

– Não, milorde. Só... não está bem.

Sem querer perder tempo com mais perguntas, Marcus saiu da sala praguejando em voz baixa e se dirigiu à biblioteca com passos largos que por pouco não se transformaram em uma corrida. O que podia ter acontecido com Lillian ou a irmã dela? Ele logo se viu consumido pela preocupação.

Enquanto percorria rapidamente os corredores, muitos

pensamentos irrelevantes lhe passaram pela cabeça. Como a casa parecia cavernosa sem os convidados, com seus quilômetros de assoalhos e infinitos cômodos. Uma casa grande e antiga com a atmosfera impessoal de um hotel. Uma casa como essa precisava de gritos alegres de crianças ecoando nos corredores, brinquedos espalhados pelo piso do salão e sons estridentes de aulas de violino vindos da sala de música. Marcas nas paredes e chás da tarde com tortas de geleia pegajosas e aros de brinquedo sendo rolados no terraço.

Até agora Marcus nunca tinha considerado a ideia de se casar como algo além de um dever necessário para preservar a linhagem Marsden. Mas nos últimos tempos lhe ocorrera que seu futuro poderia ser muito diferente de seu passado. Poderia ser um novo começo – uma chance de criar o tipo de família com a qual nunca ousara sonhar. Surpreendeu-o perceber quanto queria isso – e não com qualquer mulher. Não com qualquer mulher que já havia conhecido ou visto ou da qual ouvira falar... a não ser uma que era o extremo oposto do que ele deveria querer. E estava começando a não se importar mais com isso...

Ele fechou as mãos até os nós dos dedos ficarem brancos e apressou o passo. Pareceu demorar uma eternidade para chegar à biblioteca. Quando passou pela porta, seu coração batia forte... em um ritmo que não tinha nada a ver com o esforço, mas com pânico. O que viu o fez parar no meio da grande sala.

Lillian estava na frente de uma fileira de livros com uma pilha deles ao seu redor no chão. Tirava raros volumes das prateleiras um a um, os examinava com uma expressão intrigada e depois os jogava para trás. Parecia estranhamente lânguida, como se estivesse se movendo debaixo d'água. E seus cabelos se soltavam dos grampos. Não parecia doente. Na verdade, parecia...

Tornando-se consciente da presença dele, Lillian olhou por cima de seu ombro com um sorriso torto.

– Ah, é você – disse com a voz arrastada. Ela voltou a se concentrar nas prateleiras. – Não consigo encontrar nada. Todos esses livros são tão *mortalmente* entediantes...

Franzindo a testa de preocupação, ele se aproximou de Lillian, que continuava a tagarelar e procurar livros.

– Este não... nem este... ah não, não, *não*, este nem mesmo é em inglês.

O pânico de Marcus logo se transformou em indignação, seguida de divertimento. Maldição. Se precisava de mais provas de que Lillian Bowman não servia para ele, agora as tinha. A esposa de um Marsden nunca entraria escondida na biblioteca e beberia até ficar, como diria a mãe dele, "ligeiramente embriagada". Olhando para os olhos escuros sonolentos e o rosto corado de Lillian, Marcus corrigiu a frase. Lillian não estava embriagada. Estava totalmente bêbada.

Mais livros voaram pelos ares, um deles quase atingindo a orelha de Marcus.

– Talvez eu possa ajudar – sugeriu Marcus em um tom agradável, parando do lado dela. – Se me disser o que está procurando.

– Algo romântico. Algo com um final feliz. Sempre deveria haver um final feliz, não é?

Marcus estendeu a mão para arrumar um cacho solto dos cabelos de Lillian, deslizando o polegar pelos fios sedosos e brilhantes. Nunca havia se considerado um homem com um sentido de tato particularmente apurado, mas parecia impossível não tocá-la quando ela estava por perto. O prazer que lhe proporcionava o simples contato com Lillian incendiava seus nervos.

– Nem sempre – respondeu ele.

Lillian deu uma gargalhada.

– Como você é inglês! Como todos vocês gostam de sofrer com sua... sua... – Ela olhou para o livro que segurava, distraída pelo dourado na capa – ... arrogância – completou, desatenta.

– Nós não gostamos de sofrer.

– Gostam, sim. No mínimo, fazem o possível para evitar se alegrarem com qualquer coisa.

A essa altura, Marcus estava ficando acostumado com a mistura única de luxúria e divertimento que Lillian sempre conseguia lhe proporcionar.

– Não há nada de errado em manter as próprias alegrias privadas.

Lillian deixou cair o livro que segurava e se virou para ele. A brusquidão do movimento resultou em um desequilíbrio que a fez cambalear para trás e bater contra a estante, mesmo Westcliff pondo as mãos em sua cintura para firmá-la. Seus olhos puxados brilharam como diamantes espalhados sobre veludo marrom.

– Isso não tem nada a ver com privacidade – informou-lhe. – A verdade é que vocês não *querem* ser felizes, por... – Ela deu um pequeno soluço. – Porque isso abalaria sua dignidade. Pobre Westcliff. – Ela o olhou com compaixão.

Naquele momento, preservar sua dignidade era a última coisa que passava pela cabeça de Marcus. Ele se apoiou na moldura da estante dos dois lados de Lillian, envolvendo-a no semicírculo de seus braços. Ao lhe sentir o hálito, balançou a cabeça e murmurou:

– Criança... o que você andou bebendo?

– Ah... – Ela passou por baixo do braço de Westcliff e se virou para o aparador a alguns centímetros de distância. – Vou lhe mostrar... uma coisa maravilhosa, maravilhosa... *isto.* – Triunfante, pegou uma garrafa de aguardente quase vazia no aparador, segurando-a pelo gargalo. – Olhe o que fizeram... puseram uma pera dentro! Não é incrível? – Trazendo a garrafa para perto do rosto, estreitou os olhos para observar a fruta aprisionada. – No início, não foi muito bom. Mas melhorou depois de algum tempo. Acho que é só se acostumar com o g... – outro delicado soluço – ... gosto.

– Parece que você conseguiu se acostumar – observou Marcus, seguindo-a.

– Não vai contar para ninguém, vai?

– Não – prometeu ele. – Mas acho que, mesmo assim, ficarão sabendo. A menos que consigamos deixá-la sóbria nas próximas duas ou três horas, antes que voltem. Lillian, meu anjo... quanto havia na garrafa quando você começou?

Ela lhe mostrou a garrafa e pôs o dedo a um terço do fundo.

– Estava *aí* quando eu comecei, eu acho. Ou talvez aí. – Lillian olhou tristemente para a garrafa. – Agora tudo o que restou foi a pera. – Ela a girou, fazendo a rechonchuda fruta deslizar. – Quero comê-la – anunciou.

– Não é para ser comida. Só está aí para impregnar... Lillian, dê-me a maldita garrafa.

– Eu *vou* comê-la. – Lillian se afastou dele, trôpega, enquanto sacudia a garrafa com crescente determinação. – Se ao menos eu conseguir tirá-la...

– Não vai conseguir. É impossível.

– Impossível? – zombou, inclinando-se para encará-lo. – Você tem criados capazes de arrancar o cérebro de uma cabeça de vitela, mas que não conseguem tirar uma pequena pera de uma garrafa? Duvido. Chame um deles. É só assoviar e... ah, esqueci. Você não sabe assoviar. – Ela se concentrou em Westcliff, estreitando os olhos enquanto observava a boca do conde. – Essa é a coisa mais idiota que eu já ouvi. *Todo mundo* sabe assoviar. Vou lhe ensinar. Agora mesmo. Faça um biquinho com os lábios. Assim. Faça... está vendo?

Marcus a segurou nos braços quando ela cambaleou. Olhando para o adorável biquinho que Lillian estava fazendo, sentiu um calor insistente lhe invadindo o coração, transbordando e ultrapassando todas as suas frágeis defesas. Deus, estava cansado de lutar conta seu desejo por ela. Era exaustivo lutar contra algo tão incontrolável. Como tentar não respirar.

Lillian o olhou seriamente, parecendo intrigada com a recusa dele.

– Não, *assim* não. Assim. – A garrafa caiu no tapete. Ela ergueu as mãos para os lábios de Westcliff e tentou moldá-los com os dedos. – Ponha a língua na beira dos dentes e... isso tudo depende da língua. Se for ágil com ela, será um... – Lillian foi temporariamente interrompida quando Westcliff lhe cobriu a boca com um breve e ávido beijo – ... um ótimo assoviador. Milorde, não consigo falar quando me... – Ele a beijou de novo, saboreando o gosto doce deixado pela aguardente.

Lillian se apoiou em Westcliff, impotente, deslizando os dedos para os cabelos dele, sentindo sua respiração lhe tocar o rosto em ondas rápidas e delicadas. Uma maré de urgência sexual o atingiu enquanto o beijo se aprofundava e se transformava em uma total compulsão. A lembrança do encontro deles no jardim secreto o perseguira durante dias... a delicadeza da pele sob suas mãos, os seios pequenos e bonitos, a força sedutora das pernas de Lillian. Westcliff desejou senti-la enroscada nele, as mãos lhe agarrando as costas, os joelhos ao redor dos quadris... a sedosa e úmida carícia do corpo de Lillian enquanto se movia dentro dela.

Lillian chegou a cabeça para trás e o fitou com olhos indagadores, seus lábios úmidos e vermelhos. Deixou as mãos nos cabelos de Westcliff, as pontas dos dedos chegando aos ângulos marcados das maçãs do rosto em delicadas carícias que causaram arrepios na pele quente dele. Westcliff inclinou a cabeça, esfregando o queixo na palma da mão pálida e macia de Lillian.

– Lillian – sussurrou –, tentei deixá-la em paz. Mas não posso mais. Nas últimas duas semanas tive de me conter mil vezes para não procurá-la. Não importa quanto eu diga a mim mesmo que você é a mais inadequada... – Ele parou quando ela de repente se esquivou, contorcendo--se e esticando o pescoço para olhar para o chão. – Não importa o que eu... Lillian, você está me ouvindo? O que diabos está procurando?

– Minha pera. Eu a deixei cair e... ah, lá está.

Ela se soltou de Westcliff, ficou de quatro e estendeu o braço para debaixo de uma cadeira. Pegando a garrafa, sentou-se no chão e a segurou no colo.

– Lillian, esqueça a maldita pera.

– Como você acha que ela *entrou* aí? – Ela enfiou o dedo no gargalo da garrafa. – Não entendo como algo tão grande pode entrar em um buraco tão pequeno.

Marcus fechou os olhos para conter uma onda de irritação e respondeu com uma voz rouca:

– Eles... eles a puseram diretamente na árvore. A fruta cresce... dentro.

Abriu os olhos e os fechou de novo ao vê-la introduzir o dedo cada vez mais fundo na garrafa.

– Cresce... – forçou-se a continuar –, até ficar madura.

Lillian pareceu muito impressionada com a afirmação.

– Eles fazem isso? Essa é a coisa mais inteligente, *inteligente*... uma pera em sua própria pequena... ah, não.

– O que foi? – perguntou Marcus por entre os dentes cerrados.

– Meu dedo está preso.

Ele abriu os olhos depressa e, em choque, viu Lillian puxando o dedo preso.

– Não consigo tirá-lo – disse ela.

– É só puxar.

– Dói. Está latejando.

– Puxe com mais força.

– Não consigo. Está preso mesmo. Preciso de algo para fazê-lo escorregar. Você tem algum tipo de lubrificante à mão?

– Não.

– *Nenhum*?

– Por mais que isso possa surpreendê-la, nunca precisei de um lubrificante na biblioteca.

Lillian o olhou com as sobrancelhas franzidas.

– Antes de começar a me criticar, Westcliff, devo salientar que não sou a primeira pessoa a prender o dedo em uma garrafa. Isso acontece o tempo todo.

– Acontece? Deve estar se referindo aos americanos. Porque nunca vi um inglês prender o dedo em uma garrafa. Nem mesmo um bêbado.

– Eu não estou bêbada, só estou... para onde está indo?

– Fique aqui – murmurou Marcus, saindo a passos largos.

No corredor, avistou uma criada se aproximando com um balde cheio de panos e produtos de limpeza. A moça de cabelos escuros ficou paralisada ao vê-lo, intimidada com a expressão carrancuda do conde. Marcus tentou se lembrar do nome dela.

– Meggie – disse laconicamente. – É esse o seu nome, não é?

– Sim, milorde – respondeu Meggie, abaixando os olhos.

– Tem sabão ou cera nesse balde?

– Sim, milorde – respondeu ela, confusa. – A governanta me disse para encerar as cadeiras da sala de bilhar...

– Do que é feita? – interrompeu ele, desejando saber se continha ingredientes cáusticos. Vendo a crescente perplexidade dela, esclareceu: – A cera, Meggie.

Ela arregalou os olhos diante do estranho interesse do patrão pela substância mundana.

– Cera de abelha – disse, insegura. – E suco de limão e uma ou duas gotas de óleo.

– Só isso?

– Sim, milorde.

– Bom – disse ele, assentindo. – Dê-me isso, se não se importa.

Surpresa, ela procurou dentro do balde, pegou um pequeno pote de cera amarela e o entregou a ele.

– Milorde, se quiser que eu encere alguma coisa...

– Não, isso é tudo, Meggie. Obrigado.

Ela fez uma pequena mesura e o observou se afastando, como se ele tivesse enlouquecido.

Ao voltar para a biblioteca, Marcus viu Lillian deitada de costas no tapete. Seu primeiro pensamento foi que ela devia ter desmaiado, mas ao se aproximar viu que ela estava segurando com sua mão livre um longo cilindro de madeira e espiando por um dos lados.

– Eu o encontrei – exclamou Lillian, triunfante. – O caleidoscópio. É muuuuito interessante. Mas não é bem o que eu esperava.

Silenciosamente, ele estendeu o braço, tirou o instrumento da mão de Lillian, o virou e o devolveu para que olhasse pelo outro lado.

Ela imediatamente deu um suspiro de assombro.

– Ah, isso é *lindo*... Como funciona?

– Uma extremidade contém painéis de vidro prateado estrategicamente posicionados e então...

Sua voz sumiu quando Lillian virou a coisa em sua direção.

– Milorde – disse ela com séria preocupação, olhando para ele através do cilindro –, tem três... cem... olhos.

Ela foi sacudida por um ataque de riso até deixar o caleidoscópio cair.

Marcus se ajoelhou ao seu lado e disse laconicamente:

– Dê-me a sua mão. Não, não essa. A que está com a garrafa.

Lillian continuou deitada de costas enquanto Marcus passava cera na parte exposta do dedo. Ele a esfregou até onde a garrafa se fechava ao redor da pele. Aquecida pelo calor de sua mão, a cera perfumada exalou um forte aroma de limão que Lillian inalou com prazer.

– Ah, eu gosto disso.

– Consegue puxar o dedo agora?

– Ainda não.

Ele untou os próprios dedos e continuou a passar a cera oleosa no dedo de Lillian e na boca da garrafa. Ela relaxou com o suave movimento, parecendo se contentar em ficar deitada, observando-o.

Marcus a olhou, achando difícil resistir ao desejo de subir no corpo inclinado dela e beijá-la loucamente.

– Importa-se de me dizer por que estava bebendo aguardente de pera no meio da tarde?

– Porque não consegui abrir o xerez.

Ele torceu os lábios.

– O que eu quis dizer foi: por que estava bebendo?

– Ah, bem, eu estava me sentindo um pouco... tensa. E achei que isso poderia me ajudar a relaxar.

Marcus esfregou a base do dedo dela com suaves movimentos em círculos.

– Por que estava se sentindo tensa?

Lillian desviou o rosto do dele.

– Não quero falar sobre isso.

– Hum.

Ela se virou novamente para o conde, estreitando os olhos.

– O que quis dizer com isso?

– Não quis dizer nada.

– Quis dizer, sim. Esse não foi um "hum" comum. Foi um "hum" de desaprovação.

– Eu só estava especulando.

– Diga-me qual é o seu palpite – desafiou-o Lillian. – Seu melhor palpite.

– Acho que tem algo a ver com St. Vincent. – Pela sombra que viu passar pelo rosto dela, Westcliff viu que seu palpite estava correto. – Conte-me o que aconteceu – pediu, observando-a com atenção.

– Sabe – disse ela em um tom sonhador, ignorando o pedido dele –, você não é nem de longe tão bonito quanto lorde St. Vincent.

– Não diga! – disse ele secamente.

– Mas por algum motivo – continuou Lillian – eu nunca quis beijá-lo como beijei você. – Foi bom ela ter fechado os olhos, porque, se tivesse visto a expressão de Westcliff, poderia não ter continuado. – Há algo em você que faz com que eu me sinta terrivelmente perversa. Você me faz querer fazer coisas chocantes. Talvez porque seja tão correto. Sua gravata nunca está torta e seus sapatos sempre estão brilhantes. Suas camisas são muito engomadas. Às vezes, quando olho para você, tenho vontade de arrancar todos os seus botões. Ou queimar suas calças. – Ela riu incontrolavelmente. – Muitas vezes me pergunto: por que é tão sensível a cócegas, milorde?

– Não – disse Marcus com uma voz rouca e o coração batendo com força sob a camisa engomada.

Um desejo intenso fez sua carne se intumescer, seu corpo ansiar por mergulhar na forma feminina esguia estendida na sua frente. Seu fragilizado senso de honra lhe disse que ele não era o tipo de homem que se aproveitaria de uma mulher bêbada. Ela estava indefesa. Era virgem. Nunca se perdoaria caso se aproveitasse dela nessa condição...

– Funcionou! – Lillian estendeu a mão e a acenou vitoriosamente. – Meu dedo se soltou. – Seus lábios se curvaram em um sorriso triste. – Por que está de cara feia? – Apoiando-se nos ombros de Westcliff, ela se sentou. – Essa pequena ruga entre suas sobrancelhas... me faz querer... – Sua voz falhou enquanto olhava para a testa dele.

– O quê? – sussurrou Marcus, seu autocontrole quase aniquilado.

Ainda apoiada nos ombros dele, Lillian se ajoelhou.

– Fazer isto. – Ela o beijou entre as sobrancelhas.

Marcus fechou os olhos e deu um leve e desesperado gemido. Ele a queria. Não só para se deitar com ela, embora agora esse fosse seu principal pensamento, mas também de outros modos. Não podia mais negar que, pelo resto da vida, compararia todas as outras mulheres a ela e acharia que em todas faltaria alguma coisa. O sorriso, a língua afiada, o gênio, a risada contagiosa, o corpo e o espírito, tudo em Lillian tinha um efeito agradável nele. Ela era independente, voluntariosa, teimosa... qualidades que a maioria dos homens não desejava em uma esposa. O fato de ele desejar era tão inegável quanto inesperado.

Só havia dois modos de lidar com a situação. Podia continuar tentando evitá-la, no que até agora fracassara espetacularmente, ou ceder. Ceder... sabendo que ela nunca seria a esposa plácida e adequada que sempre se imaginara tendo. Casando-se com ela, desafiaria um destino escrito para ele antes mesmo de ter nascido.

Nunca teria certeza do que esperar de Lillian. Ela se comportaria de modos que ele nem sempre compreenderia, e reagiria como uma criatura não totalmente domada sempre que ele tentasse controlá-la. Suas emoções eram fortes e sua teimosia era mais forte ainda. Eles brigariam. Ela nunca lhe permitiria ficar confortável demais, calmo demais.

Meu Deus, esse era realmente o futuro que queria?

Sim. Sim. *Sim.*

Ele esfregou o nariz na curva suave do rosto de Lillian, sentindo o hálito quente de aguardente. Iria possuí-la. Segurou com firmeza a cabeça de Lillian e a guiou para os lábios dele. Ela emitiu um som inarticulado e correspondeu ao beijo com um entusiasmo nada virginal, uma reação tão doce e ardente que Marcus quase sorriu. Mas o sorriso se desvaneceu com a fricção erótica dos lábios dela. Adorava o modo como Lillian reagia a ele, apreciando-lhe a boca com uma paixão que se igualava à dele. Abaixando-a para o chão, apoiou-a na dobra de seu braço e lhe explorou a boca com carícias de língua profundas e carnais. As saias de Lillian se juntavam entre eles, frustrando suas tentativas mútuas de se aproximarem mais. Contorcendo-se como um gato, Lillian tentou enfiar as mãos dentro do casaco de Marcus. Eles rolaram pelo chão, primeiro com ele por cima, depois invertendo as posições, nenhum dos dois se importando com isso desde que seus corpos ficassem entrelaçados.

Lillian era magra porém forte, seus membros o envolviam, suas mãos percorriam impacientemente as costas dele. Marcus nunca havia sentido tanta excitação na vida, cada célula do seu corpo estava impregnada de calor. Ele tinha de penetrá-la. Tinha de sentir, beijar, acariciar e saborear cada centímetro dela.

Eles rolaram de novo e a sensação de uma perna de cadeira batendo em suas costas o fez recuperar a sanidade por um instante. Marcus percebeu que estavam fazendo amor em uma das salas mais frequentadas da casa. Aquilo não daria certo. Praguejando, puxou Lillian para cima com ele, agarrando-a com força quando ficaram em pé. A boca suave de Lillian procurou a dele, e Marcus resistiu com um riso trêmulo.

– Lillian... – disse com uma voz rouca. – Venha comigo.

– Para onde? – perguntou ela debilmente.

– O andar de cima.

Marcus sentiu pela súbita tensão na espinha de Lillian que ela entendera o que ele pretendia. A aguardente lhe tirara as inibições, mas não o bom senso. Pelo menos não por completo. Ela levou seus dedos quentes e suaves ao rosto de Westcliff e o olhou intensamente.

– Para a sua cama? – sussurrou.

Quando ele assentiu com um pequeno movimento de cabeça, ela se inclinou e lhe falou contra a boca:

– Ah, sim...

Os lábios de Marcus procuraram os de Lillian, inchados pelos beijos. Ela era tão deliciosa, os lábios, a língua... Ele ficou ofegante e usou a pressão das mãos para moldar o corpo dela ao seu. Cambalearam juntos até Marcus pôr uma das mãos em uma estante próxima para equilibrá-los. Não conseguia lhe dar beijos profundos o suficiente. Precisava de mais dela. Mais da pele, do cheiro, da pulsação frenética sob sua língua, dos cabelos enrolados em seus dedos. Precisava do corpo nu de Lillian se contraindo e se arqueando sob o seu, do arranhar das unhas dela em suas costas, do clímax a fazendo estremecer enquanto os músculos internos se apertavam ao seu redor. Queria possuí-la rápido, devagar, com força e suavidade... de infinitos modos e com imensa paixão.

De algum modo ele conseguiu erguer a cabeça por tempo suficiente para dizer com a voz rouca:

– Ponha os braços ao redor do meu pescoço.

E quando ela obedeceu, ergueu-a contra o peito.

Capítulo 18

S e aquilo era um sonho, pensou Lillian alguns minutos depois, era surpreendentemente lúcido. Sim, um sonho... ela se apegou a essa ideia. Você podia fazer tudo o que quisesse em um sonho. Não havia regras, obrigações... só prazer. Ah, o prazer... Marcus despindo-a e se despindo até as roupas de ambos se amontoarem no chão e ele a erguer para uma ampla cama com travesseiros fofos como nuvens e lençóis de linho branco. Era definitivamente um sonho, porque as pessoas só faziam amor no escuro, e a luz do sol da tarde invadia o quarto.

Marcus estava ao seu lado, inclinado sobre ela, a boca brincando com a sua em beijos tão lânguidos e prolongados que Lillian não saberia dizer quando terminava um e começava outro. Toda a extensão do corpo nu dele se apertava contra o seu com um poder impressionante, a carne firme como aço sob suas mãos enquanto o explorava. Duro e ainda assim sedoso, o corpo ardente dele era uma revelação. Os pelos encaracolados do peito faziam cócegas em seus seios nus enquanto ele se movia sobre ela. Marcus reivindicou cada centímetro de seu corpo em uma lenta e erótica peregrinação de beijos e carícias.

Ela teve a impressão de que o cheiro dele – como o seu – mudara no calor do desejo, adquirindo um toque salgado que impregnava cada respiração de um aroma erótico. Enterrou o rosto no pescoço de Marcus, inalando-o avidamente. Marcus... o Marcus do seu sonho não era um cavalheiro inglês contido, mas um estranho terno e ousado que a chocava com as intimidades que exigia. Virando-a de bruços, ele a mordiscou por toda a espinha, a língua encontrou lugares que a fizeram se contorcer de inesperado prazer. A mão quente dele lhe acariciou as nádegas.

Quando ela sentiu as pontas dos dedos de Marcus explorando a cavidade secreta entre suas coxas, deu um gemido desamparado, começando a se erguer do colchão.

Com um murmúrio, ele a abaixou de novo, separou-lhe os pelos encaracolados e a penetrou com um dedo, provocando e circundando a delicada carne. Ela apoiou um dos lados de seu rosto quente no lençol branco como neve, suspirando de prazer. Marcus ronronou contra sua nuca e foi para cima dela. Lillian sentiu o peso do sexo sedoso dele na parte interna de sua perna enquanto a mão de Marcus brincava em suas coxas com um toque diabolicamente leve e gentil. Gentil demais. Ela queria mais... queria qualquer coisa... tudo. Seu coração acelerou e ela agarrou o lençol, enrolando-o em suas mãos úmidas. Sentiu uma tensão peculiar em seu interior que a fez se contorcer sob o corpo musculoso de Marcus.

Seus gritos e suspiros pareceram agradá-lo. Marcus a rolou para que ficasse deitada de costas; os olhos dele brilhavam como fogo no escuro.

– Lillian – sussurrou contra sua boca trêmula –, meu anjo, meu amor... dói aqui? – O dedo dele a acariciou por dentro. – Neste lugar suave, vazio... quer que eu o preencha?

– Sim – soluçou ela, contorcendo-se para se aproximar mais dele. – Sim, Marcus, sim...

– Daqui a pouco.

Ele passou a língua sobre o mamilo intumescido de Lillian.

Ela gemeu quando o toque provocante cessou. Perplexa e desesperada, sentiu-o deslizar para mais baixo, mais baixo, saboreando e mordiscando-lhe o corpo tenso até... até...

Atônita, ela prendeu a respiração quando as mãos de Marcus afastaram suas coxas e a língua fria e úmida dele invadiu os pelos encaracolados e molhados. Ela arqueou os quadris contra a boca do conde. *Ele não pode, não pode*, pensou atordoada, mesmo quando Marcus a lambeu mais fundo, girando a ponta da língua em um lento e sensual tormento que a fez gritar. Ele não ia parar. Concentrou-se na pequena saliência do sexo dela, encontrando um ritmo que fez o corpo de Lillian se incendiar. Em seguida explorou as intricadas dobras até ela gemer à sensação da língua penetrando-a.

– Marcus – Lillian repetia em sussurros entrecortados, como se o nome dele fosse um encantamento erótico. – Marcus...

Com as mãos trêmulas, ela segurou a cabeça dele, tentando empurrar a boca dele para onde precisava. Se tivesse conseguido encontrar as palavras, teria implorado. Subitamente a boca de Marcus deslizou para cima, percorrendo aquela distância pequena mas crucial, sugando e lambendo-a sem misericórdia. Ela deixou escapar um gemido rouco enquanto uma grande onda de êxtase a varria, dominando seus sentidos.

Marcus se ergueu e foi para cima dela, a boca quente lhe beijando as bochechas molhadas. Lillian o segurou com força, ofegando. Ainda não era o suficiente. Queria mais. Queria o corpo e a alma de Marcus dentro dela. Estendeu a mão desajeitadamente e tocou em toda a extensão o membro rígido dele, guiando-o para a cavidade úmida entre suas coxas.

– Lillian... – Os olhos dele eram como lava derretida. – Se fizermos isso, tem de entender que as coisas mudarão. Teremos de...

– Agora – interrompeu-o ela. – Venha para dentro de mim. *Agora.*

Com os dedos, ela explorou o sexo dele, da base à ponta inchada. Esfregou o nariz no pescoço forte do conde, mordiscando-o. Em um movimento súbito, ele a pôs deitada de costas e abaixou o corpo sobre o dela. Abriu-lhe as pernas e ela sentiu uma vigorosa pressão entre suas coxas, e seus músculos se enrijeceram à invasão.

Marcus procurou entre os corpos deles e encontrou a saliência do sexo de Lillian; os dedos dele proporcionaram mais prazer à carne sensível até ela se arquear, indefesa. Sufocando um grito de dor e surpresa, Lillian ficou imóvel, as mãos agarradas às costas duras e lisas de Marcus. Sua carne pulsou violentamente ao redor da dele, e a dor e a sensação de estiramento não diminuíram apesar de sua disposição de aceitá-lo. Murmurando-lhe para relaxar, Marcus ficou parado dentro dela com infinita paciência, tentando não machucá-la. Enquanto ele a abraçava e beijava, Lillian olhou para aqueles olhos escuros e ternos. Quando seus olhares se encontraram, ela sentiu todo o seu corpo relaxando, toda a resistência desaparecendo. Marcus lhe segurou as nádegas, a ergueu e começou a penetrá-la em um ritmo cuidadoso.

– Está tudo bem? – sussurrou.

Gemendo, Lillian pôs os braços ao redor do pescoço dele em resposta. Sua cabeça se inclinou para trás e ela o sentiu beijando seu pescoço enquanto seu corpo se abria totalmente para o quente e escorregadio intruso. Começou a se arquear em busca do prazer e da dor e pareceu que seus movimentos aumentaram o prazer de Marcus. As feições dele se contraíram de excitação enquanto a respiração parecia lhe arranhar a garganta.

– Lillian – disse ele com uma voz rouca, agarrando-lhe as nádegas com mais firmeza. – Meu Deus, eu não posso... *Lillian...*

Ele fechou os olhos e soltou um gemido rouco enquanto atingia o clímax, com o sexo pulsando dentro dela.

Depois ele começou a se afastar, mas Lillian o agarrou, murmurando:

– Não, ainda não, por favor...

Marcus virou ambos de lado, seus corpos ainda juntos. Relutando em soltá-lo, Lillian pôs sua perna esguia sobre o quadril dele enquanto os dedos de Marcus lhe acariciavam as costas.

– Marcus – sussurrou ela. – Isto é um sonho... não é?

Ela o sentiu sorrir sonolentamente contra sua bochecha.

– Durma – disse, e a beijou.

~

Quando Lillian abriu os olhos de novo, a luz da tarde diminuíra consideravelmente, e o céu visível através da janela estava tingido de um tom de lavanda. Os lábios de Marcus perambulavam de leve da bochecha para o queixo dela. Ele pôs um braço sob os ombros de Lillian e a sentou um pouco. Desorientada, ela sentiu o cheiro familiar de conde. Estava com a boca e a garganta secas e quando tentou falar sua voz soou áspera:

– Sede.

A borda de uma taça de cristal foi pressionada contra seus lábios e ela bebeu. O líquido estava fresco e tinha gosto de frutas cítricas e mel.

– Mais?

Lillian olhou para o homem que a segurava e viu que ele estava totalmente vestido, com os cabelos penteados e a pele recém-lavada e fresca. Ela estava com a língua grossa e seca.

– Eu sonhei... ah, eu sonhei...

Mas logo ficou claro que aquilo não tinha sido um sonho. Embora Westcliff estivesse devidamente vestido, ela estava nua na cama dele, coberta apenas por um lençol.

– Ah, meu Deus – sussurrou, surpresa e assustada ao perceber o que fizera.

Sua cabeça latejava. Ela apertou com os dedos suas têmporas doloridas.

Westcliff girou uma bandeja na mesa de cabeceira e lhe serviu outra taça do refrescante líquido.

– Está com dor de cabeça? – perguntou. – Achei que poderia estar. Aqui.

Ele lhe entregou um fino pacote de papel que ela abriu com dedos trêmulos. Inclinando a cabeça para trás, despejou o conteúdo amargo no fundo de sua garganta e o engoliu com a bebida adoçada. O lençol escorregou até sua cintura. Corando de vergonha, Lillian o agarrou, sobressaltada. Embora Westcliff não tivesse dito nada, ela viu pela expressão dele que era tarde demais para pudores. Então fechou os olhos e gemeu.

Tirando-lhe a taça, Westcliff a abaixou para o travesseiro e esperou até Lillian conseguir encará-lo de novo. Sorrindo, acariciou-lhe o rosto corado com os nós dos dedos. Desejando que ele não parecesse tão satisfeito consigo mesmo, Lillian franziu a testa.

– Milorde...

– Ainda não. Conversaremos depois que eu cuidar de você.

Ela deu um grito de susto quando ele afastou o lençol de seu corpo, expondo cada centímetro de sua pele.

– Não!

Ignorando-a, ele se ocupou de despejar água fumegante de uma pequena jarra na mesa de cabeceira em uma tigela cor de creme. Mergulhou um pano na água, o torceu e se sentou ao lado de Lillian. Percebendo o que ele pretendia fazer, ela instintivamente afastou a mão dele. Segurando-a com um sorriso irônico, Westcliff disse:

– Se a esta altura sentir vergonha...

– Está bem. – Corando, Lillian se recostou e fechou os olhos. – Apenas... acabe logo com isso.

O pano quente pressionado contra suas coxas a fez dar um pulo.

– Calma – murmurou ele, banhando suave e cuidadosamente a carne dolorida. – Sinto muito. Sei que isso dói. Fique deitada, quieta.

Lillian cobriu os olhos com a mão, mortificada demais para vê-lo aplicar outra compressa quente em suas partes íntimas.

– Isso ajuda? – perguntou ele.

Ela assentiu, tensa, sem conseguir emitir nenhum som. Westcliff disse, com uma voz risonha:

– Eu não teria esperado tanto recato de uma garota que anda ao ar livre em roupas de baixo. Por que está cobrindo os olhos?

– Porque não consigo olhá-lo enquanto você olha para mim – disse ela, e Marcus riu.

Ele removeu a compressa e a mergulhou de novo em água quente.

Lillian espiou por baixo de seus dedos e o viu aplicar de novo o reconfortante pano quente entre suas pernas.

– Deve ter chamado um criado – disse ela. – Ele ou ela viu alguma coisa? Alguém sabe que estou aqui?

– Apenas meu criado pessoal. E ele sabe que não deve dizer nenhuma palavra a ninguém sobre minha...

Quando ele hesitou, obviamente procurando a palavra certa, Lillian disse:

– Proeza?

– Isso não foi uma proeza.

– Um erro, então.

– Independentemente de como o defina, o fato é que temos de lidar com a situação do modo correto.

Aquilo soou muito mal. Tirando a mão dos olhos, Lillian viu que o pano que Westcliff removera estava manchado de sangue. Do sangue dela. Sentiu um vazio no estômago e seu coração bateu em um ritmo ansioso. Toda jovem sabia que se dormisse com um homem fora dos laços do matrimônio, estaria arruinada. A palavra "arruinada" soava definitiva... como se ela estivesse corrompida para sempre. Como uma maçã podre que estraga o que toca.

– Tudo o que temos de fazer é não deixar ninguém descobrir – disse ela. – Vamos fingir que isso nunca aconteceu.

Westcliff puxou o lençol para os ombros de Lillian e se inclinou sobre ela, apoiando as mãos em seus ombros.

– Lillian. Nós dormimos juntos. Não podemos fingir que não aconteceu.

Ela sentiu um súbito pânico.

– Eu posso. Se eu posso, você...

– Eu me aproveitei de você – disse ele, fazendo a pior tentativa que ela já vira de tentar parecer arrependido. – Meus atos foram imperdoáveis. Sendo assim...

– Eu o perdoo – apressou-se em dizer Lillian. – Então está resolvido. Onde estão minhas roupas?

– ... a única solução é nos casarmos.

Um pedido de casamento do conde de Westcliff.

Qualquer mulher solteira da Inglaterra teria chorado de gratidão ao ouvir essas palavras. Mas tudo aquilo parecia errado. Westcliff não estava lhe propondo casamento porque realmente queria, ou porque ela era a mulher que desejava mais do que qualquer outra. Estava fazendo isso por dever.

Lillian se sentou.

– Milorde – perguntou, insegura –, há *outro* motivo além do fato de termos dormido juntos para ter me pedido em casamento?

– Obviamente você é atraente... inteligente... sem dúvida, terá filhos saudáveis... e há benefícios em uma aliança entre nossas famílias...

Olhando para suas roupas cuidadosamente dobradas sobre uma cadeira perto da lareira, Lillian saiu da cama.

– Tenho de me vestir. – Ela fez uma careta de dor quando seus pés tocaram o chão.

– Vou ajudá-la – disse Marcus, indo a passos largos até a cadeira.

Lillian continuou perto da cama, com os cabelos caindo sobre seus seios e suas costas até a cintura. Trazendo-lhe as roupas e as colocando sobre a cama, Westcliff a varreu com um olhar.

– Como você é adorável! – murmurou.

Ele tocou nos ombros nus de Lillian e desceu com os dedos até os cotovelos dela.

– Sinto muito ter lhe causado dor – disse suavemente. – Não será tão difícil para você da próxima vez. Não quero que tenha medo disso... ou tenha medo de mim. Espero que não ache que eu...

– Medo de *você*? – disse Lillian sem pensar. – Meu Deus, eu nunca teria.

Westcliff inclinou a cabeça dela para trás e a encarou, e um sorriso se espalhou lentamente pelo seu rosto.

– Não, não teria – concordou. – Você seria capaz de cuspir no olho do demônio, se quisesse.

Sem conseguir saber se o comentário era um elogio ou uma crítica, Lillian se afastou dele, sentindo-se desconfortável. Estendeu a mão para suas roupas e tentou se vestir.

– Eu não quero me casar com você – disse.

Claro que aquilo não era verdade. Mas não podia ignorar a sensação de que não deveria ser assim... não deveria aceitar uma proposta tão obviamente motivada por dever.

– Você não tem escolha – disse Westcliff por trás dela.

– É claro que tenho. Ouso dizer que lorde St. Vincent

me aceitará mesmo eu tendo perdido a virgindade. E se ele não aceitar, meus pais dificilmente me atirariam na rua. Estou certa de que ficará aliviado em saber que eu o eximo de qualquer responsabilidade.

Ela pegou suas calçolas na cama e se curvou para vesti--las.

– Por que mencionou St. Vincent? – perguntou ele, ríspido. – Ele a pediu em casamento?

– É tão difícil acreditar nisso? – retorquiu Lillian, amarrando as fitas de suas calçolas. Ela pegou a camisola. – Na verdade, ele pediu permissão para falar com meu pai.

– Você não pode se casar com ele. – Marcus observou com a cara fechada a cabeça e os braços dela emergirem da camisola.

– Por que não?

– Porque agora você é minha.

Ela bufou desdenhosamente, embora sentisse seu coração bater mais forte com a possessividade de Marcus.

– O fato de termos dormido juntos não constitui posse.

– Você pode estar grávida – salientou ele com cruel satisfação. – Neste momento, meu filho pode estar crescendo em seu ventre. Eu diria que isso constitui um tipo de posse.

Lillian sentiu seus joelhos tremerem, embora seu tom se igualasse ao dele em frieza.

– Isso ainda vamos descobrir. Por enquanto, recuso sua proposta. Embora não tenha de fato feito uma proposta, não é? – Ela enfiou uma meia em seu pé descalço. – Foi mais como uma ordem.

– É *esse* o problema? Eu não ter dito as palavras que você gostaria? – Westcliff balançou a cabeça impacientemente. – Muito bem. Aceita se casar comigo?

– Não.

O rosto dele se tornou ameaçador.

– Por que não?

– Porque termos dormido juntos não é motivo para nos acorrentarmos um ao outro pelo resto de nossas vidas.

O conde arqueou uma sobrancelha com impecável arrogância.

– Para mim é. – Ele pegou o espartilho de Lillian e o entregou a ela. – Nada que você diga ou faça mudará a minha decisão. Vamos nos casar, e em breve.

– Pode ser a sua decisão, mas não é a minha – retorquiu Lillian, prendendo a respiração enquanto ele segurava as fitas e as puxava habilmente. – E eu gostaria de saber o que a condessa dirá quando souber que pretende trazer mais um americano para a família!

– Ela terá um ataque de raiva – respondeu Marcus, atando as fitas do espartilho. – Começará a gritar e depois, provavelmente, desmaiará. E então irá para o continente por seis meses e se recusará a escrever para qualquer um de nós. – Ele fez uma pausa e acrescentou, com alívio: – Como estou ansioso por isso!

CAPÍTULO 19

L illian, Lillian, querida... você precisa acordar. Olhe, pedi chá.

Daisy estava ao lado da cama sacudindo gentilmente com sua mão pequena o ombro de Lillian.

Ela resmungou, se mexeu e ergueu os olhos apertados para o rosto da irmã.

– Eu não quero acordar.

– Bem, você precisa. Há coisas acontecendo e achei que você deveria estar preparada.

– Coisas? Que coisas? – Lillian ergueu o corpo e pôs a mão em sua testa dolorida.

Um olhar para o rosto pequeno e preocupado de Daisy fez seu coração bater em um ritmo desagradável.

– Encoste-se no travesseiro – respondeu Daisy –, e lhe darei seu chá. Aqui.

Lillian aceitou a xícara fumegante e fez um esforço para ordenar seus pensamentos, que estavam confusos e dispersos como um novelo de lã desfeito.

Tinha uma vaga lembrança de Marcus a levando furtivamente na noite anterior para o quarto dela, onde um banho quente e uma criada a esperavam. Tinha se banhado, posto uma camisola limpa e ido para a cama antes de sua irmã voltar das festividades na vila. Depois de um sono longo e sem sonhos, poderia ter se convencido de que nada acontecera na véspera, se não fosse pela dor persistente entre suas coxas.

E agora?, perguntou-se, ansiosa. Ele dissera que pretendia se casar com ela. Mas à luz do dia bem que poderia ter mudado de ideia. E ela não estava certa de que era isso que queria. Se fosse para passar o resto da vida se sentindo como um indesejável dever imposto a Marcus...

– Que "coisas" estão acontecendo? – perguntou.

Daisy se sentou na beira da cama, de frente para a irmã. Estava usando um vestido matutino azul e tinha os cabelos presos negligentemente na nuca. Seu olhar preocupado se fixou no rosto cansado de Lillian.

– Umas duas horas atrás, ouvi uma agitação no quarto de nossos pais. Parece que lorde Westcliff pediu ao papai que se encontrasse com ele em particular, acho que na sala Marsden. Mais tarde papai voltou e espiei para dentro para perguntar o que estava acontecendo. Ele não quis explicar, mas parecia muito nervoso, e mamãe estava tendo um ataque histérico por causa de alguma coisa, rindo e chorando, por isso papai mandou buscar um pouco de bebida para acalmá-la. Não sei sobre o que lorde Westcliff e papai conversaram, mas esperava que você soubesse... – Daisy se interrompeu ao ver que a xícara de Lillian estava tremendo sobre o pires, e se apressou em tirá-la das mãos fracas da irmã. – Querida, o que foi? Você está tão estranha! Aconteceu alguma coisa ontem? Você fez algo de que lorde Westcliff não gostou?

Lillian fechou a boca com força para não dar uma gargalhada. Nunca se sentira assim, no perigoso limite entre a raiva e as lágrimas. E a raiva venceu.

– Sim, aconteceu – disse. – E agora ele está usando isso para me impor sua vontade, sem considerar a minha. Agir pelas minhas costas e resolver tudo com meu pai... Ah, eu não vou aceitar isso! Não vou!

Daisy arregalou os olhos.

– Você montou um dos cavalos de lorde Westcliff sem permissão? Foi isso?

– Se eu... Meu Deus, não. Se fosse só isso! – Lillian enterrou o rosto vermelho nas mãos. – Eu dormi com ele. – Sua voz passou pelo frio filtro de seus dedos. – Ontem, quando todos saíram da propriedade.

Um chocado silêncio se seguiu à pronta confissão.

– Você... mas... mas não vejo como poderia ter...

– Eu estava bebendo aguardente na biblioteca – disse Lillian. – E ele me encontrou. Uma coisa levou a outra e então fui para o quarto dele.

Daisy digeriu a informação com muda perplexidade. Tentou falar, tomou um gole do chá descartado por Lillian e pigarreou:

– Devo supor que quando você diz que dormiu com ele foi mais do que um cochilo?

Lillian lhe lançou um olhar contundente.

– Daisy, não seja boba.

– Você acha que ele terá um comportamento honrado e a pedirá em casamento?

– Ah, sim – disse Lillian, amarga. – Ele transformará o "comportamento honrado" em uma grande e boa clava com que baterá na minha cabeça até eu me render.

– Ele disse que a ama? – ousou perguntar Daisy.

Lillian bufou desdenhosamente.

– Não, ele não disse nenhuma palavra sobre isso.

Daisy franziu a testa, intrigada.

– Lillian... você tem medo de que ele só a queira por causa do perfume?

– Não, eu... ah, meu Deus, eu nem tinha pensado nisso, estou muito confusa... – Gemendo, ela pegou o travesseiro mais próximo e o pôs sobre o rosto como se pudesse se asfixiar. O que, naquele momento, não parecia tão ruim.

Por mais que o travesseiro fosse grosso, não abafou totalmente a voz de Daisy.

– Você *quer* se casar com ele?

A pergunta causou uma pontada de dor no coração de Lillian. Atirando o travesseiro para o lado, ela murmurou:

– Não dessa maneira! Não com ele tomando a decisão sem considerar meus sentimentos ou dizendo que só vai fazer isso porque fui comprometida.

Daisy refletiu sobre as palavras da irmã.

– Eu não acredito que lorde Westcliff vá dizer isso – disse. – Ele não parece o tipo de homem que levaria uma garota para a cama ou se casaria com ela se não quisesse.

– Se ao menos ele se importasse com o que *eu* quero! – disse Lillian, de cara feia.

Ela saiu da cama e se dirigiu ao lavatório, onde seu rosto cansado se refletiu no espelho. Despejou água da jarra na bacia, jogou-a no rosto e esfregou a pele com um pano quadrado macio. Uma fina nuvem de pó de canela se ergueu no ar quando abriu a pequena lata e mergulhou sua escova de dentes dentro. O sabor forte acabou com a sensação pastosa e o gosto amargo em sua boca, e ela a enxaguou vigorosamente até seus dentes ficarem limpos e lisos como vidro.

– Daisy – disse, olhando por cima do seu ombro –, você faria uma coisa para mim?

– Sim, é claro.

– Não quero falar com mamãe ou papai agora. Mas tenho de saber se Westcliff realmente pediu minha mão. Se você conseguisse descobrir...

– Não diga mais nada – respondeu Daisy de pronto, andando a passos largos para a porta.

Quando Lillian terminou suas abluções matinais e vestiu um roupão branco de cambraia sobre a camisola, sua irmã mais nova voltou.

– Não foi preciso perguntar – disse Daisy, pesarosa. – Papai não estava lá, mas mamãe estava olhando para um copo de uísque e cantarolando a marcha nupcial. E ela parecia em êxtase. Eu diria que, sem dúvida, ele pediu.

– O canalha – murmurou Lillian. – Como ousa me deixar de fora de tudo, como se não dissesse respeito a mim? – Ela estreitou os olhos. – Gostaria de saber o que ele está fazendo agora. Provavelmente garantindo que tudo ficará bem amarrado. O que significa que a próxima pessoa com quem falará é...

Lillian se interrompeu com um som inarticulado, a raiva fervendo dentro dela até parecer fumegar de seus poros. Sendo o desgraçado controlador que era, Westcliff nem mesmo a deixaria pôr fim pessoalmente à amizade com lorde St. Vincent. Não lhe permitiria a dignidade de uma despedida adequada. Não, Westcliff cuidaria de tudo sozinho enquanto ela seria deixada indefesa como uma criança diante das maquinações dele.

– Se Westcliff está fazendo o que acho que está – rosnou –, vou abrir o cérebro dele com um atiçador de lareira!

– O quê? – A perplexidade de Daisy era evidente. – O que você acha que ele... *não*, Lillian, você não pode sair do quarto em roupas de dormir! – Ela foi até a porta e sussurrou enquanto sua irmã mais velha andava furiosamente pelo corredor. – Lillian! *Por favor*, volte! Lillian!

As bainhas da camisola e do roupão brancos de Lillian ondulavam às suas costas como a vela de um navio enquanto ela andava altivamente pelo corredor e descia a escada principal. Ainda era cedo o suficiente para a maioria dos hóspedes estar na cama. Mas Lillian estava furiosa demais para se importar se a vissem. Ela passou por alguns criados perplexos. Quando chegou ao escritório de Marcus, ofegava. A porta estava fechada. Sem hesitação, abriu-a com força, fazendo-a bater na parede enquanto atravessava o limiar.

Como suspeitara, Marcus estava lá com lorde St. Vincent. Ao serem interrompidos, os dois homens se viraram na direção dela.

Lillian olhou para o rosto impassível de St. Vincent.

– O que ele lhe contou? – perguntou, sem preâmbulos.

Adotando uma expressão neutra e simpática, St. Vincent respondeu brandamente:

– O suficiente.

Ela desviou seu olhar para o rosto impenitente de Marcus, percebendo que dera a informação para St. Vincent com a eficiência letal de um cirurgião de campo de batalha. Tendo decidido seu rumo, tentava agressivamente garantir a vitória.

– Você não tinha nenhum direito – disse ela, fervendo de raiva. – Não vou ser manipulada, Westcliff!

Tentando parecer relaxado, St. Vincent se afastou da escrivaninha e foi até ela.

– Eu não a aconselharia a andar por aí em roupas de dormir, doçura – murmurou. – Aqui, permita-me lhe oferecer meu...

Mas Marcus já havia se aproximado de Lillian por trás e posto seu casaco ao redor dos ombros dela, escondendo as roupas de dormir do olhar do outro homem. Irritada, ela tentou tirar o casaco. Marcus o fixou nos ombros de Lillian e puxou o corpo rígido dela para o seu.

– Não faça papel de boba – disse-lhe ao ouvido.

Ela se contorceu furiosamente, tentando se libertar.

– Solte-me! Quero falar com lorde St. Vincent. Ele e eu merecemos isso. E se tentar me impedir, farei isso pelas suas costas.

Relutante, Marcus a soltou e se manteve afastado, com os braços cruzados sobre o peito. Apesar de sua aparente compostura, Lillian sentiu a presença de uma emoção forte dentro dele, algo que ainda não conseguia controlar.

– Então fale – disse o conde.

Pela rigidez de seu maxilar, era óbvio que não tinha nenhuma intenção de lhes dar um momento de privacidade.

Lillian refletiu que poucas mulheres seriam estúpidas o suficiente para achar que conseguiriam lidar com essa criatura arrogante e obstinada, e temeu ser uma delas. Estreitou os olhos e o encarou.

– Por favor, tente não interromper – pediu, e depois lhe deu as costas.

Mantendo sua fachada impassível, St. Vincent se apoiou na escrivaninha. Lillian franziu a testa, pensativa, desejando muito que ele entendesse que não tivera nenhuma intenção de enganá-lo.

– Milorde. Por favor, me perdoe. Eu não pretendia...

– Doçura, não há nenhuma necessidade de se desculpar. – St. Vincent a observou com tamanhas calma e atenção que pareceu ler os pensamentos dela. – Não fez nada de errado. Sei muito bem como é fácil seduzir uma inocente. – Depois de uma pausa deliberada, acrescentou suavemente: – Pelo visto, Westcliff também sabe.

– Olhe aqui... – começou Marcus, irritando-se.

– Isso é o que acontece quando tento ser um cavalheiro – interrompeu-o St. Vincent. Ele estendeu a mão para tocar um longo cacho de cabelo no ombro de Lillian. – Se eu tivesse recorrido às minhas táticas costumeiras, a esta altura já a teria seduzido dez vezes, e você seria minha. Mas parece que confiei demais no aclamado senso de honra de Westcliff.

– Eu tive tanta culpa quanto ele – disse Lillian, determinada a ser honesta. Contudo, viu pela expressão de St. Vincent que ele não acreditava nela.

Em vez de discutir isso, ele soltou o cacho, inclinou sua cabeça para a de Lillian e perguntou:

– Amor, e se eu lhe dissesse que ainda a quero, apesar do que houve entre vocês dois?

Lillian não conseguiu esconder seu espanto com a pergunta.

Atrás dela, Marcus pareceu não conseguir mais manter silêncio, e sua voz rangeu de irritação:

– O que você quer é irrelevante, St. Vincent. O fato é que agora ela é minha.

– Em virtude de um ato sem importância? – contrapôs St. Vincent friamente.

– Milorde – disse Lillian para St. Vincent –, não... não foi sem importância para mim. E é possível que haja consequências. Eu não poderia me casar com um homem carregando o filho de outro.

– Meu amor, isso acontece o tempo todo. Eu aceitaria a criança como minha.

– Não vou mais ouvir isso – grunhiu Westcliff em advertência.

Ignorando-o, Lillian olhou para St. Vincent em um claro pedido de desculpas.

– Eu não poderia. Sinto muito. A sorte foi lançada, milorde, e não posso fazer nada para mudar isso. Mas... – Impulsivamente, ela estendeu o braço e lhe ofereceu sua mão. – Mas, apesar do que aconteceu, espero que continuemos a ser amigos.

Com um sorriso curioso, St. Vincent apertou a mão dela antes de soltá-la.

– Só há uma circunstância em que eu posso me imaginar lhe recusando algo... doçura. E não é essa. É claro que continuarei seu amigo. – Olhando por cima da cabeça dela, retribuiu o olhar de Westcliff com um sorriso sombrio que prometia que o assunto ainda não estava encerrado. – Não acredito que eu vá ficar pelos dias de festa que restam – disse tranquilamente. – Embora eu não queira que minha partida precipitada dê margem a fofocas, não estou certo de que conseguirei esconder meu... desapontamento. Por isso talvez seja melhor eu ir embora. Sem dúvida, teremos muito que conversar na próxima vez que nos encontrarmos.

Marcus observou com os olhos apertados o outro homem sair e fechar a porta atrás dele.

No irritado silêncio que se seguiu, o conde remoeu pensamentos sobre os comentários de St. Vincent.

– Só há uma circunstância em que eu posso me imaginar lhe recusando algo... o que ele quis dizer?

Lillian se virou para olhá-lo, furiosa.

– Não sei nem quero saber! Você se comportou de um modo abominável e St. Vincent é dez vezes mais cavalheiro do que você!

– Não diria isso se soubesse algo sobre ele.

– Sei que ele me tratou com respeito, enquanto você me olha como um fantoche que pode manipular de um lado para outro...

Quando Marcus a tomou nos braços, ela bateu fortemente com os dois punhos no peito dele.

– Você não seria feliz com ele – disse o conde, ignorando as tentativas de Lillian de se soltar como se ela fosse um gatinho que pudesse ser segurado pelo pescoço.

O casaco que pusera ao redor de seus ombros caiu no chão.

– E por que acha que eu ficaria melhor com *você*?

Ele segurou os pulsos de Lillian e lhe torceu os braços nas costas, dando um gemido de surpresa quando ela pisou com força em seu dedo do pé.

– Porque você precisa de mim – respondeu, prendendo a respiração quando ela se contorceu contra ele. – Como eu preciso de você. – Ele pressionou sua boca contra a de Lillian. – Eu preciso de você há anos.

Outro beijo, dessa vez profundo e inebriante, a língua a explorando intimamente.

Ela poderia ter continuado a lutar com Marcus se ele não tivesse feito algo que a surpreendeu. Soltou-lhe os pulsos e a envolveu em um quente e terno abraço. Desprevenida, ela ficou imóvel, com o coração batendo loucamente.

– Também não foi um ato sem importância para mim – disse Marcus num sussurro rouco que fez cócegas na orelha de Lillian. – Ontem enfim percebi que todas as coisas que eu achava erradas em você eram as que mais me atraíam. E não me importa o que você faça, desde que a agrade. Correr descalça no gramado. Comer pudim com os dedos. Mandar-me para o inferno quantas vezes quiser. Eu a quero como você é. Afinal de contas, é a única mulher, fora minhas irmãs, que já ousou dizer na minha cara que sou um idiota arrogante. Como eu poderia resistir a você? – Ele moveu a boca para a bochecha macia de Lillian. – Minha amada Lillian – sussurrou, empurrando a cabeça dela para trás para lhe beijar as pálpebras. – Se eu tivesse o dom da poesia, a cumularia de sonetos. Mas sempre tive dificuldade com as palavras quando meus sentimentos são mais fortes. E há uma palavra em particular que não consigo lhe dizer... "adeus". Eu não suportaria vê-la se afastando de mim. Se você não se casar comigo pela própria honra, que o faça por todos que teriam de me suportar se me rejeitasse. Case-se comigo porque preciso de alguém que me ajude a rir de mim mesmo. Porque alguém tem de me ensinar a assoviar. Case-se comigo, Lillian... porque sou totalmente fascinado por suas orelhas.

– Minhas orelhas?

Perplexa, Lillian o sentiu abaixar a cabeça para lhe mordiscar o lóbulo rosado.

– Hum. As mais perfeitas que já vi.

Enquanto ele passava a língua dentro da cavidade da orelha, deslizou a mão da cintura para o seio de Lillian, apreciando a forma livre do espartilho. Ela se tornou muito consciente da própria nudez sob a camisola enquanto ele lhe tocava o seio, curvando os dedos sobre o monte macio até o mamilo se intumescer em sua palma.

– Isto também – murmurou Marcus. – Perfeitos... – Concentrado em acariciá-la, ele desabotoou os pequenos botões da camisola.

Lillian sentiu seu pulso acelerar, a respiração se tornar ofegante com a dele. Lembrou-se da rigidez do corpo de Marcus roçando nela quando fizeram amor, do encaixe perfeito entre eles, das contrações dos músculos e tendões sob suas mãos. Sua pele formigou à lembrança das carícias e hábeis explorações da boca e dos dedos dele, que a tinham feito tremer de desejo. Não admirava que ele fosse tão frio e racional durante o dia – guardava toda a sua sensualidade para a hora de ir para a cama.

Perturbada com a proximidade de Marcus, ela lhe segurou os pulsos. Ainda tinham muito a discutir... questões importantes demais para qualquer um deles ignorar.

– Marcus, não – disse, ofegante. – Agora não. Isso só confunde mais as coisas e...

– Para mim torna tudo claro.

Ele deslizou as mãos para os dois lados do rosto de Lillian, segurando-lhe as bochechas com ansiedade e delicadeza. Seus olhos eram muito mais escuros do que os dela, apenas um leve brilho âmbar revelando que não eram pretos, mas castanhos.

– Beije-me – sussurrou Marcus, sua boca encontrando a dela e se apossando do lábio superior e depois do inferior em carícias que a fizeram se arrepiar até os pés.

O chão pareceu se mover sob Lillian e ela agarrou os ombros de Marcus para se equilibrar. Ele a beijou com mais força, a úmida pressão a desorientando com um novo choque de prazer.

Sem parar de beijá-la, ele a ajudou a pôr os braços ao redor de seu pescoço, acariciou-lhe os ombros e as costas e, quando ficou evidente que as pernas dela estavam tremendo, deitou-a sobre o chão atapetado. Sua boca perambulou para o seio de Lillian, cobrindo o mamilo enquanto o lambia através da fina cambraia branca. Ela viu cores ofuscantes, vermelho, azul e dourado, e percebeu que estavam deitados sob um raio de sol que se infiltrava pela fileira de janelas de vitral retangulares. A luz lhe tingiu a pele de muitos tons, como se ela estivesse debaixo de um arco-íris.

Marcus segurou a frente da camisola dela, puxando-a impacientemente dos dois lados até os botões se soltarem e se espalharem sobre o tapete. Seu rosto parecia diferente: mais suave, mais jovem, a pele corada de desejo. Ninguém jamais a havia olhado daquela maneira, com um enlevo e um ardor que a faziam se esquecer de todo o resto. Inclinando-se sobre o seio exposto, Marcus lambeu a pele branca até encontrar o mamilo rosado, e fechou a boca ao seu redor.

Lillian ofegou e empurrou o corpo para cima, sentindo necessidade de envolvê-lo por completo. Procurou a cabeça de Marcus, seus dedos deslizando para os fartos cabelos pretos. Entendendo a súplica silenciosa, ele lhe mordiscou o mamilo, usando a língua com torturante suavidade. Uma das mãos do conde ergueu a frente da camisola e depois deslizou até a barriga de Lillian, a ponta do dedo anelar circundando delicadamente o umbigo. Um desejo febril a consumiu enquanto ela se contorcia no lago de cores formado pela luz que vinha da janela. Os dedos de Marcus deslizaram mais para baixo, para a beira dos pelos encaracolados e sedosos, e ela soube que assim que ele tocasse a pequena saliência semioculta nas dobras de seu sexo, ela atingiria o clímax.

Subitamente, ele afastou a mão e Lillian gemeu em protesto. Praguejando, Marcus a escondeu sob seu corpo, puxando o rosto dela para seu ombro no instante em que a porta se abriu.

Por um momento de paralisado silêncio cortado apenas por sua respiração ofegante, Lillian espiou através do esconderijo do corpo de Marcus. Apavorada, viu que alguém estava em pé ali. Era Simon Hunt. Ele segurava um livro contábil e algumas pastas presas com uma fita preta. Chocado, Hunt olhou para o casal no chão. Louvavelmente, conseguiu se recompor, embora isso devesse ter sido difícil. O conde de Westcliff, eterno defensor da moderação e do autocontrole, era o último homem que Hunt esperaria ver rolando no chão do escritório com uma mulher de camisola.

– Desculpe-me, milorde – disse Hunt em uma voz controlada. – Não esperava que estivesse... reunido... com alguém a esta hora.

Marcus lhe lançou um olhar feroz.

– Da próxima vez bata na porta.

– Tem razão, é claro. – Hunt abriu a boca para acrescentar algo, pareceu pensar melhor e depois pigarreou. – Vou deixá-lo terminar sua... conversa. – Mas ao sair da sala não conseguiu evitar olhar para trás e perguntar enigmaticamente a Marcus: – Uma vez por semana, foi o que disse?

– Feche a porta ao sair – disse Marcus, e Hunt obedeceu com um som abafado que pareceu o de uma risada.

Lillian manteve o rosto no ombro de Marcus. Por mais envergonhada que tivesse ficado no dia em que ele a vira jogando *rounders* em roupas de baixo, isso era dez vezes pior. Ela nunca mais conseguiria encarar Simon Hunt de novo, pensou, e gemeu.

– Está tudo bem – murmurou Marcus. – Ele vai ficar de boca fechada.

– Não importa para quem ele conte – conseguiu dizer Lillian. – Eu não vou me casar com você. Nem se me comprometer cem vezes.

– Lillian – disse ele com um súbito tremor de riso na voz –, eu teria o maior prazer em comprometê-la cem vezes. Mas primeiro gostaria de saber o que fiz de tão imperdoável esta manhã.

– Para começar, foi falar com o meu pai.

Ele ergueu de leve as sobrancelhas.

– *Isso* a ofendeu?

– Como poderia não ofender? Você se comportou do modo mais arrogante possível agindo pelas minhas costas e tentando acertar as coisas com meu pai sem me dizer uma única palavra...

– Espere – disse Marcus, rolando para o lado e se sentando agilmente. – Eu não estava sendo arrogante quando fui falar com seu pai. Estava seguindo a tradição. Um possível noivo costuma falar primeiro com o pai da moça antes de fazer o pedido de casamento formal. – Um tom levemente cáustico permeou sua voz quando ele acrescentou: – Até mesmo nos Estados Unidos. A menos que eu esteja mal informado.

O relógio no console da lareira assinalou uma lenta passagem de trinta segundos antes de Lillian conseguir responder, contrariada:

– Sim, é assim que isso costuma ser feito. Mas julguei que você já havia assumido um compromisso de noivado, independentemente de isso ser o que *eu* quero ou não...

– Seu julgamento foi errado. Nós não discutimos nenhum detalhe de um noivado nem mencionamos nada sobre dote ou data de casamento. Tudo o que eu fiz foi pedir permissão ao seu pai para cortejá-la.

Lillian o olhou com envergonhada surpresa até lhe ocorrer outra pergunta:

– E quanto à conversa que acabou de ter com lorde St. Vincent?

Foi a vez de Marcus parecer envergonhado.

– Isso foi arrogante – admitiu. – Talvez eu devesse me desculpar, mas não vou. Eu não podia correr o risco de St. Vincent convencê-la a se casar com ele e não comigo. Então achei necessário avisá-lo de que deveria ficar longe de você.

Marcus fez uma pausa antes de continuar, e Lillian notou uma hesitação incomum nele.

– Alguns anos atrás – prosseguiu, sem olhar nos olhos de Lillian –, St.Vincent se interessou por uma mulher com quem eu estava... envolvido. Eu não estava apaixonado por ela, mas com o passar do tempo era possível que ela e eu...

Ele parou e balançou a cabeça.

– Não sei o que teria resultado desse relacionamento. Nunca tive a oportunidade de descobrir. Quando St.

Vincent começou a persegui-la, ela me deixou por ele. – Seus lábios se curvaram em um sorriso triste. – Como era de esperar, St. Vincent se cansou dela algumas semanas depois.

Lillian olhou compassivamente para a linha severa do perfil dele. Não havia nenhum traço de raiva ou autopiedade naquela curta declaração, mas ela sentiu que a experiência o magoara. Para um homem que valorizava tanto a lealdade quanto Marcus, a traição de um amigo e a infidelidade de uma amante deviam ter sido difíceis de suportar.

– E ainda assim continuou amigo dele? – perguntou ela, suavizando a voz.

Marcus respondeu em um tom cuidadoso e monótono. Era óbvio que ele achava difícil falar sobre assuntos pessoais.

– Toda amizade tem suas cicatrizes. E acredito que se St. Vincent tivesse entendido a força dos meus sentimentos por ela, não a teria perseguido. Contudo, neste caso não pude deixar o passado se repetir. Você é... importante... demais para mim.

Lillian sentira ciúme do fato de Marcus ter sentimentos por outra mulher... e então seu coração deu um pulo ao se perguntar que significado deveria atribuir à palavra "importante". Marcus tinha a aversão inata dos ingleses a demonstrar emoções. Mas ela percebeu que ele estava tentando muito abrir seu coração. Talvez um pouco de encorajamento produzisse alguns resultados surpreendentes.

– Já que obviamente St. Vincent leva vantagem sobre mim em aparência e charme – continuou Marcus, calmo –, achei que eu só poderia equilibrar a balança com pura determinação. Foi por isso que me encontrei com ele esta manhã para lhe dizer...

– Não, você está errado – protestou Lillian, incapaz de se conter.

Marcus lhe lançou um olhar indagador.

– O que disse?

– Ele não leva vantagem sobre você – informou-lhe Lillian, corando ao descobrir que não era mais fácil para ela do que para ele abrir seu coração. – Você é encantador quando quer. E quanto à sua aparência...

Corou ainda mais, a ponto de sentir que irradiava calor.

– ... Eu o acho muito atraente – disse num impulso. – Eu... eu sempre achei. Não teria dormido com você na noite passada se não o quisesse, não importa quanto tivesse bebido.

Um súbito sorriso curvou os lábios de Marcus. Ele estendeu a mão para a camisola aberta, fechou-a com gentileza e acariciou com os nós dos dedos a superfície rosada do pescoço de Lillian.

– Então devo presumir que suas objeções a se casar comigo se baseiam mais na ideia de ser forçada do que em rejeição pessoal?

Absorta no prazer das carícias dele, Lillian o encarou, confusa.

– Hum?

Ele deixou escapar uma agradável risada.

– O que eu estou perguntando é se você consideraria se tornar minha esposa se eu lhe prometesse que não seria forçada a isso?

Ela assentiu.

– Eu... eu poderia considerar. Mas se vier a se comportar como um homem da Idade Média e tentar me intimidar...

– Não, não vou tentar intimidá-la – garantiu Marcus, sério, embora Lillian visse um brilho de divertimento nos olhos dele. – É óbvio que essas táticas não funcionariam. Ao que parece, encontrei meu par perfeito.

Apaziguada pela afirmação, Lillian sentiu que relaxava um pouco. Não protestou nem quando Marcus estendeu o braço para pô-la no colo. Uma cálida mão deslizou por baixo de sua camisola até seu quadril em um toque mais confortador do que sensual. Marcus a olhou fixamente.

– Casamento é uma sociedade – disse. – E como nunca entrei em uma sociedade comercial sem primeiro negociar os termos, faremos o mesmo nesta situação. Só você e eu, em particular. Sem dúvida, haverá alguns pontos de divergência, mas você descobrirá que sou muito bom em negociações.

– Meu pai insistirá em ter a palavra final sobre o dote.

– Eu não estava falando de assuntos financeiros. O que quero de você é algo que seu pai não pode negociar.

– Pretende discutir coisas como... nossas expectativas em relação um ao outro? E onde moraremos?

– Exatamente.

– E se eu lhe dissesse que não quero residir neste país... ou que prefiro Londres a Hampshire... concordaria em morar em Marsden Terrace?

Ele a olhou com ar indagador ao responder:

– Eu faria algumas concessões a respeito disso. Embora nesse caso tivesse de voltar frequentemente para administrar a propriedade. Devo deduzir que você não gosta de Stony Cross Park?

– Ah, não. É que... Eu gosto muito. Minha pergunta foi hipotética.

– Mesmo assim, está acostumada aos prazeres da vida urbana.

– Eu gostaria de morar aqui – insistiu Lillian, pensando na beleza de Hampshire, nos rios e nas florestas, nos prados onde podia se imaginar brincando com seus filhos, na vila com seus personagens excêntricos e lojistas e nas festas locais, que animavam o ritmo tranquilo da vida rural. E na própria mansão, grandiosa e ainda assim íntima, e em todos os nichos e cantos onde se aninharia em dias chuvosos... ou noites de amor.

Corou mais uma vez ao refletir que o dono de Stony Cross Park era, de longe, a atração mais irresistível do lugar. A vida com esse homem vigoroso nunca seria monótona, não importava onde eles morassem.

– É claro – continuou Lillian, enfática – que eu estaria mais do que disposta a residir em Hampshire se pudesse voltar a cavalgar.

A declaração foi seguida de uma risada incontida.

– Mandarei um cavalariço selar Estrelado para você esta manhã mesmo.

– Ah, *obrigada* – disse ela com sarcasmo. – Dois dias antes do fim dos festejos na propriedade me dará permissão para cavalgar. Por que agora? Porque dormi com você na noite passada?

Um lento sorriso curvou os lábios de Marcus e ele pôs a mão furtivamente no quadril de Lillian.

– Você deveria ter dormido comigo semanas atrás. Eu teria lhe transferido todo o controle da propriedade.

Lillian mordeu a parte interna de suas bochechas para não sorrir.

– Entendo. Nesse casamento eu seria obrigada a realizar favores sexuais sempre que quisesse algo de você.

– De forma alguma. Embora... – um brilho provocador surgiu nos olhos dele – ... seus favores me deixem de bom humor.

Marcus estava relaxado, flertando e brincando com ela como nunca o vira fazer. Lillian era capaz de apostar que poucas pessoas reconheceriam o honrado conde de Westcliff no homem deitado no tapete com ela. Quando ele a acomodou melhor em seus braços e lhe acariciou a panturrilha, terminando com um gentil aperto no fino tornozelo, ela sentiu um prazer que foi muito além da sensação física. Sua paixão por ele parecia residir dentro de seus ossos.

– Acha que nós nos daríamos bem? – perguntou Lillian em dúvida, ousando brincar com o nó da gravata dele e afrouxando a seda cinza com as pontas dos dedos. – Somos diferentes em quase tudo.

Marcus inclinou a cabeça e esfregou o nariz na parte interna macia do pulso dela, roçando os lábios nas veias azuis entrelaçadas como renda sob a pele.

– Estou começando a acreditar que me casar com uma mulher idêntica a mim seria a pior decisão que eu poderia tomar.

– Talvez tenha razão – ponderou Lillian, deslizando os dedos para os cachos curtos e brilhantes do conde. – Você precisa de uma esposa que não o deixe sempre fazer as coisas a seu modo. Alguém que...

Ela parou ao sentir um pequeno arrepio quando a língua de Marcus tocou em um ponto delicado na parte interna de seu cotovelo.

– ... que – prosseguiu, tentando ordenar seus pensamentos – esteja disposta a fazê-lo descer um pouco de seu pedestal quando for pretensioso demais...

– Eu nunca sou pretensioso – disse Marcus, afastando a camisola do pescoço de Lillian.

Ela prendeu a respiração quando ele começou a beijar sua clavícula.

– Como você se definiria quando se comporta como se soubesse tudo e achasse quem discorda de você um idiota?

– Na maioria das vezes, as pessoas que discordam de mim são idiotas. Não controlo isso.

Ela soltou uma risada ofegante e apoiou de novo a cabeça no braço de Marcus enquanto ele roçava a boca em seu pescoço.

– Quando vamos negociar? – perguntou, surpresa pela rouquidão na própria voz.

– Esta noite. No meu quarto.

Ela o olhou com ceticismo.

– Isso não seria uma artimanha para me pôr em uma situação em que se aproveitaria inescrupulosamente de mim?

Afastando-se para olhar para ela, Marcus respondeu, sério:

– É claro que não. Pretendo ter uma conversa importante com você que porá fim a quaisquer dúvidas que possa ter sobre se casar comigo.

– Ah.

– E depois me aproveitar inescrupulosamente de você.

O sorriso de Lillian ficou preso entre os lábios deles enquanto Marcus a beijava. Ela percebeu que era a primeira vez que tinha ouvido Marcus fazer um comentário devasso. Em geral ele era austero demais para exibir o tipo de irreverência que era tão natural para ela. Talvez esse fosse um pequeno sinal de sua influência sobre ele.

– Mas por enquanto – disse Marcus – tenho de resolver um problema logístico.

– Qual? – perguntou Lillian, mudando um pouco de posição ao se dar conta da excitação do corpo dele sob o seu.

Ele acariciou os lábios de Lillian, massageando-os em todo o seu contorno. Como se não conseguisse se conter, roubou um último beijo. As carícias profundas e sensuais da boca do conde causaram um formigamento nos lábios dela que se espalhou por todo o seu corpo até ela ficar ofegante e fraca nos braços dele.

– Levá-la de volta para o andar de cima antes que a vejam de camisola – sussurrou Marcus.

CAPÍTULO 20

Não ficou claro se tinha sido Daisy quem "abrira o bico", como se dizia em Nova York, ou se a notícia fora espalhada por Annabelle, que talvez tivesse sido informada pelo marido da cena no escritório. Tudo o que Lillian teve certeza, ao se juntar às outras Flores Secas para um lanche leve na sala do café da manhã, foi de que *elas sabiam*. Dava para ver no rosto delas – no sorriso envergonhado de Evie, no ar conspirador de Daisy e na calma estudada de Annabelle. Lillian corou e evitou o olhar coletivo ao se sentar à mesa. Sempre mantivera uma fachada cínica, usando-a como escudo contra o constrangimento, o medo e a solidão... mas naquele momento se sentia estranhamente vulnerável.

Foi Annabelle que quebrou o silêncio:

– Até agora esta manhã foi tão tediosa! – Ela levou a mão graciosamente à boca para esconder um falso bocejo. – Espero que alguém consiga animar a conversa. Por acaso têm alguma fofoca para contar? – Seu olhar provocador se fixou no rosto desconcertado de Lillian. Um criado se aproximou para encher a xícara de Lillian com chá e Annabelle esperou até ele se afastar da mesa para prosseguir: – Você apareceu tarde esta manhã, querida. Não dormiu bem?

Lillian estreitou os olhos ao observar sua alegre e brincalhona amiga enquanto ouvia Evie tomar um gole do seu chá.

– Na verdade, não.

Annabelle sorriu, parecendo radiante.

– Por que não me conta suas novidades, Lillian, e depois contarei as minhas? Embora eu duvide que as minhas sejam tão interessantes.

– Parece que vocês já sabem de tudo – murmurou Lillian, tentando disfarçar o constrangimento com um longo gole de chá.

Depois de queimar a língua, ela pousou a xícara e se forçou a encarar Annabelle, cujos olhos tinham se suavizado e revelavam divertimento e solidariedade.

– Você está bem, querida? – perguntou a amiga, em tom gentil.

– Não sei – admitiu Lillian. – Não me sinto eu mesma. Estou feliz e animada, mas também com um pouco de...

– Medo? – murmurou Annabelle.

A Lillian de um mês atrás teria preferido ser torturada lentamente até a morte a admitir ter um momento de medo... mas ela se viu assentindo.

– Não gosto de me sentir vulnerável a um homem que não é conhecido por sua sensibilidade ou sua compaixão. É óbvio que nossos temperamentos não combinam muito bem.

– Mas você sente atração física por ele? – perguntou Annabelle.

– Infelizmente, sim.

– Por que infelizmente?

– Porque seria muito mais fácil me casar com um homem por quem eu sentisse uma amizade desinteressada em vez de... de...

As três mulheres se inclinaram para Lillian, atentas.

– E-em vez de quê? – perguntou Evie, com os olhos arregalados.

– Em vez de uma paixão ardente, dilacerante, assustadora e indecente.

– Ah, meu Deus – disse Evie, recostando-se em sua cadeira enquanto Annabelle sorria e Daisy olhava para ela com extasiada curiosidade.

– Isso por um homem cujos beijos eram apenas "passáveis"? – perguntou Annabelle.

Lillian curvou os lábios em um sorriso enquanto olhava para o fundo da xícara.

– Quem diria que um tipo tão rígido e conservador pode ser tão diferente no quarto?

– Com você, acho que ele não pôde evitar – observou Annabelle.

Lillian ergueu o olhar.

– Por que está dizendo isso? – perguntou com cautela, temendo por um momento que Annabelle estivesse se referindo aos efeitos de seu perfume.

– No momento em que você entra em uma sala, o conde fica muito mais animado. É óbvio que está fascinado por você. É difícil para qualquer pessoa ter uma conversa com ele quando está tentando ouvir o que você diz e observando todos os seus movimentos.

– Ele faz isso? – Satisfeita com a informação, Lillian tentou parecer indiferente. – Por que nunca me contou antes?

– Eu não queria me intrometer, porque parecia haver uma possibilidade de você preferir as atenções de lorde St. Vincent.

Lillian estremeceu e apoiou a testa na mão. Ela contou sobre a cena mortificante entre ela, Marcus e St. Vincent naquela manhã, enquanto elas reagiam com solidariedade e igual desconforto.

– A única coisa que me impede de sentir compaixão por lorde St. Vincent – disse Annabelle – é a certeza de que ele partiu muitos corações e causou muitas lágrimas no passado, por isso é justo que saiba como é ser rejeitado.

– Apesar disso, eu sinto como se o tivesse enganado – disse Lillian, com uma pontada de culpa. – E ele foi muito elegante em relação a isso. Não disse nem uma palavra de reprovação. Não pude evitar apreciá-lo.

– Tenha c-cuidado – sugeriu Evie suavemente. – Pelo que ouvi sobre lorde St. Vincent, não é típico dele ceder com tanta facilidade. Se ele se aproximar de você, prometa que não aceitará ir com ele sozinha a lugar nenhum.

Lillian olhou com um sorriso para sua amiga preocupada.

– Evie, você parece muito cética. Muito bem, eu prometo. Mas não há nenhuma necessidade de se preocupar. Não acredito que lorde St. Vincent seja tolo o suficiente para tornar inimigo alguém tão poderoso quanto o conde. – Desejando mudar de assunto, ela voltou sua atenção para Annabelle. – Agora que eu contei minhas novidades, está na hora de você contar as suas.

Com os olhos dançando e a luz do sol se movendo sobre seus cabelos claros e sedosos, Annabelle parecia uma menina de 12 anos. Ela olhou para o lado para confirmar que não seriam ouvidas.

– A melhor é que tenho quase certeza de que estou grávida – sussurrou. – Andei tendo sinais... náuseas e sonolência... e este é o segundo mês em que minha menstruação não vem.

Todas elas ficaram boquiabertas de alegria e Daisy estendeu o braço furtivamente sobre a mesa para apertar a mão de Annabelle.

– Querida, que notícia maravilhosa! O Sr. Hunt sabe?

O sorriso de Annabelle se tornou triste.

– Ainda não. Quero ter certeza absoluta antes de contar a ele. E quero esconder o máximo possível.

– Por quê? – perguntou Lillian.

– Porque, assim que ele souber, vai se tornar tão superprotetor que não me deixará ir a lugar algum sozinha.

Sabendo como Simon Hunt era e da apaixonada preocupação dele com tudo o que dizia respeito a Annabelle, as Flores Secas assentiram em silêncio. Quando Hunt soubesse da chegada do bebê pairaria sobre a esposa grávida como um falcão.

– Que vitória! – exclamou Daisy, mantendo a voz baixa. – Uma Flor Seca no ano passado e mãe este ano. Tudo está correndo muito bem para você, querida.

– E Lillian é a próxima – acrescentou Annabelle com um sorriso.

Os nervos de Lillian, que estavam à flor da pele, formigaram com uma mistura de prazer e alarme ao ouvir aquelas palavras.

– O que foi? – perguntou Daisy em voz baixa enquanto as outras duas conversavam animadamente sobre o bebê. – Você parece preocupada. Tem dúvidas? Acho que isso é natural.

– Se eu me casar com ele, com certeza, vamos brigar como cão e gato – disse Lillian, nervosa.

Daisy sorriu.

– Será que não está se fixando demais nas diferenças? Desconfio que você e o conde são mais parecidos do que imagina.

– E como poderíamos ser parecidos?

– Apenas reflita sobre isso – aconselhou-a sua irmã mais nova com um sorriso. – Estou certa de que pensará em algo.

~

Tendo chamado a mãe e a irmã para se reunirem com ele na sala Marsden, Marcus estava diante delas com as mãos cruzadas nas costas. Via-se na estranha posição de confiar em seu coração em vez de seguir a razão. Isso não era típico de um Marsden. A família era conhecida por sua longa linhagem de antepassados frios e práticos, com a exceção de Aline e Livia. Quanto a Marcus, havia seguido o padrão característico dos Marsdens... até Lillian Bowman entrar em sua vida com a sutileza de um furacão.

Mas o compromisso que estava assumindo com a obstinada jovem lhe dava uma sensação de paz que nunca tivera. Um sorriso divertido repuxou os pequenos músculos de seu rosto enquanto ele se perguntava como contar à mãe que ela enfim teria uma nora – que era a última moça que a condessa escolheria para essa posição.

Livia estava sentada em uma cadeira próxima enquanto a condessa, como sempre, ocupava o canapé. Marcus não pôde evitar se surpreender com a diferença nos olhares delas, o da irmã, cordial e esperançoso, e o da mãe, desagradável e desconfiado.

– Agora que interrompeu meu descanso do meio-dia – disse a condessa com sarcasmo –, peço-lhe que me diga o que deseja, milorde. Que notícias tem a dar? Que assunto é tão importante para me chamar em uma hora tão inconveniente? Uma carta inconsequente sobre aquele moleque da sua irmã, suponho. Bem, desembuche!

Marcus enrijeceu o maxilar. Toda a vontade de dar a notícia de um modo gentil desapareceu com a referência cruel ao seu sobrinho. Subitamente ele sentiu grande satisfação com a perspectiva de informar à mãe que todos os netos dela, inclusive o futuro herdeiro ao título, seriam meio americanos.

– Estou certo de que ficará feliz em saber que segui seu conselho e enfim escolhi uma noiva – disse em um tom calmo. – Embora ainda não tenha feito o pedido de casamento formal, tenho bons motivos para acreditar que ela aceitará quando o fizer.

A condessa pestanejou, surpresa, perdendo um pouco de sua compostura.

Livia o olhou com um sorriso indagador. Havia um súbito prazer perverso nos olhos dela que fez Marcus pensar que a irmã tinha um palpite sobre a identidade da noiva.

– Que ótimo – disse Livia. – Finalmente encontrou alguém que o aguentará, Marcus?

Ele lhe sorriu de volta.

– Parece que sim. Embora eu ache que convém apressar os planos do casamento antes que ela recupere o juízo e fuja.

– Besteira – disse a condessa, severa. – Nenhuma mulher fugiria à perspectiva de se casar com o conde de Westcliff. Você tem o título mais antigo da Inglaterra. No dia em que se casar, concederá à sua esposa mais dignidades aristocráticas do que qualquer outra cabeça não coroada na face da Terra. Agora, diga-me quem escolheu.

– A Srta. Lillian Bowman.

A condessa bufou de desgosto.

– Chega de brincadeiras bobas, Westcliff. Diga-me o nome da moça.

Livia se agitou de satisfação. Dando um sorriso radiante para Marcus, inclinou-se para a mãe e disse em um sussurro bastante audível:

– Acho que ele está falando sério, mãe. É mesmo a Srta. Bowman.

– Não pode ser! – A condessa pareceu horrorizada. Era quase possível ver os vasos capilares sob suas bochechas. – Exijo que desista dessa loucura, Westcliff, e recupere o juízo. Não aceitarei essa criatura detestável como nora!

– Terá de aceitar – disse Marcus, inexorável.

– Você poderia escolher qualquer moça daqui ou do continente... moças com linhagem e criação aceitáveis...

– É a Srta. Bowman que eu quero.

– Ela nunca se encaixará no molde de uma esposa Marsden.

– Então o molde terá de ser mudado.

A condessa deu uma risada áspera, e o som foi tão desagradável que Livia agarrou os braços da cadeira para não pôr as mãos nos ouvidos.

– Que loucura foi essa que o acometeu? Aquela garota Bowman é uma desclassificada! Como pode pensar em impor aos seus filhos uma mãe que solapará nossas tradições, desprezará nossos costumes e zombará das boas maneiras básicas? Para que lhe serviria uma esposa dessas? Meu Deus, Westcliff! – A enraivecida mulher fez uma pausa para tomar fôlego. Olhando para Marcus e para Livia, explodiu: – Qual é a fonte da obsessão infernal desta família por americanos?

– Essa é uma pergunta interessante, mãe – disse Livia. – Por alguma razão, nenhum de seus filhos suporta a ideia de se casar com alguém da nossa classe. Por que será, Marcus?

– Acho que a razão não seria lisonjeira para nenhum de nós – foi a resposta sarcástica dele.

– Você tem a obrigação de se casar com uma moça de boa estirpe – gritou a condessa, contraindo o rosto. – O único motivo da sua existência é preservar a linhagem familiar, o título e os bens para seus herdeiros. E até agora você fracassou totalmente nisso.

– *Fracassou*? – interrompeu-a Livia com os olhos chispando. – Desde que papai morreu, Marcus quadruplicou a fortuna da família, para não falar em como melhorou a vida de todos os criados e arrendatários nesta propriedade. Ele patrocinou causas humanitárias no Parlamento e gerou empregos para mais de cem homens no ramo de locomotivas. Além disso, é o melhor irmão que alguém poderia...

– Livia – murmurou Marcus –, não precisa me defender.

– Sim, eu preciso! Depois de tudo o que você fez para todo mundo, por que não deveria se casar com uma moça de sua escolha, e eu poderia acrescentar que é uma moça espirituosa e adorável, sem ter de aturar os discursos bobos de nossa mãe sobre linhagem familiar?

A condessa lançou um olhar malévolo para a filha mais nova.

– Você não está qualificada para participar de nenhuma discussão sobre linhagem familiar, menina, já que nem pode se considerar uma Marsden. Ou devo lembrá-la de que você foi o resultado de uma aventura de uma única noite com um lacaio? O finado conde não teve alternativa senão aceitá-la para não ser tachado de cornudo, mas ainda assim...

– Livia – Marcus interrompeu a mãe, lacônico, estendendo a mão para a irmã, que ficara pálida.

A notícia estava longe de ser uma surpresa para ela, mas até então a condessa nunca ousara dizer aquilo abertamente. Livia se levantou na mesma hora e se aproximou do irmão; seus olhos brilhavam no rosto pálido. Marcus pôs um braço protetor ao redor de suas costas e a puxou para perto enquanto murmurava em seu ouvido:

– É melhor você ir agora. Há coisas que precisam ser ditas, e não quero que seja apanhada no fogo cruzado.

– Está tudo bem – disse Livia com apenas um leve tremor na voz. – Não me importo com as coisas que ela diz... Há muito tempo ela perdeu o poder de me magoar.

– Mas eu me importo por você – respondeu ele, gentil. – Vá procurar seu marido, Livia, e deixe que ele a conforte enquanto eu cuido da condessa.

Livia ergueu os olhos para o irmão, com o rosto muito mais calmo.

– Farei isso – disse. – Embora não precise de conforto.

– Boa garota. – Ele lhe beijou o alto da cabeça.

Surpresa com a demonstração de afeto, Livia riu e deu um passo para trás.

– O que vocês estão cochichando? – perguntou a condessa, irritada.

Marcus a ignorou enquanto levava a irmã até a porta e a fechava silenciosamente atrás dela. Quando se virou para encarar a condessa, sua expressão era severa.

– As circunstâncias do nascimento de Livia não refletem o caráter dela – disse. – Refletem o seu. Não me importo nem um pouco com seu caso amoroso com o lacaio ou a gravidez... mas me importo muito com o fato de envergonhar minha irmã por isso. Livia viveu a vida toda à sombra do seu erro e pagou caro por suas indulgências passadas.

– Não me desculparei por minhas necessidades – disparou a condessa. – Na ausência de afeto por parte de seu pai, tive de obter meus prazeres onde pudesse encontrá-los.

– E deixou Livia carregar o peso da culpa. – Os lábios de Marcus se contraíram. – Embora eu tenha testemunhado como ela foi maltratada e negligenciada quando era criança, na época não pude fazer nada para protegê-la. Mas agora posso. Esse assunto nunca mais será mencionado a ela. *Nunca*. Está me entendendo?

Apesar do timbre calmo de sua voz, a fúria vulcânica de Marcus devia ter sido transmitida para a mãe, porque ela não protestou nem discutiu. Só engoliu em seco e assentiu.

Um minuto se passou enquanto ambos punham em ordem suas emoções. A condessa foi a primeira a lançar uma ofensiva:

– Westcliff, já lhe ocorreu que seu pai teria desprezado essa garota Bowman e tudo o que ela representa?

Marcus a olhou inexpressivamente.

– Não – respondeu por fim –, não me ocorreu.

Seu finado pai estava ausente de seus pensamentos havia tanto tempo que Marcus não se perguntara que impressão lhe causaria Lillian Bowman. O fato de sua mãe achar que isso poderia ter importância para ele era espantoso.

Presumindo que tinha lhe dado um motivo para pensar melhor, a condessa o pressionou com crescente determinação:

– Você sempre quis agradá-lo e com frequência conseguiu, embora ele raramente tivesse reconhecido isso. Talvez não acredite em mim quando digo que, acima de tudo, seu pai queria o melhor para você. Queria transformá-lo em um homem digno do título, um homem poderoso de quem nunca ninguém tiraria vantagem. Um homem como ele. E em boa parte foi bem-sucedido.

As palavras visavam adular Marcus, mas tiveram o efeito oposto, como o de uma machadada no peito.

– Não, não foi – disse ele com a voz rouca.

– Você sabe que tipo de mulher ele desejaria que lhe desse netos – disse a condessa. – A garota Bowman é indigna de você, Westcliff, indigna de seu nome e de seu sangue. Imagine um encontro entre eles dois... ela e seu pai. Você sabe como ele a teria detestado.

Marcus de repente imaginou Lillian confrontando o demônio do seu pai, que aterrorizava todos que encontrava. Não tinha a menor dúvida de que Lillian teria reagido ao velho conde com sua costumeira irreverência. Ela não o teria temido nem por um segundo.

Diante do longo silêncio de Marcus, a condessa falou em um tom mais suave:

– É claro que ela tem seus encantos. Entendo muito bem a atração que aqueles de uma classe inferior podem exercer sobre nós. Às vezes despertam nosso desejo pelo exótico. E não é nenhuma surpresa o fato de você, como todos os homens, ansiar por variedade em suas buscas de mulheres. Se a quiser, pode possuí-la. A solução é óbvia. Depois que ambos estiverem casados com outras pessoas, poderão ser amantes até você se cansar dela. Pessoas da nossa classe social sempre encontram amor fora do casamento, e você verá que é melhor assim.

A sala estava incomumente silenciosa enquanto a cabeça de Marcus fervilhava com lembranças que lhe corroíam a alma e ecos amargos de vozes havia muito silenciadas. Embora ele desprezasse o papel de mártir e nunca tivesse se visto dessa forma, não podia evitar pensar que, durante a maior parte de sua vida, suas necessidades tinham sido desconsideradas enquanto ele carregava o peso das responsabilidades. Agora, enfim, encontrara uma mulher que oferecia todo o calor humano e o prazer que por tanto tempo lhe foram negados... e, droga, ele tinha o direito de exigir o apoio da família e dos amigos, independentemente das reservas que pudessem ter. Seus pensamentos se aventuraram em um território mais sombrio enquanto ele pensava nos primeiros anos de sua vida, quando seu pai enviara para longe todos a quem Marcus se sentia ligado. Para ele não se tornar fraco. Para não depender de ninguém além de si próprio. Isso havia estabelecido um padrão de isolamento que regera toda a vida de Marcus até o momento. Só que agora não era mais assim.

Quanto à sugestão da mãe de que ele e Lillian fossem amantes quando ambos estivessem casados com outras pessoas, ela o ofendia até o fundo de sua alma. Isso não seria nada além de uma versão perversa do relacionamento honesto que ambos mereciam.

– Escute-me bem – disse ele quando enfim conseguiu falar. – Antes do início desta conversa, eu estava determinado a torná-la minha esposa. Mas se ainda fosse possível aumentar minha determinação, suas palavras conseguiram fazê-lo. Não duvide de mim quando digo que Lillian Bowman é a *única mulher deste mundo* com quem eu pensaria em me casar. Os filhos dela serão meus herdeiros ou a linhagem Marsden parará em mim. De agora em diante, minha maior preocupação será com o bem-estar dela. Qualquer palavra, gesto ou ato que ameace a felicidade de Lillian terá as piores consequências imagináveis. Você nunca dará motivos para ela achar que não aprova nosso casamento. A primeira palavra que eu ouvir que indique o contrário lhe garantirá uma longa viagem de carruagem para fora da propriedade. Fora da Inglaterra. Para sempre.

– Você não pode estar falando sério. Está nervoso. Mais tarde, quando se acalmar, nós...

– Não estou nervoso. E estou falando muito sério.

– Você enlouqueceu!

– Não, milady. Pela primeira vez na minha vida tenho uma chance de ser feliz. E não vou perdê-la.

– Idiota – sussurrou a condessa, visivelmente tremendo de raiva.

– Seja qual for o resultado disso, casar-me com ela será a coisa menos idiota que já fiz – respondeu ele, e saiu com uma pequena mesura.

CAPÍTULO 21

Mais tarde naquele dia Annabelle se desculpou, murmurando à sala do café da manhã:

– Estou sentindo náuseas de novo. Acho melhor me retirar um pouco para meu quarto. Por sorte o Sr. Hunt está cavalgando e não saberá que estou tirando um cochilo.

– Eu a a-acompanharei até seu quarto – disse Evie, preocupada.

– Ah, Evie querida, não precisa...

– Isso será a desculpa perfeita para evitar tia Florence, q-que provavelmente está me procurando.

– Bem, nesse caso, obrigada.

Contendo uma onda de náusea, Annabelle se apoiou gratamente no braço de Evie enquanto elas saíam.

Lillian e Daisy se prepararam para segui-las.

– Acho que ela não vai conseguir esconder as novidades do Sr. Hunt. E você? – sussurrou Daisy.

– Não nesse ritmo – sussurrou Lillian de volta. – Com certeza, ele deve suspeitar de alguma coisa, porque Annabelle tem uma saúde de ferro.

– Talvez. Mas ouvi dizer que os homens às vezes não prestam atenção nessas coisas...

Quando elas saíram da sala, viram Lady Olivia andando pelo corredor, com uma expressão perturbada em seu belo rosto. Era estranho vê-la com o cenho franzido, porque em geral era muito alegre. Lillian se perguntou o que a perturbara.

Erguendo os olhos, Lady Olivia viu as duas irmãs e seu rosto se iluminou. Um sorriso cordial surgiu em seus lábios.

– Bom dia.

Embora Lady Olivia fosse apenas dois ou três anos mais velha que Lillian, parecia muito mais amadurecida, com o olhar de uma mulher que enfrentara muita tristeza no passado. Era essa sensação de experiências desconhecidas, muito diferentes das suas, que sempre fizera Lillian se sentir um pouco desajeitada perto de Lady Olivia. Embora a irmã do conde fosse encantadora em seu modo de conversar, passava a impressão de que havia perguntas que não deveriam ser feitas e assuntos delicados.

– Eu estava indo para a estufa de laranjas – disse Lady Olivia.

– Então não vamos detê-la – respondeu Lillian, fascinada com a leve semelhança com Westcliff no rosto da mulher... nada significativo, mas algo nos olhos e o sorriso...

– Venha comigo – convidou Lady Olivia. Parecendo obedecer a um súbito impulso, ela estendeu a mão para a de Lillian, seus pequenos dedos envolvendo os muito maiores da jovem. – Acabei de ter uma conversa muito interessante com o conde. Gostaria muito de lhe falar sobre isso.

Ah, meu Deus! Então ele havia contado para a irmã. E provavelmente para a mãe. Lillian lançou um olhar furtivo de pânico para a irmã, que demonstrou não ser de nenhuma ajuda.

– Vou procurar um romance na biblioteca – anunciou Daisy, alegre. – O que estou lendo agora é um pouco decepcionante, e não pretendo terminá-lo.

– Vá até a última fileira à direita, a duas prateleiras do chão – aconselhou Lady Olivia. – E olhe atrás dos livros. Escondi meus romances favoritos lá: histórias pecaminosas que nenhuma garota inocente deveria ler. Eles a corromperão além da conta.

Os olhos escuros de Daisy se iluminaram à informação.

– Ah, obrigada! – Ela se afastou depressa sem olhar para trás enquanto Lady Olivia sorria.

– Venha – disse ela, puxando Lillian ao longo da sala do café da manhã. – Se seremos irmãs, há algumas coisas que precisa saber. Sou uma fonte valiosa de informações e neste momento estou me sentindo muito falante.

Alegre, Lillian foi com ela para a estufa de laranjas, contígua à sala do café da manhã. O lugar estava quente e perfumado, com o sol do meio-dia se aproximando e o calor vindo dos respiradouros gradeados no chão.

– Não estou totalmente certa de que seremos irmãs – observou Lillian, sentando-se ao lado de Lady Olivia em um canapé de vime com um espaldar curvo no estilo francês. – Se o conde insinuou que algo foi acertado...

– Não, ele não foi tão longe. Mas expressou intenções bastante sérias a respeito de você. – Os olhos cor de azeitona de Lady Olivia brilhavam de alegria e curiosidade, e ainda assim revelavam certa cautela. – Sem dúvida, eu deveria ser comedida e discreta, mas não aguento, tenho de perguntar... Vai aceitá-lo?

Lillian, a quem nunca faltavam palavras, se viu gaguejando como Evie:

– E-eu...

– Perdoe-me – disse Lady Olivia, apiedando-se dela. – Como aqueles que me conhecem bem podem atestar, adoro me intrometer nos assuntos alheios. Espero não tê-la ofendido.

– Não.

– Ótimo. Não costumo me dar bem com pessoas que se ofendem facilmente.

– Nem eu – confessou Lillian, relaxando os ombros enquanto ambas sorriam. – Milady, na atual situação, embora talvez não saiba os detalhes, a menos que o conde...

– Não – garantiu-lhe Lady Olivia, gentil. – Como sempre, meu irmão ficou de boca fechada sobre os detalhes. Ele é um homem irritantemente reservado que adora atormentar pessoas curiosas como eu. Continue.

– A verdade é que quero aceitá-lo – disse Lillian, com sinceridade. – Mas tenho algumas reservas.

– É claro que sim – respondeu Lady Olivia de pronto. – Marcus é um homem intenso. Ele faz tudo bem-feito e não deixa ninguém se esquecer disso. Você não pode realizar a mais simples das tarefas, como escovar os dentes, sem que ele lhe diga se deve começar pelos molares ou pelos incisivos.

– *Sim.*

– Um homem muito irritante – prosseguiu Lady Olivia –, que insiste em ver as coisas em termos absolutos: certo ou errado, bom ou mau. Ele é obstinado e dominador, para não falar na sua incapacidade de admitir que está errado.

Obviamente, Lady Olivia continuaria a falar sobre os

defeitos de Marcus, mas Lillian sentiu uma súbita vontade de defendê-lo. Afinal, não era justo pintar um quadro tão desagradável do conde.

– Tudo isso pode ser verdade – falou –, mas é preciso dar crédito a lorde Westcliff por sua honestidade. Ele sempre mantém sua palavra. E até mesmo quando é dominador, só está tentando fazer o que acha que é melhor para os outros.

– Eu acho... – disse Lady Olivia dubiamente, o que incentivou Lillian a se estender no assunto:

– Além disso, a mulher que se casar com lorde Westcliff nunca precisará temer ser traída. Ele lhe será fiel. Fará com que ela se sinta segura, porque sempre cuidará dela e nunca perderá a cabeça em uma emergência.

– Mas ele é rígido – insistiu Lady Olivia.

– Na verdade, não...

– E frio – disse Lady Olivia, balançando a cabeça com pesar.

– Ah, não – retrucou Lillian. – *De modo algum.* Ele é o homem mais... – Ela parou de repente, corando ao ver o sorriso de satisfação de Lady Olivia. Acabara de ser encostada na parede.

– Srta. Bowman – murmurou Lady Olivia –, está parecendo uma mulher apaixonada. Espero mesmo que esteja. Porque demorou muito para Marcus encontrá-la e partiria meu coração ver o amor dele não ser correspondido.

Lillian se contraiu com o súbito pulo de seu coração.

– Ele não me ama – disse, trêmula. – Pelo menos, não me disse nada a respeito disso.

– Isso não me surpreende. Meu irmão tende a expressar seus sentimentos com ações em vez de palavras. Terá de ter paciência com ele.

– É o que estou descobrindo – disse Lillian, sombria, e a outra riu.

– Não o conheço tão bem quanto minha irmã mais velha, Aline, o conhece. Há pouca diferença de idade entre eles e Aline era sua principal confidente até partir para os Estados Unidos com o marido. Foi Aline quem me explicou muito sobre Marcus sempre que eu estava prestes a matá-lo.

Lillian ficou muito quieta enquanto ouvia com atenção a voz doce e suave de Lady Olivia. Até então não havia percebido quanto desejava entender Marcus. Antes não compreendia por que os namorados se preocupavam em colecionar lembranças: cartas, cachos de cabelo, uma luva perdida, um anel. Mas agora sabia como era estar obcecada por alguém. Sentia um desejo compulsivo de saber os mínimos detalhes sobre aquele homem que, embora parecesse totalmente franco, era uma grande incógnita.

Lady Olivia pôs um braço sobre o espaldar do canapé e olhou, pensativa, para a armação repleta de plantas ao lado delas.

– Há coisas sobre seu passado que Marcus nunca revelará a ninguém, porque considera fraqueza se queixar e preferiria morrer aos poucos a ser objeto de compaixão. E se algum dia ele descobrir que lhe contei algo, vai me degolar.

– Sou boa em guardar segredos – garantiu-lhe Lillian.

Lady Olivia lhe deu um rápido sorriso e depois estudou a ponta do próprio sapato que aparecia sob as bainhas de suas saias pregueadas.

– Então vai se dar bem com os Marsdens. Somos cheios de segredos. E nenhum de nós gosta de lembrar o passado. Marcus, Aline e eu sofremos de modos diferentes com as ações de meus pais, nenhum dos quais, na minha opinião, foi feito para ter filhos. Minha mãe nunca se interessou por ninguém além de si mesma ou algo que poderia afetá-

-la diretamente. E meu pai nunca se importou com nenhuma de suas filhas.

– Sinto muito – disse Lillian com sinceridade.

– Não, a indiferença dele foi uma bênção, e nós sabíamos disso. Foi muito pior para Marcus, que era a vítima das ideias insanas do meu pai de como criar o herdeiro Westcliff. – Embora a voz de Lady Olivia fosse tranquila e equilibrada, Lillian sentiu um calafrio percorrer seu corpo e esfregou as mãos nas mangas de seu vestido para acalmar a pele arrepiada de seus braços. – Meu pai não tolerava no filho nada menos que perfeição. Estabeleceu padrões ridiculamente altos em todos os aspectos da vida de Marcus e o punia de modo terrível se não os seguisse. Marcus aprendeu a aguentar surras sem derramar uma lágrima ou demonstrar um pingo de rebeldia, porque, se fizesse isso, a punição seria dobrada. E meu pai era impiedoso quando descobria qualquer fraqueza. Certa vez perguntei a Aline por que Marcus nunca havia gostado muito de cães... Ela me disse que, quando ele era criança, tinha medo de um par de sabujos que meu pai mantinha como animais de estimação. Os cães sentiram o medo de Marcus e se tornaram agressivos com ele, latindo e rosnando sempre que o viam. Quando meu pai descobriu quanto Marcus os temia, trancou-o sozinho em um cômodo com os cães para forçá-lo a enfrentar seu maior medo. Não posso imaginar o que deve ter sido para um garoto de 5 anos ser trancado com aqueles animais durante horas. – Ela deu um sorriso amargo. – Meu pai deu um sentido literal à expressão "atirar aos cães". Quando devia ter protegido o filho, preferiu fazê-lo passar por um inferno.

Lillian a olhou sem pestanejar. Tentou falar, perguntar alguma coisa, mas sua garganta se apertara muito. Marcus sempre era tão confiante e seguro de si que era impossível imaginá-lo como uma criança assustada. Contudo, grande parte de sua reserva provinha da dolorosa lição aprendida na infância de que não havia ninguém para ajudá-lo. Ninguém para protegê-lo de seus medos. Ridiculamente, já que Marcus agora era um homem adulto, ela ansiou por confortar o garotinho que ele tinha sido.

– Meu pai queria que seu herdeiro fosse independente e tivesse um coração duro – continuou Lady Olivia –, para que ninguém jamais tirasse vantagem dele. Por isso, sempre que via Marcus começando a gostar de alguém, como de uma babá, por exemplo, imediatamente a despedia. Meu irmão descobriu que demonstrar afeição por alguém resultaria em essa pessoa ser mandada embora. Distanciou-se de todos que amava e não queria perder, inclusive Aline e eu. Pelo que me consta, as coisas melhoraram para Marcus quando ele foi enviado para a escola, onde seus amigos se tornaram sua nova família.

Então era por isso que Marcus continuava tão amigo de St. Vincent, pensou Lillian.

– Sua mãe nunca interferiu a favor dos filhos? – perguntou.

– Não, ela estava preocupada demais com os próprios assuntos.

Elas ficaram em silêncio por algum tempo. Lady Olivia esperou pacientemente que Lillian falasse, parecendo entender que a jovem estava tentando assimilar o que lhe fora contado.

– Deve ter sido um grande alívio quando o velho conde morreu – murmurou Lillian.

– Sim. É triste dizer isso, mas o mundo melhorou muito com a ausência dele.

– Ele não foi bem-sucedido em suas tentativas de tornar Marcus frio e de coração duro.

– Não mesmo – murmurou Lady Olivia. – Estou feliz

por conseguir ver isso, minha querida. Marcus chegou muito longe e ainda assim precisa muito de... alegria.

Em vez de diminuir a curiosidade de Lillian em relação a Marcus, a conversa só despertara mais perguntas, um monte delas. Contudo, sua relação com Lady Olivia ainda era muito recente e superficial para ter certeza de quão longe suas perguntas poderiam ir antes de serem gentilmente rechaçadas.

– Até onde sabe, milady – Lillian se atreveu a dizer –, lorde Westcliff já pensou a sério em se casar com alguém? Sei que houve uma mulher por quem ele nutriu sentimentos...

– Ah, aquilo... Na verdade, não foi nada. Marcus logo se cansaria dela se lorde St. Vincent não a tivesse roubado. Acredite em mim, se Marcus quisesse lutar por essa mulher, ela seria dele. O que meu irmão nunca pareceu entender, e o resto de nós via, era que tudo havia sido uma trama da mulher para lhe provocar ciúmes e induzi-lo a se casar com ela. Mas o plano fracassou, porque Marcus não estava de fato interessado nela. Ela era apenas mais uma de uma série de mulheres que... bem, como deve imaginar, a Marcus nunca faltou atenção feminina. Nesse sentido, foi um pouco mimado. As mulheres praticamente caíam em seus braços desde que se tornou homem. – Ela deu um olhar sorridente para Lillian. – Estou certa de que ele achou revigorante encontrar uma mulher que ousa discordar dele.

– Não sei se "revigorante" seria a primeira palavra que ele escolheria – respondeu Lillian, com ironia. – Mas quando não gosto de algo que ele faz não hesito em lhe dizer.

– Ótimo – respondeu Lady Olivia. – É disso mesmo que meu irmão precisa. Poucas pessoas, mulheres ou homens, o contradizem. Ele é um homem forte que precisa de uma esposa igualmente forte para equilibrar sua natureza.

Lillian se viu alisando sem necessidade as saias de seu vestido verde-claro enquanto dizia:

– Se lorde Westcliff e eu de fato nos casarmos... ele enfrentaria muitas objeções de parentes e amigos, não é? Sobretudo da condessa.

– Os amigos de Marcus nunca se atreveriam a fazer objeções – respondeu Lady Olivia de pronto. – Quanto à minha mãe... – Ela hesitou e depois disse com franqueza: – Ela já deixou claro que não a aprova, e duvido que algum dia vá aprovar. Mas isso a deixa muito bem acompanhada, porque ela desaprova quase todo mundo. O fato de se opor ao casamento a preocupa?

– Isso me tenta além da razão – disse Lillian, fazendo Lady Olivia irromper em uma risada.

– Ah, eu gosto de você – disse ela, ofegante. – Deve se casar com Marcus, porque eu adoraria acima de tudo tê-la como cunhada. – Voltando a ficar séria, ela olhou para Lillian com um sorriso afetuoso. – E tenho um motivo egoísta para esperar que o aceite. Embora o Sr. Shaw e eu não tenhamos planos imediatos de nos mudarmos para Nova York, sei que esse dia não demorará a chegar. E quando isso acontecer, ficarei aliviada em saber que Marcus está casado e tem alguém que cuide dele, com as irmãs morando tão longe. – Ela se levantou do canapé, alisando suas saias. – O motivo de eu lhe dizer tudo isso é que queria que soubesse como é difícil para Marcus se entregar ao amor. Mas não impossível. Minha irmã e eu finalmente conseguimos nos libertar do passado, com a ajuda de nossos maridos. Mas os grilhões de Marcus são os mais pesados. Sei que ele não é o homem mais fácil de se amar. Mas se conseguirem chegar a um meio-termo... talvez um pouco mais do que um meio-termo... creio que você nunca terá motivos para se arrepender.

A propriedade estava cheia de criados ocupados como abelhas em uma colmeia, cumprindo a difícil tarefa de fazer as malas de seus patrões e patroas. A maior parte dos hóspedes iria embora em dois dias, e alguns já se punham a caminho. Mas poucos estavam inclinados a antecipar a partida, porque ninguém queria perder o grande baile de despedida na última noite.

Lillian se viu frequentemente forçada a ficar perto da mãe, que estava supervisionando (ou, melhor, atormentando) duas criadas em seus esforços para dobrar e acomodar centenas de itens em grandes baús com tiras de couro que um lacaio levara para o andar de cima. Depois da surpreendente mudança no rumo dos acontecimentos um ou dois dias antes, Lillian esperava que a mãe vigiasse todas as suas palavras e ações para garantir o noivado com lorde Westcliff. Contudo, Mercedes estava surpreendentemente quieta e indulgente, parecendo escolher suas palavras com extremo cuidado sempre que ela e Lillian conversavam. Além disso, nunca mencionava Westcliff.

– Qual é o problema com ela? – perguntou Lillian a Daisy, perplexa com a docilidade da mãe.

Era bom não ter de discutir com Mercedes, mas esperava que agora a mãe fosse persegui-la como uma brigada da cavalaria.

Daisy deu de ombros e respondeu em um tom travesso:

– Só podemos presumir que, como você fez tudo o que ela lhe disse para não fazer e ainda assim conquistou lorde Westcliff, ela decidiu deixar isso em suas mãos. Acho que se fará de surda e cega a tudo o que você fizer, desde que consiga manter o interesse do conde.

– Então... se eu escapar para o quarto de lorde Westcliff esta noite, ela não fará objeções?

Daisy riu baixinho.

– Acho que ela a ajudaria a ir para lá, se você pedisse.

– Lançou um olhar indagador para Lillian. – O que exatamente você vai fazer sozinha com lorde Westcliff no quarto dele?

Lillian se sentiu corar.

– Negociar.

– Ah, é esse o nome?

Contendo um sorriso, Lillian estreitou os olhos.

– Não se faça de boba ou não lhe contarei os detalhes picantes depois.

– Não preciso ouvi-los de você – disse Daisy, alegre. – Tenho lido os romances que Lady Olivia recomendou... e agora ouso dizer que sei mais do que você e Annabelle juntas.

Lillian não pôde evitar rir.

– Querida, não estou certa de que esses romances são totalmente exatos em sua descrição dos homens ou... *daquilo*.

Daisy franziu as sobrancelhas.

– Em que não são exatos?

– Bem, na verdade, não há nenhum tipo de... você sabe, névoa cor de lavanda, desmaios e discursos floreados.

Daisy a olhou, decepcionada.

– Nem mesmo um *pequeno* desmaio?

– Pelo amor de Deus! Você não ia querer desmaiar, ou perderia alguma coisa.

– Sim, eu ia. Eu gostaria de ficar totalmente consciente no início e desmaiar durante o resto.

Lillian a olhou com surpresa e divertimento.

– Por quê?

– Porque parece muito desconfortável. Para não dizer repugnante.

– Não é.

– Não é o quê? Desconfortável ou repugnante?

– Nem uma coisa nem outra – disse Lillian em um tom

prático, embora tentasse conter o riso. – É verdade, Daisy. Eu lhe diria. É maravilhoso.

Sua irmã mais nova pensou um pouco e depois a olhou, cética.

– Se você está dizendo...

Sorrindo para si mesma, Lillian pensou na noite que tinha pela frente e sentiu uma pontada de ansiedade à perspectiva de ficar sozinha com Marcus. Sua conversa com Lady Olivia na estufa de laranjas a fizera entender como era incrível Marcus ter baixado a guarda com ela até o ponto em que o fizera.

Talvez o relacionamento deles não viesse a ser conflituoso. Afinal de contas, quando um não quer, dois não brigam. Talvez ela conseguisse encontrar meios de decidir quando valia a pena brigar por algo ou quando não deveria dar importância. E Marcus já dera sinais de que estava disposto a se ajustar a ela. Por exemplo, houvera aquele pedido de desculpas na biblioteca, quando Marcus poderia ter lhe esmagado o orgulho, mas não o fizera. Essas não eram atitudes de um homem intransigente.

Se ao menos ela fosse um pouco mais habilidosa, como Annabelle, poderia ter chance de lidar melhor com Marcus. Mas sempre fora franca e direta demais para possuir astúcia feminina. *Ah, bem*, pensou com ironia, *cheguei até aqui sem nenhuma astúcia... acho que me sairei bem se apenas seguir em frente aos tropeções como tenho feito.*

Procurando distraidamente alguns itens na penteadeira no canto do quarto, Lillian separou os que só poderiam ser guardados quando partisse, dali a dois dias. Sua escova de prata, grampos, um par de luvas limpas... Ela parou quando seus dedos se fecharam ao redor do frasco de perfume que o Sr. Nettle lhe dera.

– Ah, meu Deus – murmurou, sentando-se na cadeira de espaldar alto estofada de veludo. Ela olhou para o frasco brilhante na palma de sua mão. – Daisy... tenho de dizer para o conde que usei uma poção do amor com ele?

A irmã mais nova pareceu horrorizada com a ideia.

– Eu diria que não. Que motivo teria para dizer?

– Honestidade? – sugeriu Lillian.

– A honestidade é superestimada. Como alguém certa vez disse, "o segredo é o primeiro assunto essencial nos negócios do coração".

– Foi o Duque de Richelieu – disse Lillian, que havia lido o mesmo livro de filosofia durante as aulas na escola.

– E a citação correta é: "O segredo é o primeiro assunto essencial nos negócios de *Estado*."

– Mas ele era francês – argumentou Daisy. – Estou certa de que também se referia aos assuntos do coração.

Lillian riu e olhou com carinho para a irmã.

– Talvez sim. Mas não quero ter segredos para lorde Westcliff.

– Ah, está bem. Mas preste atenção em minhas palavras: não será um romance de verdade se você não tiver alguns pequenos segredos.

CAPÍTULO 22

À noite, quando alguns hóspedes já haviam se retirado para seus quartos e outros permaneciam no andar de baixo, nas salas de carteado e bilhar, Lillian saiu furtivamente de seu quarto com a intenção de se encontrar com Marcus. Andou nas pontas dos pés pelo corredor e parou ao ver um homem encostado em uma parede na junção de dois largos corredores. Ele deu um passo à frente e ela logo reconheceu o criado pessoal de Marcus.

– Senhorita – disse ele calmamente –, milorde me pediu que lhe mostrasse o caminho.

– Eu sei o caminho. E *ele* sabe que eu sei. Que diabos está fazendo aqui?

– Milorde não queria que a senhorita perambulasse pela casa desacompanhada.

– Claro. Eu poderia ser interpelada por alguém. Até mesmo seduzida.

Parecendo acostumado com o sarcasmo, sendo totalmente óbvio que ela não estava indo para o quarto do conde para uma visita inocente, o criado se virou para conduzi-la.

Fascinada com a reserva dele, Lillian não pôde evitar perguntar:

– Então... o conde costuma lhe pedir que acompanhe mulheres solteiras até seus aposentos particulares?

– Não, senhorita – respondeu ele, imperturbável.

– Me diria se ele pedisse?

– Não, senhorita – respondeu ele no mesmo tom, e Lillian sorriu.

– O conde é um bom patrão?

– É um excelente patrão, senhorita.

– Suponho que diria isso mesmo que ele fosse um ogro.

– Não, senhorita. Nesse caso eu apenas diria que é um patrão aceitável. Mas quando falo que é um excelente patrão é exatamente isso que quero dizer.

– Hum. – Lillian foi encorajada pelas palavras do criado. – Ele conversa com seus criados? Agradece-lhes por fazerem um bom trabalho, esse tipo de coisa?

– Não mais do que o apropriado, senhorita.

– O que significa nunca?

– Significa não com frequência, senhorita.

Como depois disso o homem não pareceu inclinado a falar, Lillian o seguiu em silêncio até o quarto de Marcus.

Ele a acompanhou até a entrada, arranhou a porta com as pontas dos dedos e esperou por uma resposta.

– Por que faz isso? – sussurrou Lillian. – Arranhar a porta. Por que não bate?

– A condessa prefere assim, porque não irrita tanto seus nervos.

– O conde também prefere?

– Duvido muito que ele prefira um modo a outro, senhorita.

Lillian franziu as sobrancelhas, pensativa. No passado tinha ouvido outros criados arranharem as portas de seus patrões e isso sempre soara um pouco estranho aos seus ouvidos americanos... como um cão arranhando a porta para que o deixassem entrar.

A porta se abriu e Lillian teve uma sensação de pura alegria à visão do rosto moreno de Marcus. A expressão do conde era impassível, mas seus olhos brilhavam de calor humano.

– Isso é tudo – disse ele para o criado, olhando para o rosto de Lillian enquanto estendia o braço para ela passar.

– Sim, milorde. – O criado desapareceu discreta e rapidamente.

Marcus fechou a porta e fitou Lillian; o brilho em seus olhos se intensificou e um sorriso surgiu nos cantos dos lábios. Estava tão bonito com a luz do candelabro e da lareira incidindo em seu rosto que Lillian sentiu um arrepio de prazer. Em vez de usar seu costumeiro traje fechado, ele estava sem paletó e com a camisa branca aberta no pescoço, revelando um pouco da pele suave e morena. Ela havia beijado aquela cavidade triangular na base do pescoço... deixado sua língua brincar ali...

Tirando seus pensamentos daquela excitante lembrança, Lillian desviou o olhar. No mesmo instante sentiu os dedos esguios de Marcus subirem para suas bochechas quentes e guiarem seu rosto de volta para o dele. A ponta do polegar do conde deslizou por seu queixo.

– Eu a desejei hoje – disse ele.

O coração de Lillian disparou e as bochechas que os dedos acariciavam se esticaram com um sorriso.

– Você não olhou na minha direção nem uma vez durante o jantar.

– Tive medo.

– Por quê?

– Porque sabia que, se fizesse isso, não conseguiria evitar torná-la meu segundo prato.

Lillian abaixou os cílios enquanto o deixava se aproximar e ele passava a mão por suas costas. Seus seios e sua cintura pareciam inchados dentro do apertado espartilho e ela desejou tirá-lo. Respirando o mais fundo que a peça de roupa lhe permitia, sentiu um cheiro adocicado de especiarias no ar.

– O que é isso? – murmurou, inalando-o. – Canela e vinho...

Virando-se dentro do abraço do conde, olhou ao redor do espaçoso quarto para além da cama com colunas, onde uma mesinha fora posta perto da janela. Sobre ela havia uma travessa de prata tampada na qual ainda eram visíveis alguns traços de vapor adocicado. Perplexa, virou-se para olhar para Marcus.

– Vá até lá e descubra.

Curiosa, Lillian foi investigar. Segurou a alça envolta em um guardanapo de linho, levantou a tampa e um aroma inebriante se ergueu no ar. Momentaneamente intrigada, olhou e depois desatou a rir. A travessa de porcelana branca continha cinco peras perfeitas, todas posicionadas em pé e com as cascas brilhantes e vermelhas como rubi por terem sido cozidas em vinho. Estavam sobre uma calda cor de âmbar-claro que cheirava a canela e mel.

– Como não consegui tirar a pera da garrafa para você – disse Marcus às suas costas –, essa foi a melhor alternativa.

Lillian pegou uma colher e a enterrou em uma das peras macias, levando-a aos lábios com satisfação. Um pedaço da fruta quente embebida em vinho se dissolveu em sua boca, e a calda de mel e canela fizeram cócegas em sua garganta.

– Hum... – Ela fechou os olhos, extasiada.

Parecendo achar graça, Marcus a virou de frente para ele. Olhou para o canto dos lábios dela, onde uma gota de calda brilhava. Abaixou a cabeça, beijou-a e lambeu a gota, e a carícia aumentou o desejo de Lillian.

– Deliciosa – sussurrou Marcus, cobrindo-lhe os lábios com mais firmeza até Lillian sentir seu sangue fluir como lava faiscante.

Ela ousou saborear o vinho e a canela com ele, explorando-lhe a boca com a língua, e a resposta foi tão encorajadora que ela pôs os braços ao redor do pescoço de Marcus para se aproximar mais. *Ele* era delicioso, a boca tinha um gosto doce e de limpeza e a sensação produzida pelo corpo masculino rijo era infinitamente excitante. Os pulmões de Lillian se expandiram com respirações trêmulas e quentes, contidas pelo corpete, e ela interrompeu o beijo, ofegante.

– Não consigo respirar.

Sem dizer nada, Marcus a virou e desabotoou seu vestido. Chegando ao espartilho, soltou os cordões com uma série de hábeis puxões até afrouxá-los e Lillian respirar aliviada.

– Por que estava tão apertado? – ouviu-o perguntar.

– Porque, se não estivesse, o vestido não fecharia. E porque, segundo minha mãe, os ingleses preferem mulheres de cintura fina.

Marcus riu enquanto a virava de novo para ele.

– Os ingleses preferem mulheres de cinturas mais largas às que fazem desmaiar por falta de oxigênio. Nesse ponto somos bastante práticos.

Notando que a manga do vestido desabotoado escorregara do ombro branco de Lillian, Marcus abaixou a boca até a curva suave. O roçar sedoso dos lábios dele contra sua pele fez Lillian tremer, e então ela se aconchegou a Marcus enquanto era agitada por sensações, como imagens em água aquecida pelo sol. Com os olhos fechados, estendeu as mãos para os cabelos dele, e seus dedos vibraram à sensação dos cachos grossos e sedosos. O ritmo de seu coração se tornou rápido e descontrolado e ela se moveu inquietamente nos braços de Marcus enquanto ele beijava seu pescoço.

– Lillian – a voz dele soou rouca e pesarosa. – É muito cedo. Eu prometi... – Parando, ele beijou a cavidade macia sob a orelha dela. – Prometi negociar os termos – continuou, obstinado.

– Termos? – perguntou ela vagamente, agarrando a cabeça dele com as mãos e puxando a boca de Marcus de volta para a sua.

– Sim. Eu... – Marcus se interrompeu para beijá-la com paixão.

Lillian lhe explorou o pescoço e o rosto, passando os dedos pelas linhas firmes das maçãs do rosto e do queixo e pelos músculos do pescoço. O cheiro da pele masculina a inebriava a cada respiração. Lillian desejou se apertar contra Marcus até não restar nenhum espaço entre eles. De repente, pareceu que não poderia beijá-lo o suficiente, por tempo bastante.

Ao sentir a crescente excitação dela, Marcus a afastou, ignorando-lhe o murmúrio de protesto. A respiração dele ardia na garganta e era muito difícil ordenar seus pensamentos.

– Menina... – Suas mãos traçaram suavemente círculos nas costas e nos ombros de Lillian para acalmá-la. – Devagar. Devagar. Você terá tudo o que deseja. Não tem de lutar por isso.

Lillian assentiu, irritada. Nunca estivera tão consciente da diferença em suas respectivas experiências, percebendo que ele era capaz de conter sua paixão intensa enquanto ela era totalmente dominada por esse sentimento. A boca de Marcus tocou sua testa ardente e seguiu o arco da sobrancelha.

– É melhor para você... para nós dois... fazer isso durar mais – murmurou ele. – Não quero possuí-la às pressas.

Ela se esfregou com força contra o rosto e as mãos de Marcus, como um gato pedindo que seja acariciado.

Marcus deslizou a palma de uma das mãos para as costas abertas do vestido dela, procurando a pele acima do espartilho, e deixou escapar um suspiro ao sentir a suavidade e a maciez.

– Ainda não – falou num sussurro rouco, embora não tivesse ficado claro se para si mesmo ou para ela.

Segurou com força o pescoço de Lillian e, com os lábios abertos, se inclinou para se deliciar com o queixo e a frente do pescoço dela.

– Você é tão doce – disse, rouco.

Lillian não pôde evitar sorrir, mesmo no ardor do desejo.

– Sou?

Marcus procurou os lábios da jovem para outro beijo ávido.

– Muito – confirmou ele. – Mas, se eu fosse um homem mais fraco, a esta altura você já teria arrancado a minha cabeça.

As palavras fizeram Lillian rir baixinho.

– Agora entendo a atração entre nós. Somos um perigo

para qualquer pessoa, menos um para o outro. Como um par de porcos-espinhos mal-humorados. – Então um pensamento lhe ocorreu e ela parou e se afastou dele. – Falando em atração... – Estava com as pernas um pouco bambas e procurou o apoio da cama. Encostando-se em uma das grossas colunas de madeira entalhada, murmurou: – Tenho algo a confessar.

Marcus a seguiu, e a luz realçou o contorno soberbo e musculoso de seu corpo. As calças elegantemente largas, que marcavam de leve sua forma esguia, não ajudavam muito a esconder os músculos fortes por baixo.

– Isso não me surpreende. – Ele pôs uma das mãos na coluna logo acima da cabeça de Lillian e assumiu uma posição relaxada. – Vou gostar dessa confissão ou não?

– Não sei. – Ela procurou no bolso embutido em seu vestido, oculto nas vastas dobras das saias, e pegou o frasco de perfume. – Aqui.

– O que é isso? – Recebendo o frasco, Marcus o abriu e cheirou. – Perfume – disse e o devolveu, com um olhar indagador para o rosto de Lillian.

– Não é um perfume qualquer – respondeu ela, apreensiva. – É o motivo de sua atração inicial por mim.

Ele o cheirou de novo.

– Como assim?

– Eu o comprei de um velho perfumista em Londres. É um afrodisíaco.

Um súbito sorriso brilhou nos olhos de Marcus.

– Onde aprendeu essa palavra?

– Com Annabelle. E é verdade – disse-lhe Lillian, séria. – É mesmo. Tem um ingrediente especial que o perfumista me disse que atrairia um pretendente.

– Que ingrediente especial?

– Ele não quis me dizer qual era. Mas funcionou. Não ria, funcionou, sim! Eu notei o efeito em você no dia em que jogamos *rounders*, quando me beijou atrás da sebe. Não se lembra?

Marcus pareceu pensar naquilo, mas era óbvio que não acreditava que fora seduzido por um perfume. Ele o cheirou de novo e murmurou:

– Lembro-me de ter sentido o cheiro. Mas me senti atraído por você por muitos outros motivos bem antes daquele dia.

– Mentiroso – acusou-o Lillian. – Você me odiava.

Ele balançou a cabeça.

– Eu nunca a odiei. Você me incomodava, me aborrecia e me atormentava, mas isso não é ódio.

– O perfume funciona – insistiu ela. – Não só você reagiu a ele como Annabelle o experimentou com o marido, e ela jura que o resultado foi ele mantê-la acordada a noite toda.

– Querida – disse Marcus em um tom irônico –, Hunt se comporta como um javali excitado quando está perto de Annabelle desde o dia em que se conheceram. No que diz respeito a ela, esse é um comportamento típico dele.

– Mas não de você! Você não tinha nenhum interesse em mim até eu usar esse perfume, e na primeira vez que o cheirou...

– Está dizendo – interrompeu-a Marcus – que eu teria uma reação parecida com qualquer mulher que o usasse?

Lillian abriu a boca para responder e depois a fechou abruptamente ao se lembrar de que ele não demonstrara nenhum interesse quando as outras Flores Secas o usaram.

– Não – admitiu. – Mas parece que o perfume realmente fez um pouco de diferença comigo.

Os lábios de Marcus se curvaram em um sorriso preguiçoso.

– Lillian, eu a desejei desde o momento em que a segurei em meus braços pela primeira vez. E isso não tem nada a ver com seu maldito perfume. Mas... – ele o cheirou uma última vez antes de tampá-lo – sei qual é o ingrediente secreto.

Lillian arregalou os olhos.

– Não sabe!

– Sei – disse ele, convencido.

– Você é um sabe-tudo – exclamou Lillian, rindo com certa irritação. – Talvez tenha um palpite, mas lhe garanto que se *eu* não consigo descobrir qual é, você também não...

– Eu *definitivamente* sei qual é – informou ele.

– Então me diga.

– Não, acho que vou deixá-la descobrir sozinha.

– Diga-me!

Ansiosa, Lillian se lançou sobre ele, socando-o no peito. A maioria dos homens teria sido empurrado para trás pelos golpes, mas ele apenas riu e se manteve firme.

– Westcliff, se não me disser neste instante, eu vou...

– Me torturar? Sinto muito, mas não dará certo. A esta altura, estou bastante acostumado com isso.

Erguendo-a com chocante facilidade, ele a atirou sobre a cama como um saco de batatas. Antes que Lillian pudesse se mover um centímetro, Marcus estava em cima dela, murmurando e rindo enquanto ela lutava com todas as suas forças.

– Vou fazê-lo se render!

Lillian enganchou uma perna ao redor de Marcus e empurrou com força o ombro esquerdo dele. Anos de infância brigando com seus impetuosos irmãos tinham lhe ensinado alguns truques. Contudo, Marcus bloqueou com facilidade cada movimento, sendo seu corpo uma massa de músculos fortes e flexíveis. Ele era muito ágil e surpreendentemente pesado.

– Você não é páreo para mim – provocou-a, permitindo-lhe ficar em cima dele por um instante.

Enquanto Lillian tentava imobilizá-lo, ele se contorceu e ficou por cima dela de novo.

– Não me diga que isso é o melhor que pode fazer.

– Desgraçado arrogante – murmurou Lillian, renovando seus esforços. – Eu poderia vencê-lo... se não estivesse de vestido...

– Seu desejo poderá ser satisfeito – respondeu Marcus, sorrindo.

Um instante depois ele a imobilizou no colchão, tomando cuidado para não machucá-la na brincadeira.

– Chega – disse. – Você está ficando cansada. Vamos declarar empate.

– Ainda não – disse Lillian, ofegante, ainda determinada a vencê-lo.

– Pelo amor de Deus, pequena selvagem – disse ele, achando graça –, está na hora de se dar por vencida.

– Nunca!

Ela lutou selvagemente; seus braços cansados tremiam.

– Relaxe.

O murmúrio de Marcus foi como uma carícia, e Lillian arregalou os olhos ao sentir a rigidez do corpo dele entre suas coxas. Ofegando, parou de lutar.

– Agora, devagar... – Ele abaixou a frente do vestido dela, aprisionando-a em seus braços por um momento. – Calma – sussurrou.

Lillian ficou imóvel enquanto o olhava, o sangue pulsando violentamente. Naquela parte do quarto, a luz era tênue e a cama ficava envolta em sombras. A forma escura de Marcus se movia sobre ela, as mãos dele virando-a de lado para lhe tirar o vestido e o espartilho. E então, de repente, a respiração de Lillian se tornou muito ofegante, e as carícias tranquilizadoras das mãos de Marcus na frente de seu corpo só a agitaram ainda mais.

A pele dela se tornara tão sensível que o ar frio parecia

arder e fazer todo o corpo da jovem formigar. Lillian começou a tremer enquanto o conde lhe tirava a camisola, as meias e as calçolas, e se agitar ao ocasional roçar dos nós e das pontas dos dedos dele.

Marcus ficou ao lado da cama olhando-a com atenção e tirando lentamente as próprias roupas. O corpo esculpido do conde agora estava se tornando familiar para Lillian, como também a grande excitação que ele provocava em cada centímetro de sua pele. Lillian gemeu um pouco quando Marcus se deitou ao seu lado, aninhando-a contra seu peito quente. Sentindo os contínuos tremores de Lillian, ele acariciou as costas pálidas da jovem e lhe segurou as nádegas. Em todos os lugares em que a tocava, Lillian sentia ondas de intenso alívio seguidas de um desejo mais forte e agradável.

Marcus a beijou lenta e profundamente, lambendo-lhe os recônditos sedosos da boca até ela gemer de prazer. Movendo-se para baixo na direção dos seios, cobriu-os com beijos suaves e acariciou os mamilos com toques fugazes da língua. Ele a seduziu e cortejou como se ela já não estivesse corada e tremendo de desejo, como se não estivesse ofegante em súplicas que o aplacasse. Quando estava com os seios inchados e os mamilos intumescidos, Marcus tomou um deles na boca e começou a puxá-lo enquanto deslizava a mão pela barriga da jovem.

Lillian sentiu uma contração por dentro, uma crescente urgência que a deixou louca. Sua mão tremeu violentamente ao agarrar a de Marcus e levá-la aos pelos encaracolados úmidos entre suas pernas. Ele sorriu contra o mamilo de Lillian e se dirigiu ao outro seio, puxando-o para a umidade aveludada de sua boca. O tempo pareceu parar quando ela sentiu os dedos de Marcus procurarem delicadamente afastar-lhe os pelos e depois roçarem a úmida saliência de seu sexo. *Ahhh...* as carícias dele eram leves e insistentes, primeiro provocando, depois acalmando e provocando de novo, até ela gritar em impotente alívio, erguendo os quadris contra a mão dele.

Aconchegando-a protetoramente, Marcus lhe acariciou os membros trêmulos. Sussurrou palavras carinhosas à boca entreaberta de Lillian, palavras de adoração e desejo, enquanto lhe explorava o corpo com carícias. Ela não saberia dizer o exato momento em que o toque dele se tornou mais excitante do que tranquilizador, mas pouco a pouco o sentiu despertando-lhe uma sensação após outra. Seu coração começou a bater mais forte e ela se contorceu sob Marcus, ansiosa. Ele lhe abriu as pernas, puxou os joelhos dela um pouco para cima e a penetrou devagar. Ela se contraiu à dor da invasão. Ele estava tão rígido, tão dentro dela, que a carne de Lillian se contraiu por instinto, mas nada poderia deter o poderoso e intenso deslizar. Ele manteve suas investidas calmas e profundas, acomodando-se no sexo contraído dela com absoluta ternura. Cada movimento parecia provocar um arrepio de prazer nas profundezas do corpo de Lillian, e logo ela relaxou até a dor se transformar em uma pontada quase imperceptível. Ela se sentiu febril e desesperada com a aproximação de outro clímax. Então Marcus a surpreendeu recuando.

– Marcus – gemeu Lillian. – Ah, meu Deus, não pare, por favor...

Silenciando-a com um beijo, ele a ergueu e a virou com cuidado, deitando-a de bruços. Confusa e trêmula, ela o sentiu pôr um travesseiro sob seus quadris, e depois outro até ela ficar elevada e aberta enquanto ele se ajoelhava entre suas coxas. Os dedos de Marcus acariciaram e abriram as dobras de seu sexo e, quando ele a penetrou de novo, os gemidos de Lillian se tornaram incontroláveis. Impotente, ela virou a cabeça para o lado, seu rosto contra o colchão enquanto contorcia os quadris e ele os segurava com firmeza. Marcus a penetrou ainda mais fundo que antes, investigando, acariciando e lhe dando prazer em um ritmo calculado... levando-a deliberadamente à beira da loucura. Ela implorou, soluçou, gemeu e até praguejou, e o ouviu rir baixinho enquanto a conduzia a uma explosão de prazer. O corpo de Lillian se fechou ao redor do sexo de Marcus em palpitantes contrações, conduzindo-o a um clímax que lhe arrancou um gemido profundo da garganta.

Ofegando, Marcus abaixou seu corpo contra o de Lillian, colando a boca em sua nuca, o sexo ainda dentro dela.

Descansando passivamente sob ele e passando a língua em seus lábios inchados, Lillian murmurou:

– E você chamou a *mim* de selvagem.

Ela prendeu a respiração enquanto Marcus ria, esfregando os pelos do peito em suas costas como veludo.

~

Embora Lillian estivesse agradavelmente cansada após o sexo, a última coisa que queria era dormir. Estava cheia de admiração com suas descobertas sobre o homem que um dia desdenhara como irritante e tedioso e se revelara não ser nem uma coisa nem outra. Começava a reconhecer que Marcus tinha um lado terno que poucos podiam ver. E sentia que ele se importava com ela, embora temesse especular sobre isso porque os sentimentos que pareciam transbordar de seu coração tinham se tornado alarmantemente intensos.

Depois de Marcus enxugar o corpo suado dela com um pano fresco e úmido, vestiu-a com a camisa que havia tirado e ainda tinha o cheiro de sua pele. Trouxe-lhe um prato contendo uma pera cozida e uma taça de vinho suave, e até se permitiu dar algumas mordidas na fruta macia como seda. Quando o apetite de Lillian estava saciado, ela pôs de lado o prato vazio e a colher e se virou para se aconchegar a Marcus. Ele ergueu um cotovelo e a olhou, acariciando seus cabelos.

– Lamenta que eu não tenha permitido que St. Vincent a tivesse?

Ela lhe deu um sorriso intrigado.

– Por que está perguntando uma coisa dessas? Certamente não está tendo crises de consciência.

Marcus balançou a cabeça.

– Eu só queria saber se você tinha algum arrependimento.

Surpresa e comovida com a necessidade dele de tranquilização, Lillian brincou com os cachos escuros no peito de Marcus.

– Não – respondeu. – Ele é atraente, e eu gosto dele... mas não o queria.

– Mas pensou em se casar com ele.

– Bem – admitiu Lillian. – Realmente passou pela minha cabeça que eu gostaria de ser duquesa, mas só para espezinhar você.

Um sorriso surgiu no rosto de Marcus. Ele se vingou com um pequeno beliscão no seio dela, fazendo-a dar um gritinho.

– Eu não suportaria vê-la casada com outro homem – admitiu.

– Acho que lorde St. Vincent não terá nenhuma dificuldade em encontrar outra herdeira para servir aos propósitos dele.

– Talvez. Mas não há mulheres com fortunas comparáveis à sua... e nenhuma com sua beleza.

Sorrindo ao ouvir o elogio, Lillian se arrastou um pouco para cima e pôs uma das pernas sobre a dele.

– Diga-me mais. Quero ouvi-lo recitar poesias sobre meus encantos.

Sentando-se, Marcus a ergueu com uma facilidade que

a deixou boquiaberta e a acomodou sobre seus quadris. Passou a ponta de um dedo pela pele pálida exposta na abertura da camisa.

– Nunca recitei poesias – disse ele. – Os Marsdens não são poéticos. Contudo... – Marcus parou para admirar a visão da jovem de membros longos sentada sobre ele com cabelos emaranhados que lhe chegavam à cintura. – Eu poderia ao menos lhe dizer que você parece uma princesa pagã com seus cabelos escuros emaranhados e olhos escuros brilhantes.

– E? – encorajou-o Lillian, passando os braços ao redor do pescoço dele.

Marcus pôs as mãos na cintura fina dela e as desceu para agarrar as coxas fortes e lisas.

– E que todos os sonhos eróticos que já tive sobre suas magníficas pernas não eram nada, comparados à realidade.

– Você sonhou com minhas pernas?

Lillian se contorceu ao sentir as palmas das mãos dele deslizarem lenta e provocadoramente para a parte interna de suas coxas.

– Ah, sim. – As mãos de Marcus desapareceram sob a bainha da camisa. – Ao redor de mim – murmurou, e o tom de sua voz se tornou mais grave. – Apertando-me com força enquanto me montava...

Lillian arregalou os olhos ao sentir os polegares de Marcus acariciando as frágeis dobras externas de seu sexo.

– Como? – perguntou ela debilmente, ofegando quando o sentiu abri-la com suaves massagens.

Os dedos de Marcus estavam fazendo algo perverso, seus hábeis movimentos escondidos pela camisa. Lillian estremeceu e observou o rosto atento de Marcus enquanto ele os usava para brincar com ela, alguns penetrando-a e outros flertando habilmente com a pequena saliência sensível que parecia se incendiar ao seu toque.

– Mas as mulheres não... – disse Lillian confusa e ofegante. – Não desse modo. Pelo menos... *ah... ah...* Eu nunca soube...

– Algumas sim – murmurou ele, provocando-a de um modo que a fez gemer. – Meu anjo inquieto... acho que terei de lhe mostrar.

Em sua inocência, Lillian não entendeu até Marcus a erguer de novo, posicioná-la e ajudá-la a deslizar por todo o membro rígido dele até ficar totalmente encaixada. Chocada além do que podia expressar, Lillian fez alguns movimentos experimentais, obedecendo ao murmúrio de Marcus e à paciente condução das mãos dele em seus quadris. Depois de algum tempo, encontrou um ritmo.

– Isso – disse Marcus, agora ofegante. – Assim...

Pondo novamente a mão sob a camisa em busca da sensível saliência do sexo dela, circundou-a com o polegar em um eletrizante contraponto às investidas da jovem e com uma pressão suave que incendiou os nervos de Lillian outra vez. Olhou-a nos olhos, apreciando a visão do prazer dela, e ver como Marcus estava concentrado nela fez Lillian atingir o clímax, sendo sacudida por fortes e profundos espasmos com o corpo, o coração e a mente repletos dele. Agarrando-lhe a cintura, Marcus a segurou com força enquanto se projetava para cima, deixando o próprio prazer aumentar e inundá-la.

Sentindo-se esgotada e incapaz de pensar, Lillian desabou sobre ele, pousando a cabeça no centro do peito masculino. Sentiu o coração de Marcus bater forte em seu ouvido por longos minutos até alcançar um ritmo normal.

– Meu Deus – murmurou Marcus, passando os braços

ao redor dela e depois os deixando cair como se até mesmo isso exigisse muito esforço. – Lillian. Lillian.

– Hum? – Ela pestanejou, sonolenta, sentindo uma profunda necessidade de dormir.

– Mudei de ideia sobre negociar. Você pode ter o que quiser. Quaisquer condições, tudo o que estiver ao meu alcance. Apenas acalme minha mente e diga que será minha esposa.

Lillian conseguiu erguer a cabeça e olhar nos olhos dele, que estavam com as pálpebras pesadas.

– Se isso é um exemplo da sua capacidade de barganhar – disse-lhe –, fico muito preocupada com seus negócios. Espero que não ceda tão facilmente às exigências de seus parceiros comerciais.

– Não. E também não durmo com eles.

Um lento sorriso se espalhou pelo rosto de Lillian. Se Marcus estava disposto a se arriscar, não seria ela a se esquivar.

– Então acalme sua mente, Westcliff... Sim, serei sua esposa. Embora deva preveni-lo... de que talvez lamente não ter negociado quando mais tarde souber das minhas condições. Por exemplo, posso querer uma posição no conselho da saboaria...

– Deus me ajude – murmurou Marcus.

E, com um grande suspiro de satisfação, ele adormeceu.

CAPÍTULO 23

Lillian ficou na cama de Marcus durante a maior parte da noite. De vez em quando acordava envolta no calor do corpo dele e nas macias camadas de linho, seda e lã. Marcus devia ter ficado exausto depois do sexo, porque não emitia nenhum som e quase não se mexia. Contudo, quando a manhã se aproximou, foi o primeiro a despertar. Perdida em satisfeita letargia, Lillian protestou quando ele a acordou.

– O dia está quase nascendo – sussurrou Marcus em seu ouvido. – Abra os olhos. Tenho de levá-la para seu quarto.

– Não – disse Lillian, sonolenta. – Daqui a alguns minutos. Mais tarde.

Ela tentou se aninhar novamente nos braços dele. A cama estava muito quente; o ar, frio, e ela sabia que o chão pareceria gelo sob seus pés.

Marcus beijou o alto da cabeça dela e a sentou.

– Agora – insistiu ele em um tom gentil, massageando-lhe as costas com movimentos circulares. – A criada virá acender a grelha... e muitos hóspedes vão caçar esta manhã, o que significa que acordarão cedo.

– Um dia – disse Lillian aborrecida, aconchegada ao peito forte dele – você terá de explicar por que os homens sentem uma satisfação maldosa em sair antes de o dia raiar e perambular por campos lamacentos para matar pequenos animais.

– Porque nós gostamos de nos testar contra a natureza. E, o que é ainda mais importante, isso nos dá uma desculpa para beber antes do meio-dia.

Lillian sorriu e se aconchegou ao ombro dele, esfregando os lábios na pele lisa.

– Estou com frio – sussurrou. – Deite-se comigo debaixo das cobertas.

Marcus gemeu à tentação que ela oferecia e se forçou a sair da cama. Lillian logo se cobriu e apertou as dobras suaves da camisa de Marcus com mais força contra seu corpo. Mas logo ele voltou, totalmente vestido, e a tirou de sob as cobertas.

– Não adianta reclamar – disse Marcus, enrolando-a em um de seus roupões. – Você tem de voltar para seu quarto. Não pode ser vista comigo a esta hora.

– Está com medo do escândalo? – perguntou Lillian.

– Não. Mas é da minha natureza ser discreto sempre que possível.

– Que cavalheiresco – zombou ela, erguendo os braços enquanto ele atava o cinto do roupão. – Você deveria se casar com uma moça igualmente discreta.

– Ah, mas moças assim não são nem de longe tão divertidas quanto as perversas.

– É isso que eu sou? – perguntou ela, pondo os braços ao redor dos ombros de Marcus. – Uma garota perversa?

– Ah, sim – disse ele baixinho, e a beijou.

~

Daisy acordou com o som de alguém arranhando a porta. Com os olhos semicerrados, viu pela luz que ainda era madrugada e a irmã estava à penteadeira, desembaraçando os cabelos. Sentando-se e afastando os próprios cabelos dos olhos, perguntou:

– Quem pode ser?

– Vou ver.

Já com um vestido matutino de seda vermelho-escuro, Lillian foi até a porta e a entreabriu. Pelo que Daisy pôde ver, uma criada viera trazer uma mensagem. Uma conversa baixa se seguiu e, embora Daisy não conseguisse distinguir bem as palavras, sentiu uma leve surpresa na voz da irmã seguida de certa irritação.

– Certo – disse Lillian. – Diga a ela que irei. Embora eu não veja necessidade de tanto segredo.

A criada desapareceu e Lillian fechou a porta, franzindo a testa.

– O que foi? – perguntou-lhe Daisy. – O que ela disse? Quem a enviou?

– Não foi nada – respondeu Lillian, e acrescentou com bastante ironia: – Não estou autorizada a dizer.

– Ouvi algo sobre segredo.

– Ah, é só um assunto chato do qual tenho de tratar. Eu lhe explicarei esta tarde. Sem dúvida, terei uma história muito pitoresca e divertida para contar.

– Tem a ver com lorde Westcliff?

– Indiretamente. – Lillian pigarreou e de repente pareceu muito feliz. Talvez mais do que Daisy jamais a vira. – Ah, Daisy, é revoltante o modo como desejo agradá-lo. Temo fazer algo muito idiota hoje. Começar a cantar ou algo desse tipo. Pelo amor de Deus, não me permita.

– Não permitirei – prometeu Daisy, sorrindo de volta. – Então vocês estão apaixonados?

– Essa palavra não deve ser mencionada – Lillian se apressou em dizer. – Mesmo que estivéssemos, e não estou admitindo nada, nunca seria a primeira a dizê-lo. É uma questão de orgulho. E há grande chance de ele não retribuir minha declaração, mas apenas responder com um polido "obrigado", e nesse caso eu teria de matá-lo. Ou me matar.

– Espero que o conde não seja tão teimoso quanto você – comentou Daisy.

– Ele não é – garantiu-lhe a irmã. – Embora ele ache que seja. – Uma lembrança particular a fez rir, batendo com a mão na testa. – Ah, Daisy – disse com uma alegria diabólica. – Serei uma condessa abominável.

– Não vamos colocar isso dessa maneira – observou Daisy, diplomática. – Em vez disso, diremos "não convencional".

– Posso ser o tipo de condessa que quiser – disse Lillian, com um pouco de prazer e surpresa. – Westcliff me disse isso. E... realmente acho que foi sincero.

Depois de um café da manhã leve composto de chá com torradas, Lillian foi para o terraço dos fundos. Apoiando os cotovelos no balcão, olhou para os vastos jardins com caminhos cuidadosamente traçados margeados por sebes largas e baixas repletas de roseiras e teixos antigos podados que forneciam muitos lugares ocultos para explorar. Seu sorriso desapareceu ao pensar que naquele momento a condessa a esperava na Corte das Borboletas, depois de ter mandado uma criada chamá-la.

A condessa desejava falar em particular com Lillian... e não era um bom sinal que fosse tão longe da mansão. Como tinha dificuldade para andar e usava uma bengala ou preferia ser empurrada em uma cadeira de rodas, ir para o jardim secreto era uma tarefa árdua para ela. Teria sido muito mais simples e sensato se encontrarem na sala Marsden, no andar de cima. Mas talvez o que a condessa quisesse falar fosse tão particular – ou tão alto – que não estava disposta a se arriscar a ser ouvida. Lillian sabia bem por que ela lhe pedira que não contasse para ninguém sobre o encontro. Se Marcus descobrisse, insistiria em se aprofundar no assunto depois – algo que nenhuma delas queria. Além disso, Lillian não tinha nenhuma intenção de se esconder atrás de Marcus. Era capaz de encarar a condessa sozinha.

É claro que esperava um longo discurso de crítica. Sua relação com a condessa lhe ensinara que essa mulher tinha uma língua afiada e parecia não estabelecer nenhum limite a suas palavras ferinas. Mas isso não importava. Cada sílaba que a condessa pronunciasse deslizaria por Lillian como chuva em uma vidraça, porque ela estava segura de que nada poderia impedi-la de se casar com Marcus. E a condessa teria de perceber que era do seu interesse manter um relacionamento cordial com a nora. Caso contrário, elas seriam capazes de infernizar igualmente a vida uma da outra.

Lillian deu um sorriso triste ao descer o longo lance de escadas que levava ao jardim e sair para o ar frio da manhã.

– Estou indo, velha bruxa. Mostre-me do que é capaz.

Quando Lillian chegou à Corte das Borboletas, a porta estava entreaberta. Endireitando os ombros, ela assumiu uma expressão de fria tranquilidade e entrou. A condessa estava sozinha no jardim secreto, sem nenhum criado por perto para atendê-la, sentada no banco circular como se fosse um trono, a bengala cravejada de brilhantes pousada ao seu lado. Conforme o esperado, sua expressão era pétrea e, por um breve momento, Lillian ficou tentada a rir ao pensar que a mulher parecia uma diminuta guerreira preparada para aceitar nada menos do que uma indiscutível vitória.

– Bom dia – disse Lillian em um tom agradável, aproximando-se. – Que lugar lindo escolheu para nosso encontro, milady! Espero que a caminhada da mansão até aqui não a tenha cansado muito.

– Isso é da minha conta, não sua – respondeu a condessa.

Embora os olhos pretos achatados como os de um peixe fossem inexpressivos, Lillian sentiu um súbito arrepio. Não era exatamente medo, mas uma apreensão instintiva que nunca sentira em seus encontros anteriores.

– Eu só estava expressando meu interesse em seu conforto – disse Lillian, erguendo as mãos em um falso gesto de autodefesa. – Não a provocarei com mais tentativas de ser amigável, milady. Vá direto ao assunto. Estou aqui para ouvir.

– Para seu próprio bem e o do meu filho, espero que ouça mesmo.

Uma gélida aspereza permeou as palavras da condessa, e ao mesmo tempo ela pareceu um tanto perplexa, como se não acreditasse na necessidade de dizer aquelas coisas. Sem dúvida, de todas as discussões que já tivera na vida, essa era uma que nunca esperara.

– Se eu imaginasse que o conde poderia se sentir atraído por uma moça rude como você, teria posto fim a isso antes. Ele não está em plena posse de suas capacidades mentais, ou nunca teria cometido essa loucura.

Quando a mulher de cabelos prateados parou para tomar fôlego, Lillian se viu perguntando em voz baixa:

– Por que chama isso de loucura? Algumas semanas atrás me considerou capaz de me casar com um aristocrata inglês. Por que não o próprio conde? Faz objeções a isso por antipatia pessoal ou...

– Garota estúpida! – exclamou a condessa. – Minhas objeções se devem ao fato de que, nas últimas quinze gerações de herdeiros Marsdens, nenhum deles se casou com alguém que não fizesse parte da aristocracia. E meu filho *não* será o primeiro conde a fazer isso! Você não entende nada sobre a importância do sangue. Vem de um país sem tradições, sem cultura e sem nenhum vestígio de nobreza. Se o conde se casar com você, será um desastre não só para ele como para mim, e a derrocada de todos os homens e todas as mulheres que ostentam o brasão dos Marsdens.

A soberba da afirmação quase arrancou uma gargalhada de Lillian... só não o fez porque pela primeira vez percebeu que a crença de Lady Westcliff na inviolabilidade da linhagem nobre dos Marsdens tinha um fervor quase religioso. Enquanto a condessa tentava recuperar a compostura, Lillian se perguntou como poderia levar o assunto para um nível pessoal e apelar para os sentimentos profundos da condessa pelo filho.

A sinceridade emocional não era fácil para Lillian. Ela preferia fazer comentários inteligentes ou cínicos, porque sempre parecera arriscado demais falar de coração aberto. Contudo, isso era importante. E talvez devesse tentar ser sincera com a mulher com cujo filho se casaria em breve.

Lillian falou com deliberada lentidão:

– Milady, sei que no fundo deseja a felicidade de seu filho. Gostaria que entendesse que desejo o mesmo. É verdade que não tenho sangue azul e não possuo as qualidades de que a senhora gostaria... – Ela fez uma pausa e, com um sorriso irônico, acrescentou: – E nem sei ao certo o que significa um brasão. Mas acho... acho que poderia fazer Westcliff feliz. Pelo menos poderia aliviar um pouco as preocupações dele... e juro que não me comportarei de modo totalmente impulsivo. Se não acreditar em mais nada, por favor, saiba que eu nunca ia querer envergonhá--lo ou ofendê-la.

– Não vou ouvir mais essas bobagens e lamúrias! – explodiu a condessa. – Tudo em você me ofende. Eu não a aceitaria nem como criada em minha propriedade, muito menos como senhora dela. Meu filho não sente nada por você. Isso não passa de um sintoma dos problemas passados dele com o pai. Representa uma rebeldia, uma retaliação inútil contra um fantasma. E quando a novidade de sua esposa vulgar passar, o conde a desprezará como eu a desprezo. Mas então será tarde demais. A linhagem estará arruinada.

Lillian permaneceu com o rosto inexpressivo, embora sentisse que estava perdendo a cor. Deu-se conta de que ninguém jamais a olhara com tanto ódio. Estava claro que a condessa lhe desejava todo o mal, exceto a morte, e talvez até isso. Mas, em vez de se encolher, chorar ou protestar, viu-se contra-atacando:

– Talvez ele queira se casar comigo como uma retaliação contra a *senhora*, milady. Nesse caso, eu ficaria feliz em servir de meio de represália.

A condessa arregalou os olhos.

– Não ouse! – grasnou.

Embora Lillian estivesse tentada a dizer mais, temeu que a condessa tivesse um ataque. E, pensou com sarcasmo, matar a mãe do homem não era um bom modo de começar um casamento. Contendo as palavras ferinas, Lillian estreitou os olhos e encarou a condessa.

– Acho que deixamos nossas posições claras. Embora eu esperasse um resultado diferente de nossa conversa, levarei em conta que a notícia foi um choque. Talvez com o passar do tempo possamos chegar a algum tipo de entendimento.

– Sim... chegaremos.

Houve um silvo na voz da mulher e Lillian teve de resistir a um impulso instintivo de retroceder ao ver a malevolência no olhar dela. Subitamente se sentindo arrepiada e suja com a horrível conversa, Lillian só queria ficar o mais longe possível daquela mulher. Mas lembrou a si mesma que a condessa não poderia fazer nada contra ela, já que Marcus a queria.

– Eu me casarei com ele – insistiu, calma, sentindo necessidade de deixar isso claro.

– Não enquanto eu viver – sussurrou a condessa.

Ela se levantou, pegou a bengala e a usou para se equilibrar. Consciente da fragilidade física da mulher, Lillian quase foi ajudá-la. Mas a condessa lhe lançou um olhar tão venenoso que ela se conteve, temendo ser atacada com a bengala.

O sol suave da manhã se infiltrava pelo delicado véu de névoa que pairava sobre o jardim de borboletas e algumas belas-damas abriram suas asas para pousar em flores semiabertas. Era um jardim muito bonito e incompatível com as palavras venenosas que haviam sido ditas ali. Lillian seguiu a mulher que se dirigia à saída da Corte das Borboletas.

– Permita-me abrir a porta – ofereceu.

A condessa esperou como se fosse uma rainha e depois atravessou o limiar.

– Poderíamos ter nos encontrado em um lugar mais conveniente – Lillian não resistiu a comentar. – Afinal de contas, poderíamos ter discutido de igual forma na mansão, onde não seria preciso que caminhasse tanto.

Ignorando-a, Lady Westcliff continuou a andar. E então disse algo estranho, sem se dar ao trabalho de olhar por cima do ombro, mas olhando para o lado, como se estivesse falando com outra pessoa.

– Pode prosseguir.

– Milady? – perguntou Lillian, intrigada, e se preparou para segui-la para fora do jardim secreto.

Com brutal rapidez, Lillian foi agarrada por trás. Antes que pudesse se mover ou falar, algo lhe foi posto sobre a boca e o nariz. Ela arregalou os olhos de medo e tentou lutar, sentindo os pulmões em uma dolorosa tentativa de respirar. A coisa que alguém segurava com força sobre seu rosto estava saturada de um líquido enjoativamente adocicado, cujos vapores lhe chegavam às narinas, à garganta, ao peito e à cabeça... fazendo-a desabar pouco a pouco, como uma torre de blocos de madeira pintada. Perdendo o controle dos braços e das pernas, ela mergulhou em uma insondável escuridão, e seus olhos se fecharam enquanto o sol se tornava negro.

～

Ao voltar de um café da manhã tardio servido no pavilhão ao lado do lago depois da caçada matutina, Marcus parou ao pé da grande escada nos fundos da mansão. Um dos participantes da caçada, um ancião amigo da família havia vinte anos, o procurara para se queixar de outro hóspede.

– Atirou quando não era a vez dele – disse o homem, irritado. – Não uma ou duas vezes, mas *três*. E o que é pior: disse que tinha acertado uma ave que *eu* acertei. Nunca em todos os meus anos de caçadas em Stony Cross Park vi tanta grosseria...

Marcus o interrompeu com seriedade e educação, prometendo que não só falaria com o hóspede ofensivo, como também que o ancião seria convidado a voltar na semana seguinte para caçar à vontade. Um pouco mais calmo, o ofendido deixou Marcus com alguns últimos resmungos sobre o mau comportamento de hóspedes sem nenhuma noção de cavalheirismo no campo. Com um sorriso triste, Marcus subiu os degraus para o terraço dos fundos. Viu Hunt, que também acabara de voltar, em pé com a cabeça inclinada para a esposa. Annabelle parecia muito preocupada com alguma coisa, sussurrando para Hunt e segurando a manga de seu casaco.

Ao chegar ao degrau de cima, Daisy Bowman se aproximou com a amiga Evie Jenner que, como sempre, não conseguia encará-lo. Fazendo uma breve mesura, Marcus sorriu para Daisy, por quem achava que poderia facilmente desenvolver uma afeição fraternal. O corpo esguio e o espírito doce e exuberante da moça o faziam se lembrar de Livia quando era mais jovem. Mas naquele momento a costumeira expressão alegre de Daisy desaparecera e ela estava com o rosto pálido.

– Milorde – murmurou. – Estou aliviada por ter voltado. Há... um encontro particular que está nos causando certa preocupação.

– Como posso ajudar? – perguntou Marcus.

Uma ligeira brisa lhe agitou os cabelos ao inclinar a cabeça sobre a dela.

Daisy pareceu ter dificuldade em explicar.

– É a minha irmã – disse, nervosa. – Não conseguimos encontrá-la em lugar nenhum. A última vez que a vi foi umas cinco horas atrás. Ela saiu para fazer algo e não quis explicar o que era. Como não voltou, fui procurá-la. E as outras Flores Secas, Evie e Annabelle, também foram. Lillian não está em nenhuma parte da mansão nem nos jardins. Fui até o poço dos desejos para ver se ela por algum motivo tinha ido lá. Não é típico dela desaparecer dessa maneira. Pelo menos não sem mim. Talvez seja cedo demais para me preocupar, mas... – Ela parou e franziu o cenho, como se tentasse afastar sua preocupação, mas não conseguisse. – Há algo muito errado, milorde. Posso sentir isso.

Marcus manteve o rosto inexpressivo, embora por dentro sentisse uma violenta pontada de preocupação. Sua mente pensou nas possíveis explicações para a ausência de Lillian, das frívolas às extremas, e nada fazia sentido. Ela não era nenhuma boba capaz de se afastar da casa e se perder, e, apesar de gostar de pregar peças, nunca entraria nesse tipo de jogo. Também não parecia provável que tivesse ido fazer uma visita, porque não conhecia ninguém na vila e não sairia da propriedade sozinha. Estaria ferida? Teria se sentido mal?

O coração de Marcus batia ansiosamente, mas ele manteve a voz calma ao olhar o rosto pequeno de Daisy e o de Evie.

– É possível que ela tenha ido aos estábulos e...

– N-não, milorde – disse Evie. – Já fui perguntar. Todos os cavalos estão lá e nenhum dos cavalariços viu Lillian hoje.

Marcus assentiu.

– Organizarei uma busca meticulosa na casa e nos arredores – disse. – Vamos encontrá-la em menos de uma hora.

Parecendo confortada pela determinação do conde, Daisy deu um trêmulo suspiro.

– O que posso fazer?

– Fale-me mais sobre o que Lillian foi fazer. – Marcus olhou com atenção para os olhos redondos cor de gengibre de Daisy. – O que vocês conversaram antes de ela sair?

– Uma das criadas veio entregar uma mensagem para ela esta manhã e...

– A que horas? – interrompeu-a Marcus.

– Por volta das oito.

– Que criada?

– Não sei, milorde. Não pude ver quase nada, porque a porta estava apenas entreaberta quando elas falaram. E a criada usava uma touca, por isso nem posso lhe dizer a cor dos cabelos dela.

Durante a conversa, Hunt e Annabelle se juntaram a eles.

– Vou interrogar a governanta e as criadas – disse Hunt.

– Ótimo. – Com uma necessidade explosiva de agir, Marcus murmurou: – Começarei a busca pelos arredores.

Ele reuniria um grupo de criados e alguns hóspedes, inclusive o pai de Lillian, para ajudar. Calculou rapidamente por quanto tempo Lillian estivera ausente e a distância que poderia ter percorrido a pé em um terreno acidentado.

– Começaremos pelos jardins e ampliaremos a busca para um raio de quinze quilômetros ao redor da mansão.

Encontrando o olhar de Hunt, apontou a cabeça para a porta e ambos se prepararam para sair.

– Milorde – disse Daisy, ansiosa, detendo-o por um instante. – Vai encontrá-la, não vai?

– Sim – disse ele sem hesitar. – E depois vou estrangulá-la.

Isso arrancou um sorriso tenso de Daisy, e ela o observou se afastar a passos largos.

Com o correr da tarde, o estado de espírito de Marcus mudou de grande frustração para insuportável preocupação. Thomas Bowman, bastante convencido de que aquilo fora uma travessura da filha, juntou-se a um grupo de cavaleiros que faziam a busca na floresta e nos prados próximos enquanto outro grupo de voluntários descia a ribanceira para o rio. A casa dos solteiros, a casa do guarda do portão, o depósito de gelo, a capela, o conservatório, a adega, os estábulos e o pátio dos estábulos foram meticulosamente inspecionados. Parecia que cada centímetro de Stony Cross Park fora coberto sem que tivesse sido encontrado nada, nem mesmo uma pegada ou luva perdida que indicasse o que poderia ter acontecido com Lillian.

Enquanto Marcus cavalgava pela floresta e pelos campos até Brutus ficar com os flancos suados e a boca espumando, Simon Hunt permaneceu na mansão para interrogar os criados. Era o único homem em que Marcus confiava para cumprir a tarefa com a mesma eficiência que ele próprio. Além disso, o conde não estava com disposição de falar pacientemente com ninguém. Tinha vontade de bater cabeças umas nas outras e arrancar a informação que queria da garganta indefesa de alguém. Saber que Lillian estava em algum lugar lá fora, perdida ou talvez machucada, lhe provocava uma emoção desconhecida, ardente como um raio, fria como gelo... um sentimento que identificou como medo. A segurança de Lillian era importante demais para ele. Não podia suportar a ideia de ela estar em uma situação em que seria incapaz de ajudá-la. Ou até de encontrá-la.

– Ordenará que os tanques e lagos sejam dragados, milorde? – perguntou Willian, o mordomo, depois de um rápido relato da busca até aquele momento.

Marcus lhe lançou um olhar vazio enquanto um zumbido em seus ouvidos se tornava mais alto e intenso e os batimentos de seu pulso faziam suas veias doerem.

– Ainda não – ouviu-se dizer, com a voz surpreendentemente equilibrada. – Vou me reunir com o Sr. Hunt em meu escritório. Encontre-me lá se algo surgir nos próximos minutos.

– Sim, milorde.

Marcus andou a passos largos para o escritório, onde Hunt estivera interrogando os criados um a um, e entrou sem bater. Viu Hunt sentado à grande escrivaninha de mogno, a cadeira de frente para uma criada sentada em outra. Ao ver Marcus, ela se levantou para lhe fazer uma nervosa mesura.

– Sente-se – disse Marcus, e talvez pelo tom, pela expressão dura ou apenas pela presença dele, a criada explodiu em lágrimas.

Marcus olhou atentamente para Simon Hunt, que a encarava com uma calma e uma terrível insistência.

– Milorde – disse Hunt, sem desviar os olhos da mulher que chorava contra a manga de seu vestido. – Depois de interrogar por alguns minutos esta jovem, Gertie, parece evidente que ela pode ter alguma informação útil sobre a saída da Srta. Bowman esta manhã e seu posterior desaparecimento. Mas creio que o medo de ser despedida pode estar induzindo Gertie a se calar. Se, como patrão dela, puder lhe fornecer alguma garantia...

– Você não será despedida – disse Marcus para a criada com uma voz dura – se me passar sua informação neste exato momento. Caso contrário não só a despedirei como providenciarei que seja processada como cúmplice do desaparecimento da Srta. Bowman.

Gertie arregalou os olhos para ele, parando imediatamente de chorar ao responder gaguejando, aterrorizada:

– M-milorde... Fui enviada para entregar uma mensagem à Srta. Bowman esta manhã, mas não podia contar para ninguém... era para um encontro secreto, na Corte das Borboletas, e ela falou que, se eu dissesse uma só palavra sobre isso para alguém, seria despedida.

– Enviada por quem? – perguntou Marcus, fervendo de raiva. – Para se encontrar com quem? Droga, diga-me!

– Pela condessa – sussurrou Gertie, parecendo aterrorizada com algo que viu no rosto dele. – Pela condessa de Westcliff, milorde.

Antes de ela proferir a última palavra, Marcus já havia saído da sala e disparado para a grande escada com uma fúria assassina.

– Westcliff! – gritou Simon Hunt, correndo atrás dele. – Westcliff... que inferno, espere...

Marcus acelerou o passo, subindo os degraus de três em três. Mais do que ninguém no mundo, sabia do que a condessa era capaz... e sua alma estava envolta em uma nuvem negra de horror sabendo que, de um modo ou outro, talvez já tivesse perdido Lillian.

CAPÍTULO 24

Lillian se sentiu sendo sacudida com irritante repetição. De repente percebeu que estava em uma carruagem em alta velocidade, balançando e sacolejando pela estrada. Um cheiro horrível saturava tudo... um tipo de solvente forte. Mexendo-se, confusa, deu-se conta de que seu ouvido estava comprimido contra um travesseiro duro recheado com um material altamente condensado. Sentia-se muito mal, como se tivesse sido envenenada. A cada vez que respirava, sua garganta ardia. As náuseas vinham em ondas. Ela gemeu em protesto enquanto sua mente embotada tentava se desvencilhar de sonhos desagradáveis.

Abrindo os olhos, viu algo acima dela... um rosto que parecia se projetar para a frente e desaparecer ao acaso. Tentou fazer uma pergunta, descobrir o que estava acontecendo, mas seu cérebro parecia desconectado do resto do corpo e, embora estivesse vagamente consciente de ter dito algo, as palavras que saíram de sua boa foram desconexas.

– Shh... – Dedos longos se moveram sobre a cabeça dela, massageando-lhe o couro cabeludo e as têmporas. – Descanse. Logo se sentirá melhor, doçura. Apenas descanse e respire.

Confusa, Lillian fechou os olhos e tentou usar seu cérebro em uma frágil imitação de seu processo normal. Depois de algum tempo, ligou a voz a uma imagem.

– Sanvincen... – murmurou, sem conseguir mexer direito a língua.

– Sim, amor.

A primeira sensação de Lillian foi de alívio. Um amigo. Alguém que a ajudaria. Mas o alívio desapareceu quando seus instintos entraram em alerta e ela virou a cabeça para o que parecia ser a coxa de St. Vincent. O cheiro nauseante em seu nariz e seu rosto, a ardência em seus olhos. Ela ergueu os dedos para sua pele em uma tentativa instintiva de arranhá-la.

St. Vincent lhe segurou os pulsos, murmurando:

– Não, não... Eu a ajudarei. Abaixe as mãos, amor. Boa garota. Beba um pouco disto. Apenas um gole, ou vomitará.

Um frasco, um cantil de couro, ou talvez uma garrafa, foi pressionado contra seus lábios, e a água fresca escorreu para sua boca. Ela engoliu, grata, e ficou parada enquanto um pano úmido lhe era aplicado nas bochechas, no nariz e no queixo.

– Pobrezinha – murmurou St. Vincent, enxugando-lhe o pescoço e depois se ocupando da testa. – O idiota que a trouxe para mim deve ter usado o dobro do éter necessário. Você deveria ter acordado há muito tempo.

Éter. O idiota que a trouxe para mim... Ela teve o primeiro vislumbre de compreensão e olhou para ele sem enxergar direito, percebendo apenas os contornos do rosto e a cor do cabelo dourado-escuro como um ícone eslavo antigo.

– Não consigo enxergar.

– Vai melhorar daqui a alguns minutos.

– Éter...

Lillian pensou na palavra, que lhe soava familiar. Já a ouvira, em alguma loja de produtos farmacêuticos. Éter... vitríolo doce... usado como intoxicante e, de vez em quando, como auxiliar em procedimentos médicos.

– Por quê? – perguntou, sem saber ao certo se seu tremor incontrolável resultava do envenenamento por éter ou da percepção de que estava deitada, indefesa, nos braços de um inimigo.

Embora ainda não pudesse ver com clareza a expressão no rosto de St. Vincent, ouviu o tom de desculpa na voz dele:

– Não tive escolha quanto ao modo de trazê-la, doçura, ou teria me certificado de que isso fosse feito com mais gentileza. Tudo o que me disseram foi que, se eu a quisesse, deveria vir buscá-la sem demora, ou você seria descartada de outro modo. Conhecendo a condessa, não ficaria surpreso se ela a afogasse como um gato em um saco.

– Condessa – repetiu Lillian debilmente, ainda com dificuldade em mexer sua língua grossa e inchada. A saliva lhe inundava a boca, um dos efeitos do éter. – Westcliff... diga-lhe...

Ah, como ela queria Marcus. Queria a voz grave e as mãos amorosas dele, o calor do corpo dele contra o seu.

Mas Marcus não sabia onde ela estava ou o que lhe acontecera.

– Seu destino mudou, doçura – disse St. Vincent em um tom suave, acariciando-lhe outra vez os cabelos. Parecia poder ler seus pensamentos. – Não adianta chamar por Westcliff... você está fora do alcance dele agora.

Lillian se debateu e tentou se sentar, mas tudo o que conseguiu foi quase rolar para o chão da carruagem.

– Calma – murmurou St. Vincent, mantendo-a no lugar com apenas uma leve pressão nos ombros dela. – Ainda não está pronta para se sentar sozinha. Não, não faça isso. Vai se sentir enjoada.

Embora se odiasse por isso, Lillian não pôde evitar um gemido de aflição ao desabar de novo no colo de St. Vincent com a cabeça pousando fracamente na coxa dele.

– O que está fazendo? – conseguiu dizer, ofegando e tentando conter o vômito. – Para onde estamos indo?

– Para Gretna Green. Vamos nos casar, doçura.

As náuseas e o pânico tornaram difícil para Lillian pensar.

– Não vou cooperar – sussurrou por fim, engolindo a saliva várias vezes.

– Acho que vai – respondeu ele, calmo. – Conheço vários métodos para forçar sua participação, embora prefira não lhe causar dor desnecessária. E, depois da cerimônia, uma consumação adequada tornará a união permanente.

– Westcliff não aceitará isso – grasnou Lillian. – Não importa o que você faça. Ele... ele me tirará de você.

A voz de St. Vincent foi suave:

– A essa altura ele não terá nenhum direito legal sobre você, doçura. E eu o conheço há muito mais tempo do que você, por isso sei que não a quererá depois que eu a tiver possuído.

– Não se tiver sido violação – balbuciou Lillian, enco-

336

lhendo-se ao sentir a palma da mão de St. Vincent deslizar pelo seu ombro. – Ele não me culpará.

– Não será violação – disse ele, gentil. – Se há algo que eu sei, doçura, é como... bem, não vou me vangloriar. Mas, deixando de lado as questões técnicas, posso lhe garantir que, embora Westcliff não vá culpá-la, não arriscará a possibilidade de sua esposa ter um filho bastardo. E também não aceitará uma mulher deflorada. Irá, com relutância, é claro, informá-la de que provavelmente será melhor para todos os envolvidos deixar as coisas como estão. Então se casará com a moça inglesa apropriada que deveria ter escolhido desde o início. Quanto a você – ele passou um dedo pela curva da bochecha trêmula de Lillian –, me será útil. Ouso dizer que sua família se reconciliará comigo bem depressa. Eles são do tipo que aproveita as oportunidades.

Lillian não concordava com a análise do visconde, pelo menos não no que dizia respeito a Marcus. Tinha muita fé na lealdade dele. Contudo, não queria testar essa teoria, especialmente a parte indesejada da consumação. Ficou quieta por um longo minuto, percebendo, aliviada, que sua visão estava clareando e as náuseas tinham melhorado um pouco, embora a saliva amarga ainda se acumulasse em sua boca. Agora que a confusão e o pânico inicial tinham passado, podia forçar sua cabeça cansada a pensar. Embora parte dela desejasse explodir de raiva, não via o benefício que poderia resultar disso. Seria muito melhor recuperar seu julgamento e tentar ser racional.

– Quero me sentar – disse.

St. Vincent pareceu admirado e surpreso com a calma dela.

– Então sente-se devagar e me deixe apoiá-la até conseguir se recuperar.

Faíscas brancas e azuis encobriram a visão de Lillian quando ela o sentiu acomodá-la em um canto da carruagem. Mais saliva, mais uma sensação de fraqueza, e então conseguiu se recompor. Viu que seu vestido estava aberto até a cintura, revelando a camisola amassada por baixo. Seu coração bateu ansiosamente e ela tentou sem sucesso juntar os dois lados do corpete. Lançou um olhar acusador para St. Vincent. Ele estava com uma expressão séria, mas os olhos alegres e sorridentes.

– Não, eu não a violentei – murmurou. – Ainda não. Prefiro que minhas vítimas estejam conscientes. Mas sua respiração estava fraca e temi que a mistura de uma overdose de éter e um espartilho muito apertado pudessem matá-la. Tirei o espartilho, mas não consegui fechar seu vestido.

– Mais água – disse Lillian, e tomou com cautela um gole do cantil de couro que ele lhe entregou.

Olhou para St. Vincent com frieza, procurando qualquer vestígio do companheiro encantador que conhecera em Stony Cross Park. Tudo o que pôde ver foram os olhos desapaixonados de um homem que não hesitaria em obter o que queria. Ele não tinha princípios, nenhum senso de honra, nenhuma fraqueza humana. Ela poderia chorar, gritar e implorar, e nada o comoveria. Ele não hesitaria em fazer qualquer coisa, até mesmo violá-la, para atingir seus fins.

– Por que eu? – perguntou num tom monótono. – Por que não outra moça rica?

– Porque você é a opção mais conveniente. E, financeiramente falando, é de longe a mais rica.

– E quer atingir Westcliff – disse Lillian. – Porque tem inveja dele.

– Doçura, isso é ir um pouco longe demais. Eu não trocaria de lugar com Westcliff e sua carga infernal de obrigações para com todo mundo. Só quero melhorar minha situação.

– E por isso está disposto a ter uma esposa que o odiará? – perguntou Lillian, esfregando os olhos embaçados e pegajosos. – Se acha que algum dia o perdoarei, é um idiota vaidoso e egocêntrico. Farei tudo o que estiver ao meu alcance para torná-lo infeliz. É isso que quer?

– Neste momento, doçura, tudo o que quero é seu dinheiro. Mais tarde descobrirei como suavizar seus sentimentos por mim. Se não conseguir, sempre poderei mandá-la para um país distante onde seu único divertimento será ver vacas e ovelhas pela janela.

A cabeça de Lillian latejava. Ele passou os dedos pelas têmporas dela e as pressionou em um esforço para diminuir a dor.

– Não me subestime – disse Lillian com os olhos fechados e o coração parecendo uma pedra gelada em seu peito. – Tornarei sua vida um inferno. Posso até matá-lo.

Uma risada falsa se seguiu àquela afirmação.

– Sem dúvida, alguém fará isso um dia. Bem poderia ser minha esposa.

Lillian se calou, estreitando os olhos com mais força para conter lágrimas inúteis. Não ia chorar. Esperaria o momento oportuno... e se fosse preciso matá-lo para escapar, o faria de bom grado.

~

Quando Marcus chegou aos aposentos particulares da condessa com Simon Hunt logo atrás dele, a comoção atraíra a atenção de metade da casa. Decidido a encontrar a bruxa má que era sua mãe, Marcus mal notou os rostos chocados dos criados pelos quais passou. Ignorou as exortações de Simon Hunt a se acalmar, não se deixar levar pela fúria e ser racional. Nunca em sua vida Marcus se sentira tão longe da sanidade.

Chegando à porta dos aposentos da mãe, descobriu que estava trancada. Sacudiu violentamente a maçaneta.

– Abra! – gritou. – Abra agora!

Silêncio, e depois a resposta de uma criada, assustada, lá dentro:

– Milorde... a condessa mandou lhe dizer que está descansando.

– Eu a enviarei para seu maldito descanso eterno se esta porta não for aberta *agora*! – rugiu Marcus.

– Milorde, por favor...

Ele recuou três ou quatro passos e se atirou contra a porta, que balançou nas dobradiças e cedeu parcialmente com um som metálico. Houve gritos de medo no corredor de duas hóspedes que testemunharam o surpreendente ataque de fúria.

– Meu Deus! – exclamou uma para a outra. – Ele enlouqueceu!

Marcus recuou de novo e se lançou contra a porta, dessa vez mandando pedaços de madeira pelos ares. Sentiu as mãos de Simon Hunt o agarrarem por trás e se virou com a mão fechada, pronto para atacar todas as frentes que fossem necessárias.

– Jesus – murmurou Hunt, recuando um ou dois passos com as mãos erguidas em um gesto defensivo. Ele estava com o rosto tenso e os olhos arregalados, encarando Marcus como se fosse um estranho. – Westcliff...

– Saia do meu caminho!

– Com todo o prazer. Mas deixe-me ressaltar que, se eu estivesse no seu lugar, você seria o primeiro a me dizer para manter a calma...

Ignorando-o, Marcus se virou novamente para a porta e desferiu um golpe forte e certeiro com sua bota na fechadura desconjuntada. O grito da criada foi ouvido do outro lado da porta arruinada, que se abriu. Marcus se precipitou para o quarto, onde a condessa estava sentada em uma cadeira perto de uma pequena lareira. Totalmente vestida e envolta em cordões de pérolas, ela o olhou com divertido desdém.

Com a respiração pesada, Marcus avançou para a mãe com uma fúria assassina. Estava certo de que a condessa não tinha a menor ideia de que corria risco de morte, ou não o teria recebido com tanta calma.

– Está com um espírito animalesco hoje, não é? – perguntou ela. – Decaiu muito rápido de um cavalheiro para um bruto selvagem. Devo oferecer meus cumprimentos à Srta. Bowman por sua eficiência.

– O que fez com ela?

– Fiz com ela? – A expressão de inocente perplexidade da mãe foi um insulto para ele. – O que diabos quer dizer, Westcliff?

– Vocês se encontraram na Corte das Borboletas esta manhã.

– Eu nunca me afasto tanto da mansão – respondeu a condessa, arrogante. – Que afirmação ridíc...

Ela deu um grito estridente quando Marcus a agarrou, segurando os colares de pérolas e os apertando ao redor de seu pescoço.

– Diga-me onde ela está ou quebrarei seu pescoço como se fosse uma ave!

Simon Hunt o segurou mais uma vez por trás, determinado a evitar um assassinato.

– Westcliff!

Marcus apertou mais. Sem pestanejar, olhou para o rosto da mãe e viu o brilho de triunfo e vingança nos olhos dela. Não deixou de encará-la nem mesmo quando ouviu a voz de sua irmã Livia:

– Marcus – disse ela com urgência. – Marcus, me escute! Você tem minha permissão para estrangulá-la mais tarde.

Até o ajudarei. Mas pelo menos espere até descobrirmos o que ela fez.

Marcus aumentou a pressão até os olhos da mãe parecerem saltar das órbitas.

– Seu único valor para mim – disse ele em voz baixa – é saber onde Lillian Bowman está. Se eu não conseguir lhe arrancar isso, a mandarei para o inferno. Diga-me ou a estrangularei para descobrir. E acredite que tenho o suficiente do meu pai em mim para fazer isso sem pensar duas vezes.

– Ah, sim, você tem – disse a condessa, rouca. Quando a pressão da mão de Marcus diminuiu um pouco, ela sorriu com malévola satisfação. – Vejo que todas as intenções que você tinha de ser mais nobre, melhor e mais sábio que seu pai desapareceram. Aquela criatura Bowman o aprisionou sem sequer...

– Agora – rugiu ele.

Pela primeira vez, ela começou a parecer desconfortável, embora não menos arrogante.

– Admito que me encontrei com a Srta. Bowman esta manhã na Corte das Borboletas, onde ela me falou sobre suas intenções de fugir com lorde St. Vincent.

– Isso é mentira! – gritou Livia indignada, enquanto uma explosão de vozes femininas agitadas veio da direção da porta... as Flores Secas, que pareciam negar de modo veemente a afirmação.

Marcus soltou a condessa como se tivesse sido queimado. Sua primeira reação foi de grande alívio por saber que Lillian ainda estava viva. Mas o alívio logo foi seguido pela consciência de que ela estava longe de estar a salvo. Diante da necessidade de St. Vincent de uma fortuna, fazia todo o sentido que ele sequestrasse Lillian. Marcus deu as costas para a mãe, sem querer olhar para ela de novo e incapaz de lhe dirigir a palavra. Seu olhar encontrou o de Simon Hunt. Previsivelmente, Hunt já estava fazendo cálculos rápidos.

– Ele deve tê-la levado para Gretna Green, é claro – murmurou –, e terão de viajar para o leste até a estrada principal em Hertfordshire. Ele não se arriscará a pegar estradas secundárias e ficar atolado na lama, ou ter as rodas danificadas. De Hertfordshire, demorarão aproximadamente quarenta e cinco horas para chegar à Escócia... a uns quinze quilômetros por hora, com paradas ocasionais para troca de cavalos...

– Você nunca os alcançará – gritou a condessa com uma gargalhada estridente. – Eu lhe disse que faria prevalecer minha vontade, Westcliff!

– Ah, cale a boca, bruxa dos infernos – gritou Daisy Bowman da porta, impaciente e com os olhos arregalados em seu rosto pálido. – Lorde Westcliff, devo correr para os estábulos e pedir para selarem um cavalo?

– Dois cavalos – disse Simon Hunt, decidido. – Vou com ele.

– Quais?

– Ébano e Yasmin – respondeu Marcus.

Eram seus melhores árabes, criados para ser velozes em longas distâncias. Não eram tão rápidos quanto os puros-sangues, mas aguentavam um ritmo acelerado durante horas, movendo-se pelo menos três vezes mais rápido do que a carruagem de St. Vincent.

Daisy desapareceu em um segundo e Marcus se virou para sua irmã.

– Providencie para que a condessa não esteja mais aqui quando eu voltar – disse. – Arrume tudo de que ela precisa e a faça sair da propriedade.

– Para onde quer que eu a mande? – perguntou Livia, pálida mas serena.

– Não importa, desde que ela saiba que não deve voltar.

Percebendo que estava sendo expulsa, e provavelmente exilada, a condessa se levantou de sua cadeira.

– Não serei descartada dessa maneira! Não aceitarei isso, milorde!

– E fale para a condessa – disse Marcus a Livia – que se o menor dano for causado à Srta. Bowman, é melhor ela rezar para que eu nunca a encontre.

Marcus saiu do quarto a passos largos, abrindo caminho entre uma pequena multidão reunida no corredor. Hunt o seguiu, parando apenas por um instante para falar com Annabelle e lhe dar um beijo na testa. Ela o observou se afastar com as sobrancelhas franzidas de preocupação, mordendo os lábios para não gritar o nome dele.

Depois de uma longa pausa, ouviu-se a condessa murmurar:

– Não importa o que aconteça comigo. Estou feliz em saber que o impedi de manchar a linhagem da família.

Livia se virou para lhe lançar um olhar de lástima e desprezo.

– Marcus nunca fracassa – disse em voz baixa. – Passou a maior parte da infância aprendendo a superar coisas impossíveis. E agora que enfim encontrou alguém por quem vale a pena lutar... acha mesmo que deixaria algo impedi-lo?

CAPÍTULO 25

Apesar do medo e da preocupação, os últimos efeitos do éter fizeram Lillian dormir sentada com a cabeça apoiada no estofamento de veludo da carruagem. Uma interrupção do movimento a fez acordar. Suas costas doíam e seus pés estavam frios e dormentes. Esfregando os olhos doloridos, ela se perguntou se estivera sonhando. Desejou acordar no pequeno quarto tranquilo em Stone Cross Park... ou, melhor ainda, na cama espaçosa que dividira com Marcus. Abrindo os olhos, viu o interior da carruagem de St. Vincent e sentiu um baque em seu coração.

Seus dedos tremeram ao estender desajeitadamente a mão para erguer a cortina da janela. Estava anoitecendo. O sol poente projetava seus últimos raios de luz em um bosque de carvalhos. A carruagem havia parado na frente de uma estalagem com um letreiro pendurado na fachada. Era uma estalagem grande, com estábulos capazes de abrigar uns cem cavalos e três prédios encostados um no outro para hospedar os muitos viajantes que usavam a estrada principal com pedágio.

Percebendo um movimento no banco ao seu lado, Lillian começou a se virar e se retesou ao sentir seus pulsos sendo presos em suas costas.

– O quê... – perguntou, enquanto frias argolas de metal eram colocadas em seus pulsos. Ela puxou os braços, mas estavam bem presos. *Algemas*, pensou. – Seu desgraçado. Maldito... – Sua voz foi abafada por um pano enfiado em sua boca e uma mordaça posta sobre ele.

– Desculpe-me – murmurou St. Vincent ao seu ouvido, sem parecer nem um pouco arrependido. – Você não deveria puxar seus pulsos, doçura. Vai machucá-los desnecessariamente. – Os dedos quentes dele se fecharam sobre os punhos gelados de Lillian. – Esta é uma brincadeira interessante – murmurou ele, deslizando a ponta de um dedo para debaixo da algema e lhe acariciando o pulso. – Algumas mulheres que conheço gostam muito dela. – Virando o corpo rígido de Lillian em seus braços, sorriu ao ver a fúria e a perplexidade na expressão dela. – Minha inocente... será um grande prazer lhe ensinar.

Empurrando a mordaça com a língua seca, Lillian não pôde evitar pensar em quão bonito e traiçoeiro ele era. Um vilão deveria ter cabelos pretos, verrugas e ser tão monstruoso por fora quanto por dentro. Era muito injusto um desalmado como St. Vincent ser dotado de tanta beleza.

– Voltarei em um instante – disse ele. – Fique quieta... e tente não causar problemas.

Idiota arrogante, pensou Lillian com amargura, sentindo um crescente pânico lhe fechar a garganta. Observou sem pestanejar St. Vincent abrir a porta e descer da carruagem e foi envolta pela penumbra do cair da noite. Forçando-se a respirar de modo regular, tentou controlar seu medo e pensar. Sem dúvida, haveria um momento, uma chance de escapar. Tudo o que tinha de fazer era esperar.

Sua ausência em Stony Cross Park devia ter sido notada havia muitas horas. Eles a estariam procurando... perdendo tempo, se preocupando... enquanto a condessa esperava em silenciosa complacência, feliz em saber que despachara com facilidade pelo menos uma incômoda americana. O que Marcus estaria pensando naquele momento? O que ele... não, não podia se permitir pensar nessas coisas, porque isso fazia seus olhos arderem e não se permitiria chorar. Não daria a St. Vincent o prazer de ver qualquer sinal de fraqueza.

Torcendo as mãos algemadas, Lillian tentou descobrir que tipo de mecanismo as prendia, mas em sua posição atual isso era impossível. Apoiou as costas no banco e olhou para a porta até que se abrisse de novo.

St. Vincent subiu na carruagem e fez um sinal para o condutor. O veículo sacolejou um pouco ao se dirigir ao pátio atrás da estalagem.

– Daqui a um instante eu a levarei para o andar de cima, para um quarto onde poderá satisfazer suas necessidades particulares. Infelizmente, não temos tempo para uma refeição, mas prometo um café da manhã decente amanhã.

Quando a carruagem parou mais uma vez, St. Vincent agarrou a cintura de Lillian e a puxou para ele, e seus olhos azuis brilharam ao vislumbrar os seios da jovem através da fina camisola sob o vestido aberto. Cobrindo-a com seu casaco para esconder as algemas e a mordaça, ele a jogou sobre seu ombro.

– Nem pense em lutar ou chutar – Lillian o ouviu dizer, com a voz abafada pelo tecido de lã. – Ou posso decidir adiar nossa viagem e demonstrar exatamente por que minhas amantes gostam tanto de algemas.

Diante da real ameaça de violação, Lillian ficou quieta enquanto era carregada para fora da carruagem e através do pátio dos fundos até uma escada externa. Alguém por quem St. Vincent passou devia ter lhe feito uma pergunta sobre a mulher em seu ombro, porque o visconde respondeu com uma horrível risada:

– Meu amor está um pouco embriagada. Tem um fraco por gim. A tolinha não aprecia um bom conhaque francês e prefere essa bebida ruim.

O comentário provocou uma gargalhada masculina e Lillian ferveu de raiva. Contou o número de degraus que St. Vincent subiu... vinte e oito, com um patamar entre os lances. Eles estavam no nível superior de um prédio com uma porta que levava a uma fileira de quartos. Quase sufocando sob o casaco, Lillian tentou adivinhar por quantas portas poderiam ter passado enquanto St. Vincent prosseguia pelo corredor. Eles entraram em um quarto e o visconde fechou a porta com o pé.

Ele a deitou com cuidado na cama. Removeu-lhe o casaco e afastou os cachos que haviam caído sobre o rosto corado de Lillian.

– Quero me certificar de que eles nos fornecerão uma

parelha de cavalos decente – murmurou St. Vincent; seus olhos estavam brilhantes e frios como pedras preciosas. – Volto logo.

Lillian se perguntou se algum dia ele já tivera um sentimento verdadeiro por algo ou alguém ou se apenas passava pela vida como um ator em um palco, usando as expressões que serviam aos seus objetivos. Alguma coisa no olhar indagador dela fez o leve sorriso do visconde desaparecer, e ele ficou sério enquanto tirava algo de dentro de seu casaco. Com uma súbita pontada de agitação em seu peito, Lillian viu que era uma chave. Pondo-a de lado, St. Vincent abriu as algemas. Ela não pôde evitar um suspiro de alívio quando seus braços foram soltos. Mas sua libertação não durou muito. Agarrando-a pelos pulsos, ele lhe segurou os braços com enlouquecedora facilidade, erguendo-os até as barras de ferro da cama para prendê-la de novo. Embora Lillian tentasse tornar essa tarefa o mais difícil possível, ainda não havia recuperado as forças.

Esticada diante de St. Vincent na cama e com os braços presos acima da cabeça, Lillian o observou cautelosamente, movendo a boca sob a mordaça. St. Vincent lançou um olhar insolente para o corpo dela, deixando claro para ambos que Lillian estava à mercê dele. *Por favor, Deus, não permita...* pensou ela. Não desviou os olhos de St. Vincent, tampouco se encolheu, de algum modo percebendo que parte do que a mantivera a salvo dele até então era o fato de não ter demonstrado medo. Sentiu um doloroso nó na garganta quando St. Vincent pôs uma de suas mãos experientes na parte exposta do peito de Lillian e acariciou a beira da camisola.

– Quem dera tivéssemos tempo para brincar – falou alegremente.

Observando o rosto da moça, deslizou os dedos para a curva do seio dela e o acariciou até sentir o mamilo se enrijecer ao seu toque. Envergonhada e enfurecida, Lillian respirou depressa pelo nariz.

St. Vicente tirou a mão devagar e se levantou da cama.

– Em breve – murmurou, embora não tivesse ficado claro se estava se referindo à sua volta do pátio do estábulo ou à sua intenção de dormir com ela.

Lillian fechou os olhos e ouviu o som dos passos dele. A porta se abriu e se fechou com um clique ao ser trancada por fora. Mudando de posição no colchão, Lillian esticou o pescoço para olhar para as algemas que a prendiam à cama. Eram de aço, unidas no meio por uma corrente e com as palavras gravadas: *Higby-Drunfries no 30, Totalmente Garantidas. Fabricação britânica.* Cada argola era presa por uma dobradiça e uma fechadura separada e fixada na corrente com travas inseridas nas extremidades da fechadura e presas no corpo das algemas.

Olhando mais para cima, Lillian conseguiu ver um dos grampos que havia restado em seus cabelos desgrenhados e conseguiu tirá-lo. Ela o esticou, curvou um dos lados com um giro dos dedos e o inseriu na fechadura, procurando uma diminuta alavanca interna. A ponta do grampo ficava escorregando da alavanca, o que tornava bastante difícil manuseá-la. Praguejando enquanto o grampo se dobrava com a pressão, Lillian o retirou, esticou e tentou mais uma vez, pressionando a parte posterior de um dos punhos contra a borda interna da algema. De repente ouviu um clique e a algema se abriu.

Ela se levantou de um pulo, como se a cama estivesse pegando fogo, e correu para a porta com as algemas penduradas em um dos pulsos. Arrancou a mordaça, cuspiu o pano úmido de sua boca, atirou-os para o lado e tentou abrir a porta. Com a ajuda de outro grampo, abriu a fechadura com a habilidade adquirida pela prática.

– Graças a Deus – sussurrou.

Ouvindo vozes e sons da taverna, calculou que suas chances de encontrar um estranho disposto a ajudá-la eram muito maiores dentro da estalagem do que no pátio do estábulo, onde criados e condutores se moviam de um lado para outro. Deu uma rápida olhada para o corredor para se certificar de que ninguém estava vindo e depois saiu correndo pela porta.

Consciente de suas roupas em desalinho e do corpete aberto, Lillian correu para o aposento principal da estalagem. Pessoas pararam no meio de conversas e se viraram para ela com expressões levemente surpresas. Olhando para um grande balcão e um grupo de cadeiras em um canto, com quatro ou cinco cavalheiros bem-vestidos em pé em um semicírculo próximo, Lillian correu para eles.

– Preciso falar com o estalajeiro – disse, sem preâmbulos. – Ou o administrador. Alguém que possa me ajudar. Preciso...

Ela se interrompeu de súbito ao ouvir seu nome sendo chamado e olhou por cima de seu ombro, temendo que St. Vincent tivesse descoberto sua fuga. Todo o seu corpo se enrijeceu, pronto para a batalha. Mas não havia nenhum sinal de St. Vincent, nenhum brilho daqueles cabelos cor de âmbar.

Ouviu a voz de novo, um som que penetrou em sua alma.

– Lillian.

Suas pernas tremeram ao ver o homem esguio de cabelos escuros vindo pela entrada. *Não pode ser*, pensou, piscando com força para clarear a visão, que certamente devia estar lhe pregando peças. Ela cambaleou um pouco ao se virar para ele.

– Westcliff – sussurrou, dando alguns passos vacilantes.

O resto da sala pareceu desaparecer. O rosto moreno de Marcus estava pálido e ele a olhou com grande intensidade, como se temesse que ela pudesse desaparecer. Marcus apressou o passo e, quando a alcançou, a abraçou com força, puxando-a para si.

– Meu Deus – murmurou, e enterrou o rosto nos cabelos de Lillian.

– Você veio – disse ela, ofegante, todo o seu corpo tremendo. – Você me encontrou.

Ela não podia imaginar como isso era possível. Ele cheirava a cavalos e suor e suas roupas estavam frias do ar lá fora. Sentindo-a tremer, Marcus a puxou mais para dentro de seu casaco, murmurando palavras carinhosas junto aos cabelos dela.

– Marcus – disse Lillian, rouca. – Eu enlouqueci? Ah, por favor, seja real. Por favor, não vá embora...

– Eu estou aqui – disse Marcus com voz baixa e trêmula. – Estou aqui e não vou a lugar algum. – Ele se afastou um pouco, e seus olhos escuros como a meia-noite a examinaram da cabeça aos pés, as mãos tatearam com urgência o corpo dela. – Meu amor... minha... você está ferida? – Ao deslizar as mãos pelo braço de Lillian, encontrou as algemas. Ergueu-lhe o pulso e olhou para elas, chocado. Respirou fundo e todo o seu copo começou a tremer com uma fúria primitiva. – Maldito! Vou mandá-lo para o inferno...

– Eu estou bem – Lillian apressou-se em dizer. – Não fui ferida.

Marcus beijou ansiosamente a mão dela, mantendo os dedos junto ao rosto enquanto respirava em um ritmo acelerado contra o pulso da jovem.

– Lillian, ele...

Lendo a pergunta no olhar atormentado de Marcus, as palavras que ele não conseguia proferir, Lillian sussurrou:

– Não, não aconteceu nada. Não houve tempo.

– Ainda assim, vou matá-lo.

O tom assassino na voz dele causou um arrepio na nuca de Lillian. Vendo a parte superior do vestido aberta, Marcus a soltou o suficiente para tirar seu casaco e lhe cobrir os ombros. Então subitamente parou.

– Esse cheiro... o que é?

Percebendo que sua pele e suas roupas ainda estavam impregnadas daquele cheiro nocivo, Lillian hesitou antes de responder:

– Éter.

Viu os olhos de Marcus se dilatarem até parecerem lagos negros e tentou fazer seus lábios trêmulos darem um sorriso tranquilizador.

– Na verdade, não foi ruim. Dormi durante a metade do dia. Fora um pouco de náusea, eu...

Um rugido animal veio da garganta de Marcus, que a puxou de novo para si.

– Sinto muito. Sinto muito. Lillian, meu doce amor... você está segura agora. Nunca deixarei que nada mais lhe aconteça. Juro pela minha vida. Você está segura.

Ele tomou a cabeça da jovem nas mãos e lhe deu um beijo breve e suave, e ainda assim tão intenso que ela ficou zonza. Fechando os olhos, Lillian se apoiou nele, ainda temendo que nada daquilo fosse real e que acordasse e se visse com St. Vincent de novo. Marcus sussurrou palavras de conforto contra os lábios entreabertos e o rosto de Lillian e lhe deu um abraço que pareceu gentil, mas não poderia ser desfeito nem pelos esforços conjuntos de dez homens. Espiando para fora das profundezas dos braços dele, Lillian viu a forma alta de Simon Hunt se aproximando.

– Senhor Hunt – disse, surpresa, enquanto Marcus roçava os lábios na testa dela.

Hunt a olhou com preocupação.

– Está tudo bem, Srta. Bowman?

Lillian teve de se contorcer um pouco para evitar a boca exploradora de Marcus e responder, ofegante:

– Ah, sim. Sim. Como pode ver, não estou ferida.

– Isso é um grande alívio – disse Hunt com um sorriso. – Seus parentes e amigos estavam muito preocupados com sua ausência.

– A condessa... – começou Lillian, mas parou imediatamente, pensando em como explicar a Marcus a magnitude daquela traição.

Mas ao encará-lo viu a infinita preocupação em seus olhos negros e profundos e se perguntou como um dia pôde tê-lo julgado insensível.

– Eu sei o que aconteceu – disse Marcus baixinho, ajeitando os cabelos desgrenhados dela. – Você nunca mais a verá. Ela terá ido embora para sempre quando voltarmos para Stony Cross Park.

Mesmo cheia de perguntas e preocupações, Lillian foi dominada por uma súbita exaustão. O pesadelo tinha chegado ao fim e por enquanto não havia mais nada que ela pudesse fazer. Esperou docilmente, o rosto apoiado no ombro firme de Marcus, ouvindo apenas partes da conversa que se seguiu.

– ... tenho que encontrar St. Vincent... – disse Marcus.

– Não – disse Simon Hunt, enfático. – *Eu* o encontrarei. Cuide da Srta. Bowman.

– Precisamos de privacidade.

– Acho que há um pequeno quarto próximo; na verdade, é mais como um vestíbulo.

Mas a voz de Hunt falhou e Lillian sentiu uma nova e feroz tensão no corpo de Marcus. Com os músculos brutalmente contraídos, ele se virou para olhar na direção da escada.

St. Vincent estava descendo, depois de ter encontrado vazio o quarto alugado do outro lado da estalagem. Parando no meio da escada, o visconde se deparou com o curioso quadro diante dele... os grupos de observadores perplexos, o estalajeiro afrontado... e o conde de Westcliff olhando para ele com sede de sangue.

Naquele momento apavorante, toda a estalagem caiu em silêncio, tornando o rugido de Westcliff claramente audível.

– Por Deus, vou matá-lo.

Atordoada, Lillian murmurou:

– Marcus, espere...

Ela foi empurrada sem cerimônia para Simon Hunt, que a segurou instintivamente enquanto Marcus se precipitava para a escada. Em vez de rodear o corrimão, ele pulou para os degraus como um gato. Houve uma movimentação indistinta quando St. Vincent tentou fazer uma retirada estratégica, mas Marcus se precipitou para cima, agarrou as pernas dele e o arrastou para baixo. Eles se engalfinharam, praguejaram e trocaram socos até St. Vincent tentar chutar a cabeça de Marcus. Rolando para o lado para evitar a pesada bota, Marcus foi forçado a soltá-lo por um momento. O visconde subiu a escada cambaleando e Marcus correu atrás dele. Logo estavam fora de vista. Uma multidão de homens entusiasmados os seguiu, gritando conselhos, dando opiniões e demonstrando excitação com o espetáculo de dois aristocratas lutando como galos.

Com o rosto pálido, Lillian olhou para Simon Hunt, que esboçou um sorriso.

– Não vai ajudá-lo? – perguntou ela.

– Ah, não. Westcliff nunca me perdoaria por interferir. É sua primeira briga em uma taverna.

Ele a olhou de um modo amistoso. Lillian cambaleou e Hunt pôs sua grande mão no centro das costas dela e a guiou para um grupo de cadeiras próximo. Uma cacofonia de sons veio do alto da escada: estrondos que fizeram todo o prédio tremer seguidos de sons de móveis sendo quebrados e vidro estilhaçado.

– Agora – disse Hunt, ignorando o tumulto –, se eu puder dar uma olhada na algema restante, talvez possa fazer algo a respeito.

– Não pode – disse Lillian com desanimada certeza. – A chave está no bolso de St. Vincent e fiquei sem grampos.

Sentando-se ao lado de Lillian, Hunt segurou o pulso algemado, o olhou pensativamente e disse com uma satisfação que ela considerou um tanto inadequada:

– Que sorte. Uma Higby-Dumfries número 30.

Lillian lhe deu um sorriso sarcástico.

– Devo presumir que é um apreciador de algemas?

Ele torceu os lábios.

– Não, mas tenho um ou dois amigos que trabalham em órgãos de cumprimento da lei. E estas foram usadas pela Nova Polícia até ser descoberta uma falha no projeto. Agora podem ser encontradas em qualquer casa de penhores de Londres.

– Que falha?

Em resposta, Hunt virou para baixo a dobradiça e a fechadura da algema no pulso de Lillian. Quando ouviu o som de mais móveis sendo quebrados no andar de cima, sorriu ao ver a testa franzida de Lillian.

– Eu vou lá – disse brandamente. – Mas primeiro...

Ele tirou um lenço do bolso e o inseriu entre o punho e a algema de aço como um acolchoamento improvisado.

– Pronto. Isso pode ajudar a amortecer o golpe.

– Golpe? Que golpe?

– Não se mexa.

Lillian deu um grito de espanto ao senti-lo erguer seu pulso sobre a mesa e abaixá-lo com força sobre a base da dobradiça. O golpe serviu para abalar a alavanca e a algema se abriu como num passe de mágica. Surpresa, Lillian olhou para Hunt com um meio sorriso enquanto esfregava seu pulso livre.

– Obrigada. Eu...

Houve outro estrondo, dessa vez sobre a cabeça deles, e um coro de gritos excitados dos observadores fez as paredes tremerem. Por cima disso tudo, ouviram o estalajeiro gritando que logo o prédio estaria reduzido a ruínas.

– Sr. Hunt – exclamou Lillian. – Realmente quero que tente ajudar lorde Westcliff!

Hunt ergueu as sobrancelhas.

– Teme mesmo que St. Vincent leve a melhor sobre ele?

– A questão não é se confio o suficiente na capacidade de lutar de lorde Westcliff – respondeu Lillian, impaciente. – É que confio *demais* nela. E prefiro não ter de atuar como uma testemunha em um julgamento por assassinato.

– Nisso tem razão.

Hunt se levantou, dobrou o lenço e o guardou no bolso do casaco. Deu um pequeno suspiro e se dirigiu à escada, murmurando:

– Passei a maior parte do dia tentando evitar que ele matasse alguém.

~

Lillian nunca se lembrou por completo do resto daquela noite, que passou apoiada em Marcus, num estado de semiconsciência. Ele manteve o braço firme ao redor de suas costas para sustentar o peso de seu corpo enfraquecido. Embora Marcus estivesse desgrenhado e um pouco machucado, irradiava a energia primitiva de um homem saudável que acabara de sair vitorioso de uma luta. Lillian percebeu que ele estava fazendo muitas exigências e todos pareciam ansiosos por agradá-lo. Ficou decidido que eles passariam a noite na estalagem e Hunt partiria para Stony Cross à primeira luz da manhã. Nesse meio-tempo, Hunt poria St. Vincent, ou o que restara dele, na carruagem do visconde e o mandaria para a residência dele em Londres. Aparentemente, St. Vincent não seria processado por seus atos, pois isso só serviria para transformar o episódio em um grande escândalo.

Com todos os arranjos feitos, Marcus carregou Lillian para o maior quarto do prédio, onde um banho e uma refeição foram arranjados o mais rápido possível. O quarto era parcamente mobiliado, mas muito limpo, e tinha uma cama ampla com lençóis de linho bem passados e colchas macias desbotadas. Uma velha banheira de cobre foi posta diante da lareira e enchida por duas camareiras que trouxeram chaleiras fumegantes. Enquanto Lillian esperava a água esfriar um pouco, Marcus insistiu em que ela tomasse uma tigela de sopa, que era bastante tolerável, embora não fosse possível identificar todos os ingredientes.

– O que são esses pedacinhos marrons? – perguntou Lillian, desconfiada, abrindo a boca com relutância enquanto ele lhe dava mais uma colherada.

– Não importa. Engula.

– É carne de carneiro? De boi? Tinha chifres? Cascos? Penas? Escamas? Não gosto de comer o que não sei o que é...

– Mais – disse ele sem admitir recusas, empurrando outa vez a colher para a boca de Lillian.

– Você é um tirano.

– Eu sei. Beba um pouco de água.

Resignando-se apenas por aquela noite com o jeito dominador dele, Lillian terminou a leve refeição. O alimento lhe deu novas forças e ela se sentiu revigorada quando Marcus a puxou para seu colo.

– Agora – disse ele, aconchegando-a ao peito – conte-me o que aconteceu, desde o início.

Não demorou muito para Lillian se ver falando animadamente, quase tagarelando, ao descrever seu encontro com Lady Westcliff na Corte das Borboletas e os acontecimentos que se seguiram. Ela devia estar parecendo muito ansiosa, porque Marcus de vez em quando interrompia o rápido fluxo de suas palavras com murmúrios tranquilizadores, de modo interessado e infinitamente gentil. Ele roçou a boca nos cabelos de Lillian, e o hálito quente chegou ao couro cabeludo dela. Pouco a pouco, Lillian relaxou encostada nele, sentindo seus membros moles e pesados.

– Como convenceu a condessa a confessar tão rápido? – perguntou ela. – Achei que ela fosse ficar calada durante dias. Ou que preferiria morrer a admitir alguma coisa.

– Foi essa a opção que eu lhe dei.

Lillian arregalou os olhos.

– Ah – sussurrou. – Sinto muito, Marcus. Afinal de contas, ela é sua mãe...

– Apenas no sentido mais técnico da palavra – disse ele, seco. – Nunca tive amor filial por ela, mas, se tivesse tido, certamente teria desaparecido depois de hoje. Acho que ela já fez maldades suficientes. Daqui em diante tentaremos mantê-la na Escócia, ou talvez em algum lugar no exterior.

– A condessa lhe contou o que nós conversamos? – perguntou Lillian, hesitante.

Marcus balançou a cabeça, torcendo os lábios.

– Ela me contou que você tinha decidido fugir com St. Vincent.

– *Fugir*? – perguntou Lillian, chocada. – Como se eu deliberadamente... como se eu o tivesse preferido a...

Ela parou, horrorizada ao imaginar como Marcus devia ter se sentido. Embora não tivesse derramado nenhuma lágrima durante todo o dia, a ideia de que Marcus poderia ter se perguntado por uma fração de segundo se outra mulher o deixara por St. Vincent... era muito difícil de suportar. Ela explodiu em grandes soluços que surpreenderam ambos.

– Você não acreditou nisso, não é? Meu Deus, por favor, diga que não acreditou!

– É claro que não. – Ele a olhou, perplexo, e se apressou em pegar um guardanapo na mesa para secar suas lágrimas. – Não, não, não chore...

– Eu amo você, Marcus. – Tirando o guardanapo dele, Lillian assoou o nariz ruidosamente e continuou a chorar enquanto falava. – Amo você. Não me importo se sou a primeira a dizer isso, nem mesmo se fui a única. Só quero que saiba quanto...

– Eu também amo você – disse ele. – Também amo você, Lillian... Por favor, não chore. Isso está me matando. Não chore.

Ela assentiu e assoou o nariz no guardanapo de linho outra vez; estava com manchas vermelhas na pele, os olhos inchados e o nariz escorrendo. Mas parecia que havia algo de errado com a visão de Marcus. Tomando a cabeça dela nas mãos, ele lhe deu um forte beijo na boca e disse:

– Você é tão linda!

A afirmação, embora sincera, fez Lillian rir em meio aos últimos soluços. Dando-lhe um abraço que quase a esmagou, Marcus perguntou com voz abafada:

– Meu amor, nunca lhe disseram que não é de bom-tom rir de um homem quando ele está se declarando?

Ela assoou o nariz com um último e deselegante ruído.

– Acho que sou um caso perdido. Ainda quer se casar comigo?

– Sim. Agora.

A afirmação a chocou e a fez parar de chorar.

– O quê?

– Não quero voltar com você para Hampshire. Quero levá-la para Gretna Green. A estalagem tem um serviço de carruagem. Alugarei uma de manhã e chegaremos à Escócia depois de amanhã.

– Mas... mas todos esperarão um casamento respeitável em uma igreja...

– Não posso esperar por você. Não dou a mínima para a respeitabilidade.

Um sorriso vacilante se espalhou pelo rosto de Lillian enquanto ela pensava em quantas pessoas ficariam chocadas ao ouvir isso dele.

– Isso vai parecer um escândalo, você sabe. O conde de Westcliff casando-se às pressas em Gretna Green.

– Então vamos começar com um escândalo.

Ele a beijou e ela respondeu com um gemido, se arqueando e se agarrando a Marcus até ele introduzir a língua mais fundo, beijando-a com mais força e se deliciando com o calor e a maciez da boca de Lillian. Com a respiração pesada, ele desceu os lábios para o pescoço trêmulo dela.

– Diga: "Sim, Marcus" – ele pediu.

– Sim, Marcus.

Os olhos escuros dele se incendiaram ao fitá-la e ela sentiu que havia muitas coisas que ele queria dizer. Mas falou apenas:

– Está na hora do seu banho.

Ela poderia ter feito isso sozinha, mas Marcus insistiu em despi-la e banhá-la como se fosse uma criança. Relaxando aos cuidados dele, Lillian observou o rosto moreno de Marcus através da nuvem de vapor que se erguia da banheira. Os movimentos do conde foram deliberadamente lentos ao ensaboá-la e enxaguá-la até ela ficar rosada e brilhante. Erguendo-a da banheira, ele a enxugou com uma grande toalha.

– Levante os braços – murmurou.

Lillian olhou, desconfiada, para a roupa com aparência de usada que ele segurava.

– O que é isso?

– Uma camisola da esposa do estalajeiro – respondeu ele, passando-a pela cabeça de Lillian.

Ela enfiou os braços nas mangas e suspirou ao sentir o cheiro de flanela limpa. A camisola era de uma cor indistinguível e grande demais para ela, mas sentiu-se confortada pelas suaves e amaciadas dobras.

Encolhida na cama, Lillian observou Marcus se banhar e se enxugar; ondulando os músculos das costas, o corpo soberbo era uma bela visão. Um sorriso irreprimível curvou seus lábios enquanto ela se dava conta de que aquele homem extraordinário lhe pertencia... e nunca saberia com certeza como conquistara seu bem guardado coração. Marcus apagou o lampião e quando deslizou para debaixo das cobertas Lillian se aconchegou a ele. O cheiro masculino a envolveu, fresco, uma mistura de sabão com toques de sol e sal. Ela desejou absorver esse cheiro delicioso, beijar e tocar cada centímetro do corpo dele.

– Faça amor comigo, Marcus – sussurrou.

O vulto de Marcus assomou sobre ela, acariciando seus cabelos.

– Meu amor – disse ele em um tom terno e risonho –, desde essa manhã você foi ameaçada, drogada, sequestrada, algemada e conduzida através da metade da Inglaterra. Não basta por este dia?

Ela balançou a cabeça.

– Eu estava um pouco cansada, mas agora me recuperei. Não conseguiria dormir.

Por algum motivo aquilo o fez rir.

O corpo de Marcus se afastou do dela. No início Lillian pensou que ele ia para o outro lado da cama, mas depois sentiu a bainha da camisola ser erguida. Suas pernas se arrepiaram com o ar frio. Sua respiração se tornou acelerada. A grossa flanela foi puxada mais para cima, mais para cima, até os seios ficarem expostos e os mamilos se enrijecerem. A boca de Marcus desceu quente e suavemente por sua pele, explorando e acariciando, despertando sensações em lugares inesperados: no ponto sensível ao lado das costelas, na curva aveludada dos seios, na borda delicada do umbigo. Quando Lillian tentou acariciá-lo, suas mãos foram gentilmente empurradas para os lados até ela compreender que Marcos queria que ficasse imóvel. Ela começou a respirar fundo, estremecendo os músculos da barriga e das pernas enquanto o prazer percorria seu corpo.

Marcus a mordiscou e a beijou até chegar ao ponto úmido secreto entre suas coxas, e suas pernas se abriram com facilidade ao toque dele. Ela estava totalmente vulnerável, com cada nervo ardendo de excitação. Um gemido fraco e profundo escapou de sua garganta quando ele lambeu o escuro triângulo, inundando-a de prazer a cada carícia na pele rosada e escorregadia. A língua de Marcos a excitou e a abriu, e então ele a provocou com carícias suaves e ritmadas, até ela sentir seus membros pesados e sua respiração vir em fracos gemidos. Por fim, ele deslizou os dedos para dentro dela, e Lillian gemeu, se debateu e atingiu o clímax, tremendo como se pudesse se desmanchar de prazer.

Atordoada, sentiu-o abaixar a camisola.

– Agora é a sua vez – murmurou Lillian com a cabeça no ombro de Marcus enquanto ele a abraçava. – Você não...

– Durma – sussurrou ele. – Minha vez chegará amanhã.

– Ainda não estou cansada – insistiu Lillian.

– Feche os olhos – disse Marcus, acariciando-lhe as nádegas em movimentos circulares. Ele roçou a boca na testa e nas pálpebras frágeis dela. – Descanse. Você precisa recuperar as forças... Porque, quando estivermos casados, não conseguirei deixá-la em paz. Vou querer amá-la em todos os minutos do dia. – Ele a puxou mais para perto. – Não há nada mais bonito no mundo do que seu sorriso... nenhum som mais doce do que o da sua risada... nenhum prazer maior do que tê-la em meus braços. Hoje percebi que não poderia viver sem você, minha diabinha teimosa. Nesta vida e na próxima, você é minha única esperança de felicidade. Diga-me, Lillian, meu amor... como conseguiu entrar tão fundo no meu coração?

Ele parou para beijar a pele sedosa e úmida dela... e sorriu quando um leve ronco feminino rompeu o tranquilo silêncio.

EPÍLOGO

À Muito Honorável Condessa de Westcliff
Marsden Terrace, Upper Brook Street, nº 2
Londres

Cara Lady Westcliff,

Foi uma honra e um prazer receber sua carta. Permita-me felicitá-la por seu recente casamento. Embora tenha tido a modéstia de afirmar que foi a única beneficiada com sua união com lorde Westcliff, tomo a liberdade de discordar. Tendo tido a sorte de conhecê-la, posso atestar que o beneficiado foi o conde, ao desposar uma jovem tão encantadora e educada...

– Encantadora? – interrompeu-a Daisy, seca. – Ah, ele a conhece muito pouco.

– E educada – lembrou-lhe Lillian, em tom de superioridade, antes de voltar à carta do Sr. Nettle. – E ele continua... *Talvez se sua irmã mais nova fosse mais parecida com a senhora, também pudesse encontrar um marido.*

– Ele não disse isso! – exclamou Daisy, pulando sobre uma poltrona e tentando pegar a carta enquanto Lillian se defendia com uma estridente risada.

Annabelle, que estava sentada em uma cadeira próxima, sorriu por sobre a borda da xícara de chá enquanto o sorvia na esperança de acalmar seu estômago. Ela já havia declarado sua intenção de contar ao marido sobre a gravidez naquela noite, porque ficava cada vez mais difícil escondê-la.

As três estavam sentadas no salão do Marsden Terrace. Alguns dias antes, Lillian e Marcus tinham voltado para Hampshire de seu "casamento sem proclamas", como o chamavam em Gretna Green. Ela ficara secretamente grata por a condessa ter desaparecido da propriedade e todos os traços de sua presença terem sido removidos. A condessa *viúva*, corrigiu-se Lillian, que ficava um pouco nervosa sempre que se dava conta de que agora *ela* era a condessa de Westcliff. Marcus a havia levado para Londres, onde estava visitando a fábrica de locomotivas com o Sr. Hunt e resolvendo outros assuntos de negócios. Dali a poucos dias os Westcliffs partiriam para uma lua de mel planejada às pressas na Itália... o mais longe possível de Mercedes Bowman, que ainda não havia parado de se queixar de ter sido privada do grande acontecimento social que seria o casamento que desejara para sua filha.

– Ah, saia de cima de mim, Daisy! – gritou Lillian de brincadeira, empurrando a irmã. – Admito que inventei essa última parte. Pare com isso, ou vai rasgar a carta. Onde eu estava? – Assumindo uma expressão de dignidade própria da esposa de um conde, Lillian ergueu a carta e continuou a lê-la: – O Sr. Nettle continua a me tecer elogios e me deseja felicidade junto à família Marsden...

– Contou para ele que sua sogra tentou se livrar de você? – perguntou Daisy.

– E depois respondeu à minha pergunta sobre o perfume – continuou Lillian, ignorando-a.

As duas jovens a olharam, surpresas. Annabelle arregalou os olhos azuis, cheia de curiosidade.

– Você lhe perguntou sobre o ingrediente secreto?

– Pelo amor de Deus, qual é? – quis saber Daisy. – Diga! Diga!

– Você pode ficar um pouco desapontada com a resposta – disse Lillian, encabulada. – Segundo o Sr. Nettle, o ingrediente secreto é... nada.

Daisy pareceu indignada.

– Não há nenhum ingrediente secreto? Não é uma verdadeira poção do amor? Eu tenho me *encharcado* dela para nada?

– Aqui, vou ler a explicação dele: "Sua conquista do coração de lorde Westcliff foi apenas o resultado de sua própria magia e o ingrediente essencial do perfume era, na verdade, você mesma." – Pondo a carta em seu colo, Lillian sorriu à expressão irritada da irmã. – Pobre Daisy. Lamento que o perfume não seja realmente mágico.

– Maldição – grunhiu Daisy. – Eu devia ter sabido.

– O estranho – continuou Lillian, pensativa – é que Westcliff *sabia*. Na noite em que eu lhe falei sobre o perfume, ele disse que sabia *definitivamente* qual era o ingrediente secreto. E esta manhã, antes de eu lhe mostrar a carta do Sr. Nettle, disse-me qual seria a resposta dele, e estava certo. – Um sorriso surgiu em seu rosto. – O sabe-tudo arrogante – murmurou de um jeito amoroso.

– Espere até eu contar para Evie – disse Daisy. – Ela vai ficar tão desapontada quanto eu.

Annabelle a olhou com uma ruga franzindo sua bela testa.

– Ela já respondeu à sua carta, Daisy?

– Não. A família a trancou de novo. Duvido que a deixem enviar ou receber cartas. E o que me preocupa é que, antes de partirem de Stony Cross Park, tia Florence dava sinais muito fortes de que planejava casá-la com o primo Eustace.

As outras duas gemeram.

– Só passando por cima do meu cadáver – disse Lillian. – Vocês percebem que teremos de tomar algumas medidas criativas para tirar Evie das garras de sua família e encontrar um bom marido para ela?

– Faremos isso – foi a resposta confiante de Daisy. – Acredite em mim, querida, se conseguimos encontrar um marido para você, podemos fazer *qualquer coisa*.

– Agora você passou dos limites – disse Lillian, e pulou para o canapé para avançar ameaçadoramente para a irmã, brandindo uma almofada.

Rindo, Daisy se escondeu atrás do móvel mais próximo e gritou:

– Lembre-se de que você é uma condessa! Onde está a sua dignidade?

– Eu a perdi – informou-lhe Lillian, e a perseguiu alegremente.

Enquanto isso...

– Lorde St. Vincent, há uma visita à porta. Eu disse que o senhor não estava em casa, mas ela insistiu muito em vê-lo.

A biblioteca estava fria e escura, exceto pela luz fraca que vinha da lareira. O fogo logo se apagaria e ainda assim Sebastian não parecia capaz de se levantar o suficiente para acrescentar um pouco de lenha, embora houvesse uma pequena pilha ao seu alcance. Um incêndio na casa não teria sido suficiente para aquecê-lo. Era um homem vazio e entorpecido, um corpo sem alma, e se orgulhava disso. Era preciso um raro talento para chegar ao seu nível atual de depravação.

– A esta hora? – murmurou Sebastian, desinteressado, olhando não para seu mordomo, mas para a taça de conhaque de cristal bisotado em sua mão.

Ele girou preguiçosamente nos dedos o pé da taça. Não havia nenhuma dúvida quanto ao que a mulher não identificada queria. Mas embora não tivesse planos para a noite, percebeu que pela primeira vez não estava com disposição de se deitar com ninguém.

– Mande-a embora – disse friamente. – Diga-lhe que minha cama já está ocupada.

– Sim, milorde.

O mordomo saiu e Sebastian voltou a se acomodar em sua cadeira, esticando suas longas pernas.

Terminou o conhaque na taça com um gole eficiente enquanto pensava em seu problema mais imediato... dinheiro, ou a falta dele. Seus credores estavam se tornando agressivos e ele não poderia ignorar por muito mais tempo suas dívidas. Agora que havia fracassado em seus esforços para obter a muito necessária fortuna de Lillian Bowman, precisaria obter dinheiro de outra pessoa. Conhecia algumas mulheres ricas que poderiam ser induzidas a lhe emprestar um pouco em troca dos favores pessoais que ele sabia prestar tão bem. Outra opção era...

– Milorde?

Sebastian ergueu os olhos com uma expressão ameaçadora.

– Pelo amor de Deus, o que é?

– A mulher não quer ir embora, milorde. Está decidida a vê-lo.

Ele deu um suspiro de exasperação.

– Se ela está assim tão desesperada, deixe-a entrar. Embora deva ser avisada de que sexo rápido e um adeus ainda mais rápido é tudo o que estou disposto a lhe oferecer esta noite.

Uma voz jovem e nervosa veio de trás do mordomo, revelando que a insistente visitante o seguira.

– Não era bem isso que eu tinha em mente.

Ela rodeou o mordomo e entrou no quarto; seus cabelos estavam escondidos por um pesado manto com capuz.

Obedecendo ao piscar dos olhos de Sebastian, o mordomo desapareceu, deixando-os a sós.

Sebastian encostou a cabeça nas costas da cadeira, observando a figura misteriosa com um olhar sem emoção. Ocorreu-lhe que ela poderia estar portando uma pistola sob o manto. Talvez fosse uma das muitas mulheres que já o haviam ameaçado de morte... uma que finalmente reunira coragem para cumprir a promessa. Pouco lhe importava. Ela poderia atirar nele com sua bênção, desde que fizesse o trabalho direito. Permanecendo relaxado em sua cadeira, murmurou:

– Tire o capuz.

Ela ergueu a mão pálida e obedeceu. O capuz deslizou sobre cabelos tão vermelhos que eclipsaram as brasas da lareira.

Sebastian balançou a cabeça, perplexo ao reconhecer a jovem. A ridícula criatura da festa em Stony Cross Park. Uma gaga tímida com cabelos ruivos e um corpo voluptuoso que poderiam torná-la uma companhia tolerável, desde que mantivesse a boca fechada. Eles nunca haviam se falado. A Srta. Evangeline Jenner, lembrou-se. Tinha os olhos maiores e mais redondos que ele já vira, como os de uma boneca de cera... ou uma criança pequena. Ela olhou suavemente para o rosto dele, sem deixar de notar os ferimentos resultantes da briga com Westcliff.

Idiota, pensou Sebastian com desprezo, perguntando--se se ela viera insultá-lo por ter sequestrado sua amiga. Não. Nem mesmo ela poderia ser tão estúpida, arriscar sua virtude ou até mesmo a vida indo à casa dele desacompanhada.

– Veio ver o covil do demônio? – perguntou-lhe.

Ela se aproximou, com uma expressão decidida e estranhamente destemida.

– Você não é um demônio. É apenas um homem. Com m-muitos defeitos.

Pela primeira vez em dias Sebastian sentiu uma leve necessidade de sorrir. Uma centelha de relutante interesse se agitou nele.

– Só porque a cauda e os chifres não são visíveis, menina, isso não significa que deveria descartar essa possibilidade. O demônio tem muitos disfarces.

– Então estou aqui para fazer um pacto de Fausto. – Ela falou muito devagar, como se tivesse de pensar em cada palavra. – Tenho uma proposta a lhe fazer, milorde.

Então se aproximou da lareira, emergindo da escuridão que os envolvia.

LEIA UM TRECHO DO PRÓXIMO VOLUME DA SÉRIE

Pecados no inverno

CAPÍTULO 1

Londres, 1843

Enquanto Sebastian, lorde St. Vincent, contemplava a jovem que acabara de entrar em sua residência em Londres, ocorreu-lhe que talvez tivesse raptado a herdeira errada no último fim de semana em Stony Cross Park.

Embora rapto não integrasse sua longa lista de atos desprezíveis até bem recentemente, ele deveria ter sido mais esperto. Lillian Bowman fora uma escolha insensata, embora parecesse a solução perfeita para seu dilema na época. Ela era de uma família rica, enquanto Sebastian era um aristocrata com problemas financeiros. Além disso, poderia ser uma parceira de cama divertida, com seus belos cabelos escuros e seu temperamento impetuoso. No fim das contas, ele deveria ter escolhido uma presa menos corajosa. Lillian mostrara feroz resistência ao seu plano e tinha sido salva pelo noivo, lorde Westcliff.

Já a Srta. Evangeline Jenner, a mansa criatura à sua frente, era muito diferente de Lillian. Sebastian a observou disfarçando o desdém enquanto listava mentalmente o que sabia sobre ela. Era a filha única de Ivo Jenner, o famoso dono de um clube de jogos londrino, com uma mulher que fugira com ele – para se arrepender logo depois. Embora a mãe da jovem tivesse uma linhagem respeitável, o pai era pouco melhor do que lixo. Evangeline poderia ser uma esposa decente se não fosse por sua timidez, que resultava em uma constrangedora gagueira.

Alguns homens já haviam confessado a Sebastian que preferiam ser torturados a tentar conversar com ela. Naturalmente ele sempre havia feito o possível para evitá-la. Isso não tinha sido difícil. A tímida Srta. Jenner costumava se esconder pelos cantos. Eles nunca haviam trocado uma palavra – algo que parecera bastante apropriado para ambos.

Mas não havia como evitá-la agora. Por algum motivo, a Srta. Jenner aparecera na casa dele sem ser convidada, em uma hora escandalosamente tardia. Para tornar a situação ainda mais comprometedora, estava desacompanhada – e passar mais de meio minuto a sós com Sebastian era o suficiente para arruinar qualquer moça. Ele era um libertino amoral – e tinha orgulho disso. Era ótimo em sua ocupação preferida – a de sedutor degenerado – e estabelecera alguns padrões a que poucos canalhas poderiam aspirar.

Relaxando em sua cadeira, Sebastian observou com enganadora indolência Evangeline Jenner se aproximar. A biblioteca estava escura, exceto por um fogo baixo na lareira, a luz bruxuleante brincando suavemente no rosto da jovem. Ela não parecia ter mais de 20 anos, com sua pele perfeita e seus olhos inocentes que sempre despertaram o desdém de Sebastian. Ele nunca valorizara ou admirara a inocência.

Embora o cavalheirismo ditasse que Sebastian deveria se levantar, gestos de cortesia não pareciam fazer muito sentido naquela situação. Assim, ele apenas apontou negligentemente para a outra cadeira, ao lado da lareira.

– Sente-se, se quiser. No entanto, não planeje ficar por muito tempo. Eu me entedio com facilidade e sua reputação não é a de alguém que costume manter uma conversa interessante.

Evangeline não estremeceu ao ouvir aquele comentário rude. Sebastian não pôde deixar de se perguntar que tipo de criação a tornara tão imune a insultos. Qualquer outra garota teria corado ou explodido em lágrimas. Ou ela era idiota ou tinha muita coragem.

Evangeline tirou seu manto, o pôs sobre o braço da cadeira com estofamento de veludo e se sentou sem graça ou artifícios. Sebastian se lembrou de que ela era amiga não só de Lillian Bowman como também da irmã mais nova de Lillian, Daisy, e de Annabelle Hunt. O grupo de quatro jovens se encontrava sempre ao lado da pista de dança em numerosos bailes e *soirées* da última temporada, tomando chá de cadeira. Contudo, parecia que a má sorte delas havia mudado. Annabelle finalmente conseguira agarrar um marido e Lillian acabara de conquistar lorde Westcliff. Entretanto, Sebastian duvidava que essa boa sorte fosse se estender àquela criatura gaga.

Embora estivesse tentado a lhe perguntar o objetivo da visita, ele temeu que isso pudesse causar uma longa roda-da de gagueira que atormentaria a ambos. Forçou-se a esperar pacientemente enquanto Evangeline parecia pensar no que dizer. À medida que o silêncio se arrastava, começou a observá-la à luz da lareira. Surpreendeu-se ao achá-la atraente. Na verdade, nunca a havia olhado com tanta atenção e a impressão que lhe causara fora apenas a de uma garota ruiva desmazelada com má postura. Mas ela era encantadora.

Enquanto a observava, tomou consciência de uma leve tensão em seus músculos e dos pelos se eriçando em sua nuca. Ele continuou relaxado em sua cadeira, embora as pontas de seus dedos fizessem uma ligeira pressão no veludo macio. Achou estranho nunca ter notado a moça. Os cabelos, do vermelho mais vivo que já vira, pareciam se nutrir à luz da lareira e brilhar com calor incandescente. As sobrancelhas finas e os cílios espessos eram de um tom mais escuro, castanho-avermelhado, e sua pele branca era um pouco sardenta no nariz e nas bochechas. Sebastian achou graciosa a dispersão festiva dos pequenos pontos dourados, como se tivessem sido salpicados pelo capricho de uma fada. Evangeline tinha lábios carnudos, naturalmente rosados, e olhos azuis grandes e redondos. Olhos bonitos, mas sem emoção, como os de uma boneca de cera.

– Mi-minha amiga Srta. Bowman é agora Lady Westcliff – observou Evangeline cautelosamente. – O conde e ela fo--foram para Gre-Gretna Green depois que ele... o impediu.

– "Ele me deu uma surra" seriam as palavras mais apropriadas – corrigiu Sebastian, sabendo que ela não poderia deixar de notar as marcas escuras em seu queixo, feitas pelos punhos certeiros de Westcliff. – Ele não pareceu aceitar bem o empréstimo que fiz.

– O senhor a ra-raptou – contrapôs Evangeline calmamente. – "Empréstimo" sugere que pretendia devolvê-la.

Sebastian sentiu seus lábios se curvarem. Seu primeiro sorriso verdadeiro depois de muito tempo. Aparentemente ela não era nenhuma tola.

– Então eu a raptei, se quiser ser precisa. Foi por isso que veio me visitar, Srta. Jenner? Para me fazer um relatório sobre o casal feliz? Estou cansado desse assunto. É melhor dizer algo interessante logo ou receio de que terá que ir embora.

– O senhor que-queria a Srta. Bowman pela herança dela – disse Evangeline. – Pre-precisa se casar com alguém que te-tenha dinheiro.

– É verdade – admitiu Sebastian. – Meu pai, o duque, falhou em sua única responsabilidade na vida: manter a fortuna da família intacta. Minha tarefa é passar meu tempo em pródigo ócio esperando que ele morra. Eu tenho feito o meu trabalho de maneira esplêndida, mas o duque, não. Ele foi um péssimo administrador das finanças da família. Está pobre e, pior ainda, saudável.

– Meu pai é rico – disse Evangeline sem demonstrar nenhuma emoção. – E está morrendo.

– Parabéns.

Sebastian a estudou atentamente. Ele não tinha dúvida de que Ivo Jenner possuía uma fortuna considerável devido ao clube de jogos. Era para lá que os cavalheiros de Londres iam para jogar, comer, beber e buscar prostitutas baratas. O clima era de extravagância com um grau confortável de imoralidade. Quase vinte anos atrás, o Jenner's fora uma alternativa de segunda classe ao lendário Craven's, o maior e mais bem-sucedido clube de jogos que a Inglaterra já conhecera.

Contudo, quando o Craven's foi destruído por um incêndio e seu dono se recusou a reconstruí-lo, o Jenner's herdara muitos clientes ricos e ganhara notoriedade. Não que pudesse ser comparado com o Craven's. Um clube era, em grande parte, o reflexo do caráter e do estilo de seu dono. Ivo Jenner era destituído de ambos. Derek Craven tinha sido indiscutivelmente um empresário. Jenner era um sujeito bronco, um ex-pugilista que nunca havia se destacado em nada, mas por capricho e milagre do destino se tornara um homem de negócios bem-sucedido.

E ali estava a filha única de Jenner. Se ela estava prestes a fazer a proposta que Sebastian suspeitava que faria, ele não poderia se dar ao luxo de recusar.

– Não quero seus pa-parabéns – disse Evangeline em resposta a seu comentário anterior.

– O que *quer*, criança? – perguntou Sebastian. – Por favor, vá direto ao assunto. Isto está se tornando tedioso.

– Quero ficar com meu pai pelos últimos dias da vi-vida dele. A família da minha mãe não me permite vê-lo. Tenho tentado fu-fugir para o clube, mas sempre me pegam e sou punida. Desta vez não vo-vou voltar. Eles têm planos que pre-pretendo evitar, ao custo da minha própria vida, se for preciso.

– E quais são esses planos? – perguntou Sebastian vagarosamente.

– Eles estão ten-tentando me forçar a me casar com um dos meus pri-primos, o Sr. Eustace Stubbins. Ele nã-não sente nada por mim, assim como eu não si-sinto nada por ele... mas é um fantoche no plano da fa-família.

– Que é ganhar o controle da fortuna do seu pai quando ele morrer?

– Sim. No início, considerei a ideia, por-porque achava que o Sr. Stubbins e eu poderíamos ter nossa própria ca-casa... e a vida poderia ser su-suportável se eu vivesse longe do resto da família. Mas ele não tem a intenção de se mu-mudar. Quer permanecer sob o teto da família... e não creio que eu po-possa sobreviver por muito tempo lá.

Diante do silêncio aparentemente indiferente de Sebastian, acrescentou em voz baixa:

– Acredito que eles querem me ma-matar depois que puserem as mãos no di-dinheiro do meu pai.

Sebastian não desviou seu olhar do rosto dela, embora mantivesse seu tom leviano.

– Que falta de consideração da parte deles. Por que eu deveria me importar com isso?

Evangeline não reagiu à provocação, apenas lhe lançou um olhar firme que evidenciava uma segurança que Sebastian nunca vira em uma mulher.

– Eu estou lhe propondo casamento. Quero sua proteção. Meu pai está do-doente e fraco demais para me ajudar e não que-quero ser um fardo para mi-minhas amigas. Acredito que elas se o-ofereceriam para me abrigar, mas eu sempre te-temeria que meus parentes me le-levassem de volta e me forçassem a fazer a vontade deles. Uma mulher sol-solteira tem poucos re-recursos, social ou legalmente. Isso não é ju-justo... mas não posso lutar em vão. Preciso de um ma-marido e o senhor pre-precisa de uma esposa rica. Ambos estamos i-igualmente desesperados, o que me leva a acreditar que o se-senhor aceitará minha pro-proposta. Nesse caso, gostaria de partir para Gretna Green esta noite. Agora. Estou ce-certa de que meus parentes já estão me procurando.

O silêncio se tornou pesado enquanto Sebastian a contemplava com um olhar hostil. Não confiava nela. E não tinha nenhuma vontade de repetir a fracassada experiência da semana anterior.

Ainda assim, ela tinha razão sobre uma coisa: ele estava desesperado. Como uma multidão de credores atestaria, era um homem que gostava de se vestir bem, comer bem e morar bem. A parca verba mensal que recebia do duque logo seria cortada e ele não tinha fundos suficientes para chegar ao fim do mês. Para um homem que não fazia nenhuma objeção a procurar a saída mais fácil, essa proposta era uma dádiva dos céus. Se ela realmente estivesse disposta a ir até o fim.

– A cavalo dado não se olham os dentes – disse Sebastian de forma casual. – Quão perto seu pai está de morrer? Algumas pessoas duram anos no leito de morte. Sempre achei péssimo fazer os outros esperarem.

– O senhor não te-terá que esperar muito. – Foi a resposta irritada de Evangeline. – Disseram-me que ele talvez mo-morra em duas semanas.

– Que garantia eu tenho de que a senhorita não mudará de ideia antes de chegarmos a Gretna Green? Sabe que tipo de homem eu sou, Srta. Jenner? Preciso lembrá-la de que tentei raptar e violar uma de suas amigas na semana passada?

Evangeline sustentou o olhar dele. Ao contrário dos olhos de Sebastian, que eram azul-claros, os dela eram de um tom escuro de safira.

– O senhor tentou violar Lillian? – perguntou ela tensamente.

– Eu ameacei fazer isso.

– Teria cumprido a ameaça?

– Não sei. Nunca fiz isso antes. Mas, como a senhorita disse, estou desesperado. E já que estamos falando sobre esse assunto... Está me propondo um casamento de conveniência ou dormiremos juntos?

Evangeline ignorou a pergunta.

– O senhor teria se imposto a ela ou não?

Sebastian a olhou com visível escárnio.

– Se eu dissesse não, Srta. Jenner, como poderia saber que não estou mentindo? Mas não. Eu não a teria violado. É essa a resposta que quer? Então acredite nisso, se a faz se sentir mais segura. Agora, e quanto à minha pergunta...?

– Eu do-dormirei com o senhor uma vez – disse ela –, para tornar o casamento legal. De-depois disso, nunca mais.

– Ótimo – murmurou ele. – Raramente gosto de dormir com uma mulher mais de uma vez. É tedioso, depois que deixa de ser uma novidade. Além do mais, nunca seria burguês a ponto de desejar minha própria esposa. Isso sugere que um homem não dispõe de meios para manter uma amante. É claro que há a questão de me dar um herdeiro... mas, desde que seja discreta, não espere que eu dê a mínima sobre quem é o pai da criança.

Ela nem mesmo pestanejou.

– Vou que-querer que uma pa-parte da herança seja reservada pa-para mim. Uma parte ge-generosa. Os rendimentos serão apenas meus e eu a gas-gastarei como bem entender, sem lhe dar sa-satisfações dos meus atos.

Sebastian compreendeu que ela não era inocente, embora a gagueira fizesse muitos presumirem o contrário. Estava acostumada a ser subestimada, ignorada, desconsiderada... e usaria isso a seu favor sempre que possível. Isso o interessou.

– Eu seria um tolo de confiar na senhorita – disse Sebastian –, já que poderia desistir de nosso acordo a qualquer momento. E a senhorita seria ainda mais tola de confiar em mim. Porque, quando estivermos casados, posso tornar sua vida um inferno ainda maior do que sua família jamais sonhou.

– Eu pre-prefiro isso vindo de alguém que *eu* es-escolhi – retrucou ela com severidade. – Melhor o se-senhor a Eustace.

Sebastian sorriu.

– Isso não diz muito a favor de Eustace.

Ela não devolveu o sorriso, só afundou um pouco na cadeira, como se uma grande tensão a tivesse deixado, e o olhou ao mesmo tempo decidida e resignada. Seus olhares se fixaram e Sebastian teve a estranha sensação de que seu corpo todo estava ciente dela.

Não era nenhuma novidade ele se excitar facilmente perto de uma mulher. Havia muito tempo percebera que era um homem mais físico do que a maioria e que algumas mulheres o incendiavam, despertavam sua sensualidade em um grau incomum. Por algum motivo, essa estranha garota gaga era uma delas. Ele desejou se deitar com Evangeline.

Imagens surgiram em sua mente: de membros, das curvas e da pele dela que ele ainda não vira, da ondulação das nádegas ao segurá-las nas mãos. Desejou o cheiro dela em suas narinas e em sua própria pele... os cabelos longos dela sobre seu pescoço e peito... Desejou fazer coisas indizíveis com a boca de Evangeline.

– Então está decidido. Aceito sua proposta. Há muito mais a discutir, é claro, mas teremos dois dias até chegarmos a Gretna Green.

Ele se levantou de sua cadeira e se esticou, mantendo o sorriso ao notar o modo como o olhar dela deslizou rapidamente sobre seu corpo.

– Mandarei prepararem a carruagem e meu criado pessoal arrumará minha bagagem. Partiremos em uma hora. Se a senhorita decidir mudar de opinião a qualquer momento durante a viagem, eu a estrangularei.

Ela lhe deu um sorriso sarcástico.

– O se-senhor não ficaria tão nervoso se não ti-tivesse tentado o mesmo com uma vítima in-involuntária na se--semana passada.

– Entendi. Então podemos descrevê-la como uma vítima voluntária?

– Uma vítima *ansiosa* – respondeu Evangeline sucintamente, parecendo querer partir imediatamente.

– Meu tipo favorito – observou ele e fez uma mesura antes de sair a passos largos da biblioteca.

CAPÍTULO 2

Quando lorde St. Vincent saiu da sala, Evie deixou escapar um suspiro trêmulo e fechou os olhos. Ele não precisava se preocupar com a possibilidade de ela mudar de ideia. Agora que o acordo fora feito, estava impaciente para começar aquela jornada. O que a enchia de medo era saber que seus tios Brook e Peregrine a procuravam.

Quando fugira de casa, perto do fim do verão, fora encontrada na entrada do clube de seu pai. Na época, tio Peregrine a tinha levado de volta e batido nela na carruagem até ela ficar com o lábio ferido, um olho roxo e as costas e os braços cobertos de hematomas. Seguiram-se duas semanas trancada em seu quarto com pouco mais que pão e água.

Ninguém – nem mesmo suas amigas Annabelle, Lillian e Daisy – sabia pelo que ela passara. A vida na casa dos Maybricks, a família de sua mãe, era um pesadelo. Eles e os Stubbinses – Florence, sua tia materna, e Peregrine, o marido dela – fizeram um esforço conjunto para destruir Evie. Ficaram surpresos com quão resistente ela era.

Evie não ficara menos surpresa do que eles. Nunca havia pensado que poderia suportar duras punições, indiferença e até mesmo ódio sem ceder. Talvez ela tivesse mais do pai do que qualquer um pensara. Ivo Jenner lutava boxe sem luvas e o segredo de seu sucesso dentro e fora do ringue não fora talento, mas tenacidade. Ela herdara a mesma obstinação.

Evie queria tanto ver o pai que chegava a doer. Acreditava que ele era a única pessoa no mundo que se importava com ela. O amor do pai era negligente, mas era mais do que já obtivera de qualquer outra pessoa. Entendia por que ele a abandonara com os Maybricks logo após a morte da mãe dela no parto. Um clube de jogos não era lugar para criança. Embora os Maybricks não fossem aristocratas, tinham uma boa linhagem. Mas será que o pai teria feito a mesma escolha se soubesse como ela seria tratada? Se tivesse alguma ideia de que a raiva da família pela rebeldia da filha mais nova se concentraria em uma criança indefesa? Bem, não adiantava se perguntar isso agora.

Sua mãe estava morta; seu pai, próximo do mesmo destino e havia coisas que Evie precisava lhe perguntar antes de ele morrer. Sua melhor chance de escapar das garras dos Maybricks era o detestável aristocrata com quem acabara de concordar em se casar.

Impressionou-a ter conseguido se comunicar tão bem com St. Vincent, que era bastante intimidador com sua beleza dourada, seus olhos azuis gelados como o inverno e sua boca feita para beijar e mentir. Ele parecia um anjo caído, com toda a beleza masculina perigosa que Lúcifer poderia criar. Também era egoísta e inescrupuloso, o que ficara provado com sua tentativa de raptar a noiva do melhor amigo. Entretanto, um homem assim seria um adversário à altura dos Maybricks.

St. Vincent seria um péssimo marido, é claro. Mas como Evie não tinha nenhuma ilusão sobre ele, ficaria bem. Uma vez que não se importava nem um pouco com ele, poderia se fazer de cega às suas leviandades e surda aos seus insultos.

Como seu casamento seria diferente do de suas amigas! Ao pensar nisso, sentiu uma súbita vontade de chorar. Não havia nenhuma possibilidade de Annabelle, Daisy ou Lillian – particularmente Lillian – continuarem a ser amigas dela depois que se casasse com St. Vincent. Piscando para afastar as lágrimas, engoliu em seco para conter a dor. Era inútil chorar. Embora aquela dificilmente fosse uma solução perfeita para seu dilema, era a melhor em que podia pensar.

CONHEÇA OS TÍTULOS DA COLEÇÃO POP CHIC

Origem, de Dan Brown
O símbolo perdido, de Dan Brown
O Dossiê Pelicano, de John Grisham
O melhor de mim, de Nicholas Sparks
O príncipe dos canalhas, de Loretta Chase
Uma longa jornada, de Nicholas Sparks
Amigas para sempre, de Kristin Hannah
O Rouxinol, de Kristin Hannah
As espiãs do dia D, de Ken Follett
Não conte a ninguém, de Harlan Coben
O código Da Vinci, de Dan Brown

SÉRIE AS QUATRO ESTAÇÕES DO AMOR, DE LISA KLEYPAS
Segredos de uma noite de verão
Era uma vez no outono
Pecados no inverno
Escândalos na primavera

POP *(s.m.)*

popular, relativo ao público geral,
conveniente à maioria das pessoas,
aceito ou aprovado pela maioria.

CHIC *(adj.)*

elegante, gracioso, que se destaca
pelo bom gosto e pela ausência
de afetação, preparado com
cuidado e com esmero.

A coleção Pop Chic é nossa maneira de reafirmar a crença de que milhões de brasileiros desejam e poderão ler mais se oferecermos nossas melhores histórias em livros leves e fáceis de carregar, impressos em papel de qualidade, com texto em tamanho agradável aos olhos e preços acessíveis.

Para saber mais sobre os títulos e autores da Editora Arqueiro,
visite o nosso site e siga as nossas redes sociais.
Além de informações sobre os próximos lançamentos,
você terá acesso a conteúdos exclusivos
e poderá participar de promoções e sorteios.

editoraarqueiro.com.br